용기

기백

결단력

해리 포터 시리즈

읽는 순서:
해리 포터와 마법사의 돌
해리 포터와 비밀의 방
해리 포터와 아즈카반의 죄수
해리 포터와 불의 잔
해리 포터와 불사조 기사단
해리 포터와 혼혈 왕자
해리 포터와 죽음의 성물

라틴어로도 읽을 수 있는 책:
해리 포터와 마법사의 돌
해리 포터와 비밀의 방

웨일스어, 고대 그리스어, 아일랜드어로도 읽을 수 있는 책:
해리 포터와 마법사의 돌

함께 읽을 책
신비한 동물 사전
퀴디치의 역사
(코믹 릴리프와 루모스를 돕고자 출간되었음)
음유시인 비들 이야기
(루모스를 돕고자 출간되었음)

이 세 권은 또한 다음의 시리즈로 출간되었습니다:
호그와트 라이브러리
(코믹 릴리프와 루모스를 돕고자 출간되었음)

일러스트 에디션
짐 케이 일러스트
해리 포터와 마법사의 돌
해리 포터와 비밀의 방
해리 포터와 아즈카반의 죄수
해리 포터와 불의 잔
해리 포터와 불사조 기사단

올리비아 L. 길 일러스트
신비한 동물 사전

크리스 리델 일러스트
음유시인 비들 이야기

J.K. ROWLING

해리포터
HARRY POTTER

혼혈 왕자

1

J.K. 롤링 지음 | 강동혁 옮김

문학수첩

HARRY POTTER & THE HALF-BLOOD PRINCE

First published in Great Britain in 2005 by Bloomsbury Publishing Plc
This edition Published in October 2021
Text © J.K. Rowling 2005
Cover and interior illustrations by Levi Pinfold © Bloomsbury Publishing Plc 2021
Wizarding World is a trade mark of Warner Bros. Entertainment Inc.
Wizarding World Publishing and Theatrical Rights © J.K. Rowling
Wizarding World characters, names and related indicia are TM and © Warner Bros. Entertainment Inc. All rights reserved.
Korean translation copyright © 2023 by Moonhak Soochup Publishing Co., Ltd.

저자와 일러스트레이터의 저작인격권이 보장되어 있습니다.
이 책에서 등장하는 모든 인물과 사건은 허구이며 실존 인물과 사건을 연상시키는 부분이 있더라도 이는 저자의 의도와 무관합니다.

이 책은 저작권사와의 독점계약으로 ㈜문학수첩에서 출간되었습니다.
저작권법에 의해 한국 내에서 보호를 받는 저작물이므로 무단 전재와 무단 복제를 금합니다.

나의 아름다운 딸 매켄지에게,

잉크와 종이로 된

쌍둥이를 바칩니다.

고드릭 그리핀도르

그리핀도르: 소개 … 8

호그와트 지도 … 10

해리 포터와 혼혈 왕자 1장~16장 … 13

 # GRYFFINDOR

그리핀도르

♦ 소개 ♦

"어쩌면 그리핀도르가 될 수도 있겠지.
마음속 깊이 용기를 품은 자들이 사는 곳,
대담함과 용기, 기사도 정신이
단연 돋보인다네."

기숙사 배정 모자

새 학기가 시작하면서 덤블도어가 모든 학생을 환영하려고 두 팔을 들어 올리자 학생들은 덤블도어의 검게 변한 쪼그라든 손을 보게 되고, 대연회장 전체에 수군거리는 소리가 번져 갑니다. 학생들은 이 상처가 교장의 용기와 앞으로 다가올 엄청난 희생의 상징이라는 사실을 잘 알지 못하니까요.

펜시브 깊은 곳으로 함께 들어간 덤블도어와 해리는 볼드모트의 과거와 연결된 기억을 탐구합니다. 이때 덤블도어는 어둠의 왕의 호크룩스를 찾는 여정이라는 사실을 밝히고 해리의 운명을 정해 줍니다. 그러나 해리는 그 임무에 집중하지 못합니다. 혼혈 왕자에 관한 수수께끼로 머릿속이 꽉 차 있죠. 혼혈 왕자는 《고급 마법약 제조》의 닳아빠진 페이지를 통해 해리에게 계속 말을 걸어 옵니다. 집중하지 못하는 또 한 가지 이유는 드레이코 말포이의 이상한 행동 때문입니다. 숙적인 말포이가 볼드모트의 핵심 측근이 되었다고 믿어 의심치 않게 된 해리는 말포이가 죽음을 먹는 자라는 사실을 증명할 작정입니다.

론도 완전히 다른 데 정신이 팔려 있습니다. 행운이 찾아왔는지, 론은 그리핀도르 파수꾼으로 전례 없이 쉽게 골을 막아내고, 같은 그리핀도르 학생인 라벤더 브라운의 마음을 얻어 헤르미온느 그레인저의 짜증을 돋우죠. 네빌에게도 올해는 운이 변하는 해입니다. 네빌은 마법 정부에서 벌어진 싸움의 여파로 명성을 얻게 되고, 그 덕분에 할머니에게서 새 지팡이를 선물 받습니다. 하지만 위즐리 쌍둥이야말로 누구보다 대단한 성공을 거둡니다. 이들이 새로 연 사업인 '위즐리 형제의 위대하고 위험한 장난감 가게'는 우울하게 변해 버린 다이애건 앨리에서 절대 그냥 지나쳐서는 안 되는 가게가 되었습니다. 쌍둥이는 (꾀병 과자 세트 중에서 가장 인기 많은 제품인) 코피 캔디부터 특허 받은 몽상 마법(부작용으로 멍한 표정을 지을 수 있고, 경미하게 침을 흘릴 수 있습니다)에 이르기까지 참신한 상품들로 큰 성공을 거둡니다.

덤블도어는 마지막 행동에 나서서 그리핀도르 출신임을 증명하는 불굴의 용기와 용감함을 보여 줍니다. 동굴에서의 임무는 위험이 가득하지만 덤블도어는 물러서지 않고 또 다른 호크룩스를 찾기 위해 해리로 하여금 끔찍하고 고통스러운 마법약을 마지막 한 방울까지 덤블도어 자신에게 먹이도록 합니다. 천문탑 위에서 덤블도어는 사나운 적들과 운명 모두를 품위 있게 맞아들입니다. 심금을 울리는 폭스의 곡소리가 학교에 울려 퍼지자 그리핀도르 학생들은 위대한 마법사 알버스 덤블도어를 절대 잊지 않겠다고 다짐합니다.

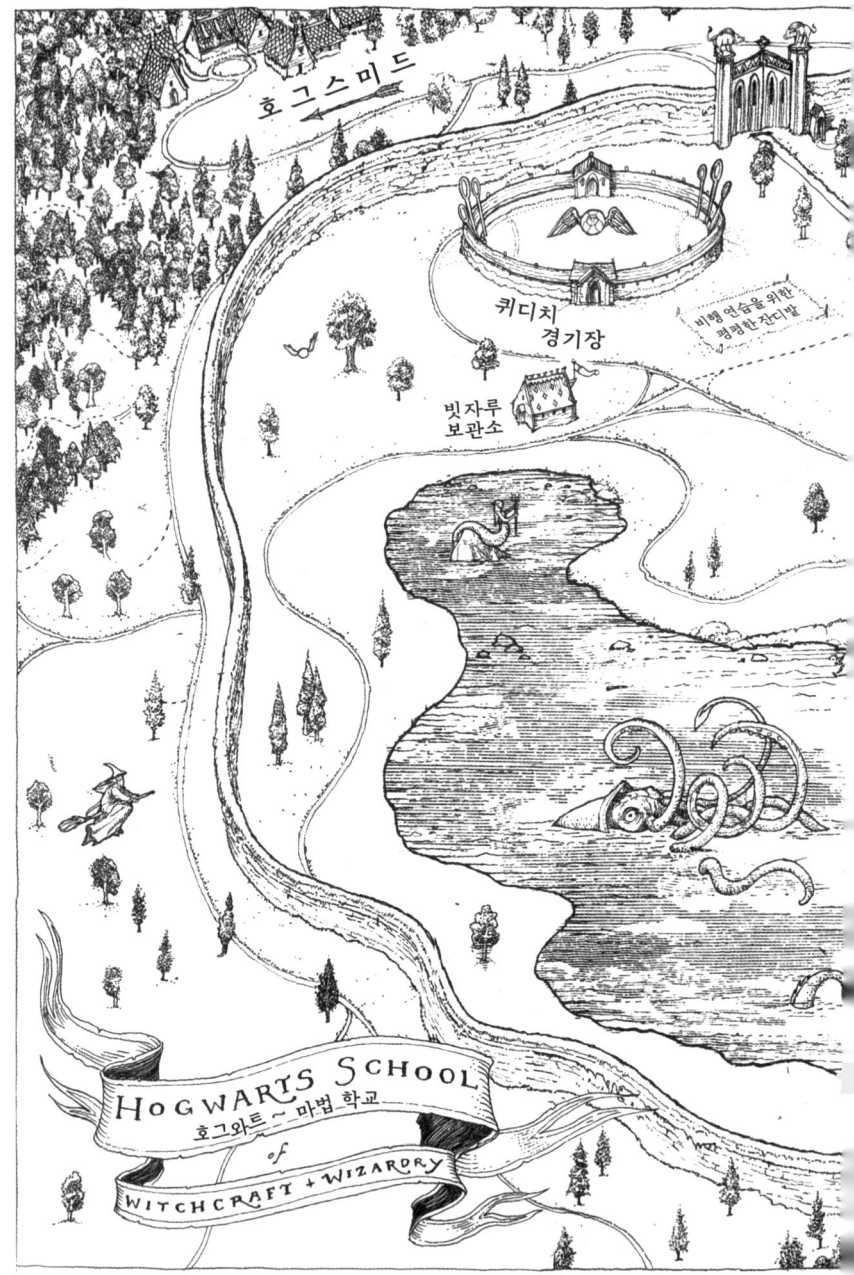

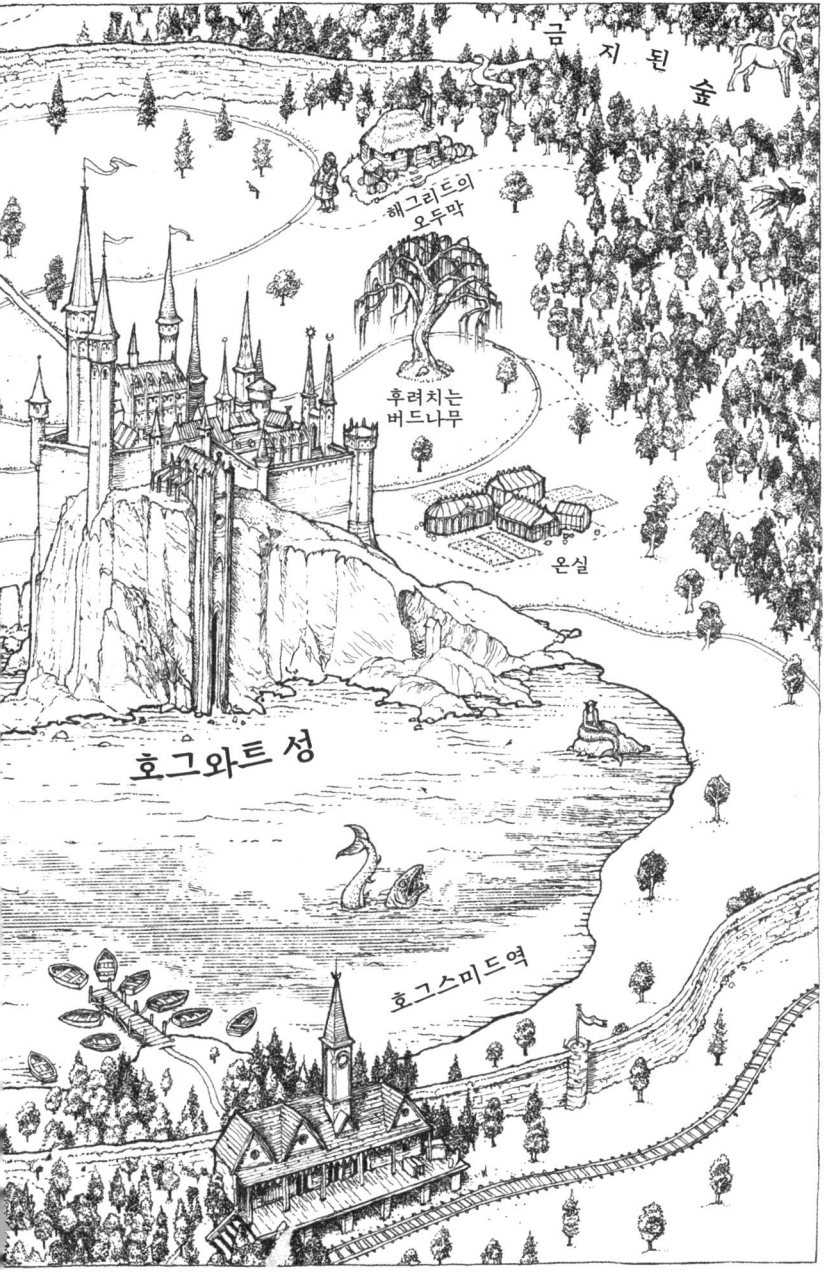

1장
또 다른 총리

거의 자정이 다 된 시각이었다. 총리는 집무실에 홀로 앉아 긴 문서를 검토하고 있었다. 그 내용은 아무런 의미도 남기지 않고 그의 머릿속을 스쳐 지나갔다. 총리는 먼 나라 대통령의 전화를 기다리고 있었다. 그 빌어먹을 작자가 언제 전화를 걸지 생각하며 아주 길고 힘들고 피곤했던 한 주간의 불쾌한 기억들을 억누르고 있느라 머릿속에는 다른 생각을 위한 공간이 별로 남아 있지 않았다. 앞에 놓인 종이의 활자에 집중할수록 그의 정적들 중 한 명의 고소해하는 얼굴이 더 선명하게 떠올랐다. 그자는 바로 그날 뉴스에 나와 지난주에 일어난 온갖 끔찍한 일들을 늘어놨을 뿐 아니라(대체 누가 그런 일들을 까먹을까 봐 상기시켜 줄 필요가 있다는 건가?) 그런 사건 하나하나가 왜 전부 정부의 잘못인지 설명했다.

총리는 이런 비난들을 떠올리는 것만으로도 맥박이 빨라지는 것을 느꼈다. 그것은 정당하지도 않고 사실도 아닌 비난이었다. 대체 그 다리가 무너지는 걸 정부가 어떻게 막았어야 한단 말인가? 누구든 정부가 다리의 유지 및 보수에 충분한 예산을 쓰지 않았다는 식으로 주장한다면 그건 터무니없는 일이었다. 그 다리는 지은 지 10년도 채 되지 않았다. 최고의 전문가들도 그 다리가 깔끔하게 두 동강 나서 열 몇 대의 자동차를 깊은 강으로 빠뜨린 이유를 설명하지 못하고 망연자실했다. 대대적인 관심을 받은 그 끔찍한 살인 사건도 마찬가지였다. 누가 감히 경찰관이 부족해서 그런 일이 일어났다는 식으로 말할 수 있단 말인가? 엄청난 인명과 재산을 앗아 간 웨스트 컨트리의 이상한 허리케인을 정부가 어떻게든 예측했어야 한다는 주장은 또 어떻고? 게다가 허버트 촐리 부총리가 하필 이번 주에 너무나 이상한 행동을 하는 바람에 가족과 많은 시간을 보내게 된 것까지도 총리의 잘못이란 말인가?

"온 나라가 암울한 분위기에 휩싸여 있습니다." 그의 정적은 얼굴 가득 번지는 미소를 거의 감추지도 않고 그렇게 결론 내렸다.

불행하게도 그 말은 완벽한 사실이었다. 총리 자신도 느꼈다. 사람들은 정말 어느 때보다 더 비참해 보였다. 날씨마저 울적했다. 7월 중순에 이 싸늘한 안개하며……. 뭔가 잘못됐다. 정상이 아니었다…….

문서의 두 번째 페이지로 넘어간 총리는 글이 얼마나 길게 이어지는지 보더니 더 읽어 봤자 소용없다 생각하고 읽기를 포기해 버렸다. 그는 머리 위로 양팔을 뻗어 기지개를 켜면서 슬픔에 잠긴 채 집무실을 둘러보았다. 꽤 훌륭한 방이었다. 근사한 대리석 벽난로 맞은편에는 계절에 맞지 않는 냉기를 막느라 굳게 닫힌 긴 내리닫이 창들이 있었다. 총리는 약간 떨며 자리에서 일어나 창가로 간 뒤 유리창에 다가드는 옅은 안개를 내다보았다. 바로 그때였다. 집무실을 등지고 서 있는데 뒤에서 작은 기침 소리가 들렸다.

총리는 어두운 유리창에 비친, 겁에 질린 자기 모습과 코를 맞댄 채 얼어붙었다. 귀에 익은 기침 소리였다. 전에도 들어 본 적이 있었다. 총리는 아주 천천히 돌아서서 텅 빈 집무실을 마주 보았다.

"누구 있어요?" 그가 속으로 느끼는 것보다는 용감한 목소리를 내려고 애쓰며 말했다.

 총리는 한순간 아무도 대답하지 않을 거라는 불가능한 기대를 감히 품어 보았다. 그러나 어떤 목소리가 곧바로 응답했다. 미리 써 둔 성명서를 읽는 것처럼 사무적이고 단호한 그 목소리는, 총리가 기침 소리를 듣자마자 알아차렸듯 집무실 한구석 작고 더러운 유화 속 왜소한 남자가 낸 것이었다. 개구리를 닮은 얼굴의 그 남자는 긴 은색 가발을 쓰고 있었다.

 "머글 총리에게. 긴급 회동 요청. 즉시 응답 바람. 퍼지." 그림 속 남자는 대답을 기다리듯 총리를 바라보았다.

 "어……." 총리가 입을 열었다. "그게…… 지금은 시기가 별로 좋지 않습니다……. 제가 지금 어떤 전화를 기다리고 있어서요……. 상대는 대통……."

 "그 일정은 조정 가능함." 초상화가 대번에 말했다. 총리는 가슴이 철렁했다. 그가 두려워하던 게 바로 이런 일이었다.

 "하지만 꼭 통화를 했으면 하는데……."

 "상대 대통령이 전화하는 걸 잊도록 조처하겠음. 대신 내일 밤에 전화할 예정임." 작은 남자가 말했다. "퍼지 총리에게 즉시 응답 바람."

"난…… 아…… 알겠습니다." 총리가 힘없이 말했다. "네, 퍼지 총리를 만나죠."

그는 넥타이를 고쳐 매면서 서둘러 책상으로 돌아갔다. 다시 자리에 앉아 편안하게, 당황하지 않은 것처럼 보이려고 표정을 가다듬기가 무섭게, 텅 빈 대리석 벽난로 안에서 밝은 초록색 불꽃이 훅 치솟았다. 총리는 놀라거나 두려워하는 티를 내지 않으려고 애쓰며, 불꽃 속에서 풍채 좋은 남자가 팽이처럼 빠르게 돌면서 나타나는 광경을 지켜보았다. 잠시 후, 그 남자는 상당히 정교하고 고풍스러운 깔개 위로 기어 나오더니 가는 세로줄무늬가 들어간 긴 망토 소매에 묻은 재를 털어 냈다. 손에는 연두색 중산모를 들고 있었다.

"아…… 총리님." 코닐리어스 퍼지가 손을 뻗고 성큼성큼 앞으로 나서며 말했다. "다시 만나서 반갑습니다."

솔직히 총리는 이런 인사치레에 답례할 수 없는 처지였으므로 아무 말도 하지 않았다. 그는 퍼지를 만난 게 전혀 반갑지 않았다. 퍼지가 등장한다는 건 그 자체로 순전히 놀라운 일이었지만, 이제 곧 아주 나쁜 소식을 듣게 된다는 뜻이기도 했다. 게다가 지금 퍼지는 근심 걱정에 찌든 모습이었다. 몸이 더 야위었고 흰머리도 전보다 늘었으며 머리는 심하게 빠지고 얼굴은 주름투성이였다. 총리는 전에도 정치인들에게서 저런 모습을 본 적이 있는데, 그게 좋은 징조였던 경우는 한 번도 없었다.

"무슨 일이시죠?" 그가 퍼지와 짧게 악수하고, 책상 앞에 놓인 것 중에서 가장 딱딱한 의자를 가리키며 말했다.

"어디서부터 말을 꺼내야 할지 모르겠군요." 퍼지가 의자를 끌어다 놓고 앉아 녹색 중산모를 무릎에 올려놓으며 웅얼거렸다. "엄청난 한 주였소. 아주 굉장한……."

"총리님도 힘든 한 주를 보내셨나 보군요?" 머글 총리가 뻣뻣하게 물었다. 퍼지가 굳이 더해 주지 않더라도 이미 자신한테는 문제가 차고 넘칠 만큼 있다는 사실을 전달하고 싶었다.

"네, 물론입니다." 퍼지가 지친 듯 눈을 문지르고 총리를 뚱하게 바라보며 말했다. "나 역시 총리님과 같은 한 주를 보냈소. 브록데일 다리도 그렇고, 본즈와 밴스의 피살 사건도…… 웨스트 컨트리의 그 난리는 말할 것도 없고요……."

"총리님이…… 음, 총리님의…… 그러니까 내 말은, 총리님 쪽 사람들이 그런…… 그런 일에 연루되어 있다는 겁니까?"

퍼지는 무척 근엄한 눈길로 총리를 지그시 바라보았다.

"당연하지요." 그가 말했다. "물론, 총리님도 무슨 일인지는 눈치채셨겠지요?"

"나는……." 총리가 머뭇거렸다.

총리가 퍼지의 방문을 그토록 싫어하게 된 것은 바로 이런 태도 때문이었다. 그는 어쨌든 총리였고, 아무것도 모르는 학생이 된 듯한 기분이 드는 건 달갑지 않았다. 하지만 총리가 된 첫날 저녁에 처음 만난 순간부터 퍼지와의 관계는 늘 이런 식이었다. 총리는 그 순간을 어제 일처럼 생생하게 기억하고 있었으며 죽는 날까지 그 기억에서 놓여나지 못하리라는 것도 알고 있었다.

당시 총리는 바로 이 집무실에 홀로 서서, 오랫동안 꿈꿔 오며 전략을 세운 끝에 마침내 거머쥔 승리를 음미하고 있었다. 그때 바로 오늘 밤처럼, 등 뒤에서 기침 소리가 들려왔다. 돌아보니 초상화 속 그 못생긴 작은 남자가 그에게 말을 걸고 있었다. 그리고 마법 정부 총리가 곧 도착해서 자기소개를 할 거라고 전했다.

당연하게도, 그는 기나긴 유세와 선거로 인한 긴장 탓에 자기가 미쳐 버린 거라고 생각했다. 말을 거는 초상화를 본 것만으로도 너무나 공포스러웠지만 자칭 마법사라는 인물이 벽난로에서 튀어나와 악수할 때의 기분에 비하면 그건 아무것도 아니었다. 퍼지가 전 세계에는 아직도 비밀리에 살아가는 마법사들이 있다고 친절하게 설명하면서, 마법 정부가 마법사 사회 전체를 책임지고 있고 비마법사 인구가 그에 대해 알게 되는 일은 없도록 막고 있으니 골치 아플 것은 없다고 안심시키는 내내 총리는 아무 말도 하지 못했다. 퍼지 말로는, 마법 정부의 일이란 빗자루를 분별 있게 사용하도록 규제하는 것부터 용 개체 수를 통제하는 데 이르기까지 모든 것을 포괄하는 어려운 작업이었다(총리는 이 시점에서 몸을 지탱하려고 책상을 꽉 움켜쥐었던 것이 기억났다). 그러더니 퍼지는 여전히 충격을 받아 멍해져 있는 총리의 어깨를 마치 아버지처럼 두드렸다.

"걱정할 것 없어요." 그는 그렇게 말했었다. "나를 다시 안 보게 될 수도 있습니다. 나는 우리 측에서 정말로 심각한 일이 벌어질 때만 총리님을 귀찮게 굴 거요. 머글들, 그러니까 비마법 인구라고 해야겠군요. 그들에게 영향을 끼칠 가능성이 높은 일들이 일어났을 때 말입니다. 그런 일만 일어나지 않으면 서로 각자 알아서 살아가면 됩니다. 그리고 이 말은 해 둬야겠는데, 당신은 그래도 전임자보다는 훨씬 잘 받아들이는군요. 그 사람은 나를 창밖으로 던져 버리려고 했어요. 야당이 꾸민 장난질이라고 생각했나 봅니다."

이 말에 총리는 마침내 목소리를 되찾았다.

"그럼…… 그럼 야당 쪽 장난이 아니라는 겁니까?"

장난, 그것이야말로 총리의 절박한 마지막 희망이었다.

"아니오." 퍼지가 부드럽게 말했다. "뭐, 유감이지만 아닙니다. 보시오."

그러더니 그는 총리의 찻잔을 애완 쥐로 바꾸어 놓았다.

"하지만……." 총리는 자신의 찻잔이 다음번 연설문 한 귀퉁이를 갉아먹는 광경을 지켜보며 숨 가쁘게 말했다. "하지만 왜…… 왜 아무도 얘기를……?"

"마법 정부 총리는 오직 재임 중인 머글 총리에게만 직접 모습을 드러냅니다." 퍼지가 재킷 안주머니에 마법 지팡이를 다시 찔러 넣으며 말했다. "우린 그것이 비밀을 유지하는 최선의 방법이라고 생각합니다."

"하지만 그러면……." 총리가 힘없이 푸념했다. "어째서 전임 총리는 저한테 미리 말하지……?"

그 말에 퍼지는 실제로 웃음을 터뜨렸다.

"친애하는 총리님, 당신이라면 누구한테 말할 수 있겠소?"

퍼지는 계속 껄껄 웃으며 벽난로 안에 어떤 가루를 뿌리고 에메랄드색 불꽃 속으로 들어가더니 휙 하는 소리와 함께 사라졌다. 그 자리에 꼼짝 않고 서 있던 총리는 자신이 살아 있는 한 이 만남에 대해 결코 누구에게도 이야기하지 않으리라는 사실을 깨달았다. 세상이 아무리 넓다 해도 과연 누가 이런 얘기를 믿어 주겠는가?

충격이 가시기까지는 시간이 조금 걸렸다. 그는 잠시 퍼지가 사실은 엄청나게 힘들었던 선거 유세 기간의 수면 부족이 가져다준 환각이라고 믿어 보려 했다. 그는 이 불쾌한 만남을 떠올리게 하는 모든 것을 잊으려는 헛된 노력으로 애완 쥐를 조카딸에게 줘서 그 애를 기쁘게 만들고, 보좌관에게 퍼지의 도착을 알렸던 못생긴 작은 남자의 초상화를 치우라고 지시했다. 그러나 경악스럽게도 초상화는 떼어 낼 수 없는 것으로 밝혀졌다. 목수 몇 명과 건설업자 두어 명, 미술사학자 한 사람과 재무장관 등등이 그 초상화를 벽에서 떼어 내려 했는데도 성공하지 못하자, 총리는 포기하고 그냥 그 초상화가 자기 임기 내내 아무 움직임 없이 잠자코 있기만 바라기로 결심했다. 가끔씩 그는 초상화의 주인공이 하품을 하거나 코를 긁는 것을 곁눈으로 봤다고 장담할 수 있었다. 심지어 한두 번은 그림 속 인물이 그냥 액자 가장자리로 걸어 나가면서 캔버스에 진흙 같은 갈색만 남아 있기도 했다. 총리는 초상화 쪽을 보지 않는 훈련을 했다. 그리고 그런 일이 벌어질 때마다 자기가 헛것을 본 거라고 스스로를 굳게 타일렀다.

그러다가 3년 전, 오늘과 아주 비슷한 어느 날 밤이었다. 총리가 혼자 집무실에 있는데 초상화가 또 한 번 퍼지가 곧 도착할 거라고 알렸다. 퍼지가 벽난로에서 튀어나왔다. 흠뻑 젖고 반쯤 정신이 나간 모습이었다. 총리가 왜 액스민스터 카펫에 온통 물을 뚝뚝 흘리고 있느냐고 묻기도 전에, 퍼지는 그가 한 번도 들어 본 적 없는 감옥과 '시리어스' 블랙이라는 남자, 호그와트 어쩌고 하는 단어와 해리 포터라는 소년에 대해 호들갑을 떨기 시작했다. 총리는 그중 어떤 이야기도 이해할 수 없었다.

"……나는 방금 아즈카반에서 오는 길이외다." 퍼지가 중산모 챙을 기울여 상당량의 물을 자기 주머니에 부으면서 숨 가쁘게 말했다. "북해 한가운데서 말입니다. 끔찍한 비행이었지……. 디멘터들이 소동을 일으켰소." 그는 몸을 떨었다. "……여태껏 탈옥한 자가 한 명도 없었으니 그럴 만도 하지. 어쨌든, 당신을 만나러 와야 했소이다, 총리님. 블랙은 잘 알려진 머글 살해범이고, 다시 '그 사람'에게 가담할 계획을 세우고 있을지도 모릅니다. 물론 총리님은 '그 사람'이 누군지도 모르겠지요!" 그는 잠시 절망적인 눈으로 총리를 응시하더니 말을 이었다. "뭐, 앉으시오. 앉으세요. 그간의 소식을 알려 줘야겠군요……. 위스키나 한잔 하시죠……."

총리 자신의 위스키를 그에게 권하는 것으로도 모자라 그의 집무실 의자까지 권하다니 말할 수 없는 분노가 치밀었지만 그는 어쨌든 자리에 앉았다. 퍼지는 마법 지팡이를 꺼내 허공에서 호박색 액체로 가득 찬 커다란 유리잔 두 개를 만들어 내더니 그중 하나를 총리의 손에 쥐여 주고 의자를 끌어당겨 앉았다.

퍼지는 한 시간이 넘게 이야기했는데, 어느 순간에는 특정 이름을 소리 내어 말하지 않으려고 양피지에 적어 놓고 위스키를 들지 않은 총리의 손에 밀어 넣었다. 마침내 퍼지가 돌아가려고 일어났을 때 총리도 자리에서 일어났다.

"그러니까 총리님 생각에는……." 머글 총리는 눈을 가늘게 뜨고 왼손에 쥐여진 이름을 내려다보았다. "볼드……."

"이름을 말해서는 안 되는 그 사람이오!" 퍼지가 버럭 소리쳤다.

"죄송합니다……. 총리님 생각에는 이름을 말해서는 안 되는 그 사람이 아직 살아 있다는 겁니까?"

"뭐, 덤블도어는 그렇다고 말하더군요." 퍼지는 가는 세로줄무늬 망토를 턱 아래까지 여미며 말했다. "하지만 우리는 아직 그자를 한 번도 포착하지 못했소. 개인적인 생각이지만, 그자는 추종자들을 얻기 전에는 위험하지 않아요. 그러니까 우리가 걱정해야 하는 건 블랙입니다. 그럼 경고 조치를 취하시겠소? 좋습니다. 그럼, 다시 볼 일 없기를 바랍니다, 총리님! 좋은 밤 보내시오."

하지만 그들은 다시 만났다. 1년도 채 지나지 않아 잔뜩 시달린 모습의 퍼지가 난데없이 국무회의실에 나타나서는 총리에게 쿠이디치(혹은 그 비슷하게 들렸다) 월드컵에서 작은 문제가 발생했고 머글 몇 명이 '연루되긴' 했지만 걱정할 필요 없다고, '그 사람'의 징표가 다시 목격되기는 했지만 별 의미는 없다고 말했다. 퍼지는 이것이 단발성 사건일 뿐이며, 그들이 대화를 나누는 이 순간에도 머글 교섭과에서 모든 기억 수정 작업을 처리하고 있다고 총리를 안심시켰다.

"아, 그리고 하마터면 잊을 뻔했는데" 하고는 퍼지가 덧붙였다. "트라이위저드 대회 때문에 외래종 용 세 마리와 스핑크스 한 마리를 들여오고 있습니다. 무척 일상적인 일이긴 하지만, 마법 생명체 통제 관리부에서 이 나라에 위험성 높은 생물들을 들여올 때는 당신에게 알려야 한다는 규정이 있다더군요."

"나는…… 무슨…… 용이라고요?" 총리가 말을 더듬었다.

"네, 세 마리입니다." 퍼지가 말했다. "스핑크스 한 마리랑요. 그럼, 좋은 하루 보내시오."

총리는 최악의 사태가 용과 스핑크스에서 그치기를 무엇보다도 바랐지만 그렇게 되지 않았다. 2년도 채 지나지 않아 퍼지가 또 한 번 벽난로에서 불쑥 튀어나왔다. 이번에는 아즈카반에서 대규모 탈옥이 발생했다는 소식이었다.

"대규모 탈옥이라고요?" 총리가 쉰 목소리로 따라 말했다.

"걱정할 것 없소, 걱정할 필요 없어요!" 이미 한 발은 불길 속에 들여놓은 채 퍼지가 소리쳤다. "금방 다 잡아들일 겁니다. 그냥 당신이 알아야 할 것 같아서!"

총리가 "저기, 잠깐만 기다리세요!"라고 소리칠 새도 없이 퍼지는 녹색 불꽃을 일으키며 사라졌다.

언론과 야당에서야 뭐라고 떠들든 간에 총리는 멍청한

사람이 아니었다. 첫 번째 만남에서 퍼지가 장담했던 것과 달리 그들이 서로를 꽤 자주 만나고 있다는 것도, 방문할 때마다 퍼지가 점점 더 허둥거린다는 것도 총리는 분명히 눈치채고 있었다. 마법 정부 총리(혹은, 마음속으로 퍼지를 떠올릴 때마다 늘 생각했던 대로 또 다른 총리)에 대해 생각하고 싶은 마음은 별로 없었지만, 다음번에 그가 나타나면 훨씬 더 심각한 소식을 가져올 거라는 두려움이 들 수밖에 없었다. 그러므로 퍼지가 다시 한 번, 그것도 엉망진창이 된 채 그가 여기에 온 이유를 머글 총리가 잘 모른다는 사실에 초조해하고 경악한 얼굴을 하고 벽난로에서 나오는 것을 보자, 총리는 극도로 우울했던 한 주 동안 벌어졌던 일 중에서도 최악의 사건이 벌어졌을 수도 있다고 예감했다.

"내가 어떻게 그…… 마법사 사회에서 벌어지는 일을 알겠습니까?" 이번엔 총리가 쏘아붙였다. "나는 한 나라를 운영해야 하고, 지금 당장은 굳이 그런 일이 아니라도 이미 걱정거리가 산더미처럼……."

"우리의 걱정거리는 같은 겁니다." 퍼지가 그의 말을 끊었다. "브록데일 다리는 낡아서 무너진 게 아니오. 허리케인도 진짜 허리케인이 아니었고요. 그 살인 사건들도 머글들이 한 짓이 아닙니다. 그리고 허버트 촐리는 가족들과 떨어져 있는 게 가족들한테 더 안전할 거요. 우리 측에서 지금 촐리를 세인트 멍고 마법 질병 상해 병원으로 이송시킬 준비를 하고 있습니다. 오늘 밤에 이송될 겁니다."

"그게 무슨…… 죄송하지만, *뭐라고요?*" 총리가 고함을 쳤다.

퍼지는 아주 깊게 한숨을 쉬더니 말했다. "총리님, 그자가 돌아왔다는 말을 전하게 되어 대단히 유감입니다. 이름을 말해서는 안 되는 그 사람이 돌아왔소."

"돌아왔다고요? '돌아왔다'는 건…… 그자가 살아 있다는 겁니까? 그러니까……."

총리는 3년 전 퍼지가 해 줬던 끔찍한 이야기를 떠올리려고 기억을 더듬어 보았다. 그 누구보다도 공포의 대상이었던 마법사, 1,000여 건이 넘는 잔혹한 범죄를 저지른 끝에 15년 전에 불가사의하게 자취를 감췄다는 마법사에 관한 이야기였다.

"그래요, 살아 있습니다." 퍼지가 말했다. "뭐랄까…… 모르겠군요. 죽일 수 없는 인간을 살아 있는 존재라고 할 수 있겠소? 난 사실 잘 이해가 안 되고, 덤블도어는 제대로 설명하지 않으려 듭니다. 하지만 어쨌든 그자는 확실히 몸을 가지고 있고, 걸어 다니고 말하며 사람들을 죽이고 있습니다. 그러니까 아마, 우리 논의의 목적에 따라서 말하자면, 맞소. 그자는 살아 있소."

 총리는 그 말에 뭐라고 대답해야 할지 알 수 없었지만, 뭐든 떠오르는 주제에 대해 잘 알고 있는 것처럼 보이고 싶어 하는 끈질긴 습관 때문에 지난 대화에서 떠오르는 세부적인 내용을 기억하려 애썼다.

 "'시리어스 블랙'이 그…… 이름을 말해서는 안 되는 그 사람과 함께 있는 겁니까?"

 "블랙? 블랙요?" 퍼지는 손가락으로 중산모를 빠르게 돌리며 혼란스러운 듯 말했다. "시리우스 블랙을 말하는 겁니까? 멀린의 턱수염 같으니, 아니오. 블랙은 죽었소. 알고 보니 우리가…… 음…… 블랙을 오해했더구려. 어쨌든 그자는 결백했소. 그리고 이름을 말해서는 안 되는 그 사람과 작당한 것도 아니었고요. 그러니까……." 그는 중산모를 더욱 빠르게 돌리며 변명하듯 덧붙였다. "모든 증거가 분명했는데…… 목격자도 50명이 넘었고…… 하지만 어쨌든, 방금 말했듯 그자는 죽었소. 실은 살해당한 거요, 마법 정부 건물 안에서. 실은, 조사가 있을 예정이외다."

 굉장히 놀랍게도, 총리는 그 순간 퍼지에 대한 연민으로 가슴이 찌릿했지만, 그런 마음은 순식간에 사라졌다. 벽난로에서 모습으로 드러내는 분야에서는 부족할지 모르지만, 적어도 *그가* 맡은 정부 부서 어디에서도 살인 사건이 일어난 적이 없다는 사실에 반짝 우쭐한 마음이 들었던 것이다……. 적어도 지금까지는 그랬다…….

불안한 마음에 총리가 은근슬쩍 자기 책상을 문지르는데 퍼지가 말을 이었다. "아무튼 지금은 블랙이 중요한 게 아니오. 중요한 건 우리가 전쟁 중이라는 겁니다, 총리님. 우린 몇 가지 단계를 밟아야 합니다."

"전쟁이라고요?" 총리가 긴장한 목소리로 되물었다. "물론, 조금 과장해서 말씀하시는 거겠죠?"

"지금, 1월에 아즈카반에서 탈옥한 그자의 추종자들이 이름을 말해서는 안 되는 그 사람에게 가담한 상태입니다." 퍼지의 말이 점점 빨라졌다. 중산모는 너무 빨리 돌아가는 탓에 연두색의 흐릿한 형체로만 보였다. "그자들은 대놓고 활동하기 시작하면서 인정사정없는 파괴 행각을 벌이고 있소이다. 브록데일 다리 말이오, 그자가 한 짓입니다, 총리님. 나더러 물러나지 않으면 머글을 대량 학살하겠다고 위협했……."

"세상에, 그러니까 그 사람들이 살해당한 건 당신 잘못인데, 쇠줄에 녹이 슬었다느니 이음새가 부식됐다느니 하는 온갖 질문에 답해야 했던 사람은 나라는 겁니까?" 총리가 화를 내며 말했다.

"내 잘못이라니?" 퍼지의 얼굴이 시뻘게졌다. "당신이라면 그런 협박에 굴복했을 거란 얘깁니까?"

"아마 아니겠지요." 총리는 자리에서 일어나 방을 성큼성큼 돌아다니며 말했다. "하지만 나라면 협박범이 그런 잔혹한 행위를 저지르기 전에 그자를 잡는 데 총력을 기울였을 겁니다!"

"내가 이미 총력을 기울이고 있었을 거라는 생각은 정말 안 하는 거요?" 퍼지가 열을 내며 물었다. "정부 소속 오러 전원이 전부터 그자를 찾아다니면서 그 추종자들을 잡아들이려고 노력했소. 물론 지금도 그렇고! 하지만 우리는 지금 시대를 통틀어 가장 강력한 마법사, 30년 가까이 포위망을 빠져나갔던 마법사에 대해 이야기하고 있는 거란 말이오!"

"그래서, 웨스트 컨트리에서 일어난 허리케인도 그자의 소행이라고 말할 작정입니까?" 총리가 말했다. 그는 한 걸음 내디딜 때마다 성질이 솟구쳤다. 이 모든 끔찍한 재앙의 원인을 알게 됐는데도 시민들에게 말할 수 없다니 정말로 화가 났다. 결국 모든 게 정부의 잘못으로 밝혀진 것보다도 훨씬 안 좋은 일이었다.

"허리케인 같은 건 없었소." 퍼지가 비참한 듯 말했다.

"이보세요!" 총리가 호통쳤다. 이제 그는 발을 마구 구르며 왔다 갔다 하고 있었다. "나무가 뽑히고, 지붕이 뜯겨 나가고, 가로등이 휘어지고, 심각한 부상자가……."

"죽음을 먹는 자들이 한 짓이오." 퍼지가 말했다. "이름을 말해서는 안 되는 그 사람의 추종자들 말입니다. 그리고…… 그리고 우리는 거인들이 연루되어 있을 거라 의심하고 있소."

총리는 보이지 않는 벽에 부딪친 것처럼 걸음을 멈췄다.

"뭐가 연루됐다고요?"

퍼지는 얼굴을 찌푸렸다. "그자는 지난번에도 엄청난 여파를 일으키고 싶을 때면 거인들을 이용하곤 했소. 지금 거짓 정보과가 하루 24시간 작업 중이오. 우린 망각 마법사들을 여러 팀 보내 실제 사건을 목격한 모든 머글의 기억을 수정하도록 했소. 그리고 마법 생명체 통제 관리부 인원 대부분을 파견해 서머싯(잉글랜드 남서부에 있는 도시—옮긴이)을 뒤지게 했지만 거인을 찾지는 못했지. 재앙이었소이다."

"설마요!" 총리가 길길이 뛰며 말했다.

"우리 정부의 사기가 상당히 떨어졌다는 건 부인하지 않겠소." 퍼지가 말했다. "그런 일들이 일어난 데다 어밀리아 본즈까지 잃었으니."

"누굴 잃었다고요?"

"어밀리아 본즈요. 마법 사법부 장관 말입니다. 우리는 이름을 말해서는 안 되는 그 사람이 직접 어밀리아 본즈를 죽였을 수도 있다고 생각하고 있소이다. 어밀리아는 무척 실력 있는 마법사였고…… 그리고 모든 증거가 그녀가 제대로 맞서 싸웠다는 걸 보여 주고 있으니까요."

퍼지는 목을 가다듬더니 중산모 돌리기를 겨우 멈췄다.

"하지만 그 살인 사건은 신문에 났는데요." 일시적으로 정신이 팔려 화가 식은 총리가 말했다. "우리 신문 말입니다. 어밀리아 본즈…… 신문에는 혼자 사는 중년 여성이라고만 적혀 있었어요. 그건…… 끔찍한 살인 사건이었습니다. 아닌가요? 언론의 관심을 많이 끌었는데요. 경찰 수사는 오리무중이고요."

퍼지는 한숨을 쉬었다. "뭐, 당연히 그럴 거요. 안에서 잠긴 방에서 살해당하지 않았습니까? 우리는 누가 그런 짓을 했는지 정확히 알고 있어요. 그렇다고 그자를 잡는 데 조금이라도 도움이 되는 건 아니지만. 그리고 에멀린 밴스도 있소. 아마 그 사건에 대해서는 듣지 못했을……."

"아뇨, 들었습니다!" 총리가 말했다. "실은 바로 요 앞에서 일어난 사건입니다. 그 일이 터지자 신문사들이 아주 신이 났죠. '법과 질서, 총리의 뒷마당에서 붕괴되다'……."

"그것으로도 모자라……." 퍼지는 총리의 말을 거의 듣지 않고 입을 열었다. "온 동네에 디멘터들이 넘치고 있소. 놈들이 앞뒤 가릴 것 없이 사람들을 공격하면서……."

옛날 옛적, 좀 더 행복했던 시절이었다면 총리는 이 말을 알아들을 수 없었을 것이다. 하지만 지금 그는 훨씬 현명해져 있었다.

"디멘터들은 아즈카반의 죄수들을 지키는 줄 알았는데요?" 그가 조심스럽게 말했다.

"옛날엔 그랬죠." 퍼지가 지친 듯 대꾸했다. "하지만 이젠 아니오. 그놈들이 감옥을 버리고 이름을 말해서는 안 되는 그 사람에게 가담했으니까. 그게 타격이 아닌 척하진 않겠소."

"하지만……." 슬슬 두려움을 느끼며 총리가 말했다. "그것들은 사람들에게서 희망과 행복을 빨아내는 생명체라고 하지 않았습니까?"

"맞소. 게다가 놈들은 증식하고 있소. 그래서 이런 안개가 생겨나는 거요."

총리는 다리에서 힘이 풀리는 것을 느끼며 가까운 의자에 주저앉았다. 보이지 않는 생명체들이 도시와 시골 마을을 휩쓸며 유권자들에게 절망과 좌절을 뿌리고 다닌다고 생각하니 금방이라도 까무러칠 것 같았다.

"이보세요, 퍼지. 뭔가 해야지요! 그게 바로 총리인 당신이 할 일 아닙니까!"

"친애하는 총리님, 정말로 이 모든 사태가 벌어진 지금까지도 내가 여전히 마법 정부 총리일 거라고 생각하는 건 아니겠지요? 나는 사흘 전에 해임됐습니다! 마법사 사회 전체가 보름 내내 나더러 사임하라고 소리를 질러 댔소. 내 임기 동안 그렇게 단합된 모습은 처음 봤소이다!" 퍼지가 용기 있게도 애써 미소 지으며 말했다.

총리는 잠시 말을 잃었다. 이런 상황에 처하게 된 것에 화가 나기는 했지만, 맞은편에서 잔뜩 움츠러든 채 앉아 있는 남자에게 동정심이 느껴졌다.

"매우 유감입니다." 그가 결국 입을 열었다. "내가 도울 수 있는 일이 있습니까?"

"친절하시군요, 총리님. 하지만 당신이 해 줄 수 있는 건 아무것도 없습니다. 오늘 밤 내가 파견된 건, 요즘 벌어진 사건들에 관한 최신 소식을 전하고 당신에게 내 후임자를 소개시켜 주기 위해서요. 지금쯤이면 그 후임자가 도착할 거라고 생각했는데 말이죠. 물론 이렇게 많은 일이 벌어지고 있으니 지금 이 순간에도 매우 바쁘겠지만."

퍼지는 길고 곱슬곱슬한 은색 가발을 쓴 작고 못생긴 남자의 초상화를 돌아보았다. 그 남자는 깃펜 끝으로 귀를 후비고 있었다.

퍼지와 눈이 마주치자 초상화가 말했다. "덤블도어에게 보내는 편지를 마무리한 참이니 금방 도착할 예정입니다."

"행운이라도 빌어 줘야겠군." 퍼지가 처음으로 씁쓰레한 말투로 말했다. "나는 지난 보름 동안 하루에 두 번씩 덤블도어에게 편지를 썼는데 그자는 꿈쩍도 하지 않아요. 덤블도어가 그 아이를 설득할 마음만 있었어도 나는 아직…… 뭐, 어쩌면 스크림저는 나보다 잘해 낼지 모르죠."

퍼지는 속상한 듯 침묵에 잠겼다. 하지만 그 침묵은 초상화의 사무적이고 공식적인 목소리가 들리는 바람에 순식간에 깨져 버렸다.

"머글 총리에게 회담을 요청합니다. 긴급한 사안입니다. 즉시 회신 바랍니다. 마법 정부 총리 루퍼스 스크림저."

"네, 네, 알겠습니다." 총리는 건성으로 말했다. 그는 벽난로 불길이 다시 한 번 에메랄드색으로 치솟으며 그 한가운데서 빙빙 도는 또 다른 마법사가 모습을 드러냈을 때도 움찔거리지 않았다. 잠시 뒤 불길이 그 마법사를 고풍스러운 난로 깔개 위로 뱉어 냈다. 퍼지가 자리에서 일어났다. 총리도 잠깐 머뭇거리더니 똑같이 했다. 그는 새로 도착한 사람이 몸을 펴고 긴 검은색 로브에 묻은 먼지를 털어 낸 다음 돌아보는 모습을 지켜보았다.

엉뚱하게도 총리가 머릿속에서 가장 먼저 떠올린 생각은 루퍼스 스크림저가 늙은 사자처럼 생겼다는 것이었다. 갈기 같은 황갈색 머리카락과 숱 많은 눈썹에는 회색 가닥들이 군데군데 섞여 있었다. 철테 안경 너머로 예리한 노란색 눈동자가 보였고, 다리를 약간 절었음에도 긴 팔다리로 성큼성큼 걷는 동작에서는 기품이 느껴졌다. 한눈에 빈틈없고 강인한 사람이라는 인상이 전해졌다. 총리는 마법사 사회가 이처럼 위험한 시기에 지도자로 퍼지 대신 스크림저를 선택한 이유를 알 것 같았다.

"안녕하십니까?" 총리가 손을 내밀며 정중하게 말했다.

스크림저는 집무실을 눈으로 훑으며 그 손을 잠깐 잡았다 놓고 로브 안에서 마법 지팡이를 꺼냈다.

"퍼지가 다 말씀드렸겠지요?" 그가 문으로 성큼성큼 다가가더니 마법 지팡이로 열쇠 구멍을 살짝 두드리며 물었다. 자물쇠 잠기는 소리가 들렸다.

"아…… 네." 총리가 대답했다. "괜찮으시다면, 그 문을 잠그지 않는 게 좋을 것 같은데요."

"나는 방해받지 않는 게 좋습니다." 스크림저가 짧게 말했다. "감시당하거나." 그는 그렇게 덧붙이며 마법 지팡이로 창문을 가리켰다. 커튼이 홱 닫히며 창문을 가렸다. "좋소. 그럼, 나는 바쁜 사람이니 본론부터 얘기합시다. 일단, 당신의 안전 문제를 논의해야 하오."

총리는 최대한 몸을 꼿꼿이 펴고 말했다. "고맙습니다만, 나는 이미 취해진 보안 조치만으로도 매우 만족……."

"우리가 만족 못 합니다." 스크림저가 말을 잘랐다. "총리가 임페리우스 저주에 걸리면 머글들의 미래는 어두울 거요. 당신 집무실 밖에 있는 새 보좌관은……."

"킹슬리 샤클볼트를 내쫓지는 않을 겁니다. 혹시 그래야겠다는 말씀이라면요!" 총리가 발끈하며 언성을 높였다. "샤클볼트는 굉장히 능력 있는 사람입니다. 나머지 보좌관들을 다 합친 것보다 두 배는 더……."

"그건 샤클볼트가 마법사이기 때문이오." 스크림저가 한 점의 미소도 없이 말했다. "고도로 훈련받은 오러지. 당신을 보호하기 위해 배치한 사람이오."

"아니, 잠깐만요!" 총리가 소리쳤다. "당신 쪽 사람들을 내 집무실에 그냥 둘 수는 없습니다. 날 위해 일할 사람은 내가 결정……."

"샤클볼트가 마음에 든 줄 알았는데요?" 스크림저가 차갑게 말했다.

"마음에 듭니다. 그러니까, 마음에 들었었죠……."

"그럼 아무 문제 없겠군요?" 스크림저가 말했다.

"나는…… 그러니까, 샤클볼트의 업무 능력이 계속…… 훌륭하다면……." 총리가 더듬더듬 대꾸했지만 스크림저는 그의 말에 귀 기울이지 않는 것 같았다.

"자, 허버트 촐리 얘기를 해 봅시다. 당신네 부총리 말이오." 스크림저가 말을 이었다. "오리 흉내를 내면서 대중을 즐겁게 해 줬던 그 사람."

"촐리가 왜요?" 총리가 물었다.

"그 사람은 솜씨가 형편없는 마법사가 건 임페리우스 저주에 걸려 그런 행동을 한 게 틀림없소." 스크림저가 말했다. "그게 그 사람의 뇌를 혼란스럽게 만든 거요. 그렇더라도 여전히 위험할 수 있지만."

"그냥 꽥꽥거릴 뿐이잖습니까!" 총리가 자신 없는 목소리로 말했다. "조금만 쉬면 당연히…… 술만 좀 줄이면……."

"우리가 이야기하는 이 순간에도, 세인트 멍고 마법 질병 상해 병원의 치유사 한 팀이 그 사람을 진찰하고 있습니다. 지금까지 츨리는 그 치유사들 중 셋을 목 졸라 죽이려 했소." 스크림저가 말했다. "잠시 동안은 그자를 머글 사회에서 격리시키는 것이 최선이라고 봅니다."

"그러니까…… 그게…… 괜찮아지긴 하겠지요?" 총리가 불안한 듯 물었다. 스크림저는 그저 어깨만 으쓱했다. 그는 이미 벽난로 쪽으로 발걸음을 돌리고 있었다.

"내가 할 말은 그게 전부요. 추후 상황은 계속 알려 주겠소, 총리. 아니, 직접 오기에는 너무 바쁠 것 같군요. 그럴 경우 여기 있는 퍼지를 보내겠소. 퍼지가 계속 남아 자문 역할을 해 주기로 했으니."

퍼지는 미소를 지으려 했지만 치통을 앓는 사람 같은 표정을 짓고 말았다. 스크림저는 불을 초록색으로 만드는 신비한 가루를 찾아 주머니를 뒤적이고 있었다. 총리는 잠깐 동안 절망적인 눈으로 그 둘을 바라보았다. 그리고 그날 저녁 내내 억눌러 왔던 말들을 마침내 쏟아 냈다.

"하지만 세상에, 당신들은 *마법사잖소!* 마법을 쓸 줄 알잖아요! 당연히 무슨 일이든 해결할 수 있을 것 아닙니까!"

스크림저는 제자리에서 천천히 돌아서더니 퍼지와 어이없다는 눈길을 주고받았다. 이번에는 확실히 미소 짓는 데 성공한 퍼지가 상냥하게 말했다. "문제는, 상대편도 마법을 쓸 줄 안다는 거요, 총리님."

그 말과 함께, 두 마법사는 차례차례 밝은 초록색 불꽃 속으로 들어가 사라졌다.

2장
스피너스가

그로부터 수 킬로미터 떨어진 곳에서, 머글 총리실 창문에 밀려들던 그 차가운 안개가 풀이 무성하고 쓰레기가 널브러진 강둑 사이로 구불구불 흐르는 더러운 강물 위를 떠돌았다. 그곳에는 버려진 방앗간의 커다란 굴뚝이 음산한 그림자처럼 우뚝 솟아 있었다. 검은 강물의 속삭임 말고는 아무 소리도 들리지 않았고, 기대에 차서 강둑을 따라 살금살금 내려간 야윈 여우 한 마리가 긴 풀숲 사이에 놓인 피시앤칩스 포장지를 코로 들쑤셨을 뿐 어떠한 생명의 징후도 느껴지지 않았다.

하지만 그때, 들릴 듯 말 듯한 '펑' 소리와 함께, 망토에 달린 후드를 뒤집어쓴 호리호리한 사람의 형체가 난데없이 강가에 나타났다. 여우는 얼어붙은 채 경계하는 눈길로 그 낯설고 이상한 광경을 지켜보았다. 그 형체는 잠깐 자신의 위치를 확인하는 듯하더니 가볍고 빠른 걸음으로 성큼성큼 걷기 시작했다. 긴 망토가 풀 위에서 부스럭거렸다.

다시 한 번 좀 더 크게 '펑' 하는 소리가 나면서 후드를 뒤집어쓴 사람이 또 한 명 나타났다.

"잠깐만!"

덤불 아래 바짝 웅크리고 있던 여우가 날카로운 고함 소리에 깜짝 놀라 숨어 있던 곳에서 펄쩍 뛰어 강둑으로 올라갔다. 초록색 불빛이 번뜩이고 깨갱 하는 소리가 나더니 여우는 죽어서 땅바닥에 떨어졌다.

두 번째로 나타난 사람이 발끝으로 그 동물을 뒤집었다.

"진짜 여우였네." 후드 아래에서 거만한 여자 목소리가 새어 나왔다. "오러인 줄 알았는데. 씨시, 기다려!"

하지만 그녀가 쫓고 있는 사람은 빛이 번뜩일 때 잠시 멈춰서 뒤돌아보았을 뿐, 방금 여우가 떨어진 강둑 위로 허겁지겁 올라가고 있었다.

"씨시…… 나르시사, 내 말 좀 들어 봐."

두 번째로 나타난 여자가 첫 번째로 나타난 사람을 쫓아가 그녀의 팔을 붙잡았다. 하지만 그녀는 팔을 비틀어서 빼냈다.

"돌아가, 벨라!"

"내 말 들어 보라니까!"

"들을 만큼 들었고, 결정도 내렸어. 날 그만 내버려 둬!"

나르시사라 불린 여자가 강둑 위에 올라섰다. 낡은 철책이 강과 좁은 자갈길을 가르고 있었다. 다른 여자, 벨라가 지체 없이 그 뒤를 쫓았다. 그들은 나란히 서서 다 허물어가는 벽돌집들이 늘어서 있는 길 건너편을 바라보았다. 어둠 속에서 보이는 집들의 흐릿한 창문은 눈먼 사람의 눈처럼 보였다.

"여기에 산다고?" 벨라가 경멸이 담긴 목소리로 물었다. "여기에? 이 머글 똥밭에? 우리 중에서 여기에 발을 들인 건 분명 너랑 내가 처음일……."

하지만 나르시사는 듣지 않았다. 그녀는 녹슨 철책 틈으로 미끄러져 들어가 빠르게 길을 건너고 있었다.

"씨시, 기다려!"

벨라는 망토를 흩날리며 그녀를 뒤쫓았다. 나르시사가 집들 사이로 난 골목을 쏜살같이 지나 거의 똑같이 생긴 또 다른 거리로 들어가는 모습이 보였다. 가로등 몇 개가 고장 나 있었다. 두 사람은 빛과 깊은 어둠 사이사이를 달렸다. 쫓는 자는 쫓기는 자가 다른 모퉁이를 도는 순간 그녀를 따라잡았다. 이번에는 그녀의 팔을 잡아 돌려 세우고 마주 볼 수 있었다.

"씨시, 이러면 안 돼. 그자는 믿을 수 없······."

"어둠의 왕께서 그자를 믿으시잖아?"

"어둠의 왕께서는······ 내 생각엔······ 착각하시는 거야." 벨라는 숨을 헐떡였다. 이곳에 정말 둘뿐인지 주위를 살펴보는 그녀의 눈이 후드 아래에서 번뜩였다. "우리는 절대 그 계획을 누구한테도 말하지 말라는 명령을 받았어. 이건 어둠의 왕에 대한 배신······."

"그만 좀 해, 벨라!" 나르시사가 버럭 화를 내더니 망토 속에서 마법 지팡이를 꺼내 상대방의 얼굴에 위협적으로 겨눴다. 벨라는 그저 웃기만 했다.

"씨시, 친언니한테 이러기야? 너는 절대······."

"이제 내가 못 할 짓 따위는 없어!" 숨죽여 내뱉는 나르시사의 목소리에는 신경질적인 음색이 깃들어 있었다. 그녀가 칼을 휘두르듯 마법 지팡이를 휙 내리자 또 한 번 빛이 번뜩였다. 벨라는 불에 덴 것처럼 동생의 팔을 놓았다.

"나르시사!"

하지만 나르시사는 이미 앞으로 달려가 버렸다. 벨라는

손을 문지르며, 약간의 거리를 두고 다시 그녀의 뒤를 쫓았다. 그렇게 그들은 벽돌집들로 이루어진 인적 없는 미로 안으로 점점 더 깊이 들어갔다. 마침내 나르시사는 '스피너스가'라는 막다른 거리를 따라 서둘러 나아갔다. 거리 위로 방앗간 굴뚝이 마치 거대한 손가락이 경고하는 것처럼 우뚝 솟아 있었다. 깨져서 판자를 덧댄 창문들을 지나치자 자갈을 밟는 그녀의 발소리가 울렸다. 마침내 그녀는 길 맨 끝에 있는 집에 도착했다. 아래층 방 커튼 사이로 어슴푸레한 빛이 비치고 있었다.

벨라가 숨을 죽인 채 욕설을 내뱉으며 그녀를 따라잡기도 전에 나르시사는 이미 문을 두드린 뒤였다. 그들은 가쁜 숨을 몰아쉬며 기다렸다. 밤바람에 더러운 강 냄새가 실려 왔다. 잠시 후 안에서 움직이는 소리가 들리더니 문이 살짝 열렸다. 좁은 틈새로 그들을 내다보는 남자가 보였다. 누르께한 얼굴 위에 검은색 눈 주위로 길고 검은 머리카락이 커튼처럼 늘어져 있었다.

나르시사가 후드를 벗었다. 얼굴이 얼마나 창백한지 어둠 속에서 빛이 나는 것처럼 보였다. 게다가 긴 금발이 등을 따라 흘려내려 마치 익사한 사람처럼 보이기까지 했다.

"나르시사!" 남자가 문을 조금 더 열며 말했다. 흘러나온

빛이 나르시사와 그녀의 언니를 비췄다. "뜻밖이군요. 어서 오세요."

"세베루스." 그녀가 긴장한 목소리로 속삭였다. "얘기 좀 할 수 있을까요? 급한 일이에요."

"물론입니다."

남자, 세베루스는 그녀가 집 안으로 들어올 수 있도록 물러섰다. 그때까지도 후드를 쓰고 있던 그녀의 언니는 허락도 받지 않고 뒤따라 들어왔다.

"스네이프." 그녀가 그를 지나면서 짧게 말했다.

"벨라트릭스." 그가 응답했다. 두 사람이 들어간 뒤 문을 탁 닫는 그의 가느다란 입술이 살짝 비웃는 듯한 미소를 그리며 말려 올라갔다.

그들은 곧장 좁은 응접실로 들어갔다. 쿠션을 깔아 놓은 어두운 감방 같은 느낌을 주는 방이었다. 벽은 책으로 완전히 뒤덮여 있었는데 대부분의 책이 낡은 검은색 혹은 갈색 가죽으로 장정되어 있었다. 천장에는 촛불로 가득한 등잔이 매달려 있고 그 희미한 빛 아래 다 해진 소파와 낡은 안락의자, 곧 부서질 것 같은 탁자가 모여 있었다. 평소에는 사람이 살지 않는 버려진 집 안에 들어온 것 같은 분위기가 흘렀다.

스네이프가 나르시사에게 소파를 가리켰다. 그녀는 망토를 한쪽에 벗어 두고 소파에 앉아, 무릎 위에 모아 쥔, 하얗게 질려서 떨리는 자신의 손을 내려다보았다. 벨라트릭스가 천천히 후드를 벗었다. 동생의 금발만큼 선명한 검은 머리카락이 드러났다. 두 눈은 눈꺼풀이 무겁게 처져 있었지만 턱은 단단해 보였다. 그녀는 나르시사 뒤로 다가가면서도 눈은 스네이프에게서 떼지 않았다.

"그럼, 뭘 도와드릴까요?" 스네이프가 두 자매의 맞은편 안락의자에 앉으며 물었다.

"우리…… 우리밖에 없는 거 맞죠?" 나르시사가 조용히 물었다.

"네, 물론입니다. 웜테일이 있긴 하지만 해충은 사람으로 치지 않아도 되겠죠?"

그는 책으로 가득한 등 뒤의 벽을 마법 지팡이로 가리켰다. 쾅 소리와 함께 숨겨진 문이 벌컥 열리더니 좁은 계단이 드러났다. 계단에는 조그만 남자가 한껏 굳은 채 서 있었다.

"너도 분명히 알았겠지만, 웜테일, 손님이 오셨다." 스네이프가 느릿느릿 말했다.

남자는 허리가 굽은 것처럼 몸을 수그린 채 마지막 몇

계단을 슬금슬금 내려와 방으로 들어섰다. 작고 물기 어린 눈에 뾰족한 코를 가진 그는 기분 나쁠 정도로 바보 같은 웃음을 짓고 있었다. 그가 밝은 은색 장갑을 낀 것처럼 보이는 오른손을 왼손으로 연신 쓰다듬었다.

"나르시사!" 그가 꽥꽥대는 목소리로 말했다. "벨라트릭스까지! 정말 반가……."

"필요하다면 웜테일이 마실 것을 좀 가져올 겁니다." 스네이프가 말했다. "그런 다음에는 자기 방으로 돌아갈 테고요."

웜테일은 스네이프가 그에게 뭔가를 던지기라도 한 것처럼 움찔거렸다.

"난 네 하인이 아니야!" 그가 스네이프의 눈을 피하며 꽥 소리쳤다.

"그래? 나는 어둠의 왕께서 날 도우라고 널 여기에 두신 거라 생각했는데."

"돕는 건 맞지만…… 너한테 마실 것을 갖다 바치거나 청소를 해 주라는 건 아니었어!"

"웜테일, 네가 더 위험한 임무를 맡고 싶어 하는 줄은 전혀 몰랐군." 스네이프가 부드럽게 말했다. "네가 원한다면 간단하게 해결할 수 있지. 내가 어둠의 왕께 말씀……."

"나도 마음만 먹으면 직접 말씀드릴 수 있어!"

"물론 그렇겠지." 스네이프가 비웃으며 말했다. "하지만 그전에, 마실 걸 가져와라. 집요정이 만든 와인 정도면 괜찮겠군."

웜테일은 뭔가 따질 듯한 얼굴로 잠깐 머뭇거리다가 곧 돌아서서 또 다른 숨겨진 문으로 향했다. 쿵쿵대는 소리와 유리잔이 쨍그랑거리는 소리가 들렸다. 잠시 뒤 그는 쟁반에 먼지투성이 술병 하나와 유리잔 세 개를 담아 갖고 돌아와 곧 무너질 듯한 탁자 위에 탁 내려놓았다. 그러고는 허둥지둥 걸어가 책이 잔뜩 꽂힌 문을 쾅 닫고 사라졌다.

스네이프는 유리잔 세 개에 피처럼 붉은 와인을 따르고 자매에게 한 잔씩 건넸다. 나르시사는 고맙다는 말을 웅얼거렸지만 벨라트릭스는 아무 말도 하지 않고 스네이프를 계속 노려보기만 했다. 하지만 스네이프는 아무렇지도 않은 듯 오히려 즐거운 표정을 지었다.

"어둠의 왕을 위하여." 그가 잔을 들어 말하고는 그것을 비웠다.

자매들도 그를 따라 와인을 마셨다. 스네이프는 그들의 잔을 다시 채워 주었다.

나르시사가 두 번째 잔을 비우더니 서둘러 말했다. "세베루스, 갑자기 찾아와서 미안해요. 하지만 당신을 만나야 했어요. 당신만이 날 도와줄 수 있는 사람이라고 생각했…….”

스네이프는 손을 들어 그녀의 말을 막고 숨겨진 계단 문을 향해 마법 지팡이를 뻗었다. 쾅 하는 큰 소리에 이어 꽥꽥대는 소리가 들리더니 웜테일이 허겁지겁 계단을 되짚어 오르는 소리가 이어졌다.

"사과드립니다." 스네이프가 말했다. "최근에 문밖에서 엿듣는 버릇이 생겨서 말이죠. 대체 어쩌자고 저러는지…… 무슨 말을 하려고 했습니까, 나르시사?"

그녀는 긴 한숨을 내쉬고 다시 말을 시작했다.

"세베루스, 나도 여기 와선 안 된다는 건 알고 있어요. 누구에게도, 아무 말 하지 말라는 얘기를 들었지만…….”

"그럼 입 다물어!" 벨라트릭스가 소리쳤다. "특히 여기 이런 작자한테는!"

"'여기 이런 작자'라?" 스네이프가 비웃듯 되풀이했다. "그 말을 내가 어떻게 이해해야 하는 걸까요, 벨라트릭스?"

"스네이프, 너도 잘 알겠지만 내가 널 믿지 않는다는 뜻이야!"

나르시사는 눈물 없이 흐느끼는 듯한 소리를 내더니 두 손으로 얼굴을 감쌌다. 스네이프는 탁자 위에 유리잔을 내려놓고 다시 뒤로 기대앉아 양손을 의자 팔걸이에 얹은 채, 자신을 노려보는 벨라트릭스를 향해 미소 지었다.

"나르시사, 벨라트릭스가 내뱉고 싶은 말들이 많아서 참을 수가 없는 모양인데, 들어주는 게 좋겠습니다. 짜증 나게 계속 끼어드는 걸 막으려면 말이죠. 그래, 계속해 보시오, 벨라트릭스." 스네이프가 말했다. "당신이 날 믿지 않는 이유가 뭡니까?"

"그야 100가지도 댈 수 있지!" 그녀가 소파 뒤에서 성큼성큼 걸어 나와 유리잔을 탁자 위에 쾅 내려놓으며 큰 소리로 말했다. "어디서부터 시작할까! 어둠의 왕께서 몰락하셨을 때 넌 어디에 있었지? 그분이 사라지셨을 때 왜 한 번도 그분을 찾으려 하지 않았지? 그 오랜 세월 덤블도어의 손바닥 안에서 뭘 한 거야? 왜 어둠의 왕께서 마법사의 돌을 손에 넣으시려는 걸 막은 거지? 어둠의 왕께서 부활하셨을 때 왜 재깍 돌아오지 않았지? 몇 주 전 우리가 어둠의 왕을 위해 예언을 되찾으려고 싸움을 벌일 때는 어디에 있었고? 그리고 스네이프, 해리 포터가 왜 아직도 살아 있는 거지? 그 녀석을 마음껏 주무를 수 있는 시간이 5년이

나 있었는데!"

그녀는 잠시 말을 멈췄다. 가슴이 가쁘게 들썩였고, 뺨이 붉게 달아올랐다. 나르시사는 여전히 두 손으로 얼굴을 감싼 채 그녀의 뒤에 꼼짝도 하지 않고 앉아 있었다.

스네이프가 미소를 머금었다.

"대답하기 전에…… 아, 그래요, 벨라트릭스. 대답해 드리지요! 당신은 돌아가서 내 등 뒤에서 수군거리는 자들에게 내 말을 전해 줄 수 있을 테고, 어둠의 왕께 내가 배신했다는 헛소문도 전할 수 있을 테니까! 하지만 대답하기 전에, 뭐랄까, 나도 묻고 싶은 게 하나 있는데. 당신은 진심으로 어둠의 왕께서 그 질문들 하나하나를 내게 던지지 않으셨다고 생각합니까? 내가 만족할 만한 대답을 돌려 드리지 못했다면 과연 지금 여기에 앉아 당신과 이야기할 수 있었을까요?"

그녀는 머뭇거렸다.

"그분이 널 믿는다는 건 나도 알지만……."

"그분이 잘못 아신 것 같다? 아니면 내가 어떤 식으로든 그분을 속여 넘겼다고 생각하는 건가요? 어둠의 왕을, 가장 위대한 마법사이자 지금껏 이 세상에 존재한 마법사 중에서 가장 뛰어난 실력을 가진 레질리먼스를?"

벨라트릭스는 아무 말 하지 않았지만 처음으로 조금 당황한 표정이었다. 스네이프는 그 이상 밀어붙이지 않았다. 그는 와인이 든 잔을 다시 들고 한 모금 마시더니 말을 이었다. "어둠의 왕께서 몰락하셨을 때 내가 어디에 있었느냐고 물었소? 나는 그분께서 있으라고 명령하신 곳, 호그와트 마법학교에 있었습니다. 그분께서는 내가 알버스 덤블도어를 감시하길 바라셨지. 내가 그 과목 교수를 맡은 건 어둠의 왕의 명령에 따른 것이란 사실을 당신도 알고 있을 거라 생각하는데?"

그녀는 눈에 띄지 않게 고개를 끄덕이며 입을 열었지만 스네이프가 틈을 주지 않았다.

"그분께서 사라지셨을 때 왜 내가 그분을 찾으려고 노력하지 않았느냐 물었지. 에이버리, 약슬리, 캐로 남매, 그레이백, 루시우스와 같은 이유……." 그는 나르시사 쪽으로 머리를 살짝 기울였다. "그리고 수많은 자들이 그분을 찾으러 들지 않았던 것과 같은 이유 때문이었소. 나는 그분께서 끝장났다고 믿었소. 내게도 자랑스러운 일은 아니오. 내 생각이 틀렸으니까. 하지만 그게 사실이오. 당시에 믿음을 잃었던 우리를 용서하지 않으셨다면 그분께는 추종자가 거의 남아 있지 않았을 거요."

"내가 있었겠지!" 벨라트릭스가 열정적인 어조로 말했다. "내가! 그분을 위해 아즈카반에서 그 오랜 세월을 보낸 내가!"

"그래, 그랬지. 참으로 존경스럽군요." 스네이프가 심드렁하게 말했다. "물론, 감옥 안에 있었으니 별 쓸모가 없긴 했지만 보여 주기식 행동이었다면야 확실히 괜찮은……."

"보여 주기라고?" 그녀가 소리쳤다. 길길이 뛰는 모습이 약간 제정신이 아닌 것처럼 보였다. "내가 디멘터들을 견뎌 내는 동안 호그와트에서 덤블도어의 애완견 노릇이나 한 주제에!"

"그 정도까지는 아니었소." 스네이프가 담담하게 말했다. "그자는 내게 어둠의 마법 방어법 교수 자리를 주려고 하지 않았소. 그렇게 하면, 내가 다시 안 좋은 길로 돌아갈 거라고 생각한 거겠지……. 내가 다시 옛 시절의 길로 빠져들지 모른다고 말이오."

"그딴 게 어둠의 왕을 위한 네 희생이라는 거야? 고작 가장 좋아하는 과목을 가르치지 못한 게?" 그녀가 비웃었다. "왜 그 오랜 세월 동안 계속 거기 있었던 거지, 스네이프? 주인님이 끝장났다고 믿었으면서 계속 덤블도어를 염탐한 건가?"

"그럴 리가." 스네이프가 말했다. "그래도 어둠의 왕께서는 내가 그 자리를 버리지 않은 걸 기쁘게 여기시지. 나는 그분께서 돌아오시면 드릴 수 있도록 덤블도어에 관한 정보를 16년 동안이나 모아 왔으니까. 아즈카반이 얼마나 불쾌한 곳인지 끝없이 떠올리는 것보다 훨씬 유용하고 귀중한 환영 선물이었을 거요."

"하지만 네가 거기 있었던 건……."

"그래요, 벨라트릭스. 나는 호그와트에 남았소." 스네이프가 처음으로 못 참겠다는 기색을 슬며시 비치며 말했다. "내겐 아즈카반에서 썩는 것보다 마음에 드는 편안한 직업이 있었으니까. 그때 놈들은 죽음을 먹는 자들을 잡아들이고 있었지. 나는 덤블도어의 보호 덕분에 감옥신세를 면할 수 있었소. 대단히 편리한 방법이었고 난 그걸 이용한 거요. 다시 말하지만, 어둠의 왕께서는 내가 호그와트에 계속 머무른 것에 대해 불만이 없으십니다. 그런데 당신이 왜 그렇게 불평하는지 모르겠군. 그다음으로 당신이 알고 싶어 하는 건……." 벨라트릭스가 어떻게든 끼어들고 싶어 하는 기색을 보이자 그는 좀 더 큰 소리로 밀어붙였다. "내가 어둠의 왕께서 마법사의 돌을 차지하지 못하도록 방해한 이유였지. 그야 쉽게 답할 수 있소. 그분께서는 나를 믿어도 되는지 잘 모르고 계셨소. 그분도 지금 당신이 그러는 것처럼 내가 충직한 죽음을 먹는 자에서 덤블도어의 꼭두각시로 변절했을 거라 생각하셨소. 딱하게도 아주 쇠약해지셔서 그저 그런 마법사와 몸을 나누어 쓰고 계신 상태였지. 그분께서는 감히 과거의 동지에게 모습을 드러낼 수 없었소. 그 동지가 그분을 덤블도어나 정부에 팔아넘길지도 몰랐으니까. 내 입장에서는 그분께서 나를 믿지 않으신 게 굉장히 유감이오. 날 믿으셨더라면 3년이나 일찍 힘을 되찾으셨을 텐데. 그때 나는 탐욕스럽고 아무 짝에도 쓸모없는 퀴럴이 마법사의 돌을 훔치려는 모습만 보았을 뿐이오. 물론 그자를 막기 위해 할 수 있는 일은 다 했고."

몹시 쓴 약을 먹기라도 한 것처럼 벨라트릭스의 입이 비틀어졌다.

"하지만 너는 그분께서 부활하셨을 때 돌아오지 않았어. 어둠의 징표가 타오르는 것을 느끼자마자 그분께 돌아왔어야……."

"그렇소. 나는 두 시간 늦게 도착했지. 덤블도어의 명령으로."

"덤블도어의 명령이라고?" 그녀가 언성을 높이며 입을 열었다.

"생각을 좀 해 보시오!" 스네이프가 참지 못하고 소리를 질렀다. "생각을 해 보라고! 두 시간, 겨우 두 시간을 기다림으로써 나는 호그와트에 스파이로 남아 있을 수 있는 기반을 마련한 거요! 덤블도어로 하여금 내가 어둠의 왕에게로 돌아간 건 단지 덤블도어 자신의 명령을 받았기 때문이라고 생각하게 만들었기에 나는 그 뒤로도 계속 덤블도어와 불사조 기사단에 관한 정보를 전달할 수 있었소! 생각해 보시오, 벨라트릭스. 어둠의 징표는 몇 달에 걸쳐 점점 강해지고 있었고, 나는 그분께서 곧 돌아오시리란 걸 알았소. 죽음을 먹는 자들이라면 모두 알았겠지! 나한테는 내가 뭘 원하는지 생각하고 다음 행동을 계획할 시간이 충분히 있었소. 원한다면 카르카로프처럼 도망칠 시간도 있었고. 그렇지 않소? 어둠의 왕께서도 처음에는 내가 늦게 온 것에 분노하셨지. 하지만 확실히 말하는데, 내가 충성을 지켰다는 것을 설명하자 완전히 마음을 푸셨소. 덤블도어야 나를 자기 쪽 사람이라고 생각하지만. 그렇소, 어둠의 왕께서는 내가 당신을 완전히 떠났다고 생각하셨지만 그분이 틀리셨던 거요."

"하지만 네가 무슨 쓸모가 있었지?" 벨라트릭스가 빈정거렸다. "우리한테 뭔가 쓸모 있는 정보를 전해 준 적 있나?"

"내 정보는 어둠의 왕께 직접 전달되었소." 스네이프가 말했다. "그분께서 당신과 그 정보를 공유하지 않기로 하셨다면……."

"그분은 나와 모든 걸 나누셔!" 벨라트릭스가 벌컥 성을 내며 말했다. "그분은 나를 가장 충성스럽고 가장 믿을 만한……."

"그래요?" 하고 말하는 스네이프의 목소리는 못 믿겠다는 듯 미묘하게 뒤틀려 있었다. "여전히 그러신가? 마법 정부에서 그런 낭패를 겪고 난 뒤에도?"

"그건 내 잘못이 아니었어!" 벨라트릭스가 얼굴을 붉히며 소리쳤다. "과거에 어둠의 왕께서는 그분의 가장 소중한 물건을 내게 맡기셨어. 만약 루시우스가 일을 그르치지 않았다면……."

"감히…… 감히 내 남편을 비난하다니." 나르시사가 언니를 올려다보며 낮고 위협적인 목소리로 말했다.

"각자의 잘잘못을 따지는 건 아무런 의미가 없소." 스네이프가 번드르르하게 말했다. "이미 끝난 일이니까."

"하지만 넌 아무것도 안 했잖아!" 벨라트릭스가 격분해서 소리 질렀다. "우리가 위험을 감수하는 동안 넌 이번에도 자리를 비웠어. 안 그래, 스네이프?"

"내가 받은 명령은 뒤에 남아 있으라는 거였소." 스네이프가 말했다. "당신은 어둠의 왕의 의견에 동의하지 않는지도 모르지. 하지만 내가 죽음을 먹는 자들과 힘을 합쳐 불사조 기사단과 싸웠다면 과연 덤블도어가 눈치채지 못했을까? 그리고 이렇게 말해서 미안하지만, 당신이 감당했다는 그 위험이란 게 설마 10대 청소년 여섯 명이랑 맞서 싸운 걸 얘기하는 건가?"

"너도 잘 알겠지만, 기사단 절반이 곧바로 그놈들과 힘을 합쳤다!" 벨라트릭스가 으르렁거리듯 말했다. "그리고 네가 기사단 이야기를 꺼내서 말인데, 너는 아직도 기사단 본부가 어디에 있는지 밝힐 수 없다고 주장한다지?"

"나는 비밀 수호자가 아니라서 그 장소의 이름을 말할 수 없소. 그 주문의 작동 방식을 알고 있기는 한 거요? 어둠의 왕께서는 내가 넘겨 드린 기사단 정보에 만족하셨소. 당신도 짐작했겠지만, 그 정보 덕에 최근 에멀린 밴스를 붙잡아서 처단할 수 있었지. 시리우스 블랙을 제거하는 데도 확실히 도움이 됐고. 물론 그자를 끝장낸 건 모두 당신의 공이지만."

그가 고개를 기울이고 그녀를 향해 건배했다. 벨라트릭스의 표정은 누그러지지 않았다.

"내 마지막 질문을 피하고 있군, 스네이프. 해리 포터 말이야. 지난 5년 동안 너는 마음만 먹으면 언제든지 그놈을 죽일 수 있었는데도 그러지 않았어. 왜지?"

"이 문제를 어둠의 왕과 의논해 본 적이 있소?" 스네이프가 물었다.

"그분께서는…… 최근에 우린…… 난 너한테 물었다, 스네이프!"

"내가 해리 포터를 해치웠다면 어둠의 왕께서는 그 녀석의 피를 사용해서 부활할 수도, 무적의 몸이 될 수도 없었을……."

"그 녀석의 쓰임새를 미리 알고 있었다는 건가?" 그녀가 비아냥거리듯 말했다.

"그럴 리가. 나는 그분의 계획을 전혀 몰랐소. 어둠의 왕께서 돌아가신 줄 알았다는 건 이미 고백했지. 나는 그저 어둠의 왕께서 포터가 살아 있는 것을 왜 애석하게 여기지 않으셨는지 설명하려는 것뿐이오. 적어도 1년 전까지는 그러셨지……."

"그런데 왜 계속 살려 두는 거지?"

"내 말 이해 못 한 거요? 내가 아즈카반에 들어가지 않은 건 단지 덤블도어의 보호 덕분이었소! 덤블도어가 가장 아끼는 학생을 죽이면 그는 내게 등을 돌리겠지. 여기에 동의하지 못하는 거요? 물론 더 큰 이유가 있긴 하지. 포터가 처음 호그와트에 왔을 때 그 녀석 주변에 수많은 소문이 떠돌았다는 것을 다시 상기시켜 줘야겠군. 그 녀석이야말로 어둠의 마법사이고, 그래서 어둠의 왕의 공격을 받고도 살아남은 거라는 소문 말이오. 사실 어둠의 왕을 따르던 옛 추종자들 중 여럿은 모두 포터를 중심으로 다시 한 번 뭉쳐야 한다고 생각했소. 나는 호기심을 느꼈지. 이건 인정하오. 포터가 성에 처음 발을 들였을 때 나는 그 녀석을 죽일 생각이 없었소. 물론, 나는 그 녀석에게 특출한 재능이 없다는 걸 금방 깨달았지. 그 녀석은 순전히 운, 그리고 재능 있는 친구들 덕에 아슬아슬한 곤경을 수없이 헤쳐 나갔소. 예전에 그 녀석의 아버지가 그랬듯 기분 나쁠 정도로 자만심에 젖어 있기는 하지만 해리 포터는 지극히 평범하오. 나는 그 녀석을 호그와트에서 퇴학시키려고 최선을 다했소. 호그와트에 어울리는 녀석이라고 생각하지 않았으니까. 하지만 녀석을 죽이거나, 내 눈앞에서 죽도록 내버려 둔다? 덤블도어가 바로 옆에 있는데 그런 위험을 감수했다면 내가 바보였겠지."

"이 모든 일이 벌어지는 동안 덤블도어가 너를 한 번도 의심한 적이 없었단 말이야?" 벨라트릭스가 물었다. "네 진정한 충성심이 어디를 향하는지 그자가 전혀 모른다고? 여전히 너를 무조건 믿고 있다고?"

"내가 맡은 역할을 잘하고 있는 거지." 스네이프가 말했다. "그리고 당신은 덤블도어의 크나큰 약점을 간과하고 있소. 그자는 사람들의 가장 좋은 면을 끝까지 믿지. 나는 죽음을 먹는 자로 지내던 나날과 결별하고 그자의 교직원으로 합류하면서 아주 깊은 회한을 느꼈다는 이야기를 지어냈소. 그러자 그자는 두 팔을 활짝 벌려 나를 받아들였지. 물론, 되도록 나를 어둠의 마법 근처에도 못 가게 하기는 했지만. 덤블도어는 위대한 마법사이고…… 아 그래, 위대하다고 했소(벨라트릭스가 기다렸다는 듯이 반발했기 때문이었다). 그건 어둠의 왕께서도 인정하는 바요. 그러나 다행스럽게도 덤블도어는 늙어 가고 있소. 지난달 어둠의 왕과 벌인 결투가 그자에게 타격을 입혔지. 전보다 반응이 느려진 탓에 그때 이후 지금까지도 심각한 부상에 시달리고 있소. 하지만 그 오랜 세월 동안 그는 한 번도 세베루스 스네이프에 대한 믿음을 거둔 적이 없소. 어둠의 왕께서 보시기에는 바로 이 점에 나의 엄청난 가치가 놓여 있는 거요."

벨라트릭스는 여전히 불쾌한 표정을 짓고 있었지만 다음에는 스네이프를 어떻게 공격해야 좋을지 잘 떠오르지 않는 모양이었다. 그녀의 침묵을 틈타 스네이프가 벨라트릭스의 동생에게로 돌아섰다.

"자…… 내 도움이 필요하다고요, 나르시사?"

나르시사가 눈을 들어 그를 바라보았다. 그녀는 말없이 표정만으로 절망을 전달하고 있었다.

"네, 세베루스. 나는…… 나는 당신만이 날 도와줄 수 있을 거라고 생각했어요. 달리 기댈 곳이 없었어요. 루시우스는 감옥에 있고……."

그녀가 눈을 감자 눈꺼풀 아래로 두 줄기 눈물이 주르륵 흘러내렸다.

"어둠의 왕께서는 나에게 이 얘기를 하지 말라고 명하셨어요." 나르시사가 여전히 눈을 감은 채 말을 이었다. "그분께서는 아무도 이 계획을 알지 못하기를 바라세요. 이건…… 아주 비밀스러운 일이니까요. 하지만……."

"그분께서 금지하셨다면 이야기해선 안 됩니다." 스네이프가 곧바로 말했다. "어둠의 왕께서 하시는 말씀이 곧 법이니까요."

나르시사는 스네이프가 찬물을 끼얹기라도 한 것처럼

숨을 헉 들이켰다. 벨라트릭스는 이 집에 들어온 이래 처음으로 만족스러운 표정을 지었다.

"거봐!" 그녀가 의기양양한 기색으로 동생에게 말했다. "스네이프까지 이렇게 얘기하잖아. 말하지 말라는 지시를 받았으면 입을 다물어야지!"

스네이프는 자리에서 일어나 작은 창문을 향해 성큼성큼 걸어가더니 커튼 사이로 인적 없는 거리를 내다보고 흠칫하며 다시 커튼을 닫았다. 그는 돌아서서 얼굴을 찡그리며 나르시사를 마주 보았다.

"공교롭게도 마침 내가 그 계획을 알고 있지요." 그가 나직한 목소리로 말했다. "나는 어둠의 왕께 계획을 들은 몇 안 되는 사람 중 하나입니다. 그렇더라도 나르시사, 내가 그 비밀을 알고 있지 않았다면 당신은 지금 어둠의 왕께 어마어마한 반역의 죄를 짓는 셈입니다."

"틀림없이 알 거라고 생각했어요!" 나르시사는 홀가분하게 한숨을 내쉬고 말했다. "그분께서는 세베루스 당신을 무척 믿으시니까……."

"네가 그 계획을 알고 있단 말이야?" 벨라트릭스가 물었다. 그녀의 얼굴에서 만족스럽던 표정이 스치듯 사라지고 분노의 빛이 떠올랐다. "네가 안다고?"

"물론이오." 스네이프가 말했다. "한데 무슨 도움이 필요한 겁니까, 나르시사? 내가 어둠의 왕을 설득해 마음을 바꾸시도록 만들 수 있을 거라고 생각한다면, 유감이지만 그럴 가능성은 없습니다. 절대로."

"세베루스." 그녀가 속삭였다. 그녀의 창백한 뺨 위로 눈물이 흘러내렸다. "내 아들이…… 하나뿐인 내 아들이……."

"드레이코한테는 얼마나 자랑스러운 일이냐." 벨라트릭스가 냉담하게 말했다. "어둠의 왕께서 그런 영광을 베풀어 주시다니. 드레이코도 그거 하나는 인정해 줘야겠던데. 임무가 주어졌을 때 몸을 사리지 않는 것 말이야. 그 앤 자기 능력을 증명해 보일 기회가 생겨서 기뻐하고 있어. 앞으로 벌어질 일들에 흥분해서……."

나르시사는 사무친 듯 울음을 터뜨렸다. 그녀는 애원하는 눈으로 스네이프를 바라보았다.

"그건 그 애가 겨우 열여섯 살이고 무엇이 자기를 기다리고 있는지 전혀 모르기 때문이에요! 왜죠, 세베루스? 왜 내 아들인가요? 너무 위험해요! 이건 분명 루시우스가 저지른 실수에 대한 보복이에요!"

스네이프는 아무 말도 하지 않았다. 그는 그녀가 눈물

흘리는 모습이 품위 없는 광경이라도 된다는 양 외면했지만 그녀의 목소리까지 안 들리는 척할 수는 없었다.

"그래서 드레이코를 선택하신 거죠?" 그녀가 고집스럽게 말했다. "루시우스를 벌주려고!"

"드레이코가 성공한다면……." 스네이프가 그녀에게서 눈을 돌린 채 입을 열었다. "그 아이는 어느 누구보다도 큰 영예를 누리게 될 겁니다."

"하지만 성공하지 못할 거예요!" 나르시사가 흐느꼈다. "어떻게 성공하겠어요, 어둠의 왕 본인께서도……."

벨라트릭스가 헉하며 숨을 들이쉬었다. 나르시사도 멈칫하는 듯했다.

"내 말은 그러니까…… 아직 아무도 성공한 적이 없잖아요……. 세베루스…… 제발요……. 당신은 예전부터 지금까지 쭉 드레이코가 가장 좋아하는 교수님이었어요……. 루시우스의 오랜 친구이기도 하고요……. 이렇게 간청할게요……. 당신은 어둠의 왕께서 가장 총애하시고, 또 가장 신뢰하는 조언자잖아요……. 그분께 말씀드리고 그분을 설득할 수 없을까요?"

"어둠의 왕께서는 설득당하지 않을 것이고, 나 또한 그런 시도를 할 만큼 멍청하지 않습니다." 스네이프가 딱 잘라 말했다. "어둠의 왕께서 루시우스에게 화가 나지 않으셨다고는 못 하겠군요. 루시우스는 책임자였어요. 그런데도 수많은 사람들과 함께 체포됐습니다. 그뿐만 아니라 예언을 되찾는 데도 실패했어요. 그래요, 어둠의 왕께서는 화가 나셨습니다, 나르시사. 정말로 무척 화가 나셨죠."

"그럼 내 말이 맞군요. 그분께서는 벌을 주시는 의미에서 드레이코를 선택하신 거예요!" 나르시사가 목멘 소리로 말했다. "드레이코가 성공할 거라 생각하시는 게 아니라 그 애가 임무를 수행하는 도중에 죽기를 바라시는 거라고요!"

스네이프가 아무 말도 하지 않자 나르시사는 얼마 남지 않은 자제력마저 잃는 듯했다. 자리에서 일어난 그녀가 비틀거리며 스네이프에게 다가가 그의 로브 앞자락을 그러쥐었다. 그녀가 그의 얼굴에 자기 얼굴을 바짝 대고 그의 가슴팍에 눈물을 흘리면서 헐떡였다. "당신이 할 수 있잖아요. 당신이 드레이코 대신 할 수 있잖아요, 세베루스. 당신은 성공할 거예요. 당신이라면 당연히 성공하겠죠. 그럼 그분께서 당신에게 우리 모두가 받을 것을 뛰어넘는 보상을 해 주실……."

스네이프는 그녀의 손목을 잡고 자신을 붙든 손을 떼어 냈다. 그가 눈물로 얼룩진 그녀의 얼굴을 내려다보며 천천히 말했다. "그분께서도 아마 결국에는 나에게 일을 맡기실 겁니다. 하지만 드레이코가 먼저 시도해야 한다는 결심은 단호하십니다. 알다시피, 가능성은 낮지만 혹시라도 드레이코가 성공한다면 나는 호그와트에 좀 더 오래 남아 스파이로서 유용한 역할을 수행할 수 있을 테니까요."

"그러니까 드레이코가 죽든 말든 그분께는 전혀 상관없는 일이라는 거군요!"

"어둠의 왕께서는 화가 아주 많이 나셨습니다." 스네이프가 조용히 반복했다. "예언을 듣지 못하셨으니까요. 당신도 나만큼 잘 알고 있겠지만, 나르시사, 그분께서는 쉽게 용서하시지 않습니다."

그녀는 스네이프의 발 앞에 주저앉아 바닥에서 흐느끼며 신음했다.

"내 하나밖에 없는 아들이…… 하나뿐인 내 아들이……."

"넌 자랑스러워해야 해!" 벨라트릭스가 무자비하게 말했다. "나한테 아들이 있었다면 어둠의 왕을 모시는 데 기꺼이 바쳤을 거야!"

나르시사는 절망스러운 마음에 작은 비명을 내지르며 긴 금빛 머리카락을 움켜쥐었다. 스네이프가 의자에서 일어나 나르시사의 팔을 잡고 일으켜서는 다시 소파로 데려갔다. 그는 그녀의 잔에 와인을 더 따라 억지로 그녀의 손에 쥐여 주었다.

"나르시사, 이제 그만해요. 이걸 마셔요. 내 말을 들어 봐요."

그녀는 조금 진정하더니, 떨리는 손으로 잔을 들어 와인을 한 모금 마시다가 몸에 흘렸다.

"어쩌면…… 나한테 드레이코를 도울 방법이 있을지도 모르겠군요."

그녀가 하얗게 질린 얼굴로 눈을 커다랗게 뜨고 몸을 똑바로 하고 앉았다.

"세베루스…… 아, 세베루스, 그 애를 도와주실 건가요? 그 애를 돌봐 주고, 그 애가 다치지 않도록 지켜봐 줄 건가요?"

"노력은 하지요."

그녀는 유리잔을 팽개치듯 내려놓았다. 그 잔이 탁자 건너편으로 미끄러지는 사이 그녀는 소파에서 내려와 스네이프의 발 앞에 무릎을 꿇고 앉았다. 그러고는 두 손으로 그의 손을 잡고 입을 맞추었다.

"당신이 드레이코를 보호해 주겠다면…… 세베루스, 맹세해 주겠어요? '깨뜨릴 수 없는 맹세'를 해 주실 건가요?"

"깨뜨릴 수 없는 맹세요?" 스네이프의 텅 빈 표정에서는 아무것도 읽어 낼 수 없었지만 벨라트릭스는 의기양양하게 킬킬거렸다.

"못 들었어, 나르시사? 아니, 노력은 해 본다잖아. 어련하실까…… 평소처럼 빈말을 하는 거야. 늘 그랬던 것처럼 빠져나갈 핑계를 대는 거라고……. 아, 물론 그것도 어둠의 왕의 명령이겠지!"

스네이프는 벨라트릭스 쪽을 쳐다보지 않았다. 그의 검은 두 눈은 오직 눈물이 가득 고인 나르시사의 푸른 눈에 고정되어 있었다.

"알겠습니다, 나르시사. 깨뜨릴 수 없는 맹세를 하지요." 그가 조용히 말했다. "아마 당신 언니가 우리의 '묶는 자'가 되어 줄 겁니다."

벨라트릭스의 입이 쩍 벌어졌다. 스네이프는 몸을 구부리고 나르시사의 맞은편에 무릎을 꿇었다. 벨라트릭스가 깜짝 놀란 얼굴로 지켜보는 가운데 그들은 서로의 오른손을 맞잡았다.

"마법 지팡이가 필요할 거요, 벨라트릭스." 스네이프가 차갑게 말했다.

벨라트릭스가 여전히 경악한 표정을 지은 채 마법 지팡

이를 꺼냈다.

"그리고 좀 더 가까이 다가와야겠죠." 그가 말했다.

벨라트릭스는 앞으로 걸어 나와 그들을 내려다보고 서서, 그들의 맞잡은 손에 마법 지팡이 끝을 갖다 댔다.

나르시사가 말했다.

"당신, 세베루스는 내 아들 드레이코가 어둠의 왕께서 바라시는 일을 이루고자 할 때 그 아이를 보살펴 줄 건가요?"

"그렇게 하겠습니다." 스네이프가 말했다.

마법 지팡이에서 가느다란 혓바닥 같은 눈부신 불꽃이 흘러나와 붉게 달아오른 철사처럼 그들의 손을 휘감았다.

"그리고 그 아이가 다치지 않도록 최선을 다해 지켜 줄 건가요?"

"그렇게 하겠습니다." 스네이프가 말했다.

마법 지팡이에서 또 한 번 혓바닥 같은 불꽃이 길게 뻗어 나오더니 처음의 불꽃과 뒤얽혔다. 두 줄기 불꽃이 가느다랗게 빛나는 사슬을 이루었다.

"그리고 필요할 경우…… 만약 드레이코가 실패할 것 같다면……." 나르시사가 속삭였다(한순간 스네이프의 손이 그녀의 손안에서 움찔거렸지만 그는 손을 빼지 않았다). "어둠의 왕께서 드레이코에게 명령하신 일을 대신 수행할 건가요?"

 잠시 침묵이 흘렀다. 벨라트릭스는 그들의 꽉 맞잡은 손 위로 마법 지팡이를 든 채 눈을 크게 뜨고 그 광경을 지켜보았다.

 "그렇게 하겠습니다." 스네이프가 말했다.

 또 한 차례 마법 지팡이에서 튀어나온 불꽃에 벨라트릭스의 깜짝 놀란 얼굴이 붉게 빛났다. 그 빛은 다른 빛들과 얽히면서 두 사람의 맞잡은 손을 밧줄처럼, 불로 이루어진 뱀처럼 단단하게 휘감았다.

3장
시리우스의 유언

 해리 포터는 큰 소리로 코를 골고 있었다. 그는 지난 네 시간 동안 침실 창가의 의자에 앉아 어두워져 가는 거리를 내다보다가 얼굴 한쪽을 차가운 창턱에 대고 잠들었다. 안경은 비뚤어지고 입은 크게 벌린 채였다. 오렌지색 가로등 불빛으로 반짝이는 창문에 그의 부옇고 후끈한 숨결이 서렸다. 인공적인 불빛이 얼굴을 창백하게 만드는 탓에 그는 부스스한 검은 머리카락을 가진 유령처럼 보였다.

 방은 다양한 소지품과 쓰레기로 가득했다. 올빼미 깃털, 사과 심, 사탕 껍질이 바닥에 흩어져 있고, 여러 권의 마법책이 침대 위 엉킨 로브들 사이에 뒤죽박죽 널브러져 있었다. 책상 위로 어수선하게 떨어지는 불빛 아래 신문 한 무더기가 놓여 있었는데, 그중 한 신문에는 다음과 같은 헤드라인이 큼직하게 박혀 있었다.

해리 포터, '선택받은 자'인가?

최근 마법 정부에서 이름을 말해서는 안 되는 그 사람이 또다시 목격된 가운데, 이 수수께끼 같은 소요 사태와 관련해서 각종 소문이 난무하고 있다.

"그 일에 관해서는 언급할 수 없습니다. 아무것도 묻지 마십시오." 어젯밤, 이름을 밝히기를 거부한 한 망각 마법사가 정부 청사를 나서며 불안한 얼굴로 말했다.

그러나 정부에 배치된 고위 소식통들은 이 소요 사태가 전설적인 예언의 방에서 일어났음을 확인해 주었다.

마법 정부의 대변인들은 지금까지 그런 장소의 존재 여부를 확인해 주는 것조차 거부해 왔지만, 마법사 사회에서는 무단 침입과 절도 미수로 아즈카반에서 복역 중인 죽음을 먹는 자들이 예언을 훔치기 위해 정부에 침입했을 거라고 믿는 사람이 늘어나고 있는 실정이다. 해당 예언의 내용은 거의 알려지지 않았으나, 살해 저주에서 살아남았다고 알려진 유일한 인물이자 사건이 일어난 그날 밤 정부 청사에 있었던 것으로 알려진 해리 포터에 관한 내용일 것이라는 추측이 지배적이다. 일각에서는 심지어 예언이 이름을 말해서는 안 되는 그 사람을 몰아낼 수 있는 유일한 인물로 포터를 지목했을 거라고 믿으며 그를 '선택받은 자'라고 부르고 있다.

예언의 현재 위치는(만약 그런 게 존재한다면) 전혀 파악되지 않고 있다. 다만…… (2면 5단에서 계속)

첫 번째 신문 옆에 또 다른 신문이 놓여 있었다. 이 신문의 헤드라인은 다음과 같았다.

스크림저, 퍼지의 후임으로

사자 갈기 같은 숱 많은 머리카락에 거친 얼굴을 한 남자의 흑백사진이 1면을 가득 채우고 있었다. 움직이는 사진 속의 남자가 천장을 향해 손을 흔들어 댔다.

전직 마법 사법부 오러 본부 본부장 루퍼스 스크림저가 코닐리어스 퍼지의 뒤를 이어 마법 정부 총리가 되었다. 마법사 사회는 대체로 이번 인사를 열렬히 환영했으나, 위즌가모트 최고위원장으로 재임용된 알버스 덤블도어와 새 총리 사이의 마찰에 관한 소문이 그가 총리직을 맡은 지 몇 시간 만에 수면 위로 올라왔다.

스크림저의 대변인들은 그가 총리직에 오른 직후 덤블도어를 만난 사실은 인정했으나 두 사람이 논의한 주제에 대해서는 논평을 거부했다. 알버스 덤블도어는 잘 알려진 대로…… (3면 2단에서 계속)

이 신문 왼쪽에 놓인 또 다른 신문은 '**정부는 학생들의 안전을 보장합니다**'라는 제목의 기사가 보이도록 접혀 있었다.

새로 취임한 마법 정부 총리 루퍼스 스크림저는 오늘, 호그와트 마법학교로 귀환하는 학생들의 안전을 보장하기 위해 정부에서 취한 강력한 새 조치들에 관해 이야기했다.

"당연하지만 정부에서는 새롭고 엄중한 보안 계획에 대해 자세히 설명하지는 않을 겁니다." 총리가 말했다. 다만, 정부 내 소식통에 따르면 이러한 보안 조치에는 방어 마법과 일반 마법, 일련의 복잡한 반격 저주와, 호그와트 학교 보호에만 전념할 소수의 오러 태스크포스 팀이 포함되어 있다.

사람들은 대체로 학생들의 안전에 관한 새로운 총리의 강

경한 자세에 안심하는 분위기다. 오거스타 롱보텀 여사는 "내 손자 이름이 네빌이에요. 해리 포터의 친한 친구이기도 하죠. 마침 6월에 정부 청사에서 해리 포터와 함께 죽음을 먹는 자들에 맞서 싸우기도……."

이 기사의 나머지 부분은 그 위에 놓인 커다란 새장에 가려져 있었다. 새장 안에는 아름다운 흰올빼미가 있었다. 올빼미는 호박색 눈으로 도도하게 방을 훑어보며, 코를 고는 주인에게 가끔씩 머리를 획획 돌리곤 했다. 한 번인가 두 번쯤 녀석이 초조해하며 부리를 딱딱거렸지만 해리는 너무 깊이 잠든 탓에 그 소리를 듣지 못했다.

커다란 짐 가방이 방 한가운데 놓여 있었다. 가방은 뭔가를 기대하듯 활짝 열려 있었지만, 낡은 속옷, 사탕, 빈 잉크병 몇 개와 부러지고 남은 깃펜이 바닥을 겨우 채우고 있을 뿐 안은 거의 비어 있었다. 가방 옆에는 다음과 같은 문구가 선명히 새겨진 자주색 전단지가 방바닥에 놓여 있었다.

마법 정부 발행
어둠의 세력으로부터 집과 가족을 지키는 방법

최근 마법사 사회는 자칭 '죽음을 먹는 자'라는 조직의 위협을 받고 있습니다. 다음의 간단한 보안 지침을 따르면 여러분 자신과 가족, 가정을 그들의 공격에서 보호하는 데 도움이 될 것입니다.

1. 혼자서 집 밖으로 나가지 마십시오.

2. 어두울 때는 특별히 유의해야 합니다. 해가 지기 전에 귀가할 수 있는 범위에서만 움직이길 바랍니다.

3. 집 주변의 보안장치들을 재확인하십시오. 가족 모두가 방패 마법과 보호색 마법, 미성년자가 있을 경우 동반 순간이동 같은 비상조치에 대해 알고 있는지 확인해야 합니다.

4. 죽음을 먹는 자들은 폴리주스 마법약(2페이지 참조)을 이용해 다른 사람 행세를 할 수 있습니다. 이들을 가려내기 위해 가까운 친구 및 가족 사이에 신원 확인용 질문을 준비하십시오.

5. 가족이나 동료, 친구, 이웃이 이상하게 행동한다는 느낌이 들면 즉시 마법 수사대에 연락하십시오. 임페리우스 저주(4페이지 참조)에 걸린 상태일 수 있습니다.

6. 거주 공간이나 기타 건물에 어둠의 징표가 나타나

는 경우, 그곳에 **들어가지 말고** 즉시 오러 본부에 연락하십시오.

7. 확인되지 않은 목격담에 따르면 죽음을 먹는 자들은 현재 인페리우스(10페이지 참조)들을 이용하고 있을 수도 있습니다. 인페리우스를 목격하거나 마주치는 경우 **즉시** 정부에 신고해 주시길 바랍니다.

해리가 잠결에 웅얼거렸다. 얼굴이 창문에서 살짝 미끄러지면서 안경이 더욱 비뚤어졌지만 그는 깨어나지 않았다. 몇 년 전 고쳐 놓은 자명종 시계가 창턱 위에서 시끄럽게 째깍거리며 11시 1분 전을 알렸다. 그 옆, 축 늘어진 해리의 손에는 비스듬하고 가느다란 글씨가 빼곡히 적힌 양피지가 들려 있었다. 사흘 전에 받은 이 편지는 원래 단단하게 돌돌 말려 있었지만, 해리가 하도 펼쳐서 읽은 탓에 지금은 완전히 납작하게 펴져 있었다.

해리에게,

너만 괜찮다면 오는 금요일 밤 11시에 내가 프리빗가 4번지로 가서 너를 버로까지 데려다주도록 하마. 남은 방학 기간 동안 함께 지내자며 버로에서 너를 초대했단다.

> 또 네가 동의한다면, 내가 버로우로 가는 길에 처리하려는 일에 도움을 주었으면 좋겠구나. 그 일이 무엇인지는 만나서 더 자세히 설명하마.
>
> 이 부엉이를 돌려보내면서 당장을 줬으면 한다. 이번 주 금요일에 만나기를 기대하마.
>
> 가장 깊은 진심을 담아,
>
> 알버스 덤블도어

이미 그 내용을 달달 외우고 있었지만 해리는 그날 저녁 7시부터 프리빗가 전체가 다 내려다 보이는 침실 창문 앞에 자리를 잡고 몇 분마다 계속 편지를 힐끔거리고 있었다. 그는 덤블도어의 편지를 계속 읽어 봐야 아무 의미가 없다는 것을 알고 있었다. 시키는 대로 편지를 가져온 부엉이 편에 "네"라는 답변을 돌려보냈으니 이제 할 수 있는 일이라고는 기다리는 것뿐이었다. 덤블도어가 오거나, 오지 않거나 둘 중 하나였다.

하지만 해리는 아직 짐을 싸지 않았다. 더즐리 가족과 겨우 보름 같이 지냈는데 벌써 이곳을 벗어나게 되다니 너무 좋아서 도무지 사실로 받아들여지지가 않았던 것이다. 그는 일이 잘못될 거라는 느낌을 떨쳐 버릴 수가 없었다. 덤블도어에게 보낸 답장이 딴 길로 샜다거나, 덤블도어가 그를 데리러 오는 도중에 뭔가의 방해를 받을지도 몰랐다. 아니면, 애초에 그 편지가 덤블도어에게서 온 것이 아니라 속임수나 장난, 함정이었던 것으로 밝혀질 수도 있었다. 해리는 짐을 쌌다가 실망하고 다시 풀어야 하는 상황을 감당할 자신이 없었다. 길을 떠날지도 모를 상황에 대비해서 그가 취한 유일한 행동은 흰올빼미 헤드위그를 안전하게 새장에 가둬 놓는 것뿐이었다.

자명종 시계의 분침이 숫자 12에 닿자마자 창밖의 가로등이 꺼졌다.

해리는 갑작스러운 어둠이 자명종이라도 된 것처럼 퍼뜩 잠에서 깨어났다. 서둘러 안경을 바로잡고 유리창에서 뺨을 떼어 낸 다음 창문에 코를 바짝 대고 가늘게 뜬 눈으로 거리를 내려다보았다. 길고 펄럭거리는 망토를 입은 키 큰 사람이 정원에 난 길을 걸어오고 있었다.

해리는 전기 충격이라도 받은 것처럼 펄쩍 뛰다가 의자를 넘어뜨리고 말았다. 그런 다음 그는 바닥에 놓인 물건들을 정신없이 낚아채 짐 가방에 던져 넣기 시작했다. 로브들, 마법 책 두 권, 감자칩 한 봉지를 가방 안으로 던지고 있을 때 초인종이 울렸다.

아래층 거실에서 버넌 이모부가 소리쳤다. "어떤 정신

나간 인간이 이런 밤중에 찾아오고 난리야?"

해리는 한 손에는 놋쇠 망원경을, 다른 손에는 운동복 바지를 든 채 얼어붙었다. 덤블도어가 올지도 모른다고 더즐리 가족에게 미리 알렸어야 했는데 까맣게 잊어버렸던 것이다. 그는 당황하면서도 한편으론 웃음이 터질 것 같은 기분을 느끼며 짐 가방을 타 넘고 침실 문을 열었다. 때마침 깊은 울림이 깃든 목소리가 들려왔다. "안녕하세요? 당신이 더즐리 씨군요. 해리한테서 내가 데리러 올 거라는 얘기를 들으셨겠지요?"

해리는 한 번에 두 칸씩 계단을 달려 내려가다 말고 우뚝 멈춰 섰다. 그는 가능한 한 이모부의 손이 닿지 않는 곳에 있어야 한다는 것을 오랜 경험으로 알고 있었다. 키가 크고 호리호리하며 은빛 머리카락과 은빛 턱수염을 허리까지 늘어뜨린 남자가 문밖에 서 있었다. 구부러진 코에 반달 안경을 얹은 그는 긴 검은색 여행용 망토를 걸친 채 뾰족한 모자를 쓰고 있었다. 색깔만 검을 뿐 덤블도어만큼 무성한 콧수염을 기르고 암갈색 잠옷을 입고 있는 버넌 더즐리가 그 조그만 눈으로 믿을 수 없다는 듯 방문객을 바라보고 있었다.

"어이없다는 그 충격받은 표정을 보건대, 내가 온다는

소식을 해리가 미리 알리지 않았나 봅니다." 덤블도어가 유쾌하게 말했다. "하지만 당신이 나를 따뜻하게 집으로 맞아들인 걸로 치면 어떨까요. 요즘처럼 힘든 시기에 문 앞에서 너무 오래 지체하는 건 현명하지 않은 일이니까요."

그는 재빨리 문턱을 넘어와 현관문을 닫았다.

"지난번 들른 이후로 오랜만입니다." 덤블도어가 구부러진 코 아래로 버넌 이모부를 바라보며 말했다. "자주군자란은 확실히 잘 자라고 있군요."

버넌 더즐리는 아예 아무 말도 하지 않았다. 해리는 이모부의 관자놀이에서 핏줄이 위험할 정도로 꿈틀거리는 것을 보고 그가 곧 무슨 말을 할 거라고 생각했지만, 덤블도어가 일시적으로 그의 숨을 멈춰 버린 것처럼 보였다. 덤블도어가 너무 노골적으로 마법사처럼 등장했기 때문일 수도 있고, 제아무리 버넌 이모부라도 함부로 대하기 어려운 사람이 나타났다는 것을 직감했기 때문인지도 몰랐다.

"오, 해리. 잘 지냈니?" 덤블도어가 반달 안경 너머로 눈을 들어 매우 만족스러운 눈빛으로 해리를 바라보며 말했다. "훌륭하다, 훌륭해."

이 말이 버넌 이모부의 부아를 돋운 듯했다. 해리를 보고 "훌륭하다"라고 말할 수 있는 사람과는 결코 의견을 같이할 수 없다고 생각하는 게 틀림없었다.

"무례하게 굴려는 건 아니지만……." 버넌 이모부가 음절 하나하나에 무례해질 조짐을 실어 입을 열었다.

"슬픈 일이오만, 의도치 않은 무례함은 놀라울 정도로 자주 벌어지지요." 덤블도어가 진지하게 그 문장을 맺었다. "아무 말도 하지 않는 게 최선일 겁니다, 친애하는 버넌. 아, 그리고 이분은 분명 피튜니아겠군요."

부엌문이 열려 있고, 해리의 이모가 잠옷 위에 실내복을 걸친 채 고무장갑을 끼고 서 있었다. 평소처럼 부엌 전체를 깨끗이 닦아 내는 취침 전 청소를 하고 있었던 게 분명했다. 말처럼 생긴 그녀의 얼굴에 드러난 건 오직 충격뿐이었다.

"알버스 덤블도어입니다." 버넌 이모부가 그녀를 소개할 생각을 하지 않자 덤블도어가 말했다. "물론, 우린 전에 편지로 얘기한 적이 있지요." 덤블도어는 피튜니아 이모에게 폭발하는 편지인 하울러를 보낸 적이 있었다. 해리가 생각하기에 "편지로 얘기했다"고 표현하기 이상한 일이었지만, 피튜니아 이모는 그 표현을 문제 삼지 않았다. "이쪽은 틀림없이 아드님인 더들리일 테고?"

더들리는 거실문 사이로 막 내다보던 참이었다. 잠옷의

줄무늬 목깃에서 솟아 나온 비대한 금발 머리는 이상하게 몸과 분리된 것처럼 보였고, 입은 놀라움과 두려움으로 쩍 벌어져 있었다. 덤블도어는 더즐리 가족 중 누구라도 입을 열까 싶어 잠시 기다렸다. 하지만 침묵만 계속되자 그는 슬며시 미소 지었다.

"여러분이 나를 거실로 초대한 셈 칠까요?"

덤블도어가 지나가자 더즐리는 허둥지둥 길을 내주었다. 여전히 망원경과 운동복 바지를 꽉 움켜쥐고 있던 해리는 남은 계단을 훌쩍 뛰어내려 덤블도어를 쫓아갔다. 덤블도어는 벽난로와 가장 가까운 안락의자에 앉아 가벼운 흥미가 깃든 표정으로 주위를 둘러보았다. 어처구니없을 만큼 이곳과 어울리지 않는 모습이었다.

"저…… 교수님, 출발 안 하나요?" 해리가 불안한 듯 물었다.

"아니다, 가야지. 하지만 먼저 논의해야 할 문제가 몇 가지 있단다." 덤블도어가 말했다. "그 얘기를 바깥에서 하고 싶지는 않구나. 환대해 주시는 네 이모와 이모부께 조금만 더 폐를 끼쳐야겠다."

"기어이 여기 계시겠다?"

버넌 더즐리가 거실에 들어와 있었다. 피튜니아가 그의

옆에 바짝 붙어 있었고 더들리는 두 사람 뒤에 숨어 있었다.

"그렇소." 덤블도어가 간단히 말했다. "그래야겠군요."

덤블도어는 해리가 미처 보지 못했을 만큼 빠르게 마법 지팡이를 꺼내 들었다. 그가 아무렇지도 않게 마법 지팡이를 튕기자 소파가 휙 날아오더니 더즐리 가족 셋의 무릎 뒤를 탁 쳤다. 그들은 동시에 소파에 주저앉았다. 덤블도어가 또 한 번 마법 지팡이를 튕기자 소파는 세 사람을 실은 채 원래 자리로 쏜살같이 돌아갔다.

"편안하게 있는 게 낫겠지요." 덤블도어가 유쾌하게 말했다.

그가 마법 지팡이를 다시 주머니에 넣을 때 해리는 그의 손이 검게 쭈그러든 것을 발견했다. 마치 불에 타서 살이 떨어져 나간 것 같았다.

"교수님, 손은 어쩌다가……?"

"나중에 얘기하자, 해리." 덤블도어가 말했다. "앉으려무나."

해리는 너무 놀라 말을 잃은 더즐리 가족 쪽은 보지 않기로 하고 남아 있는 안락의자를 끌어당겼다.

"마실 거라도 권할 거라고 기대했습니다만." 덤블도어가 버넌 이모부에게 말했다. "지금까지의 상황을 미루어 보니 그건 어리석을 정도로 낙관적인 기대겠군요."

마법 지팡이가 세 번째로 휙 움직이자 먼지 덮인 유리병과 유리잔 다섯 개가 공중에 나타났다. 유리병이 살짝 기울어지면서 유리잔 하나하나에 벌꿀 빛깔 액체를 가득 따랐다. 유리잔들은 곧 방 안에 있는 한 사람 한 사람에게로 둥실둥실 날아갔다.

"로즈메르타 씨의 최상급 오크통 숙성 벌꿀술이란다." 덤블도어가 해리에게 잔을 들어 보이며 말했다. 해리는 자기 잔을 들고 한 모금 마셨다. 지금까지 한 번도 마셔 본 적 없는 음료수였는데 굉장히 맛있었다. 더즐리 가족은 겁에 질린 눈길을 재빨리 주고받더니 자기들에게 날아온 유리잔을 아예 못 본 척하려고 노력했다. 유리잔이 그들의 옆머리를 부드럽게 쿡쿡 찌르고 있어서 무시하기 어려웠을 텐데도 말이다. 해리는 덤블도어가 이 상황을 즐기고 있다는 느낌을 지울 수가 없었다.

"자, 해리." 덤블도어가 그에게 고개를 돌리며 말했다. "어려운 문제가 하나 생겼는데, 나는 네가 우리를 위해 그 문제를 해결해 줬으면 좋겠다. 여기에서 우리란 불사조 기사단을 말한단다. 일단 시리우스의 유언장이 1주일 전에 발견됐다는 소식을 너에게 전해 줘야겠구나. 시리우스는 자신이 가진 모든 것을 너에게 남겼다."

저쪽 소파에서 버넌 이모부가 고개를 돌렸지만 해리는 그를 쳐다보지 않았다. "아, 네"라는 말 말고는 뭐라고 해야 할지 떠오르지 않았다.

"이건 대체로 꽤 간단한 일이다." 덤블도어가 말을 이었다. "그린고츠의 네 계좌에 상당량의 금화가 더해지게 되고, 시리우스의 개인 소지품도 모두 네가 상속받게 된다. 유산에서 문제의 소지가 있는 부분은……."

"애 대부가 죽었소?" 소파에 앉아 있던 버넌 이모부가 큰 소리로 물었다. 덤블도어와 해리 둘 다 고개를 돌려 그를 바라보았다. 벌꿀술 잔은 이제 꽤 고집스럽게 버넌 이모부의 머리를 두드리고 있었다. 그는 손을 휘둘러 그것을 쫓아 버리려고 했다. "죽었단 말이오? 쟤 대부가?"

"그렇습니다." 덤블도어가 말했다. 그는 해리에게 왜 더즐리 가족에게 그 일을 알리지 않았느냐고 묻지 않았다. "문제는……." 그는 말이 한 번도 끊어진 적 없다는 듯이 해리를 보며 말을 이었다. "시리우스가 너에게 그리몰드가 12번지도 남겼다는 거란다."

"집을 남겼단 말이오?" 버넌 이모부가 탐욕스럽게 물었다. 그의 작은 눈이 가늘어졌지만 그의 물음에 대답하는 사람은 아무도 없었다.

"계속 본부로 쓰셔도 돼요." 해리가 말했다. "전 상관없어요. 가지셔도 되고요. 사실 전 별로 갖고 싶지 않아요." 해리는 할 수만 있다면 다시는 그리몰드가 12번지에 발을 들이고 싶지 않았다. 그토록 간절히 떠나고 싶어 하던 장소에 갇힌 채 그 어둡고 퀴퀴한 방들을 홀로 배회하던 시리우스의 기억에 영원히 사로잡힐 것만 같았던 것이다.

"참 너그러운 마음씨로구나." 덤블도어가 말했다. "하지만 우린 잠시 그곳을 떠난 상태란다."

"왜요?"

"글쎄……." 덤블도어는 버넌 이모부가 구시렁거리는 소리를 무시하고 말을 이었다. 그 집요한 벌꿀술 잔은 이제 버넌 이모부의 머리를 빠르게 두들기고 있었다. "블랙 가문의 전통에 따르면 그 저택은 직계 후손에게만 상속되어야 한단다. 블랙이라는 성을 가진 다음 세대 남자에게로 말이야. 남동생인 레귤러스가 시리우스보다 먼저 죽었고 두 사람 다 아이가 없었으므로, 블랙 가문의 마지막 후손은 시리우스였다. 시리우스는 유언장에서 그 집을 너에게 물려주겠다는 뜻을 확실히 밝히고 있지만, 어쨌든 순수 혈통이 아닌 사람은 절대 소유할 수 없도록 하는 주문이나 마법이 그곳에 걸려 있을 가능성이 있다."

해리는 곧바로 그리몰드가 12번지의 복도에 걸려 비명을 지르고 욕설을 내뱉던 시리우스 어머니의 초상화를 생생하게 떠올렸다. "분명 그럴 거예요." 그가 말했다.

"그래, 아마 그럴 거다." 덤블도어가 말했다. "그리고 그런 마법이 존재한다면 그 집의 소유권은 시리우스의 살아 있는 친척 중 가장 나이가 많은 사람, 다시 말해 시리우스의 사촌인 벨라트릭스 레스트레인지에게로 이전될 가능성이 높다."

해리는 자기도 모르게 자리에서 벌떡 일어섰다. 그의 무릎 위에 놓여 있던 망원경과 운동복 바지가 바닥에 떨어졌다. 시리우스를 죽인 벨라트릭스 레스트레인지가 그의 집을 물려받는다고?

"안 돼요." 그가 말했다.

"그래, 우리도 물론 벨라트릭스가 그 집을 물려받지 않았으면 한다." 덤블도어가 침착하게 말했다. "상황이 복잡하게 얽혀 있단다. 그 집의 소유권이 시리우스의 손을 떠난 지금도 우리가 직접 그곳에 건 마법, 예컨대 그곳의 위치가 드러나지 않도록 하는 마법이 유지될지 잘 모르겠거든. 벨라트릭스가 언제든 그 집 문 앞에 나타날 수 있다는 애기란다. 당연히 우리는 상황이 확실해지기 전까지 그 집을 비워야 했지."

"그런데 제가 그 집을 가져도 되는지는 어떻게 알아내시려고요?"

"다행히" 하고, 덤블도어가 입을 열었다. "간단한 시험 방법이 있다."

그는 의자 옆 작은 탁자에 빈 잔을 내려놓았다. 하지만 그가 뭔가 할 겨를도 없이 버넌 이모부가 소리쳤다. "이 망할 것들 좀 치워 줄 수 없소?"

해리가 돌아보니 더즐리 가족 셋 모두 팔로 머리를 감싸고 웅크린 채였다. 유리잔들이 그들의 머리 위에서 통통 튕기면서 내용물이 사방으로 흩날렸다.

"아, 미안합니다." 덤블도어가 정중히 말하더니 다시 마법 지팡이를 들어 올렸다. 유리잔 세 개가 모두 사라졌다. "하지만 그걸 마시는 게 더 예의 바른 행동이었을 겁니다."

버넌 이모부는 당장에라도 끝없는 악담을 쏟아 낼 것처럼 보였지만 그저 피튜니아 이모, 더들리와 함께 쿠션 속으로 몸을 움츠릴 뿐 아무 말도 하지 않았다. 그의 작고 돼지 같은 눈은 덤블도어의 마법 지팡이에 머물러 있었다.

"그게 말이다." 덤블도어는 버넌 이모부가 끼어든 일 따위는 없었던 것처럼 해리를 돌아보며 다시 말했다. "네가 그 집을 물려받는다면, 너는 그 집뿐만 아니라……."

그가 다섯 번째로 마법 지팡이를 튕겼다. 요란한 '펑' 소리가 나더니 집요정이 나타났다. 코가 있을 자리에 주둥이가 달려 있고, 거대한 박쥐 모양 귀와 어마어마하게 큰 눈을 가진 집요정이 더러운 누더기를 걸치고 더즐리네 집 긴 털 카펫 위에 웅크리고 있었다. 피튜니아 이모는 머리카락이 쭈뼛 설 만큼 비명을 질렀다. 그녀가 기억하는 한 이렇게 더러운 것이 그녀의 집에 들어온 적은 평생 단 한 번도 없었다. 더즐리는 커다란 분홍빛 맨발을 바닥에서 들어 올려 거의 머리 위까지 치켜들었다. 그 생물이 자기 잠옷 바지 속으로 달려들지도 모른다고 생각하는 것 같았다. 버넌 이모부가 소리쳤다. "저게 *대체* 뭐요?"

"크리처도 상속받는 거다." 덤블도어가 말을 마쳤다.

"크리처는 안 갈 겁니다요, 크리처는 안 갈 겁니다요, 크리처는 안 갈 겁니다요!" 집요정이 쉰 목소리로 **꽥꽥거렸**다. 거의 버넌 이모부 목소리만큼이나 시끄러웠다. 크리처는 길쭉하고 울퉁불퉁한 발을 쿵쿵 구르며 자신의 양쪽 귀를 잡아당겼다. "크리처는 벨라트릭스 아가씨 것입니다요. 아, 그렇고말고요. 크리처는 블랙 가문 거예요. 크리처는 새로운 여자 주인님을 모시고 싶어요. 크리처는 포터 녀석에게 가지 않을 겁니다요. 크리처는 안 갈 겁니다요. 안 가요, 안 가……."

"보면 알겠지만, 해리." 덤블도어가 쉰 목소리로 계속되는 크리처의 "안 가요, 안 가요, 안 가요"를 누르고 목소리를 높였다. "크리처는 자기 소유권이 너에게 이전되는 걸 좀 꺼리는 것 같다."

"상관없어요." 해리가 몸을 비틀며 발을 굴러 대는 집요정을 혐오스럽다는 눈으로 바라보며 말을 이었다. "저도 바라지 않아요."

"*안 가요, 안 가요, 안 가요, 안 가요……*"

"크리처의 소유권이 벨라트릭스 레스트레인지에게 넘어가도 괜찮겠느냐? 크리처가 지난 한 해 동안 불사조 기사단 본부에 살았다는 것을 생각하거라."

"*안 가요, 안 가요, 안 가요, 안 가요……*"

해리는 덤블도어를 뚫어지게 바라보았다. 그도 크리처가 이곳을 떠나 벨라트릭스 레스트레인지와 함께 살게 두어선 안 된다는 것을 알고 있었다. 하지만 시리우스를 배신한 생명체의 주인이 되어 그를 책임진다니 생각만 해도 속이 메스꺼웠다.

"크리처에게 명령을 내려 보거라." 덤블도어가 말했다. "너에게 소유권이 넘어왔다면 크리처는 네 말을 따라야 할 것이다. 그렇지 않다면 크리처가 정당한 소유권을 가진 그의 여자 주인에게 가지 못하도록 다른 방법을 강구해야 한단다."

"안 가요, 안 가요, 안 가요, **안 가!**"

크리처의 목소리가 비명처럼 높아졌다. 해리는 별달리 할 말을 떠올리지 못하고 순간적으로 "크리처, 입 닥쳐!"라고 소리쳤다.

크리처는 순간 숨이 막히는 듯했다. 녀석은 목을 움켜쥔 채 입을 여전히 격하게 움직였다. 크리처의 두 눈이 툭 튀어나왔다. 크리처는 잠깐 동안 정신없이 숨을 꿀꺽꿀꺽 삼킨 뒤에야 카펫에 얼굴을 파묻고 쓰러졌다(피튜니아 이모가 훌쩍거렸다). 그러고는 두 손과 두 발로 바닥을 내리치며, 난폭하지만 아주 조용하게 분통을 터뜨렸다.

"그래, 문제가 해결됐구나." 덤블도어가 밝은 목소리로 말했다. "시리우스가 일을 제대로 처리한 모양이다. 너는 그리몰드가 12번지와 크리처의 정당한 주인이다."

"제가…… 크리처를 꼭 데리고 있어야 하나요?" 해리는 아연실색하며 물었다. 크리처는 그의 발 앞에서 몸부림치고 있었다.

"싫다면 그러지 않아도 된단다." 덤블도어가 말했다. "내가 제안을 하자면, 크리처를 호그와트로 보내 주방에서 일하게 하는 것도 좋을 것 같다. 그러면 다른 집요정들이 크리처를 지켜볼 수 있을 테니."

"네." 해리가 안심하며 말했다. "네, 그렇게 할게요. 음…… 크리처. 나는 네가 호그와트에 가서 다른 집요정들과 함께 그곳 주방에서 일했으면 좋겠어."

이제는 아예 벌렁 드러누워 팔다리를 허공에다 내젓고 있던 크리처가 깊은 증오가 담긴 눈길로 해리를 쳐다보더니 또 한 번 시끄러운 '펑' 소리를 내며 사라졌다.

"잘했다." 덤블도어가 말했다. "히포그리프 벅빅 문제도 있단다. 시리우스가 죽은 뒤로 해그리드가 돌보고 있는데, 이제 벅빅도 네 것이니 달리 조치하고 싶다면……."

"아뇨." 해리가 대번에 말했다. "해그리드랑 있어도 돼요. 벅빅도 그걸 더 좋아할 거예요."

"해그리드가 기뻐하겠구나." 덤블도어가 미소 지으며 말했다. "해그리드는 벅빅을 다시 보고는 좋아서 어쩔 줄 몰라 했다. 이건 다른 얘기지만, 우리는 벅빅의 안전을 위해 당분간 녀석을 위더윙스라고 부르기로 했단다. 마법 정부에서 녀석이 예전에 사형선고를 받았던 그 히포그리프라는 걸 밝혀 낼 것 같지는 않지만 말이다. 자, 해리. 짐은 싸 뒀니?"

"아……."

"내가 과연 나타날지 의심했던 게로구나?" 덤블도어가 단번에 상황을 파악하고 물었다.

"바로 가서…… 어…… 끝낼게요." 해리가 바닥에 떨어진 망원경과 운동복 바지를 얼른 집어 들며 말했다.

필요한 물건을 모두 찾아 가방에 넣는 데 10분이 조금 넘게 걸렸다. 그는 부랴부랴 침대 밑에서 투명 망토를 꺼내고 색깔이 변하는 잉크병 마개를 꽉 잠근 다음, 솥단지 위로 짐 가방을 억지로 닫았다. 그러고는 한 손으로 짐 가방을 끌고 다른 손으로는 헤드위그의 새장을 든 채 아래층으로 다시 내려갔다.

해리는 덤블도어가 현관에서 기다리고 있지 않은 것을 보고 실망했다. 그건 거실로 돌아가야 한다는 뜻이었기 때문이다.

모두 입을 다물고 있었다. 덤블도어는 편안해 보이는 얼굴로 나직이 콧노래를 흥얼거렸지만, 분위기는 싸늘하게 식은 커스터드보다 뻑뻑했다. 해리는 감히 더즐리 가족에게는 눈길도 주지 못하고 입을 열었다. "교수님, 이제 준비 됐어요."

"좋아." 덤블도어가 말했다. "이제 마지막 한 가지가 남았구나." 그는 고개를 돌려 다시 한 번 더즐리 가족에게 말을 걸었다. "여러분도 분명 알고 있겠지만, 1년만 있으면 해리도 성인이 될……."

"아뇨." 덤블도어가 나타난 이후 처음으로 피튜니아 이모가 입을 열었다.

"뭐라고 하셨습니까?" 덤블도어가 정중하게 물었다.

"아뇨, 그렇지 않아요. 얘는 더들리보다 한 달 늦게 태어났는데, 더더스는 내후년이 되어야 열여덟 살이 되니까요."

"아." 덤블도어가 유쾌하게 말했다. "하지만 마법사 세계에서는 열일곱 살에 성인이 됩니다."

버넌 이모부가 "어처구니없군" 하고 꿍얼거렸지만 덤블도어는 그 말을 못 들은 척했다.

"자, 이미 아시다시피 볼드모트 경이라 불리는 마법사가 이 나라에 돌아왔습니다. 마법사 사회는 지금 전쟁 상태예요. 볼드모트 경은 이미 여러 차례 해리를 죽이려 들었고, 지금 해리는 큰 위험에 처해 있습니다. 이 아이의 부모가 살해당했으니 여러분이 친자식처럼 돌보아 주었으면 좋겠다는 마음을 담은 편지를 내가 이 댁 현관 계단에 남기고 떠난 15년 전 그날보다도 말입니다."

덤블도어는 잠시 말을 멈췄다. 그의 목소리는 분노의 기색이 담기기는커녕 여전히 밝고 침착했다. 하지만 해리는 그에게서 어떤 차가운 기운이 뿜어 나오는 것을 느꼈고, 더즐리 가족이 서로 바짝 붙어 앉는 것을 눈치챘다.

"여러분은 내가 부탁한 대로 하지 않았습니다. 해리를 아들처럼 대해 준 적이 없어요. 여러분의 손에 자라면서 이 아이는 방치와, 종종 있었던 학대 말고는 겪은 게 없습니다. 그나마 다행이라고 말할 수 있는 점은, 해리는 적어도 당신들 사이에 앉아 있는 저 불행한 아이가 당신들에게 당한 것과 같은 끔찍한 악영향에서 벗어날 수 있었다는 겁니다."

피튜니아 이모와 버넌 이모부는 더들리 외에 다른 누군가가 자신들 사이에 끼어 있기라도 한 듯 본능적으로 옆을 돌아보았다.

"우리가…… 더더스를 학대했다고? 그게 무슨……?" 버넌 이모부가 화를 내며 입을 열었지만 덤블도어는 조용히 하라는 뜻으로 손가락을 들었다. 버넌 이모부는 갑자기 말을 못하게 된 듯 조용해졌다.

"내가 15년 전에 걸었던 마법은 해리가 이곳을 '집'이라고 부를 수 있는 한 강력한 보호를 받게 되는 마법이었습니다. 해리가 이곳에서 아무리 비참하게 살았더라도, 아무리 환영받지 못했더라도, 아무리 부당한 대우를 받았더라도 당신들은 억지로나마 해리에게 머물 곳을 내줬지요. 이 마법은 해리가 열일곱 살이 되는 순간, 그러니까 해리가 성인이 되는 순간 작동을 멈춥니다. 내가 부탁하고 싶은 건 이것 하나뿐입니다. 해리가 열일곱 살 생일을 맞기 전에 한 번만 더 이 집으로 돌아올 수 있게 해 주십시오. 그러면 해리는 그때까지 확실히 마법의 보호를 받을 수 있을 겁니다."

더즐리 가족 중 누구도 말을 하지 않았다. 더들리는 여전히 자기가 학대당한 적이 있는지 생각해 내려는 듯 살짝 얼굴을 찌푸리고 있었다. 버넌 이모부는 목구멍에 뭐가 걸린 것 같은 표정을 지었다. 피튜니아 이모만이 묘하게 얼굴을 붉혔다.

"자, 해리…… 떠날 시간이구나." 덤블도어가 마침내 의자에서 일어나 긴 검은색 망토를 폈다. "그럼 다시 만납시다." 그가 다시 만날 순간이 영원히 오지 않기를 바라는 표정을 짓고 있는 더즐리 가족에게 말했다. 그러고는 모자를 살짝 벗으며 인사하더니 미끄러지듯 방을 나갔다.

"안녕히 계세요." 해리는 더즐리 가족에게 빠르게 말한 뒤 덤블도어를 쫓아갔다. 덤블도어는 헤드위그의 새장이 얹혀 있는 해리의 짐 가방 옆에 멈춰 서 있었다.

"지금은 이 짐들이 거치적거리지 않는 게 좋겠다." 그가 말하며 다시 마법 지팡이를 꺼냈다. "이것들을 먼저 버로로 보내도록 하마. 다만 투명 망토는 직접 들고 갔으면 좋겠구나. 만일이라는 게 있으니까."

해리는 엉망진창인 가방 속을 덤블도어에게 보이지 않으려고 애쓰며 힘겹게 투명 망토를 꺼냈다. 그가 투명 망토를 재킷 안주머니에 집어넣자 덤블도어는 마법 지팡이를 흔들었다. 짐 가방과, 헤드위그가 들어 있는 새장이 순식간에 사라졌다. 덤블도어는 이어서 마법 지팡이를 다시 흔들었다. 현관문이 열리며 서늘하고 안개 자욱한 어둠이 눈앞에 펼쳐졌다.

"자, 해리. 저 밤의 어둠 속으로 나가 보자. 우리를 유혹하는 저 변덕스러운 모험이란 것을 한번 해 보자꾸나."

4장
호러스 슬러그혼

지난 며칠 동안 해리는 잠든 시간을 제외하면 덤블도어가 그를 데리러 와 주기를 간절히 바라고 있었다. 그러나 막상 그와 함께 프리빗가를 걷고 있자니 몹시도 어색했다. 그는 그때까지 한 번도 호그와트 바깥에서 교장과 제대로 대화를 나눠 본 적이 없었다. 두 사람 사이에는 보통 책상이 놓여 있었다. 게다가 마지막으로 덤블도어를 마주했던 때의 기억이 자꾸 떠오르면서 해리를 더욱 부끄럽게 만들었다. 그때 해리는 덤블도어가 가장 아끼는 물건들을 박살 내려고 기를 쓰면서 고함을 질러 대기까지 했다.

그러나 덤블도어는 더없이 평온해 보였다.

"마법 지팡이를 손에 쥐고 있거라, 해리." 그가 밝은 목소리로 말했다.

"하지만 학교 밖에서는 마법을 쓰면 안 되지 않나요, 교수님?"

덤블도어가 말했다. "만약 공격을 당하면, 네가 할 수 있는 그 어떤 저주 해제 마법이나 반격 마법을 써도 된다. 내가 허락하마. 하지만 오늘 밤에는 공격당할 걱정은 안 해도 될 것 같구나."

"왜요?"

"내가 같이 있잖느냐." 덤블도어가 간단하게 말했다. "그거면 된단다, 해리."

그는 프리빗가 끝에서 갑자기 멈춰 섰다.

"물론 아직 순간이동 시험을 통과하지 않았겠지?" 그가 말했다.

"네." 해리가 말했다. "열일곱 살이 되어야 하는 걸로 아는데요?"

"맞다." 덤블도어가 말했다. "그러니까 내 팔을 아주 꽉 잡아야 한다. 괜찮다면 왼팔을 잡거라. 너도 눈치챘겠지만, 지금은 내 마법 지팡이 잡는 쪽 팔이 좀 시원찮아서 말이야."

해리는 덤블도어가 내민 팔뚝을 잡았다.

"잘했다." 덤블도어가 말했다. "자, 가자꾸나."

해리는 덤블도어의 팔이 비틀리듯 빠져나가려는 것을 느끼고 손아귀에 더욱 힘을 주었다. 다음 순간에는 모든 것이 검게 변했다. 사방에서 아주 강한 힘이 그를 압박했다. 숨을 쉴 수가 없을 지경이었다. 철로 만든 끈이 가슴을 죄어 오는 것 같았다. 눈알이 머릿속으로 파고들어 가는 것 같고, 고막이 두개골 더 깊은 곳으로 밀려들어 가는 것 같더니……

해리는 차가운 밤공기를 허파 가득 들이마시며 눈을 떴다. 눈에서는 눈물이 줄줄 흐르고 있었다. 아주 꽉 끼는 고무관 속을 억지로 통과한 듯한 기분이었다. 잠시 후 그는 프리빗가가 사라진 것을 깨달았다. 그와 덤블도어는 이제 텅 빈 마을 광장처럼 보이는 곳에 서 있었다. 광장 한가운데에는 오래된 전쟁 기념비와 벤치 몇 개가 놓여 있었다. 정신을 차리고 상황을 파악하던 해리는 자신이 평생 처음으로 순간이동을 했다는 사실을 깨달았다.

"괜찮니?" 덤블도어가 그를 내려다보며 걱정스럽게 물었다. "이 감각에 익숙해지기까지는 확실히 시간이 좀 걸린단다."

"괜찮아요." 해리가 귀를 문지르며 말했다. 그의 귀는 프리빗가를 떠나고 싶은 마음이 별로 없었던 것 같았다. "그렇지만 저는 빗자루가 더 좋은 것 같아요."

덤블도어가 미소를 머금고 여행용 망토의 옷깃을 더 바짝 조이며 말했다. "이쪽이다."

그는 활기찬 걸음을 내디뎠다. 그들은 텅 빈 여관과 집들을 지나쳤다. 근처 교회의 시계를 보니 어느새 자정에 가까운 시각이었다.

"그럼 말해 보렴, 해리." 덤블도어가 말했다. "네 흉터 말이다…… 그동안 조금이라도 아팠던 적 있었니?"

해리는 무의식적으로 손을 들어 이마의 번개 모양 흉터를 문질렀다.

"아뇨." 그가 말했다. "그래서 궁금했어요. 볼드모트가 다시 강해지고 있으니 흉터가 계속 욱신거릴 거라고 생각했거든요."

그는 덤블도어를 힐끗 올려다보았다. 덤블도어는 흡족한 표정을 짓고 있었다.

"나는 오히려 반대로 생각했다." 덤블도어가 말했다. "볼드모트 경이 네가 지금까지 위험을 무릅쓰고 자기 생각과 감정에 접근해 왔다는 걸 비로소 깨달은 거야. 이제는 그자가 너를 상대로 오클루먼시를 쓰고 있는 것 같구나."

"전 아무 불만 없어요." 해리가 말했다. 심란한 꿈들도, 볼드모트의 마음을 꿰뚫어봤던 놀라운 순간들도 전혀 그립지 않았다.

그들은 모퉁이를 돌아 공중전화 부스와 버스 정류장을 지났다. 해리는 다시 덤블도어를 곁눈질했다.

"교수님?"

"왜 그러니, 해리?"

"저…… 정확히 여기가 어디예요?"

"해리, 여기는 버들리 배버튼이라는 매력적인 마을이란다."

"여기서 뭘 하는 건가요?"

"아, 그렇지. 내가 말을 안 해 줬구나." 덤블도어가 말했다. "음, 최근 몇 년 동안 이 말을 몇 번이나 했는지 모르겠다만, 이번에도 교수님이 한 명 부족해졌잖니. 그래서 내 옛 동료에게 은퇴 생활을 그만두고 호그와트로 돌아오라고 설득하기 위해 여기에 온 거란다."

"제가 어떻게 도움이 될 수 있을까요, 교수님?"

"아, 네 역할은 곧 알게 될 거다." 덤블도어가 모호하게 말했다. "여기서 왼쪽이다, 해리."

그들은 양옆으로 집들이 늘어서 있는 가파르고 좁은 거

리를 걸어갔다. 창문들은 모두 컴컴하니 불이 꺼져 있었다. 2주 동안 프리빗가에 드리워져 있었던 이상한 냉기가 이곳까지 이어졌다. 해리는 디멘터들이 떠올라 어깨 너머로 뒤를 돌아보고, 마음을 다잡으려는 듯 주머니 속 마법 지팡이를 꽉 움켜쥐었다.

"교수님, 왜 옛 동료 교수님 집으로 곧장 순간이동을 하지 않으신 거죠?"

"왜냐하면 그건 현관문을 걷어차고 들어가는 것만큼이나 무례한 일이거든." 덤블도어가 말했다. "동료 마법사들에게 우리가 들어가는 것을 거부할 기회를 주는 게 예의란다. 게다가 마법사들이 사는 집은 대부분 원치 않는 순간이동자들의 침입을 막기 위해 마법으로 보호되고 있어. 예를 들어 호그와트에서는……."

"……건물이나 교정 안 어디에서도 순간이동을 할 수 없죠." 해리가 재빨리 말했다. "헤르미온느 그레인저가 말해 줬어요."

"헤르미온느 말이 맞다. 여기서 다시 왼쪽이다."

그들의 등 뒤에서 교회 시계가 자정을 알렸다. 해리는 덤블도어가 이렇게 늦은 시간에 옛 동료를 방문하는 일은 왜 무례한 일이라 여기지 않는지 궁금했지만, 일단 대화가 시작되자 그보다 더 묻고 싶은 것들이 생겼다.

"교수님, 《예언자일보》에서 퍼지 총리가 사임했다는 기사를 봤는데요……."

"그래." 덤블도어가 말했다. 이제 그는 가파른 옆길로 접어들고 있었다. "너도 이미 봤겠지만, 퍼지가 물러나고 오러 본부 본부장이었던 루퍼스 스크림저라는 사람이 그 자리를 대신하게 됐단다."

"그분…… 교수님이 보시기에 그분은 괜찮은 사람인가요?" 해리가 물었다.

"흥미로운 질문이구나." 덤블도어가 말했다. "능력 있는 사람인 건 확실하다. 코닐리어스보다는 결단력이 있고 강단이 있지."

"네, 근데 제 말은……."

"네가 무슨 말을 하는지 안다. 루퍼스는 행동하는 사람이고, 경력의 대부분을 어둠의 마법사들과 싸우면서 보낸 만큼 볼드모트 경을 과소평가하지도 않아."

아무리 기다려도 덤블도어는 《예언자일보》에 보도되었던 그와 스크림저 사이의 불화에 대해서는 한 마디도 하지 않았고, 해리는 그 주제를 밀어붙일 배짱이 없었으므로 화제를 돌렸다.

"그리고…… 교수님…… 본즈 장관님 기사도 봤어요."

"그랬구나." 덤블도어가 조용히 말했다. "엄청난 손실이지. 본즈 장관은 위대한 마법사였어. 바로 저기인 것 같구나. ……아이고."

그는 다친 손으로 길을 가리키다가 신음했다.

"교수님, 손은 대체 어쩌다가……?"

"지금은 설명할 시간이 없단다." 덤블도어가 말했다. "손에 땀을 쥐게 하는 이야기니 그만한 대접을 해 줘야지."

그는 해리를 보며 빙그레 웃었다. 해리는 자기가 무시당한 게 아니라는 것을 알았다. 그리고 질문을 계속해도 된다는 것도 이해했다.

"교수님, 부엉이를 통해서 마법 정부의 전단지를 받았어요. 죽음을 먹는 자들에 대비한 안전조치에 관한 것이었는데……."

"그래, 나도 한 장 받았다." 덤블도어가 여전히 미소 지으며 말했다. "쓸모가 있더냐?"

"별로요."

"그래, 나도 그렇게 생각했다. 예를 들면, 너는 내가 가짜가 아니라 진짜 덤블도어 교수인지 확인하기 위해 내가 가장 좋아하는 잼이 뭔지 물어보지 않았지."

"저는……." 해리가 입을 열었다. 꾸중을 듣는 건지 아닌지 확신이 서지 않았다.

"혹시 나중에 써먹을 일이 있을까 봐 하는 말인데, 해리, 산딸기 맛이란다……. 물론 내가 죽음을 먹는 자라면 내 흉내를 내기 전에 내가 어떤 잼을 좋아하는지 확실히 조사하겠지만 말이야."

"어…… 그러네요." 해리가 말했다. "음, 그 전단지에 인페리우스에 대한 얘기가 적혀 있던데요. 그게 정확히 뭐예요? 전단지에는 명확하게 써 있지 않아서요."

"시체란다." 덤블도어가 차분하게 말했다. "어둠의 마법사가 시키는 대로 움직이도록 마법이 걸린 죽은 몸뚱어리지. 그러나 인페리우스는 오랫동안 목격된 적이 없단다. 지난번 볼드모트가 강력했을 때 이후로는 말이야……. 그자는 물론 인페리우스 부대를 만들 만큼 수많은 사람을 죽였지. 여기다, 해리, 바로 여기야……."

그들은 정원이 딸린 아담하고 깔끔한 석조 주택으로 다가가고 있었다. 인페리우스라는 끔찍한 존재를 이해하느라 바빠 다른 데 신경 쓸 겨를이 없었던 해리는 덤블도어가 그 집 대문 앞에서 갑자기 걸음을 멈췄는데도 계속 나아가다가 그에게 부딪히고 말았다.

"아 이런. 이런, 이런, 이런."

해리는 덤블도어의 시선을 따라 정성껏 가꾼 정원 길을 쭉 살펴보다가 가슴이 철렁 내려앉는 것을 느꼈다. 현관문이 떨어져 경첩에 달랑달랑 매달려 있었던 것이다.

덤블도어가 거리 이쪽저쪽을 얼른 살펴봤지만 아무도 없는 것 같았다.

"마법 지팡이를 꺼내고 따라오너라, 해리." 그가 조용히 말했다.

덤블도어는 대문을 열고 빠르고 조용히 정원 길을 따라 걸었다. 해리가 그를 바짝 뒤쫓았다. 이윽고 덤블도어는 마법 지팡이를 치켜들고 현관문을 아주 천천히 열었다.

"루모스."

덤블도어의 마법 지팡이 끝에 불이 켜지면서 좁은 복도를 비췄다. 왼쪽에 또 다른 문이 열려 있었다. 덤블도어는 불빛을 내뿜는 마법 지팡이를 높이 들어 올리고 거실로 들어갔다. 해리가 그 뒤를 따랐다.

완전한 파괴의 현장이 눈에 들어왔다. 괘종시계가 박살이 난 채 그들의 발밑에 놓여 있었다. 시계 판에는 금이 갔고, 시계추는 조금 거리를 둔 곳에 떨어뜨린 검처럼 널브러져 있었다. 피아노는 옆으로 쓰러져서 건반들이 바닥에 흐트러져 있고, 떨어진 샹들리에의 잔해들이 근처에서 반짝거렸다. 쿠션들은 푹 꺼진 채 옆의 찢어진 틈으로 깃털들이 삐져나오고, 유리와 도자기 파편들이 가루처럼 사방을 뒤덮고 있었다. 덤블도어는 마법 지팡이를 더욱 높이 들어 올렸다. 빛이 벽을 비추자 뭔가 검붉고 끈끈한 것이 벽지에 흩뿌려진 광경이 보였다. 해리가 작게 숨을 들이켜자 덤블도어가 주위를 둘러보았다.

"보기 좋은 광경은 아니구나. 그렇지?" 그가 무겁게 말했다. "그래, 여기에서 뭔가 끔찍한 일이 벌어진 모양이다."

덤블도어는 조심스럽게 방 한가운데로 다가가 발아래에 놓인 잔해를 자세히 살펴보았다. 해리는 부서진 피아노나 뒤집힌 소파 뒤에 뭔가 숨어 있을지도 모른다는 생각에 반쯤 겁을 먹고 주위를 둘러보며 그 뒤를 따랐지만 시체 같은 것은 보이지 않았다.

"싸움이 있었나 봐요. 놈들이 그분을 끌고 간 걸까요, 교수님?" 해리는 벽에 이 정도 높이까지 피가 튀려면 얼마나 심한 부상을 당해야 하는지 상상하지 않으려고 애쓰면서 말했다.

"그건 아닌 것 같다." 덤블도어가 옆으로 쓰러진, 속을 빵빵하게 채운 안락의자를 내려다보며 조용히 말했다.

"그럼 교수님은 그분이……?"

"아직도 여기 어딘가에 있을 것 같냐고? 그래, 맞다."

그리고 덤블도어는 아무런 예고도 없이 몸을 홱 숙이고 지팡이 끝으로 빵빵한 안락의자를 쿡 찔렀다. 안락의자가 "아얏!" 하고 소리를 질렀다.

"잘 있었나, 호러스." 덤블도어가 몸을 펴며 말했다.

해리의 입이 떡 벌어졌다. 방금 전까지 안락의자가 있었던 곳에 웬 나이 든 남자가 웅크리고 있었던 것이다. 꽤 뚱뚱하고 머리가 벗어진 그 남자는 아랫배를 문지르며 억울하다는 듯 눈물이 괸 눈을 가늘게 뜨고 덤블도어를 올려다보고 있었다.

"그렇게 세게 찌를 건 없잖나." 그가 자리에서 일어나며 툴툴거렸다. "아프다고."

반들반들한 정수리와 툭 튀어나온 눈, 큼직한 은빛 팔자수염, 연보라색 비단 잠옷 위에 걸친 고동색 벨벳 재킷에 달린 광이 나는 단추들이 마법 지팡이에서 나오는 빛을 받아 반짝거렸다. 그의 키는 머리끝이 덤블도어의 턱에 간신히 닿을 정도였다.

"어떻게 알았지?" 그는 계속 아랫배를 문지르면서 비틀비틀 일어나 투덜거렸다. 방금 전까지 안락의자인 척하다가 들킨 사람치고는 놀랄 만큼 뻔뻔했다.

"친애하는 호러스." 덤블도어가 즐거워하는 표정으로 말했다. "정말로 죽음을 먹는 자들이 찾아온 거라면 이 집 위에 어둠의 징표가 띄워져 있지 않았겠나."

마법사는 통통한 손으로 드넓은 이마를 찰싹 쳤다.

"어둠의 징표." 그가 중얼거렸다. "어쩐지 뭔가 빠뜨린 것 같더라니……. 뭐 어쨌든 시간이 모자랐을 거야. 자네가 이 방에 들어왔을 때 의자 덮개를 마지막으로 손보던 중이었거든."

그는 콧수염 양 끝이 떨리도록 크게 한숨을 내쉬었다.

"청소하는 걸 좀 도와줘도 되겠나?" 덤블도어가 정중하게 물었다.

"부탁하네." 마법사가 대답했다.

키 크고 날씬한 마법사와 작고 동글동글한 마법사가 등을 맞대고 서서 똑같은 동작으로 마법 지팡이를 휘둘렀다.

가구들이 원래 자리로 날아갔다. 부서진 장식품들은 공중에서 다시 만들어졌다. 깃털들이 쿠션으로 붕 날아들어 갔고, 찢어진 책들은 책꽂이에 내려앉으면서 저절로 고쳐졌다. 기름등잔은 보조 탁자로 날아가 다시 켜졌다. 산산조각 난 수많은 은제 액자가 번쩍거리며 방 안을 날아가

빛바랜 곳 하나 없는 멀쩡한 모습으로 책상 위에 내려앉았다. 사방에서 찢기고, 깨지고, 구멍 난 곳들이 전부 원래 모습을 되찾았다. 벽도 저절로 깨끗하게 닦였다.

"그건 그렇고, 저건 무슨 피인가?" 덤블도어가 새것이 된 괘종시계 소리 때문에 소리를 지르듯이 물었다.

"벽에 묻은 것? 용의 피야." 샹들리에가 알아서 천장으로 돌아가 귀청이 떨어질 정도로 드드륵거리고 짤랑거리는 소리를 내며 나사로 고정되는 가운데 호러스라 불린 마법사가 소리쳤다.

피아노가 '쿵' 소리를 내며 바로 서는 것을 마지막으로 방 안이 고요해졌다.

"그래, 용의 피." 마법사가 태연하게 되풀이했다. "내가 가지고 있던 마지막 병이었네. 지금은 가격이 하늘 높은 줄 모르지만 아마 다시 쓸 수 있을 거야."

그는 쿵쿵거리며 찬장으로 다가가 그 위에 놓인 작은 크리스털 병을 집어 들고 불빛을 비춰 그 안의 진득한 액체를 유심히 살펴보았다.

"흠. 먼지가 좀 끼었군."

그는 병을 다시 찬장 위에 올려놓고 한숨을 쉬었다. 그때 그의 시선이 해리에게 향했다.

"오호." 그의 크고 동그란 눈이 해리의 이마와 번개 모양 흉터를 빠르게 훑었다. "오호!"

"이쪽은……." 덤블도어가 소개해 주려고 앞으로 나서며 말했다. "해리 포터일세. 해리, 이쪽은 내 오랜 친구이자 동료인 호러스 슬러그혼이란다."

슬러그혼은 덤블도어에게 눈을 돌렸다. 이미 뭔가 눈치챈 표정이었다.

"그러니까 이렇게 하면 나를 설득할 수 있을 거라고 생각한 거로군? 답변은 '아니'일세, 알버스."

그는 유혹을 뿌리치려는 사람처럼 단호하게 얼굴을 돌린 채 해리를 밀치고 지나갔다.

"그래도 술 한 잔 정도는 대접해 주겠지?" 덤블도어가 물었다. "옛정을 생각해서 말이야."

슬러그혼이 망설였다.

"좋아, 그럼 딱 한 잔만일세." 그가 불편한 기색을 드러내며 말했다.

덤블도어는 해리에게 미소를 지으며 슬러그혼이 방금 전에 변신했던 것과 별반 다르지 않은 의자를 가리켰다. 다시 타오르기 시작한 벽난로와 밝게 빛나는 기름등잔 바로 옆에 있는 의자였다. 해리는 덤블도어가 분명 어떠한 이유로 그를 최대한 눈에 띄게 만들고 싶어 하는 것 같다고 생각하며 그 의자에 앉았다. 아니나 다를까, 유리병과 유리잔에 정신이 팔렸던 슬러그혼이 다시 방을 향해 돌아섰을 때 그의 시선은 곧장 해리에게 향했다.

"흠." 그는 눈을 다치기라도 할까 봐 두려운 듯 재빨리 시선을 돌렸다. "자……." 그는 앉으라고 하지도 않았는데 이미 자리에 앉아 있던 덤블도어에게 술잔을 건네고 해리에게 쟁반을 떠민 다음, 원래대로 고쳐 놓은 소파 위 쿠션들 사이에 앉아 불만스럽게 입을 꾹 다물었다. 다리가 너무 짧은 탓에 바닥에 닿지도 않았다.

"그래, 어떻게 지냈나, 호러스?" 덤블도어가 물었다.

"그다지 좋지는 않아." 슬러그혼이 곧바로 대답했다. "폐가 약해졌어. 천식 기가 있지. 류머티즘도 왔고. 예전처럼 움직일 수가 없어. 뭐, 다 예상한 일이지. 늙었으니까. 피곤해."

"하지만 이토록 짧은 시간에 그런 환영 인사를 준비한 걸 보면 그래도 꽤 빨리 움직인 것 같은데." 덤블도어가 말했다. "기껏해야 3분 전에 위기 상황을 감지했을 텐데 말이야."

슬러그혼은 짜증과 자랑스러움이 섞인 말투로 대꾸했

다. "2분이었네. 목욕 중이어서 침입 감지 마법이 작동하는 소리를 못 들었어. 그렇긴 해도……." 그는 냉정을 되찾으려는 듯 확고하게 덧붙였다. "내가 늙은이라는 사실에는 변함이 없네, 알버스. 조용하고 안락한 인생을 누릴 권리를 얻은 지친 늙은이 말이야."

방 안을 둘러본 해리는 슬러그혼이 확실히 그런 삶을 살고 있다고 생각했다. 잡동사니로 가득 차 있는 방은 답답한 느낌이 들었지만, 아무도 이곳이 불편하다고 말할 수 없을 듯했다. 곳곳에 푹신푹신한 의자와 발받침, 마실거리와 책, 초콜릿 상자와 빵빵한 쿠션 들이 있었다. 누가 여기에 사는지 몰랐다면 해리는 이 집의 주인이 돈 많고 까다로운 노부인일 거라고 추측했을 것이다.

"아직 나만큼 늙지는 않았잖나, 호러스." 덤블도어가 말했다.

"뭐, 자네도 은퇴를 생각해 봐야 할 것 같은데." 슬러그혼이 직설적으로 말했다. 그의 옅은 초록색 눈이 덤블도어의 다친 손을 바라보았다. "반응 속도가 예전 같지 않아 보이는군."

"자네 말이 맞네." 덤블도어가 평온하게 말했다. 그는 소매를 흔들어 젖히고 화상을 입어 검게 변한 손가락 끝을 드러냈다. 그 모습을 본 해리는 목덜미가 오싹해지는 것을 느꼈다. "분명 예전보다는 느려졌네. 하지만 반면에……."

 그는 어깨를 으쓱하더니, 세월이 나름의 보상을 해 주었다고 말하려는 것처럼 두 손을 활짝 펼쳤다. 해리는 덤블도어의 다치지 않은 손에 여태껏 한 번도 본 적 없는 반지가 끼워진 것을 보았다. 그것은 황금 같은 것으로 투박하게 만든 큰 반지로, 가운데에 금이 간 묵직한 검은 돌이 박혀 있었다. 슬러그혼의 눈도 그 반지에 잠깐 머물렀다. 해리는 그가 살짝 얼굴을 찌푸리면서 그의 널찍한 이마에 주름이 잡히는 것을 보았다.

 "그러니까, 침입자들에 대비한 이 모든 예방 조치 말이네, 호러스……. 이건 죽음을 먹는 자들 때문인가, 아니면 나 때문인가?" 덤블도어가 물었다.

 "죽음을 먹는 자들이 나같이 완전히 고장 난 불쌍하고 어리석은 늙은이한테 무슨 볼일이 있겠나?" 슬러그혼이 물었다.

 "나는 그자들이 자네의 엄청난 재능을 강압과 고문, 살인에 이용하고 싶어 할 거라고 생각하네." 덤블도어가 말했다. "정말 그자들이 지금껏 자네를 회유하러 오지 않았다는 얘긴가?"

슬러그혼은 잠시 심술궂은 눈초리로 덤블도어를 쳐다보더니 웅얼거렸다. "내가 그럴 기회를 주지 않았지. 1년 동안 계속 이사를 다녔어. 한 장소에서 1주일 이상 머문 적이 없다네. 이 머글 집에서 저 머글 집으로 옮겨 다녔지. 이 집 주인들은 카나리아 제도로 휴가를 떠났네. 이 집이 꽤 마음에 들어서 떠나고 싶지 않아. 방법만 알면 쉽네. 머글들이 스니코스코프 대신 쓰는 쓸데없는 도난 경보기에 간단한 동결 마법을 걸고, 피아노 들여오는 걸 이웃들이 절대 눈치채지 못하게만 하면 돼."

"기발하군." 덤블도어가 말했다. "하지만 조용한 인생을 추구하는 완전히 고장 난 어리석은 늙은이가 살기에는 피곤한 생존 방식 같은데. 자, 호그와트로 돌아오면……."

"그 지독하게 성가신 학교에서 내 인생이 더 편안해질 거라는 얘기를 할 참이면 말해 봤자 소용없네, 알버스! 숨어 다니긴 했지만 나도 덜로리스 엄브리지가 떠난 뒤로 우스꽝스러운 소문들을 들었거든! 요즘 자네가 교수들을 대하는 방식이 그렇다면……."

"엄브리지 교수는 켄타우로스 무리와 충돌을 일으켰네." 덤블도어가 말했다. "내가 보기에 호러스 자네는 숲으로 성큼성큼 걸어 들어가 화난 켄타우로스 무리를 '더러운 잡종들'이라고 부르지 않을 정도의 분별력은 갖추고 있을 것 같은데."

"그 여자가 그랬다고?" 슬러그혼이 말했다. "멍청한 여자로군. 마음에 드는 구석이 하나도 없다니까."

해리가 키득거리자 덤블도어와 슬러그혼 모두 그를 돌아보았다.

"죄송합니다." 해리가 재빨리 말했다. "그냥…… 저도 그 교수님이 마음에 들지 않아서요."

덤블도어가 갑자기 일어섰다.

"가려고?" 슬러그혼이 기대에 찬 표정으로 즉시 물었다.

"아닐세, 화장실을 좀 쓸까 해서 말이야." 덤블도어가 말했다.

"아." 슬러그혼이 대놓고 실망하며 말했다. "복도를 따라가다가 왼쪽 두 번째 방이네."

덤블도어는 방을 가로질러 갔다. 그가 문을 닫고 나가자 침묵이 내려앉았다. 잠시 후 슬러그혼은 자리에서 일어났지만 뭘 어떻게 해야 할지 모르는 것 같았다. 그는 해리에게 슬쩍 눈길을 던지고 벽난로로 성큼성큼 걸어갔다. 그러고는 등을 돌린 채 넓적한 궁둥이를 덥혔다.

"저 친구가 널 데려온 꿍꿍이를 내가 모를 거라고 생각

말아라." 그가 불쑥 말했다.

해리는 슬러그혼을 쳐다보기만 했다. 슬러그혼의 축축한 시선이 해리의 흉터 위로 미끄러지더니 곧이어 그의 얼굴 전체를 살펴보기 시작했다.

"네 아버지와 많이 닮았구나."

"네, 그렇다고 들었어요." 해리가 말했다.

"눈만 빼고. 눈은……."

"엄마를 닮았죠. 네." 해리는 이 말을 너무 자주 들어서 살짝 지겨울 정도였다.

"흠, 그래. 물론 선생이 학생을 편애해서는 안 되겠지만, 그 애는 내가 가장 좋아하는 학생이었다. 네 어머니 말이야." 슬러그혼이 해리의 궁금해하는 눈길에 대답하듯 덧붙였다. "릴리 에번스. 내가 가르쳤던 학생 중 가장 총명한 아이였어. 명랑하고 매력적인 아이였지. 나는 릴리한테 우리 기숙사에 들어왔어야 한다고 자주 얘기했단다. 그럴 때마다 아주 당찬 대답을 돌려받았지만 말이야."

"교수님은 무슨 기숙사셨는데요?"

"나는 슬리데린 담임 교수였다." 슬러그혼이 말했다. "아, 이런이런." 그는 해리의 얼굴에 떠오른 표정을 보고 짤막한 손가락을 흔들며 재빨리 말을 이었다. "그것 때문에 날 나쁘게 생각하지는 말거라! 너도 에번스처럼 그리핀도르겠지? 그래, 가족은 보통 같은 기숙사에 들어가니까. 하지만 늘 그런 건 아니야. 시리우스 블랙 얘기 들어 본 적이 있느냐? 틀림없이 들어 봤겠지. 지난 몇 년 동안 계속 신문에 났으니까. 그 애가 몇 주 전에 죽었는데……."

보이지 않는 손이 해리의 가슴속을 꽉 쥐는 것만 같았다.

"어쨌든 그 녀석은 학창 시절 네 아버지와 아주 친한 친구였다. 블랙 가문은 모두 내 기숙사 소속이었는데 시리우스는 결국 그리핀도르에 들어갔지! 안타까운 일이야, 재능이 넘치는 아이였는데. 그 녀석의 동생인 레귤러스는 입학해서 우리 기숙사 소속이 됐지만, 형제가 함께였다면 더 좋았을 거다."

경매에서 이기지 못한 열정적인 수집가 같은 말투였다. 그는 추억에 잠긴 얼굴로 맞은편 벽을 응시하며, 양쪽 궁둥이에 골고루 불을 쬐기 위해 제자리에서 천천히 몸을 돌렸다.

"물론, 너희 어머니는 머글 태생이었지. 그 사실을 알고 믿을 수가 없었단다. 실력이 워낙 뛰어나서 분명 순수 혈통일 거라고 생각했거든."

"제 단짝 친구 중에도 머글 태생이 있어요." 해리가 말했다. "그 아이는 우리 학년 수석이에요."

"가끔 그런 일이 일어나는 게 참 이상하지?" 슬러그혼이 물었다.

"별로 안 이상한데요." 해리가 차갑게 대꾸했다.

슬러그혼은 깜짝 놀라서 그를 내려다보았다.

"내가 편견을 갖고 있다고 생각하진 마라!" 그가 말했다. "아니다, 아니, 아니야! 방금 너희 어머니가 내 평생 가장 아꼈던 학생 중 하나라고 말하지 않았니? 그리고 너희 어머니보다 한 학년 아래 더크 크레스웰도 있었어. 지금은 고블린 교섭과 과장이란다. 물론 그 아이도 머글 태생이지만 아주 재능이 뛰어난 학생이었지. 지금까지도 내게 귀중한 그린고츠 내부 정보를 전해 주고 있어!"

그는 만족스러운 듯 미소 지으며 폴짝 뛰더니 서랍장 위에 놓인 수많은 번쩍거리는 액자들을 가리켰다. 액자마다 조그만 사람들이 가득 찬 채 움직이고 있었다.

"모두 내 예전 제자들이다. 전부 친필 사인이 되어 있지. 《예언자일보》 편집자 바너버스 커프도 있다. 이 녀석은 항상 그날 기사에 대한 내 의견을 듣고 싶어 하지. 허니듀크스에서 일하는 암브로시우스 플룸은 매년 내 생일 때마다 선물 바구니를 보내. 내가 그 녀석을 시서론 하키스한테 소개해 줬기 때문이란다. 그 친구가 플룸에게 첫 일자리를 줬거든! 그리고 저 뒷줄에, 목을 좀 빼면 보일 거다. 저 아이는 그웨녹 존스야. 홀리헤드 하피스 팀의 주장이지. 사람들은 내가 하피스 주장과 허물없이 지내는 사이라는 얘기를 들으면 항상 놀라더구나. 게다가 난 원할 때마다 공짜 표도 얻을 수 있어!"

그 생각을 하자 그는 기분이 엄청나게 좋아지는 듯했다.

"그럼 이 사람들은 모두 교수님이 어디 계신지 아는 건가요?" 해리가 물었다. 과자 바구니나 퀴디치 경기 입장권을 보내 주거나 조언과 의견을 듣고 싶어 안달 난 이들이 찾을 수 있는데 왜 죽음을 먹는 자들은 아직껏 그를 찾지 못했는지 해리는 도통 이해할 수가 없었다.

슬러그혼의 얼굴에 떠오른 미소가 벽에 얼룩졌던 핏자국만큼이나 순식간에 사라졌다.

"물론 아니다." 그가 해리를 내려다보며 말했다. "1년 동안 모두와 연락을 끊고 지냈어."

해리는 자신의 말이 슬러그혼에게 충격을 준 것 같다고 느꼈다. 슬러그혼은 잠깐 무척 동요하는 것 같더니 곧 어깨를 으쓱했다.

"그렇더라도…… 신중한 마법사라면 이런 시기일수록

머리를 바짝 낮추고 있는 법이지. 덤블도어가 마음대로 떠들어 대는 거야 상관없지만, 하필 지금 호그와트에서 교직을 맡는다면 내가 불사조 기사단과 연관되어 있다고 공언하는 셈이거든! 분명 기사단 사람들은 존경할 만하고 용감하고 뭐 그렇겠지만, 개인적으로 나는 기사단의 사망률이 마음에 안 들……."

"호그와트 교수님이 된다고 꼭 기사단에 가입해야 하는 건 아닌데요." 해리가 조롱하는 기색을 감추지 못한 목소리로 말했다. 동굴에 숨어서 쥐를 먹고 살았던 시리우스가 떠오르자, 제 목숨 하나 부지하겠다고 전전긍긍하는 슬러그혼의 생존 방식에 공감하기가 어려웠다. "교수님들은 대부분 기사단 소속이 아니고, 목숨을 잃은 분들도 없어요. 뭐, 퀴럴을 빼면요. 그자는 볼드모트 편에서 일했으니까 그런 일을 당해도 싸죠."

해리는 슬러그혼이 볼드모트의 이름을 소리 내어 말하는 것을 참지 못하는 마법사일 거라고 확신했고, 역시 그 짐작은 틀리지 않았다. 슬러그혼은 부들부들 떨면서 항의하듯 꽥꽥댔지만 해리는 그런 그를 무시했다.

"덤블도어 교수님이 교장으로 계시는 한 호그와트 교수님들은 누구보다도 안전하다고 생각해요. 볼드모트가 두려워하는 유일한 사람이 그분이라면서요?" 그가 말했다.

슬러그혼은 잠시 허공을 응시했다. 해리의 말을 곱씹어 보는 듯했다.

"뭐, 그래. 이름을 말해서는 안 되는 그 사람이 덤블도어와는 단 한 번도 싸우려 들지 않은 건 사실이다." 그는 마지못해 웅얼거렸다. "그리고 내가 죽음을 먹는 자들에게 가담하지 않았으니, 이름을 말해서는 안 되는 그 사람이 나를 친구로 여긴다고 말할 수도 없겠지……. 그렇다면 알버스 곁에 있는 편이 안전할지도 모르겠군……. 어밀리아 본즈의 죽음에 충격을 받지 않은 척할 수는 없겠지……. 만약 본즈가 정부 쪽 연줄과 보호망을 모두 갖추고서도……."

덤블도어가 돌아오자 슬러그혼은 그가 집 안에 있었다는 사실을 깜빡한 사람처럼 깜짝 놀라 펄쩍 뛰었다.

"아, 왔나, 알버스." 그가 말했다. "오래 걸렸군. 배탈이라도 났나?"

"아니, 머글 잡지를 좀 읽고 있었네." 덤블도어가 말했다. "손뜨개 무늬를 정말 좋아하거든. 자, 해리. 우리가 호러스의 호의를 믿고 시간을 너무 많이 빼앗은 것 같으니 그만 가자꾸나."

그 말이 조금도 아쉽지 않았던 해리는 주저하지 않고 벌떡 일어섰다. 슬러그혼이 놀란 표정을 지었다.

"가려고?"

"그래, 가네. 가망 없는 일은 딱 보면 알 수 있으니까."

"가망이 없다고……?"

슬러그혼은 마음이 흔들리는 것 같았다. 그는 덤블도어가 여행용 망토를 여미고 해리가 재킷 지퍼를 채우는 모습을 초조하게 지켜보며 통통한 엄지손가락을 배배 꼬았다.

"자네가 이 자리를 원하지 않는다니 유감이네, 호러스." 덤블도어가 다치지 않은 손을 들어 작별 인사를 건넸다. "자네가 돌아오면 호그와트가 굉장히 환영해 주었을 텐데 말이야. 보안 조치가 강화되기는 했지만, 자네가 방문하고 싶다면 언제든 환영이네."

"그래…… 뭐…… 아주 친절한 얘기로군……. 그러니까……."

"그럼, 잘 있게나."

"안녕히 계세요." 해리가 말했다.

그들이 현관문에 이르렀을 때 등 뒤에서 슬러그혼이 외치는 소리가 들려왔다.

"알겠네, 알겠어, 하겠네!"

덤블도어는 뒤돌아서서, 거실 문간에 숨을 헐떡이며 서 있는 슬러그혼을 바라보았다.

"은퇴 생활을 그만두겠다는 말인가?"

"그래, 그래." 슬러그혼이 다급히 내뱉었다. "내가 미쳤나 싶지만, 그렇다네."

"잘됐군." 덤블도어가 활짝 웃으며 말했다. "그럼, 호러스. 9월 1일에 만나세."

"그래, 그렇게 될 것 같군." 슬러그혼이 투덜거렸다.

정원 길을 걸어가는데 뒤에서 슬러그혼의 목소리가 들려왔다.

"급료 올려 줘야 해, 덤블도어!"

덤블도어가 빙그레 웃었다. 그들이 나가자 대문이 홱 닫혔다. 해리와 덤블도어는 안개가 소용돌이치는 어둠을 뚫고 언덕을 내려갔다.

"잘했다, 해리." 덤블도어가 말했다.

"전 아무것도 안 했는데요." 해리가 놀라서 말했다.

"아니, 잘 해냈어. 너는 호러스에게 호그와트로 돌아가면 얼마나 많은 것들을 얻게 되는지 정확하게 알려 줬다. 저 사람이 마음에 들더냐?"

"어……."

해리는 슬러그혼이 좋은지 싫은지 판단이 서지 않았다. 슬러그혼은 나름대로 유쾌한 사람인 것 같았지만 동시에 허세가 있어 보였고, 말로는 아니라지만 머글 태생이 훌륭한 마법사가 될 수 있다는 사실에 대해서도 지나치게 놀라워하는 것 같았다.

"호러스는……." 덤블도어가 입을 연 덕분에 해리는 이런 얘기를 해야 하는 부담을 덜 수 있었다. "편안한 삶을 선호한단다. 유명한 사람들, 성공한 사람들, 힘 있는 사람들과 함께하는 걸 좋아하지. 자기가 그런 사람들에게 영향력을 발휘한다는 사실 또한 즐긴단다. 직접 왕좌를 차지하고 싶어 한 적은 한 번도 없었어. 언제나 뒷자리를 좋아했지. 다리 뻗을 공간이 더 많으니까. 호그와트에서는 총애하는 제자를 직접 몇 명씩 뽑곤 했단다. 어떨 때는 그 아이들의 야심이나 영리함을 봤고, 어떨 때는 매력이나 재능으로 판단했지. 호러스에게는 다양한 분야에서 두각을 나타낼 학생들을 고르는 묘한 재주가 있어. 호러스는 자신을 중심으로 총애하는 제자들로 이루어진 클럽 비슷한 것을 만들어서 서로를 소개해 주고 그들 사이에 유용한 연락망을 구축했지. 그리고 그 보답으로 늘 혜택을 누려 왔단다. 호러스가 가장 좋아하는 설탕에 절인 파인애플 한 상자를 공짜로 얻는다든가, 고블린 교섭과의 다음 신입 직원을 추천할 기회를 갖는다든가 하는 식으로 말이다."

해리의 머릿속에 문득 사방에 거미줄을 쳐 놓고 이쪽저쪽으로 실을 잡아당겨서 큼직하고 즙이 많은 파리들을 자기 쪽으로 조금씩 끌어당기는 통통하게 살이 찐 커다란 거미의 이미지가 생생하게 떠올랐다.

"내가 이런 얘기를 너에게 숨김없이 해 주는 건……." 덤블도어가 말을 이었다. "네가 호러스에게 반감을 갖게 하기 위해서가 아니다. 아니, 이제 슬러그혼 교수님이라고 불러야겠구나. 그저 조심하라는 거야. 슬러그혼 교수는 틀림없이 너를 포섭하려 들 게다, 해리. 너는 슬러그혼이 끌어들인 학생들 중에서도 귀중한 보석일 테니까. 살아남은 아이…… 아니, 요즘 사람들이 하는 말로 하면 '선택받은 자'가 되겠구나."

이 말을 듣자, 주위에 맴도는 안개와는 또 다른 싸늘한 기운이 해리를 슬금슬금 덮쳤다. 그는 몇 주 전에 들었던, 소름 끼치면서도 그에게는 특별한 의미가 있는 말을 떠올렸다.

'한쪽이 살아 있는 한 다른 쪽은 온전히 살 수 없나니…….'

덤블도어는 앞서 지나쳤던 교회 앞에서 걸음을 멈췄다.

"이제 됐다, 해리. 내 팔을 잡아라."

이번에는 해리도 몸과 마음을 가다듬고 순간이동에 대비했지만 불쾌한 기분은 여전했다. 압박이 사라지고 어느새 다시 숨 쉴 수 있게 됐을 때 그는 어느 시골길에 덤블도어와 나란히 서서 그가 세상에서 두 번째로 좋아하는 건물인 버로의 구부정한 실루엣을 바라보고 있었다. 방금 그를 휩쓸고 지나간 공포감에도, 버로를 보자 별수 없이 기분이 좋아졌다. 론이 저기에 있었다……. 그 누구보다도 맛있는 음식을 만드는 위즐리 부인도…….

"해리, 괜찮다면……." 대문을 지나면서 덤블도어가 입을 열었다. "헤어지기 전에 몇 마디 나눴으면 싶구나. 둘이서만 말이다. 여기서 얘기하면 어떨까?"

덤블도어는 위즐리 가족이 빗자루를 보관하는, 돌로 만든 허름한 창고를 가리켰다. 해리는 살짝 어리둥절해하며 덤블도어를 따라 삐걱거리는 문을 지나 보통 벽장보다도 더 좁은 곳으로 들어갔다. 덤블도어는 마법 지팡이 끝을 횃불처럼 밝히고 해리를 내려다보며 미소 지었다.

"이런 얘기를 하더라도 용서해 주었으면 한다, 해리. 다만 나는 네가 정부에서 그런 일들을 겪고도 잘 지내고 있는 게 기쁘고 조금 자랑스럽기도 하단다. 이런 말을 해도 될지 모르겠지만 시리우스도 너를 자랑스럽게 여겼을 게다."

해리는 침을 삼켰다. 목소리가 나오지 않았다. 시리우스 얘기는 견딜 수 없을 것 같았다. 버넌 이모부가 "애 대부가 죽었소?"라고 묻는 소리를 들었던 것만으로도 충분히 고통스러웠다. 슬러그혼이 아무렇지도 않게 시리우스의 이름을 내뱉었을 땐 더욱 그랬다.

"잔인한 일이었지." 덤블도어가 부드럽게 말했다. "너와 시리우스가 보낸 시간이 그렇게 짧았다는 것 말이다. 오랫동안 행복했어야 할 관계가 잔혹하게 끝나 버렸으니."

해리는 고개를 끄덕였다. 그의 두 눈은 덤블도어의 모자를 기어오르는 거미에게 붙박여 있었다. 해리는 덤블도어가 이해했다는 것을 알 수 있었다. 덤블도어는 편지가 도착하기 전까지 해리가 더즐리네 집 침대에 누워 끼니를 거르고, 안개가 자욱한 날에는 디멘터를 떠올리게 하는 싸늘한 공허함이 가득한 창문을 뚫어지게 바라보고 있었다는 것까지 짐작했을지 모른다.

"힘들어요." 마침내 해리가 가라앉은 목소리로 입을 열었다. "다시는 시리우스에게서 편지를 받을 수 없다는 것을 받아들이기가요."

눈시울이 뜨겁게 달아올랐다. 해리는 눈을 깜빡였다. 그 사실을 인정하는 것이 어리석게 느껴졌다. 하지만 그에게 무슨 일이 일어나는지 관심 가져 주는 사람, 호그와트가 아닌 곳에 부모님 같은 사람이 있었다는 사실은 대부의 존재를 알게 된 후 가장 좋은 일이었다……. 이제 우편 부엉이들은 두 번 다시 그런 위안을 가져다주지 못할 것이다.

"시리우스는 네가 알지 못했던 아주 많은 것을 대표하는 사람이었다." 덤블도어가 부드럽게 말했다. "그런 사람을 잃었으니 당연히 충격이 엄청날……."

"하지만 더즐리네 있는 동안……." 해리가 높아진 목소리로 그의 말을 끊었다. "저는 마음을 닫거나 그냥 무너져선 안 된다는 것을 깨달았어요. 시리우스는 그런 걸 바라지 않을 거예요. 안 그런가요? 그리고 아무튼 인생은 너무 짧으니까요……. 본즈 장관님을 보세요. 에멀린 밴스도 그렇고요……. 다음번은 제 차례일 수도 있잖아요? 정말로 그렇다면……." 그는 마법 지팡이 불빛을 받아 빛나고 있는 덤블도어의 푸른 눈을 똑바로 바라보며 맹렬하게 말했다. "저는 반드시 죽음을 먹는 자들을 최대한 많이 데려갈 거예요. 할 수만 있다면 볼드모트까지요."

"과연 네 부모님의 아들이자 시리우스의 진정한 대자다

운 말이구나!" 덤블도어가 대견하다는 듯 해리의 등을 두드리며 말했다. "모자라도 벗어서 네게 존경을 표하고 싶다. 너에게 거미들을 쏟아부으면 어쩌나 하는 걱정만 없었다면 정말 그랬을 거야. 그리고 해리, 그것과 아주 밀접하게 관련된 이야기인데…… 네가 지난 2주 동안 《예언자일보》를 받아 봤다고 아는데?"

"네." 해리가 말했다. 그의 심장이 조금 더 빠르게 뛰었다.

"그러면 예언의 방에서 있었던 네 모험에 관한 소문들이 홍수처럼 쏟아졌다는 걸 알고 있겠구나?"

"네." 해리가 다시 말했다. "이제는 다들 제가 그……."

"아니, 그렇지 않다." 덤블도어가 그의 말을 끊었다. "너와 볼드모트 경이 관련된 그 예언의 내용을 완전히 아는 사람은 세상에 단둘뿐이다. 그리고 그 둘은 지금 이 냄새 나고 거미 천지인 빗자루 창고에 서 있지. 물론 많은 사람이 볼드모트가 예언을 훔치기 위해 죽음을 먹는 자들을 보냈고, 또 그 예언이 너와 관련돼 있다는 걸 제대로 추측해 내긴 했다. 자, 나는 네가 어느 누구에게도 예언의 내용을 말하지 않았다고 생각하는데, 맞니?"

"네." 해리가 말했다.

"전적으로 현명한 판단이었다." 덤블도어가 말했다. "물론 나는 네 친구 로널드 위즐리 군과 헤르미온느 그레인저 양에게는 이 문제를 솔직히 털어놓아야 한다고 생각한다만. 그래……." 해리가 어리둥절한 표정을 짓자 그가 말을 이었다. "나는 두 사람이 알아야 한다고 생각한다. 이렇게 중요한 일을 그 두 사람에게 털어놓지 않는 건 폐를 끼치는 것과 같단다."

"제가 말하지 않은 건……."

"두 사람이 걱정하거나 겁먹을까 봐 그랬겠지?" 덤블도어가 반달 안경 위로 해리를 바라보며 말했다. "아니면 혹시, 너 자신이 걱정하고 겁먹었다는 걸 들킬까 봐 그랬던 게냐? 네게는 친구들이 필요하다, 해리. 네 말이 맞아, 시리우스는 네가 마음을 닫아 버리는 걸 바라지 않을 게다."

해리는 아무 말도 하지 않았지만 덤블도어는 대답을 요구하는 것이 아닌 듯했다. 그가 말을 이었다. "이 문제와 관련해서 조금 다른 이야기를 하자면, 나는 올해 너에게 개인 수업을 해 주고 싶단다."

"개인 수업…… 교수님이랑요?" 말없이 생각에 잠겨 있던 해리가 놀라서 물었다.

"그래. 내가 네 교육에 좀 더 관여해야 할 시간이 온 것 같다."

"뭘 가르쳐 주실 건가요, 교수님?"

"아, 이것저것 조금씩 가르쳐 주마." 덤블도어가 대수롭지 않다는 듯 말했다.

해리는 기대에 차서 이어질 말을 기다렸지만, 덤블도어는 더 이상 자세한 설명을 해 주지 않았다. 그래서 해리는 약간 마음이 쓰이던 다른 것에 대해 묻기로 했다.

"교수님과 수업을 한다면, 스네이프한테 오클루먼시를 배울 필요가 없겠네요?"

"스네이프 교수님이라고 해야지, 해리. ……그래, 그럴 필요는 없다."

"잘됐네요." 해리가 안심하며 말했다 "왜냐면 그 수업들은……."

그는 솔직한 생각을 내뱉게 될까 봐 입을 다물었다.

"'개판'이라는 단어가 잘 어울릴 것 같구나." 덤블도어가 고개를 끄덕이며 말했다.

해리는 웃었다.

"그럼 이제부터 스네이프 교수님을 별로 볼 필요가 없겠네요." 그가 말했다. "제가 O.W.L.에서 '출중함'을 받지 않는 한 마법약을 계속 듣지 못하게 할 텐데, 전 확실히 그 점수를 못 받을 테니까요."

"도착하기 전에는 부엉이를 세어 보지 말라는 얘기가 있지." 덤블도어가 진지하게 말했다. "그리고 보니 오늘 늦게 부엉이가 성적표를 갖고 도착하겠구나. 자, 헤어지기 전에 두 가지를 더 이야기하마. 첫째, 이 순간 이후로 항상 투명 망토를 지니고 다니기를 바란다. 호그와트에 있을 때도 말이다. 만약을 대비해서야. 내 말 이해했느냐?"

해리는 고개를 끄덕였다.

"그리고 마지막으로, 네가 여기에 머무는 동안 버로에는 마법 정부가 취할 수 있는 최고 수준의 보안 조치가 내려질 거다. 이런 조치 때문에 아서와 몰리는 수많은 불편을 감수해야 한단다. 이를테면 그들에게 온 우편물은 모두 마법 정부의 검열을 거치고 있지. 두 사람은 오직 네 안전에만 신경 쓸 뿐 전혀 개의치 않아. 그런데 네가 여기 머무는 동안 목숨이 위험할 수 있는 행동을 한다면 그건 그들의 은혜에 대한 형편없는 보답이 될 거다."

"알겠습니다." 해리가 재빨리 말했다.

"아주 좋다." 덤블도어가 빗자루 창고 문을 열고 마당으로 걸어 나가며 말했다. "부엌에 불빛이 보이는구나. 빨리 들어가서 몰리에게 네가 얼마나 말랐는지 한탄할 기회를 주자꾸나."

5장
플뢰르가 너무해

해리와 덤블도어는 버로의 뒷문으로 다가갔다. 주위에는 낡은 장화와 녹슨 솥단지들이 익숙한 모습으로 어질러져 있었다. 멀리 떨어진 닭장에서 졸린 닭들이 꼬꼬댁하고 우는 소리가 들렸다. 덤블도어가 문을 세 번 두드리자 부엌 창문 뒤에서 갑작스럽게 움직이는 모습들이 보였다.

"누구세요?" 긴장한 목소리가 물었다. 해리는 그 목소리의 주인공이 위즐리 부인이라는 사실을 알아차렸다. "이름을 밝혀요!"

"날세, 덤블도어. 해리를 데리고 왔네."

곧바로 문이 열렸다. 작고 통통한 위즐리 부인이 낡은 초록색 가운을 입고 서 있었다.

"해리, 애야! 세상에, 교수님. 놀랐잖아요, 아침이 되어야 도착할 것 같다고 하셨으면서!"

"운이 좋았네." 덤블도어가 해리를 안으로 들여보내며 말했다. "슬러그혼을 설득하는 일이 생각했던 것보다 수월했네. 물론 해리 덕분이지만. 아, 잘 있었나, 님파도라!"

해리는 주위를 둘러보았다. 늦은 시간이었지만 위즐리 부인 혼자만 있는 게 아니었다. 창백하고 갸름한 얼굴에 칙칙한 갈색 머리카락을 가진 젊은 여자 마법사가 양손으로 커다란 머그잔을 쥔 채 탁자에 앉아 있었다.

"안녕하세요, 교수님." 그녀가 말했다. "어이, 해리."

"안녕하세요, 통스."

해리는 그녀가 핼쑥해 보인다고 생각했다. 심지어 아파 보이기까지 했다. 미소도 왠지 억지스러웠다. 늘 하고 다니던 풍선껌 같은 분홍색 머리카락이 없으니 평소보다 외모가 덜 다채로워 보였다.

"전 이만 가 볼게요." 그녀가 일어나서 어깨에 망토를 두르며 말했다. "몰리, 차 잘 마셨어요. 위로도 고맙고요."

"나 때문이라면 일어설 필요 없네." 덤블도어가 점잖게 말했다. "난 오래 있을 수 없으니까. 루퍼스 스크림저와 긴급하게 의논해야 할 문제가 있거든."

"아뇨, 아뇨. 저도 가 봐야 해요." 통스가 덤블도어의 눈길을 피하며 말했다. "안녕히……."

"통스, 주말에 저녁 먹으러 오지 그래? 리머스랑 매드아이도 올 텐데……."

"아니에요, 진짜 괜찮아요, 몰리……. 어쨌든 고마워요……. 다들 안녕히 계세요."

통스는 다급히 덤블도어와 해리 곁을 지나 마당으로 나갔다. 현관 계단을 내려가 몇 걸음 걸어간 그녀는 제자리에서 빙글 돌며 허공으로 사라졌다. 해리가 보니 위즐리 부인은 걱정하는 표정을 짓고 있었다.

"그럼, 호그와트에서 보자꾸나, 해리." 덤블도어가 말했다. "몸조심하거라. 몰리, 난 이만 가 보겠네."

그는 위즐리 부인에게 살짝 허리를 숙이더니 통스에 뒤이어 그녀와 정확히 같은 자리에서 사라졌다. 위즐리 부인은 텅 빈 마당으로 이어지는 문을 닫은 다음 해리의 어깨에 손을 얹고 식탁 위의 등잔불 빛이 환하게 비치는 곳으로 그를 데려가 살펴보았다.

"너도 론이랑 똑같구나." 그녀가 그를 아래위로 훑어보며 한숨을 쉬었다. "너희 둘 다 늘리기 저주에 걸린 것 같다. 론은 지난번 학교 로브를 사 준 이후로 틀림없이 10센티미터는 더 컸을 거야. 배고프니, 해리?"

"네, 배고파요." 해리는 문득 얼마나 배고픈지 깨달았다.

"앉으렴, 애야. 금방 뭘 좀 만들어 주마."

해리가 자리에 앉자 얼굴이 찌부러진 적갈색 털북숭이 고양이가 무릎 위에 폴짝 뛰어올라 앉더니 가르랑거렸다.

"헤르미온느도 여기 있어요?" 그가 크룩섕스의 귀 뒤를 긁어 주며 반가운 목소리로 물었다.

"오, 그래. 그저께 도착했단다." 위즐리 부인이 마법 지팡이로 커다란 무쇠 냄비를 두드리며 말했다. 냄비는 요란한 땡그랑 소리를 내며 스토브 위로 펄쩍 뛰어오르더니 순식간에 끓기 시작했다. "당연히 다들 자고 있지. 네가 몇 시간 후에나 올 줄 알았거든. 자……"

그녀가 다시 냄비를 두드리자 냄비는 공중으로 떠올라 해리를 향해 날아오더니 앞으로 기울어졌다. 위즐리 부인이 제때 그릇을 받쳐 김이 모락모락 나는 걸쭉한 양파 수프를 받았다.

"빵 좀 줄까, 애야?"

"고맙습니다, 아줌마."

그녀가 어깨 너머로 마법 지팡이를 휘두르자 빵 덩어리와 나이프가 우아하게 식탁으로 날아왔다. 빵 덩어리가 저절로 썰리고 수프 냄비가 스토브에 다시 내려앉는 동안 위즐리 부인이 그의 맞은편에 앉았다.

"그러니까 네가 호러스 슬러그혼 교수님이 그 자리를 받아들이도록 설득했다는 거니?"

해리는 고개를 끄덕였다. 입안 가득 뜨거운 수프를 물고 있어서 말을 할 수가 없었다.

"슬러그혼 교수님은 아서와 나를 가르치셨단다." 위즐리 부인이 말했다. "아주 오랫동안 호그와트에 계셨지. 아마 덤블도어 교수님과 비슷한 시기에 가르치기 시작하셨을걸? 그분이 마음에 들었니?"

이제는 입안이 빵으로 가득해서 해리는 어깨만 으쓱하고 애매하게 머리를 까딱거렸다.

"무슨 뜻인지 알아." 위즐리 부인이 현명하게 고개를 끄덕이며 말했다. "그분은 마음만 먹으면 매력적인 사람이 될 수 있었지만, 아서는 한 번도 그분을 좋아한 적이 없단다. 마법 정부에는 그분이 총애하던 옛 제자들이 깔려 있어. 그분은 항상 뒤에서 밀어주는 일을 잘했지. 하지만 아서한테는 그다지 시간을 내준 적이 없단다. 아서한테 야심이 별로 없다고 생각하는 것 같았어. 뭐, 그러니까 슬러그혼 교수 같은 사람도 가끔 실수를 한다는 게 증명되는 셈이지. 론이 편지로 얘기해 줬는지 모르겠다만…… 바로 얼마 전에 있었던 일이거든. 그러니까, 아서가 승진했단다!"

위즐리 부인은 이 말을 하고 싶어서 조바심이 나 있던 것이 틀림없었다. 해리는 데일 듯이 뜨거운 수프를 한꺼번에 삼키느라 목구멍에 물집이 생기는 것 같았다.

"정말 잘됐네요!" 그가 숨도 제대로 쉬지 못하고 말했다.

"착하기도 하지." 위즐리 부인이 활짝 웃었다. 그녀는 해리의 눈에 눈물이 맺힌 이유가 이 소식을 듣고 감정이 북받쳤기 때문이라고 생각하는 듯했다. "그래, 루퍼스 스크림저 총리가 현 상황에 대처하려고 새로운 부서를 몇 개 만들었는데, 아서는 그중 위조 방어 주문 및 보호 용품 통제 관리과를 이끌게 됐어. 굉장한 자리란다. 이제 아서 밑에서 일하는 사람이 열 명이나 돼!"

"정확히 무슨……?"

"음, 그게 말이지, '그 사람' 때문에 모두 겁에 질려 있다 보니 갑자기 도처에서 이상한 물건들이 팔리고 있거든. '그 사람'과 죽음을 먹는 자들을 막아 준다는 물건들 말이야. 어떤 것들인지 대충 짐작이 가지? 멍울초 고름을 조금 섞은 그레이비 소스를 보호용 마법약이라면서 팔지를 않나, 귀가 떨어지는 마법을 방어용 저주라고 속이질 않나…… 뭐, 범인들은 대부분 먼덩거스 플레처 같은 작자들이야. 살면서 단 하루도 정직한 일이라고는 해 본 적이 없고, 모두가 겁에 질린 이 기회를 이용해 먹으려는 사람들 말이지. 하지만 가끔씩 정말 위험한 게 나타나기도 해. 지난번에는 아서가 저주에 걸린 스니코스코프 한 상자를 압수했는데, 그건 죽음을 먹는 자의 소행이 거의 확실했단다. 그러니까 이게 얼마나 중요한 일인지 너도 알겠지. 난 아서한테 점화 플러그니 토스트 기계니 그 온갖 머글 쓰레기를 다루던 일을 그리워하는 건 참으로 멍청한 짓이라고 말해 주고 있단다." 위즐리 부인은 단호한 표정으로 일장 연설을 마쳤다. 마치 해리가 점화 플러그를 그리워하는 게 당연하다고 말하기라도 한 것처럼.

"위즐리 아저씨는 아직 회사에 계세요?" 해리가 물었다.

"그래, 그렇단다. 솔직히 조금 늦는구나. 자정 무렵에는 올 거라고 했는데……."

그녀는 고개를 돌려 식탁 끝을 바라보았다. 빨래 바구니 속 이불 더미 맨 위에 웬 커다란 시계가 생뚱맞게 얹혀 있었다. 해리는 그 시계를 단번에 알아보았다. 아홉 개의 시곗바늘 각각에 가족의 이름이 쓰여 있는 시계였다. 평소 그 시계는 위즐리네 집 거실에 걸려 있었지만, 지금 저곳에 놓여 있는 것을 보니 위즐리 부인에게 집 안 어디를 가든 그 시계를 가지고 다니는 습관이 생긴 모양이었다. 아홉 개의 바늘은 모두 '치명적 위험'을 가리키고 있었다.

"저 상태가 된 지 벌써 꽤 됐어." 위즐리 부인이 애써 태연한 척 말했다. "'그 사람'이 공개적으로 모습을 드러낸 뒤로 말이야. 지금은 모두가 치명적인 위험 상태에 놓여 있는 거겠지……. 우리 가족만의 문제라고는 생각하지 않는단다. 하지만 또 누가 이런 시계를 갖고 있는지 모르니까 확인할 수는 없지. 아!"

그녀가 갑자기 탄식하며 시계를 가리켰다. 위즐리 씨의 바늘이 '이동 중'으로 바뀌어 있었던 것이다.

"아서가 오고 있네!"

과연, 잠시 뒤 뒷문을 두드리는 소리가 들렸다. 위즐리 부인이 벌떡 일어나 다급히 문으로 다가갔다. 그녀가 한 손은 문손잡이에 올려놓고 얼굴을 문에 바짝 갖다 댄 채 조용히 물었다. "아서, 당신이야?"

"응." 위즐리 씨의 지친 목소리가 들려왔다. "하지만 죽음을 먹는 자라도 이렇게 말했겠지. 질문을 해 봐!"

"아, 정말……."

"몰리!"

"알았어, 알았어……. 당신의 가장 큰 꿈은?"

"비행기가 공중에 떠 있는 방법을 알아내는 것."

위즐리 부인은 고개를 끄덕이고 문손잡이를 돌렸다. 하지만 문이 여전히 단단히 닫혀 있는 걸 보면 위즐리 씨가 반대편에서 문손잡이를 꽉 잡고 있는 게 틀림없었다.

"몰리! 문 열기 전에 나도 질문을 해야지!"

"아서, 나 참, 이런 바보 같은……."

"우리 단둘일 때 내가 불러 줬으면 하는 이름은?"

어슴푸레한 등불 빛만으로도 해리는 위즐리 부인의 얼굴이 새빨갛게 물드는 것을 똑똑히 볼 수 있었다. 해리도 귀와 목이 갑자기 화끈거렸다. 그는 최대한 큰 소리가 나도록 일부러 그릇에 숟가락을 부딪치면서 황급히 수프를 떠먹었다.

"살랑살랑 몰리." 위즐리 부인이 창피해하며 문틈에 대고 속삭였다.

"맞았어." 위즐리 씨가 말했다. "이제 나를 들여보내 줘도 돼."

위즐리 부인이 문을 열자 그녀의 남편이 모습을 드러냈다. 홀쭉하고 벗어져 가는 빨간 머리카락에 뿔테 안경을 끼고 먼지투성이 긴 여행용 망토를 입은 마법사였다.

"왜 당신이 집에 올 때마다 이런 짓을 해야 하는지 아직도 모르겠네." 위즐리 부인이 말했다. 남편이 망토를 벗는 걸 도와주면서도 그녀의 얼굴은 여전히 분홍빛을 띠고 있었다. "내 말은, 죽음을 먹는 자라면 정답을 강제로 알아낸 다음에 당신인 척할 거 아냐!"

"나도 알아, 여보. 하지만 정부 지침이야. 내가 모범을 보여야지. 좋은 냄새가 나는데. 양파 수프야?"

위즐리 씨가 기대 어린 표정으로 식탁 쪽으로 고개를 돌렸다.

"해리! 아침이 되어야 올 줄 알았는데!"

위즐리 씨는 해리와 악수를 나누고 옆에 있는 의자에 털썩 주저앉았다. 위즐리 부인이 남편 앞에 수프 그릇을 내려놓았다.

"고마워, 몰리. 힘든 밤이었어. 웬 멍청이가 변신 메달을 팔기 시작해서 말이야. 그 메달을 목에 걸기만 하면 모습을 마음대로 바꿀 수 있다는 거야. 겨우 10갈레온에 10만 가지 모습으로 변신할 수 있다나!"

"그래서, 그걸 목에 걸면 실제로 어떤 일이 벌어지는데?"

"대부분 몸 색깔이 기분 나쁜 오렌지색으로 변하지만,

두어 명은 온몸에 촉수 같은 사마귀가 돋았어. 그렇잖아도 세인트 멍고가 얼마나 눈코 뜰 새 없이 바쁜데!"

"프레드랑 조지가 흥미를 느낄 법한 일인데." 위즐리 부인이 머뭇거리며 말했다. "혹시……?"

"절대 아니야!" 위즐리 씨가 말했다. "아무리 그 녀석들이라도 지금 같은 때 그런 짓을 하진 않을걸. 사람들이 필사적으로 보호 수단을 찾고 있는 마당에!"

"그래서 늦은 거야? 변신 메달 때문에?"

"아냐, 엘리펀트 앤 캐슬에서 끔찍한 역효과 저주가 발생했다는 소문이 있었어. 근데 우리가 도착했을 때는 다행히 마법 수사대가 문제를 해결했더라고……."

해리는 하품이 나오려는 입을 황급히 손으로 가렸다.

"자야겠구나." 위즐리 부인이 곧바로 알아차리고 말했다. "프레드랑 조지가 쓰던 방을 네가 쓸 수 있도록 정리해 놨어. 너 혼자 쓰면 된단다."

"왜요? 두 사람은 어디 있는데요?"

"아, 걔들은 다이애건 앨리에 있어. 너무 바빠서, 장난감 가게 위층에 있는 방에서 잔대." 위즐리 부인이 말했다. "이 말은 해야겠구나. 처음에는 탐탁지 않았는데, 걔들은 사업에 꽤 소질이 있는 것 같아! 가자, 애야. 네 짐 가방은 이미 올려다 놨단다."

"안녕히 주무세요, 위즐리 아저씨." 해리가 의자를 밀어 넣으며 말했다. 크룩섕스가 그의 무릎에서 가볍게 뛰어내려 슬금슬금 방을 빠져나갔다.

"잘 자라, 해리." 위즐리 씨가 말했다.

해리는 위즐리 부인과 함께 부엌을 나가면서 그녀가 세탁 바구니 위에 있는 시계를 힐끔거리는 모습을 보았다. 모든 바늘이 다시 '치명적 위험'을 가리키고 있었다.

프레드와 조지의 침실은 3층에 있었다. 위즐리 부인이 침대 옆 탁자에 놓인 등잔을 마법 지팡이로 가리키자 불이 켜졌다. 기분 좋은 황금빛이 방 안을 물들였다. 작은 창문 앞 책상에 커다란 꽃병이 놓여 있었지만, 방 안을 맴도는 냄새는 꽃향기로도 가려지지 않았다. 해리가 생각하기에는 화약 냄새 같았다. 아무 표시 없이 봉해 놓은 수많은 종이 상자가 바닥을 차지하고 있었고, 그 사이에 해리의 짐 가방이 놓여 있었다. 방을 잠시 동안 창고로 쓴 모양이었다.

커다란 옷장 위에 걸터앉아 있던 헤드위그가 해리를 보고 기쁘게 부엉부엉 울더니 창밖으로 날아갔다. 해리는 녀석이 사냥을 나가기 전에 그를 보려고 기다리고 있었다는 것을 알았다. 해리는 위즐리 부인에게 인사를 하고 잠옷을 입은 뒤 두 침대 중 한 곳에 누웠다. 베갯잇 속에 뭔가 단단한 것이 들어 있었다. 해리는 그 안에 손을 넣어 더듬거리다가 자주색과 오렌지색이 섞인 끈적끈적한 사탕을 꺼냈다. 해리는 그게 '속 뒤집어지는 사탕'이라는 것을 알아차렸다. 그는 혼자 미소 지으며 돌아누웠고 곧 잠들었다.

몇 초 뒤, 혹은 해리가 느끼기에 몇 초가 지난 뒤 문이 벌컥 열리더니 대포를 쏘는 듯한 소리가 울렸다. 벌떡 일어나 앉아 있으려니 거칠게 커튼을 젖히는 소리가 들렸다. 눈부신 햇빛이 눈을 날카롭게 찌르는 듯했다. 해리는 한 손으로 빛을 가리며 다른 손으로는 안경을 찾아 애먼 데만 더듬거렸다.

"뭐야?"

"우린 네가 벌써 와 있는 줄 몰랐어!" 잔뜩 흥분한 목소리가 들리더니 뭔가가 해리의 머리를 세게 내리쳤다.

"론, 때리지 마!" 여자아이의 목소리가 꾸짖듯이 말했다.

마침내 해리의 손이 안경에 닿았다. 안경을 쓰긴 했지만 햇빛이 너무 밝아서 아무것도 보이지 않았다. 한순간 길쭉하고 흐릿한 그림자가 눈앞에서 흔들렸다. 눈을 깜빡이자 초점이 선명해지면서, 씩 웃으며 그를 내려다보는 론 위즐리가 보였다.

"좀 어때?"

"최고야." 해리는 정수리를 문지르고 다시 베개에 털썩 드러누우며 말했다. "넌?"

"나쁘지 않아." 론이 종이 상자를 끌어와 그 위에 앉으며 말했다. "언제 온 거야? 방금 엄마한테 들었어!"

"오늘 새벽 1시쯤."

"머글들은 어땠어? 너한테 잘해 줬어?"

"늘 똑같지 뭐." 헤르미온느가 침대 모서리에 걸터앉자 해리가 말했다. "나한테 말을 잘 안 걸더라고. 나야 그게 더 좋지. 넌 어때, 헤르미온느?"

"아, 난 잘 지냈어." 헤르미온느가 말했다. 그녀는 해리가 어딘가 병이라도 난 것처럼 그를 찬찬히 살펴보고 있었다. 해리는 헤르미온느가 왜 이렇게 구는지 알 것 같았고, 이 순간만큼은 시리우스의 죽음이나 다른 우울한 주제에 대해 이야기할 생각이 전혀 없었기에 이렇게 말했다. "몇 시야? 나 아침 식사 놓친 거야?"

"그건 걱정 마. 엄마가 가져다주실 거야. 네가 영양실조에 걸린 것 같다나 뭐라나." 론이 눈알을 굴리며 말했다. "그래서, 그동안 어떻게 지냈어?"

"별일 없었어. 줄곧 이모네 틀어박혀 있었으니까."

"집어치워!" 론이 말했다. "덤블도어랑 어디 갔다 왔잖아!"

"그렇게 신나는 일은 아니었어. 그냥 어느 은퇴한 교수님을 학교로 돌아오도록 설득해야 하는데, 내가 도와줬으면 하셨을 뿐이야. 호러스 슬러그혼이라는 분인데."

"아." 론이 실망한 표정으로 말했다. "우리는……."

헤르미온느가 경고의 눈길을 쏘아 보내자 론은 얼른 말을 돌렸다.

"……그럴 거라고 생각했어."

"그래?" 해리가 재미있어하며 말했다.

"응……. 맞다, 이제 엄브리지가 떠났으니까 새로운 어둠의 마법 방어법 교수가 필요하구나? 음, 그래서, 어떤 사람이야?"

"약간 바다코끼리처럼 생겼어. 그리고 예전에 슬리데린 담임 교수였대." 해리가 말했다. "무슨 문제 있어, 헤르미온느?"

헤르미온느는 당장에라도 뭔가 이상한 증상이 나타날 거라고 생각하는 듯 해리를 지켜보다가 황급히 얼굴 표정을 바꾸고 애써 미소 지었다.

"아니, 전혀! 그래서, 음, 슬러그혼은 좋은 교수님일 것 같아?"

"모르겠어." 해리가 말했다. "엄브리지보다 나쁠 수는 없지 않겠어?"

"난 엄브리지보다 나쁜 사람 아는데." 문 쪽에서 어떤 목소리가 말했다. 론의 여동생이 짜증스러운 표정을 지으며 축 처져서는 걸어 들어왔다. "안녕, 해리."

"넌 왜 그래?" 론이 물었다.

"저 여자 때문에." 지니가 해리의 침대에 털썩 주저앉으며 말했다. "미쳐 버리겠어."

"또 뭘 했는데?" 헤르미온느가 공감한다는 듯 물었다.

"나한테 말하는 투가…… 누가 들으면 내가 세 살짜리인 줄 알겠어!"

"내 말이." 헤르미온느가 목소리를 낮추며 말했다. "너무 거만해."

해리는 헤르미온느가 위즐리 부인에 대해 이런 식으로 이야기하는 것을 보고 놀랐다. 그래서 "너희 둘 다 5초만이라도 흉 좀 안 볼 순 없냐?" 하고 화를 내는 론에게 뭐라고 하지 않았다.

"아, 그래. 변호해 주시겠다?" 지니가 쏘아붙였다. "같이 있지 못해서 안달하는 거 다 알아!"

론의 어머니를 두고 하는 얘기치고는 이상했다. 뭔가 놓치고 있다는 기분이 든 해리가 물었다. "대체 누구 얘기……?"

하지만 질문을 끝내기도 전에 답이 돌아왔다. 침실 문이 다시 활짝 열리자 해리는 본능적으로 이불보를 턱까지 끌어 올렸다. 그 힘이 너무 셌던 탓에 헤르미온느와 지니가 침대에서 바닥으로 굴러떨어졌다.

한 젊은 여자가 문 앞에 서 있었다. 숨이 멎을 듯 아름다운 그 모습에 희한하게도 방 안의 공기마저 줄어드는 것 같았다. 그녀는 은빛이 도는 금발에 키가 크고 늘씬했으며 희미한 은빛 광채를 내뿜고 있는 것 같았다. 안 그래도 완벽한 모습을 완성시키려는지, 아침 식사가 가득 담긴 쟁반까지 들고 있었다.

"애리." 그녀가 목멘 소리로 말했다. "너 어무 오랭망이야!"

그녀가 문턱을 넘어 미끄러지듯 다가올 때, 기분이 상한 듯한 위즐리 부인의 모습이 언뜻 보였다.

"굳이 네가 쟁반을 들고 올라올 필요는 없었어. 내가 직접 하려던 참이었는데!"

"괜찮아요." 플뢰르 들라쿠르가 해리의 무릎에 쟁반을

내려놓고 휙 달려들어 그의 양 뺨에 입을 맞췄다. 해리는 그녀의 입술이 닿았던 자리가 화끈거리는 것 같았다. "너무너무 보고 싶었거등요. 내 여동생, 가브리엘 기억나? 걔는 애리 포터 애기망 해. 널 다시 보명 기뻐할 거야."

"어…… 걔도 여기 왔어?" 해리가 숨 막히는 듯한 목소리로 물었다.

"아니, 아니. 봐보같이." 플뢰르가 까르르 웃으며 말했다. "내녕 여름을 말항 거야. 그때 우리…… 궁데 너 모르니?"

그녀의 커다란 푸른 눈이 휘둥그레졌다. 그녀는 위즐리 부인을 원망하듯 바라보았다. 위즐리 부인이 말했다. "아직 말할 틈이 없었잖니."

플뢰르는 다시 해리에게 고개를 돌렸다. 그 바람에 은빛 머리카락이 위즐리 부인의 얼굴을 후려쳤다.

"빌이랑 나능 결혼할 거야!"

"아." 해리가 멍하니 말했다. 위즐리 부인과 헤르미온느와 지니가 한마음으로 굳게 결심이라도 한 듯 서로의 시선을 피하는 모습이 어쩔 수 없이 눈에 띄었다. "우아, 축하해!"

그녀가 해리에게 휙 달려들어 다시 입을 맞췄다.

"빌응 지금 많이 봐빠. 아주 열심히 일하고 있어. 나능 영어를 배우려고 그린고츠에서 파트타임으로 긍무해. 그래서 빌이 며칠 동앙 가족들이랑 같이 지내면서 친해지라고 나를 여기로 데려왔어. 네가 온다능 말을 듣고 쬉말 기뻤어. 닭이랑 요리를 죠아하지 않으몀 여기성 별로 할 게 없거등. 그럼, 아침 맛있게 먹어, 애리!"

그녀는 이 말을 남기고 우아하게 돌아서서 방을 둥둥 떠가는 듯하더니 조용히 나가서 문을 닫았다.

위즐리 부인이 혀 차는 소리를 냈다.

"엄마가 엄청 싫어해." 지니가 소곤거렸다.

"싫어하는 게 아니다!" 위즐리 부인이 못마땅한 듯 속삭였다. "그냥 약혼을 너무 서둘러서 했다는 생각이 들 뿐이야!"

"1년 동안 서로를 알아 왔으면 됐죠." 론이 말했다. 그는 이상하게 넋이 나간 듯한 표정으로 닫힌 문을 빤히 바라보고 있었다.

"글쎄, 그게 아주 긴 시간은 아니잖니! 왜 이렇게 됐는지야 뻔하지. '그 사람'이 돌아오면서 모든 게 불확실해졌기 때문이야. 당장 내일 죽을지도 모른다는 생각이 드니까, 심사숙고해야 할 문제를 서둘러서 결정해 버리는 거야. 예전에 그자가 막강했을 때도 똑같았단다. 사방에서 사람들이 야반도주를 하고……."

"엄마랑 아빠도 포함해서요." 지니가 짓궂게 말했다.

"그래, 뭐, 너희 아버지랑 나는 천생연분이니까. 기다려 봐야 무슨 의미가 있었겠니?" 위즐리 부인이 말했다. "하지만 빌이랑 플뢰르는…… 글쎄…… 둘이 정말 공통점이 있긴 하니? 빌은 성실하고 현실적인 아이야. 그런데 쟤는……."

"재수없어." 지니가 고개를 끄덕였다. "하지만 빌도 그렇게 현실적이기만 한 건 아니에요. 저주 해제 전문가잖아요? 모험이나 화려한 것도 좋아하는 쪽이라고요. 그래서 가래침['가래'라는 뜻의 'phlegm(플럼)'과 '플뢰르'의 발음이 비슷한 것에 착안한 말장난—옮긴이]한테 빠진 거잖아요."

"그렇게 부르지 마라, 지니." 위즐리 부인이 날카롭게 말했지만, 해리와 헤르미온느는 웃음을 터뜨렸다. "나는 그만 가 봐야겠다……. 달걀 식기 전에 먹으렴, 해리."

그녀는 수심이 가득한 모습으로 방을 나갔다. 론은 여전히 반쯤 넋 나간 얼굴로 귀에서 물기를 털어 내려는 강아지처럼 머리를 흔들어 댔다.

"한집에 있으면 좀 익숙해지지 않아?" 해리가 물었다.

"조금은 그렇지." 론이 말했다. "근데 조금 전처럼 예상치 못하게 갑자기 나타나면……."

"한심해." 헤르미온느가 화를 내며 론에게서 최대한 성큼성큼 멀어져 갔다. 벽까지 간 그녀는 팔짱을 끼고 돌아서서 그를 똑바로 바라보았다.

"저 여자가 영원히 우리 집에 있었으면 좋겠다고 생각하는 건 아니지?" 지니가 믿을 수 없다는 듯 론에게 물었다. 론이 그저 어깨를 으쓱하자 그녀가 말했다. "엄마는 이 결혼을 막을 수 있다면 뭐든지 할걸! 내기해도 좋아!"

"아줌마가 어떻게 막아?" 해리가 물었다.

"엄마는 계속 통스를 저녁 식사 자리에 부르려고 해. 빌이 통스와 잘되길 바라는 것 같아. 나도 그랬으면 좋겠고. 통스랑 가족이 되는 게 훨씬 나을 거야."

"그래, 퍽이나 그렇게 되겠다." 론이 냉소적으로 말했다. "잘 들어, 정신 제대로 박힌 남자라면 플뢰르 같은 여자를 두고 통스한테 빠지진 않아. 그러니까 내 말은, 통스도 괜찮긴 하지. 머리카락이랑 코에 멍청한 짓을 하지 않을 때는 말이야. 하지만……."

"통스가 저 *가래침*보다 백배 천배는 낫거든?" 지니가 말했다.

"게다가 훨씬 똑똑하잖아. 통스는 오러란 말이야!" 헤르미온느가 구석에서 거들었다.

"플뢰르도 멍청하지는 않아. 트라이위저드 대회에 참가

할 정도의 실력을 갖췄잖아." 해리가 말했다.

"너까지 왜 이래!" 헤르미온느가 매섭게 말했다.

"가래침이 '애리, 애리' 하는 게 좋은가 봐?" 지니가 코웃음 치며 물었다.

"아냐." 해리는 차라리 말을 하지 말 걸 그랬다고 후회하며 입을 열었다. "난 그냥, 가래침이…… 그러니까, 플뢰르가……."

"나는 통스가 가족이 되는 게 훨씬 좋아." 지니가 말했다. "최소한 재밌기라도 하잖아."

"요샌 별로 웃기지도 않던데." 론이 말했다. "볼 때마다 울보 머틀을 닮아 가더라."

"말이 너무 심하잖아." 헤르미온느가 쏘아붙였다. "통스는 아직 그때 일을 극복하지 못하고 있어……. 내 말은, 통스한텐 사촌이잖아!"

해리의 가슴이 철렁했다. 결국 시리우스 얘기가 나오고 말았다. 그는 포크를 집어 들고 스크램블드에그를 입에 쑤셔 넣기 시작했다. 어떻게 해서든 이 대화에서 벗어나고 싶은 마음이었다.

"통스랑 시리우스는 서로 잘 알지도 못했어!" 론이 말했다. "시리우스는 통스 인생의 절반이나 되는 시간을 아즈카반에 갇혀 있었고, 그전에는 두 집안끼리 만난 적도 없……."

"그게 중요한 게 아냐." 헤르미온느가 말했다. "통스는 시리우스가 자기 때문에 죽었다고 생각한단 말이야!"

"왜 그런 생각을 해?" 해리가 자기도 모르게 불쑥 물었다.

"통스는 벨라트릭스 레스트레인지와 싸우고 있었잖아? 자기가 벨라트릭스를 해치웠다면 그 여자가 시리우스를 죽이지 못했을 거라고 여기는 것 같아."

"말도 안 돼." 론이 말했다.

"생존자의 죄책감이라는 거야." 헤르미온느가 말했다. "루핀 교수님이 통스를 달래려 애쓰고 있지만 통스는 여전히 우울해하고 있어. 사실은 변신에도 문제를 겪고 있단 말이야!"

"무슨 문제?"

"예전처럼 모습을 바꾸지 못한다고." 헤르미온느가 설명했다. "충격이나 뭐 그런 것 때문에 능력에 영향을 받았나 봐."

"그럴 수도 있구나. 몰랐어." 해리가 말했다.

"나도." 헤르미온느가 말했다. "하지만 내 생각엔 정말로 우울해지면……."

문이 다시 열리고 위즐리 부인이 머리를 불쑥 들이밀었다.

"지니." 그녀가 작은 소리로 말했다. "아래층에 내려와서 점심 차리는 것 좀 도와주렴."

"얘기 중이잖아요!" 지니가 화를 냈다.

"당장!" 위즐리 부인은 이 말을 남기고 문을 닫았다.

"엄만 순전히 가래침이랑 단둘이 있기 싫어서 날 부르는 거야!" 지니가 짜증스러운 듯 말했다. 그녀는 플뢰르를 꽤 그럴싸하게 흉내 내며 긴 빨간 머리를 휙 휘날리더니 발레리나처럼 양팔을 높이 들고 활보하듯 방을 가로질렀다.

"다들 빨리 내려오는 게 좋을걸." 그녀가 방을 나가면서 말했다.

해리는 잠시 조용해진 틈을 타 아침을 먹었다. 헤르미온느는 가끔씩 해리를 곁눈질하면서 프레드와 조지의 상자들을 들여다보고 있었다. 론은 이제 해리의 토스트를 집어먹으며 꿈을 꾸는 듯한 눈빛으로 계속 문 쪽을 바라보았다.

"이게 뭐야?" 헤르미온느가 작은 망원경처럼 생긴 물건을 들어 올리며 물었다.

"몰라." 론이 말했다. "하지만 조지랑 프레드가 놔두고 간 걸 보면 아직 장난감 가게에서 팔 준비가 안 된 물건일 테니까 조심해."

"너희 엄마 말씀으로는 가게가 잘된다며." 해리가 말했다. "프레드랑 조지가 사업에 소질이 있는 것 같다고 하시던데."

"그건 과소평가지." 론이 말했다. "형들은 갈레온을 갈퀴로 쓸어 담고 있어! 나도 빨리 가게를 보고 싶어 죽겠어. 아직 다이애건 앨리에 못 가 봤거든. 엄마는 안전을 위해 아빠랑 같이 가야 한다고 하는데, 아빠가 일이 너무 바빠서 말이야. 듣기론 아주 굉장한 가게인 것 같더라."

"퍼시는?" 해리가 물었다. 위즐리 부부의 셋째 아들은 나머지 가족과 인연을 끊어 버렸다. "다시 너희 엄마 아빠랑 연락해?"

"아니." 론이 말했다.

"하지만 애초에 너희 아빠 말씀대로 볼드모트가 돌아왔다는 걸 알게 됐잖아?"

"덤블도어 교수님이 그러시는데, 사람들은 상대방이 옳았을 때보다 틀렸을 때 더 쉽게 용서한대." 헤르미온느가 말했다. "교수님이 너희 엄마한테 하시는 말씀을 들었어, 론."

"덤블도어가 할 법한 이상한 소리긴 하네." 론이 말했다.

"덤블도어 교수님이 올해 나한테 개인 수업을 해 주신대." 해리가 지나가듯이 말했다.

론은 토스트 조각을 먹다가 목이 막혔고 헤르미온느는 헛숨을 들이켰다.

"그걸 지금 말하냐?" 론이 말했다.

"방금 생각났어." 해리가 솔직히 말했다. "어젯밤 너희 집 빗자루 창고에서 말씀하셨어."

"세상에…… 덤블도어랑 개인 수업이라니!" 론은 꽤 감명받은 듯했다. "근데 왜……?"

론이 말꼬리를 흐렸다. 해리는 그와 헤르미온느가 눈길을 주고받는 모습을 보았다. 해리는 나이프와 포크를 내려놓았다. 침대에 앉아 있을 뿐인데 심장이 상당히 세차게 뛰고 있었다. 덤블도어가 하라고 한 일이다……. 어차피 말할 거라면 지금 해선 안 되는 이유가 뭐란 말인가? 그는 무릎으로 쏟아지는 햇살에 비쳐 반짝이는 포크에 눈길을 고정하고 입을 열었다. "나한테 왜 수업을 해 주시려고 하는지는 정확히 모르겠지만 틀림없이 그 예언 때문일 거야."

론도 헤르미온느도 입을 열지 않았다. 둘 다 얼어붙은 것 같았다. 해리는 여전히 포크를 바라보며 말을 이었다. "너희도 알다시피, 놈들이 마법 정부에서 훔치려던 거 말이야."

"하지만 그 예언의 내용은 아무도 모르잖아." 헤르미온느가 재빨리 말했다. "부서졌으니까."

"하지만 《예언자일보》는……." 론이 입을 열자마자 헤르미온느가 끼어들었다. "쉿!"

"《예언자일보》의 말이 맞아." 해리가 아주 힘겹게 눈을 들어 두 사람을 바라보며 말했다. 헤르미온느는 겁에 질린 것 같았고, 론은 충격을 받은 표정이었다. "예언은 부서진 유리구슬에만 기록돼 있었던 게 아니야. 나는 덤블도어 교수님 연구실에서 그 내용을 다 들었어. 덤블도어 교수님은 예언을 들은 당사자여서 나한테 얘기해 주실 수 있었어. 그 예언에 따르면……." 해리는 심호흡을 했다. "볼드모트를 끝장내야 하는 사람은 나인 것 같아……. 적어도, 예언에 따르면 우리 둘 중 누구도 상대방이 숨 쉬는 한 살아 있을 수 없대."

세 사람은 잠시 할 말을 잃은 채 서로를 바라보았다. 갑자기 쾅 하는 시끄러운 소리가 나더니 헤르미온느의 모습이 시커멓게 뿜어져 나온 연기 뒤로 사라져 버렸다.

"헤르미온느!" 해리와 론이 소리쳤다. 아침 식사 쟁반이 요란한 소리를 내며 바닥으로 미끄러져 떨어졌다.

헤르미온느가 기침을 하며 연기 속에서 모습을 드러냈다. 망원경을 쥔 그녀의 눈가에는 검푸른 색 멍이 들어 있었다.

"꽉 쥐었더니 이게…… 이게 날 때렸어!" 그녀가 숨 가쁜 목소리로 외쳤다.

아니나 다를까, 망원경 끝에서 아주 작은 주먹이 달린 긴 스프링이 튀어나와 있었다.

"걱정 마." 론이 터져 나오려는 웃음을 애써 참으며 말했다. "엄마가 치료해 주실 거야. 가벼운 상처 정도는 치료하실 수 있거든."

"아, 뭐, 지금 이딴 거에 신경 쓸 때가 아니야!" 헤르미온느가 다급히 말했다. "해리, 아, 해리……."

그녀가 그의 침대 모서리로 다가와 앉았다.

"우린 마법 정부에서 돌아온 뒤로 계속 궁금했어……. 물론 너한테는 아무 말도 하고 싶지 않았지만, 그 예언이 너랑 볼드모트에 대한 거라는 루시우스 말포이의 말을 듣고 그럴지도 모른다고 생각했거든……. 아, 해리……." 그녀가 그를 뚫어지게 바라보더니 속삭였다. "무섭지 않니?"

"예전만큼은 아니야." 해리가 말했다. "그 얘길 처음 들었을 땐 무서웠어. 하지만 지금은, 결국 그자와 맞서야 한다는 걸 옛날부터 알고 있었던 것 같은 기분이야……."

"덤블도어가 너를 직접 데리러 갔다는 말을 들었을 때 우린 덤블도어가 너한테 예언과 관련된 얘기를 해 주거나 뭔가 보여 줄지도 모른다고 생각했어." 론이 흥분한 목소리로 말했다. "우리가 맞은 셈이네. 그치? 너한테 가망이 없다고 생각했다면 덤블도어가 개인 수업을 해 주려 하지 않았을 거야. 시간을 낭비하고 싶진 않을 테니까. 덤블도어는 너한테 희망이 있다고 생각하는 게 틀림없어!"

"맞아." 헤르미온느가 말했다. "뭘 가르쳐 주실지 궁금한데, 해리? 아마 정말 수준 높은 방어 마법일 거야……. 강력한 반격 마법이라든가…… 저주 해제 마법……."

해리는 귀 기울여 듣지 않았다. 햇빛과는 아무 상관 없는 따스한 기운이 그의 온몸으로 퍼져 나갔다. 가슴을 꽉 죄던 응어리가 녹아내리는 것 같았다. 그는 론과 헤르미온느가 겉으로 보이는 것보다 더 큰 충격을 받았다는 것을 알고 있었다. 그들이 여전히 그의 양옆에 있다는 사실이, 해리를 전염병에 걸렸거나 위험한 인물이라도 되는 양 피하는 것이 아니라 위로와 격려를 해 주고 있다는 사실이 말할 수 없을 만큼 소중하게 느껴졌다.

"……그리고 일반적인 회피 마법이랑." 헤르미온느가 결론지었다. "뭐, 최소한 올해 어떤 수업을 듣게 될지 하나는 알고 있네. 론이랑 나보다 하나 많아. 우리 O.W.L. 결과는 언제 나올까?"

"별로 안 남았을 거야. 한 달이나 지났으니까." 론이 말했다.

"잠깐만." 해리가 말했다. 지난밤 나누었던 대화가 떠올랐던 것이다. "덤블도어 교수님이 O.W.L. 결과가 오늘 도착할 거라고 말했던 것 같아!"

"오늘?" 헤르미온느가 비명을 질렀다. "오늘이라고? 그럼 진작…… 아, 세상에…… 말을 해 줬어야지!"

그녀가 자리에서 벌떡 일어났다.

"부엉이가 왔는지 보러 가야겠어."

10분 뒤, 해리가 옷을 다 갈아입고 빈 쟁반을 든 채 아래층에 내려가 보니 헤르미온느는 몹시 불안해하며 부엌 식탁에 앉아 있었다. 위즐리 부인이 판다와 비슷해진 그녀의 얼굴을 되돌려 놓으려고 애쓰는 중이었다.

"끄떡도 안 하네." 위즐리 부인이 손에 마법 지팡이를 들고 서서 헤르미온느를 내려다보며 걱정스럽게 말했다. 《치유사의 조력자》라는 책의 '멍, 베인 상처, 찰과상' 부분이 펼쳐져 있었다. "전에는 이렇게 하면 치료가 됐는데, 이해가 안 되는구나."

"프레드랑 조지는 절대 안 지워져야 재밌는 장난이라고 생각했을 거예요." 지니가 말했다.

"하지만 지워져야 해!" 헤르미온느가 새된 소리로 외쳤다. "평생 이런 꼴로 돌아다닐 수는 없어!"

"그럴 일은 없을 거다, 얘야. 우리가 치료법을 찾아 줄게. 걱정하지 마라." 위즐리 부인이 달래듯 말했다.

"빌이 저한테 프레드와 조지가 얼마나 재미있는지 말해 줬어요!" 플뢰르가 천진난만하게 웃으며 말했다.

"그러게, 나도 너무 웃겨서 숨이 안 쉬어지네?" 헤르미온느가 쏘아붙였다.

그녀는 벌떡 일어서더니 손가락을 배배 꼬면서 부엌 안을 빙빙 돌기 시작했다.

"위즐리 아줌마. 오늘 아침에 부엉이가 한 마리도 안 왔다는 거 정말로, 정말로 확실한 거죠?"

"그래, 얘야. 왔으면 내가 알았겠지." 위즐리 부인이 참을성 있게 말했다. "하지만 겨우 9시잖니. 시간은 아직 많……."

"고대 룬문자는 확실히 망쳤어." 헤르미온느가 열을 내며 중얼거렸다. "적어도 한 군데에서 심각한 오역을 한 게 분명해. 어둠의 마법 방어법 실기도 완전 별로였고. 변환 마법은 그럭저럭 잘 봤다고 생각했는데, 지금 생각해 보면……."

"헤르미온느, 입 좀 다물어 줄래? 너만 긴장되는 거 아니거든!" 론이 고함쳤다. "너 이래 놓고 O.W.L. '출중함' 열 개씩이나 받으면……."

"아냐, 아냐, 아냐!" 헤르미온느가 신경질적으로 양손을 휘저으며 말했다. "전부 낙제했을 게 뻔해!"

"낙제하면 어떻게 되지?" 해리는 딱히 누구에게랄 것 없이 방 안에 있는 사람들에게 물었지만 대답한 사람은 역시 헤르미온느였다.

"기숙사 담임 교수님하고 어떻게 할지 면담해야 해. 저번 학기 끝날 때 맥고나걸 교수님한테 여쭤봤어."

해리는 속이 뒤틀렸다. 아침을 조금 덜 먹을걸 하는 후회가 들었다.

"보바통에서는" 하고, 플뢰르가 흐뭇하게 말했다. "일을 처리하는 방식이 달랐어요. 제 생각에는 그게 더 나을 것 같아요. 우리는 5년이 아니라 6년 동안 공부한 다음에 시험을 치러요. 그렁 다음……."

플뢰르의 말은 비명 소리에 묻히고 말았다. 헤르미온느가 부엌 창문 밖을 가리키고 있었다. 검은 점 세 개가 하늘에 또렷이 보이는가 싶더니 점점 커졌다.

"부엉이가 오는 게 틀림없어." 론이 벌떡 일어나 창가에 서 있는 헤르미온느 옆으로 가면서 쉿소리를 냈다.

"세 마리네." 해리도 다급히 그녀 옆으로 갔다.

"우리 각각 한 마리씩이야." 헤르미온느가 겁에 질린 채 속삭였다. "아, 안 돼…… 안 돼…… 안 돼……."

그녀가 양옆에 선 해리와 론의 팔꿈치를 꽉 움켜잡았다.

부엉이들은 버로를 향해 곧장 날아오고 있었다. 자세히 보니 세 마리의 잘생긴 황갈색올빼미였다. 올빼미들이 집으로 이어지는 길 위로 점점 낮게 내려올수록 각자가 들고 있는 큼직한 사각형 봉투가 더욱 선명하게 보였다.

"아, 안 돼!" 헤르미온느가 비명을 질렀다.

위즐리 부인이 그들 사이를 비집고 부엌 창문을 열었다. 하나, 둘, 세 마리의 올빼미가 창문으로 날아들어 와 식탁 위에 질서 정연하게 줄지어 내려앉았다. 세 마리 모두 오른쪽 다리를 들어 올렸다.

해리가 앞으로 나아갔다. 그에게 온 편지는 가운데 올빼미 다리에 묶여 있었다. 그는 떨리는 손가락으로 봉투를 풀었다. 왼쪽에서는 론이 성적표를 떼어 내고 있었고, 오른쪽에서는 헤르미온느가 어찌나 손을 떠는지 올빼미의 몸이 흔들릴 정도였다.

부엌에 있는 누구도 입을 열지 않았다. 마침내 해리가 봉투를 떼어 냈다. 그는 재빨리 봉투를 뜯고 안에 들어 있는 양피지를 꺼내 펼쳤다.

보통 마법사 등급

통과 등급:

출중함 (O)

기대 이상 (E)

그럭저럭 괜찮음 (A)

낙제 등급:

형편없음 (P)

끔찍함 (D)

트롤 (T)

해리 제임스 포터의 성적은 다음과 같습니다.

천문학: A

마법 생명체 돌보기: E

일반 마법: E

어둠의 마법 방어법: O

점술: P

약초학: E

마법의 역사: D

마법약: E

변환 마법: E

해리는 양피지를 처음부터 끝까지 몇 번이나 다시 읽었다. 다시 읽을 때마다 호흡이 점점 가라앉았다. 이 정도면 괜찮았다. 점술은 낙제할 거라고 전부터 생각하고 있었고, 마법의 역사 또한 시험을 치르다 기절했다는 사실을 감안하면 통과할 가능성이 별로 없었다. 하지만 다른 과목은 전부 통과였다! 그는 점수가 적힌 곳을 손가락으로 쓸어내렸다. 변환 마법과 약초학을 좋은 성적으로 통과했고, 심지어 마법약에서도 '기대 이상'을 받았다! 가장 좋은 건 어둠의 마법 방어법에서 '출중함'을 받았다는 사실이었다!

해리는 주위를 둘러보았다. 헤르미온느는 등을 돌린 채 머리를 숙이고 있는 반면, 론은 만족스러운 표정을 짓고 있었다.

"점술이랑 마법의 역사만 낙제했어. 그쯤이야 누가 신경 쓴대?" 그가 기쁜 듯 해리에게 말했다. "자, 바꿔 보자."

해리는 론의 성적을 힐끗 내려다보았다. '출중함'은 없었다…….

"네가 어둠의 마법 방어법에서 최고 점수를 받을 줄 알았어." 론이 해리의 어깨를 탁 치며 말했다. "우리 둘 다 괜찮게 했네. 그치?"

"잘했다!" 위즐리 부인이 론의 머리카락을 흩뜨리면서 자랑스러워했다. "O.W.L.을 일곱 과목이나 통과하다니, 프레드와 조지가 받은 점수를 합친 것보다 많구나!"

"헤르미온느?" 지니가 머뭇거리며 말했다. 헤르미온느는 여전히 등을 보인 채 꼼짝도 하지 않았다. "어떻게 됐어?"

"나도…… 나쁘지 않아." 헤르미온느가 작은 소리로 대답했다.

"아, 왜 이래." 론이 성큼성큼 다가가 그녀의 손에서 성적표를 낚아채며 말했다. "그래…… '출중함' 아홉 개, 어둠의 마법 방어법은 '기대 이상'을 받았네." 그는 즐거움과 짜증이 뒤섞인 표정으로 그녀를 내려다보았다. "너 솔직히 실망했지?"

헤르미온느는 고개를 절레절레 저었지만 해리는 웃음을 터뜨렸다.

"뭐, 이제 N.E.W.T. 학생이 됐네!" 론이 씩 웃었다. "엄마, 소시지 더 있어요?"

해리는 다시 성적표를 내려다보았다. 기대했던 만큼 좋

은 점수였다. 단 하나 작디작은 아쉬움이 마음을 찌릿하게 했다. 이것으로 오러가 되겠다는 희망은 끝장났다. 마법약에서 필요한 점수를 받지 못했던 것이다. 이럴 줄은 예전부터 알았지만, 그 작고 검은 'E'를 다시 보자 가슴이 무겁게 내려앉았다.

해리에게 오러가 될 자질이 있다고 처음 말해 준 사람이 실은 매드아이로 위장한 죽음을 먹는 자였다는 사실을 생각해 보면 얄궂은 일이었지만, 해리는 어쩐지 그 말에 매료되었다. 그것 말고는 되고 싶은 게 아무것도 떠오르지 않았다. 게다가 한 달 전 예언을 들은 뒤로는 오러야말로 자신에게 딱 맞는 운명처럼 보였다……. 한쪽이 살아 있는 한 다른 쪽은 온전히 살 수 없나니……. 볼드모트를 찾아 처단하는 임무를 수행하기 위해 고도로 훈련을 받은 마법사들과 함께한다면, 예언대로 살면서도 살아남을 가능성이 가장 높지 않을까?

6장
다른 길로 샌 드레이코

해리는 이어지는 몇 주 동안 버로의 정원을 벗어나지 않았다. 낮에는 보통 위즐리네 과수원에서 2 대 2 퀴디치 시합을 했고(그와 헤르미온느 대 론과 지니가 붙었는데, 헤르미온느는 처참한 실력이었고 지니는 뛰어났으므로 그럭저럭 팽팽한 시합이 되었다) 저녁에는 위즐리 부인이 그의 앞에 내놓는 음식을 뭐든지 세 접시씩 먹어 치웠다.

하루가 멀다 하고 《예언자일보》에 실리는 실종, 이상한 사고, 심지어 사망 관련 기사만 아니었다면 행복하고 평화로운 방학이었을 것이다. 가끔 빌과 위즐리 씨는 신문에 실리기도 전에 어떤 소식들을 집으로 가져오기도 했다. 해리의 열여섯 번째 생일 파티가 리머스 루핀이 가져다준 소름 끼치는 소식들로 엉망이 되자 위즐리 부인도 속상해했다. 루핀은 수척하고 암울해 보였으며 갈색 머리카락에는 흰머리가 많이 섞여 있었다. 옷은 어느 때보다 너덜너덜 떨어지고 여기저기 기워져 있었다.

"디멘터의 공격이 두 번 더 있었습니다." 위즐리 부인이 커다란 생일 케이크 조각을 건네자 그가 말했다. "북쪽의 어느 오두막에서는 이고르 카르카로프의 시체가 발견됐고요. 그 오두막 위에 어둠의 징표가 떠 있었어요. 솔직히 죽음을 먹는 자들을 배신하고 1년이나 살아 있었다는 사실이 더 놀라운 일이긴 하죠. 제가 기억하기로 시리우스의 동생인 레귤러스는 며칠밖에 못 버텼거든요."

"그랬군요." 위즐리 부인이 이마를 찌푸리며 말했다. "다른 이야기를 하는 게 좋……."

"플로리언 포테스큐 얘기 들으셨어요, 리머스?" 옆에서 플뢰르가 계속 권하는 바람에 와인을 연거푸 마시던 빌이 물었다. "가게 주인 있잖아요, 그……."

"……다이애건 앨리에 있는 아이스크림 가게요?" 해리가 끼어들었다. 가슴속 깊은 곳에서 불쾌하고 텅 빈 느낌이 밀려들었다. "저한테 공짜로 아이스크림을 주시곤 했는데. 그분이 왜요?"

"가게 꼴을 보니 질질 끌려간 게 틀림없어."

"왜?" 위즐리 부인이 나무라듯 빌을 노려보는 사이 론이 물었다.

"누가 알겠어? 어쩌다 그자들 심기를 건드렸나 보지. 좋은 사람이었잖아, 플로리언은."

"다이애건 앨리 얘기가 나와서 말인데." 위즐리 씨가 말했다. "올리밴더 씨도 자취를 감춘 것 같더라."

"마법 지팡이 제작자 아저씨요?" 지니가 깜짝 놀란 얼굴로 말했다.

"그래, 그 사람. 가게가 비어 있어. 몸싸움한 흔적은 없더라고. 제 발로 떠난 건지 납치당한 건지 아무도 몰라."

"하지만 마법 지팡이는…… 이제 마법 지팡이를 사려면 어떻게 해요?"

"다른 제작자들한테 부탁해야지." 루핀이 말했다. "하지만 올리밴더가 최고였어. 저쪽에서 올리밴더를 데려간 거라면 우리한테 별로 좋을 게 없지."

이렇듯 우울한 생일 파티를 한 다음 날, 호그와트에서 편지와 교과서 목록이 도착했다. 해리의 편지에는 놀라운 소식이 담겨 있었다. 그가 퀴디치 팀 주장이 된 것이다.

"그럼 반장들이랑 똑같은 자격을 얻는 거야!" 헤르미온느가 들뜬 목소리로 외쳤다. "이제 우리 전용 욕실이랑 다른 곳도 다 쓸 수 있어!"

"와, 찰리가 그 배지 달았던 거 생각난다." 론이 신이 나서 배지를 살펴보며 말했다. "해리, 끝내준다. 네가 우리 팀 주장이라니. 네가 나를 팀에 남아 있게 해 준다면 말이지만. 하하……."

"자, 이제 이것들이 도착했으니 다이애건 앨리 방문을 더 미룰 수 없겠구나." 위즐리 부인이 론의 교과서 목록을 내려다보며 한숨을 쉬었다. "너희 아빠가 출근하시지만 않는다면 이번 토요일에 갈 거야. 너희 아빠 없이는 안 갈 거니까."

"엄마, 진심으로 '그 사람'이 플러리시 앤 블러츠의 책꽂이 뒤에 숨어 있을 거라고 생각하시는 건 아니죠?" 론이 킬킬거렸다.

"포테스큐랑 올리밴더는 휴가라도 갔다니? 응?" 위즐리 부인이 발끈하며 되받아쳤다. "우리 안전을 생각하는 게 웃을 일로 여겨진다면 넌 여기 남아 있거라. 나 혼자 가서 물건들을 사 올……."

"아뇨, 저도 가고 싶어요. 프레드랑 조지네 가게도 가 보고 싶다고요!" 론이 서둘러 말했다.

"그럼 태도 똑바로 하세요, 총각. 데리고 가기엔 네가 너무 미성숙하다고 결론 내리기 전에!" 위즐리 부인이 시계를 집어 들면서 화를 냈다. 시곗바늘 아홉 개 모두 여전히 '치명적 위험'을 가리키고 있었다. 그녀는 방금 세탁한 수건 더미 위에다 쓰러지지 않도록 시계를 조심스럽게 얹어 놓았다. "호그와트로 돌아가는 문제도 마찬가지야!"

자기 어머니가 빨래 바구니와 그 위에 불안정하게 놓여 있는 시계를 끌어안고 쿵쿵거리며 방을 나가자 론은 고개를 돌려 믿을 수 없다는 듯 해리를 바라보았다.

"제기랄…… 이 집에서는 이제 농담도 하면 안 되나 봐……."

그러면서도 론은 이후 며칠 동안 볼드모트와 관련해서 경솔한 말을 내뱉지 않으려고 조심했다. 토요일이 밝아 올 때까지 위즐리 부인이 분노를 터뜨리는 일은 더 이상 없었지만 아침 식사 시간에 그녀는 아주 긴장한 것처럼 보였다. 플뢰르와 같이 집에 남기로 한(헤르미온느와 지니에게는 아주 기쁜 일이었다) 빌은 식탁 너머로 해리에게 돈이 가득한 자루를 건넸다.

"나는?" 론이 곧바로 눈을 휘둥그렇게 뜨고 물었다.

"저건 원래 해리 거야, 멍청아." 빌이 말했다. "네 지하

금고에서 꺼내 왔어, 해리. 지금은 사람들이 돈을 찾는 데 다섯 시간쯤 걸리거든. 고블린들이 보안을 너무 강화해서 말이야. 이틀 전에는 아키 필포트라는 사람을 조사하겠다고 결백 감지기를 그 사람 몸에 꽂았는데, 어디다 꽂았냐면…… 뭐, 날 믿어. 이편이 더 쉬우니까."

"고마워, 빌." 해리가 금화를 주머니에 넣으며 말했다.

"빌은 늘 배려가 넘쳐." 플뢰르가 사랑스럽다는 듯 빌의 코를 어루만지며 애교 섞인 목소리로 말했다. 지니는 플뢰르의 뒤에서 시리얼에 대고 토하는 시늉을 했다. 해리가 콘플레이크를 먹다가 목에 걸려 캑캑대자 론이 그의 등을 두드려 주었다.

구름이 잔뜩 낀 흐린 날이었다. 모두 망토를 여미며 집 밖으로 나오니 마법 정부 특수 차량 한 대가 앞마당에서 기다리고 있었다. 해리가 예전에 한 번 타 본 적이 있는 차였다.

"아빠 덕분에 이 차를 다시 탈 수 있게 돼서 다행이야." 론이 감탄하며 말했다. 빌과 플뢰르가 부엌 창문을 통해 손을 흔드는 가운데 자동차가 매끄럽게 움직여 버로를 떠나자 론은 늘어지게 기지개를 켰다. 그와 해리, 헤르미온느와 지니 모두 널찍한 뒷좌석에 넉넉하게 자리를 잡았다.

"너무 익숙해지지는 마라. 다 해리 덕분이니까." 위즐리 씨가 어깨 너머로 돌아보며 말했다. 그와 위즐리 부인은 정부 운전기사와 함께 앞좌석에 있었는데 앞자리 조수석은 2인용 소파를 갖다 놓은 것처럼 부자연스럽게 늘어나 있었다. "해리한테 최상급 보안 등급이 매겨졌거든. 리키 콜드런에서도 경호 인원이 추가로 합류할 거야."

해리는 아무 말도 하지 않았다. 오러 부대에 둘러싸인 채 쇼핑을 한다니 별로 내키지 않았다. 그의 배낭에는 투명 망토가 들어 있었다. 덤블도어가 그것으로 충분하다고 생각한다면 정부도 그렇게 받아들여야 하지 않을까? 비록 정부가 그 망토에 대해 알고 있는지 확신할 수는 없었지만.

"자, 다 왔습니다." 놀랄 만큼 짧은 시간이 흐른 뒤 운전기사가 채링크로스가에서 속도를 늦춰 리키 콜드런 앞에 멈춰 서면서 처음으로 입을 열었다. "돌아오실 때까지 대기하겠습니다. 얼마나 머무실 건가요?"

"두어 시간이면 될 것 같군요." 위즐리 씨가 말했다. "좋아, 저기 왔구나!"

해리는 위즐리 씨를 따라 창밖을 바라보았다. 심장이 쿵쾅거렸다. 가게 앞에서 기다리고 있는 것은 오러들이 아니라, 거대한 몸에 긴 비버 가죽 코트를 걸치고 검은 턱수염이 덥수룩한 호그와트 숲지기 루비우스 해그리드였다. 그는 지나가는 머글들의 놀란 시선은 안중에도 없는 듯 해리의 얼굴을 보며 환하게 웃고 있었다.

"해리!" 해그리드는 해리가 차에서 내리자마자 뼈를 으스러뜨릴 듯 그를 껴안으며 우렁찬 목소리로 외쳤다. "벅빅…… 그러니까, 위더윙스 말이야. 너도 그 녀석을 봐야 돼, 해리. 탁 트인 곳에 돌아오게 돼서 얼마나 좋아하는지 몰라."

"좋아한다니 다행이네요." 해리는 갈비뼈를 주무르면서 씩 웃었다. "우린 '경호 인원'이 아저씨일 줄 몰랐어요!"

"그러게. 옛날이랑 똑같지? 그게, 정부에서는 오러들을 잔뜩 보내고 싶어 했지만 덤블도어 교수님이 나 하나면 충분할 거라고 하셨거든." 해그리드가 가슴을 쭉 내밀고 양쪽 엄지손가락을 주머니에 쑤셔 넣으며 자랑스럽게 말했다. "그럼, 들어가자. 먼저 들어가, 아서, 몰리."

리키 콜드런은 손님 하나 없이 텅 비어 있었다. 해리의 기억 속에서는 처음 있는 일이었다. 예전에는 붐비던 곳인데 지금은 주름이 쪼글쪼글하고 이가 몽땅 빠진 주인 톰만 남아 있었다. 일행이 들어오자 그는 기대에 차서 눈을 들었지만 그가 입을 열기도 전에 해그리드가 거드름을 피우며 말했다. "오늘은 그냥 지나가는 거야, 톰. 이해하지? 호그와트 관련 임무를 수행하는 중이라서."

톰은 우울하게 고개를 끄덕이더니 다시 유리잔을 닦기 시작했다. 해리, 헤르미온느, 해그리드와 위즐리네 식구들은 바를 지나 쓰레기통 몇 개가 서 있는, 가게 뒤쪽의 싸늘한 작은 뜰로 나갔다. 해그리드가 분홍색 우산을 들어 올려 돌벽의 어떤 벽돌을 두드리자 곧바로 벽이 열리며 구불구불한 자갈길로 이어지는 아치 문을 이루었다. 입구를 지난 그들은 잠시 멈춰 서서 주위를 둘러보았다.

다이애건 앨리는 변해 있었다. 마법 책과 마법약 재료, 솥단지를 전시해 놓고 다채롭게 반짝이던 진열창들은 그 위에 붙여 놓은 마법 정부의 커다란 포스터에 가려 안이 보이지 않았다. 칙칙한 자주색 포스터들은 대부분 마법 정부에서 여름에 발송한 전단지의 보안 사항들을 더 큰 글씨로 싣고 있었지만, 탈옥한 죽음을 먹는 자들의 움직이는 흑백 사진을 담고 있는 것들도 있었다. 벨라트릭스 레스트레인지가 바로 앞에 있는 약재상 입구에서 비웃음을 흘리고 있었다. 플로리언 포테스큐의 아이스크림 가게를 비롯한 몇몇 가게의 창문에는 널빤지가 쳐 있었다. 한편 길거리에는 허름한 가판대들이 끝없이 늘어서 있었다. 근처 플러리시 앤 블러츠 서점 앞에 펼쳐진 가판대 정면에는, 얼룩덜룩한 줄무늬 차양 아래 마분지로 만든 팻말이 붙어 있었다.

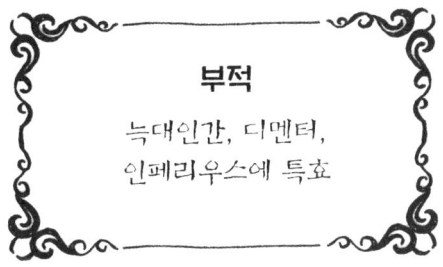

작은 몸집의 지저분한 남자 마법사가 사슬에 매달린 은색 부적을 한 아름 들고 있다가 지나가는 사람들에게 짤랑짤랑 흔들었다.

"따님한테 하나 사 주실래요, 부인?" 일행이 지나가자 마법사가 지니를 음흉하게 바라보며 위즐리 부인에게 소리쳤다. "예쁜 목을 지켜 주셔야지?"

"내가 근무 중이기만 했어도……." 위즐리 씨는 화가 나는 듯 부적 판매상에게 눈을 부라렸다.

"그러게. 그래도 지금 누굴 체포할 생각은 하지 마, 여보. 서둘러야 돼." 위즐리 부인이 구입 목록을 초조하게 훑어보며 말했다. "말킨 부인 가게에 먼저 가는 게 좋을 것 같아. 헤르미온느한테 새 정장 로브가 필요하고, 론도 학교 로브를 입으면 발목이 다 보이거든. 그리고 너도 새 로브가 필요하겠구나, 해리. 너무 많이 자랐어. 가자꾸나, 다들."

"몰리, 우리 모두 말킨 부인 가게에 가는 건 말도 안 되는 짓이야." 위즐리 씨가 말했다. "그 세 명은 해그리드랑 가고, 우리는 플러리시 앤 블러츠에 가서 애들 교과서를 사는 게 어때?"

"글쎄." 위즐리 부인이 불안한 듯 말했다. 빨리 쇼핑을 마치고 싶은 마음과 함께 다니고 싶은 마음 사이에서 갈팡질팡하는 게 틀림없었다. "해그리드, 어떻게 생각……?"

"불안해할 것 없어. 나랑 같이 있으면 애들은 괜찮을 거야, 몰리." 해그리드가 쓰레기통 뚜껑만 한 손을 대수롭지 않게 흔들며 달래듯 말했다. 위즐리 부인은 완전히 마음을 놓은 표정은 아니었지만 따로따로 다니는 것을 수락하고, 남편과 지니를 데리고 다급히 플러리시 앤 블러츠로 향했다. 해리, 론, 헤르미온느와 해그리드는 말킨 부인의 가게로 출발했다.

해리는 지나치는 수많은 행인이 위즐리 부인처럼 불안해 어쩔 줄 모르는 표정을 짓고 있는 것을 보았다. 잠깐 멈취 서서 이야기 나누는 사람도 없었다. 쇼핑하러 온 사람들은 서로 바짝 달라붙어서 무리를 짓고 자기들 볼일에만 열중했다. 혼자 온 사람은 아무도 없는 것 같았다.

"우리가 다 들어가면 좀 비좁겠구나." 해그리드가 어디서나 잘 어울리는 말킨 부인의 로브 전문점 앞에 멈춰 서서 허리를 숙이고 창문을 들여다보며 말했다. "난 밖에서 지키고 있으마. 알았지?"

그래서 해리, 론, 헤르미온느는 다 같이 그 작은 가게에 들어갔다. 언뜻 보기에 가게는 텅 빈 것 같았지만, 뒤에서 문이 홱 닫히자마자 초록색과 파란색 반짝이 장식이 달린 정장 로브가 걸려 있는 옷걸이 뒤에서 귀에 익은 목소리가 들려왔다.

"……어린애가 아니에요. 아직 모르실까 봐 하는 말이지만요, 어머니. 저는 혼자서도 얼마든지 쇼핑할 수 있어요."

혀 차는 소리가 들리더니 해리가 아는 말킨 부인의 목소리가 말했다. "자, 애야. 너희 어머니 말씀이 맞단다. 어느 누구도 더 이상 혼자 돌아다녀선 안 돼. 어린애고 아니고는 아무 상관 없는……."

"핀 꽂는 자리나 신경 쓰시죠!"

허여멀겋고 갸름한 얼굴에 하얀빛이 도는 금발을 가진

10대 소년이 옷걸이 뒤에서 나타났다. 옷자락과 소매 끝에 반짝거리는 핀들이 꽂힌, 멋들어진 짙은 초록색 로브 차림이었다. 그는 거울 앞으로 성큼성큼 걸어가 자기 모습을 들여다보았다. 잠시 후 그는 어깨 너머로 해리, 론, 헤르미온느를 발견했다. 그의 연회색 눈이 가늘어졌다.

"이게 무슨 냄새인지 궁금하실까 봐 드리는 말씀인데요, 어머니. 방금 머드블러드가 걸어 들어왔어요." 드레이코 말포이가 말했다.

"왜 그런 말을 쓰는지 모르겠구나!" 말킨 부인이 줄자와 마법 지팡이를 들고 옷걸이 뒤에서 종종걸음으로 나오며 말했다. "게다가 내 가게에서 마법 지팡이를 뽑는 것도 원치 않아!" 그녀가 문 쪽을 힐끗 보고 빠르게 덧붙였다. 마법 지팡이를 꺼내 말포이를 겨누고 있는 해리와 론을 발견한 것이다.

약간 뒤에 서 있던 헤르미온느가 속삭였다. "안 돼, 그러지 마. 진심이야. 그럴 가치가 없……."

"감히 학교 밖에서 마법을 쓰겠다?" 말포이가 비웃었다. "네 눈을 멍들게 한 건 누구냐, 그레인저? 꽃이라도 보내 주고 싶네."

"그만하면 됐다!" 말킨 부인이 도움을 구하려고 뒤돌아보면서 날카롭게 소리쳤다. "부인, 나와 보세요."

나르시사 말포이가 옷걸이 뒤에서 천천히 걸어 나왔다.

"그거 치워." 그녀가 해리와 론에게 차갑게 내뱉었다. "다시 한 번 내 아들을 공격하면, 반드시 그게 너희가 한 마지막 행동이 되게 만들어 줄 테니까."

"정말요?" 해리가 앞으로 한 걸음 나서서, 그토록 창백한데도 무척이나 언니를 닮은 그 매끈하고 도도한 얼굴을 뚫어지게 바라보았다. 해리의 키는 이제 그녀와 비슷했다. "죽음을 먹는 자들을 보내서 우리를 끝장내시려고요?"

말킨 부인이 새된 비명을 지르며 가슴을 부여잡았다.

"정말이지 그런 말은 입에 담지도 말아라……. 그렇게 위험한 말을 하다니……. 제발, 마법 지팡이들 좀 치워!"

하지만 해리는 마법 지팡이를 내리지 않았다. 나르시사 말포이가 기분 나쁜 미소를 지었다.

"덤블도어의 총애를 받다 보니 안전해졌다는 착각이 드는 모양인데, 해리 포터. 덤블도어가 항상 곁에서 널 지켜 주는 건 아니란다."

해리는 가소롭다는 듯 가게 안을 둘러보았다.

"와…… 보세요……. 덤블도어 교수님은 지금 여기 안 계시는데요? 그럼 한번 해 보지 그래요? 사람들이 아즈카반에 아줌마의 패배자 남편이랑 같이 쓸 2인실을 준비해 줄지도 모르는데!"

말포이는 화가 나서 해리에게 다가가려 하다가 너무 긴 로브를 밟고 비틀거렸다. 론이 큰 소리로 웃음을 터뜨렸다.

"우리 어머니한테 감히 그런 식으로 말하지 마라, 포터!" 말포이가 버럭 소리 질렀다.

"괜찮다, 드레이코." 나르시사가 가늘고 하얀 손가락으로 그의 어깨를 붙잡으며 말했다. "내 생각엔 엄마가 아빠랑 다시 만나기 전에 포터가 시리우스랑 다시 만나게 될 것 같으니까."

해리는 마법 지팡이를 더 높이 들어 올렸다.

"해리, 안 돼!" 헤르미온느가 그의 팔을 잡고 끌어 내리려고 애쓰며 신음했다. "생각해 봐……. 그러면 안 돼……. 끔찍한 문제가 벌어질 거야……."

말킨 부인은 그 자리에서 잠깐 머뭇거리더니 아무 일도 일어나지 않기를 바라면서 동시에 아무 일도 일어나지 않은 척하기로 결심한 듯했다. 그녀는 여전히 해리를 노려보고 있는 말포이 쪽으로 허리를 구부렸다.

"왼쪽 소매가 조금 더 올라와야 할 것 같구나, 애야. 내가 좀……."

"아얏!" 말포이가 그녀의 손을 탁 치며 소리쳤다. "핀 꽂는 자리 조심하랬잖아요, 아줌마! 어머니, 이런 일을 더 겪고 싶지는 않은데요."

그는 로브를 머리 위로 끌어 올려 벗더니 말킨 부인의 발밑에 던졌다.

"네 말이 맞다, 드레이코." 나르시사가 헤르미온느를 경멸하듯 힐끗 보고 말했다. "얼마나 천박한 것들이 여기를 들락거리는지 이제야 알겠구나. 트윌피트 앤 태팅에서 맞추는 게 더 낫겠어."

그 말을 끝으로 둘은 가게에서 성큼성큼 걸어 나갔다. 말포이는 나가는 길에 일부러 있는 힘껏 론에게 몸을 부딪쳤다.

"나 참, 정말이지!" 말킨 부인이 떨어진 로브를 집어 들더니, 로브 위로 마법 지팡이 끝을 진공청소기처럼 움직여 먼지를 빨아들였다.

그녀는 론과 해리의 새 로브 치수를 재는 내내 정신이 딴 데 가 있었고 헤르미온느에게는 여자 마법사가 아닌 남자 마법사의 정장 로브를 팔려고 했다. 그리고 마침내 허리 숙여 인사하면서 그들을 가게에서 내보낼 때는 기뻐하는 기색이 역력했다.

"다 샀냐?" 그들이 다시 나타나자 해그리드가 밝은 목소리로 물었다.

"대충요." 해리가 말했다. "말포이랑 걔 엄마 보셨어요?"

"응." 해그리드가 무심히 말했다. "하지만 다이애건 앨리 한복판에서 감히 문제를 일으키진 못할 거다, 해리. 그건 걱정하지 마."

해리, 론, 헤르미온느는 서로 시선을 주고받았다. 하지만 해그리드의 이런 속 편한 생각을 바로잡아 주기도 전에 위즐리 부부와 지니가 나타났다. 모두 묵직하니 책 한 꾸러미씩을 들고 있었다.

"별일 없었지?" 위즐리 부인이 물었다. "로브 샀니? 좋아. 그럼, 프레드랑 조지네 가게로 가는 길에 약재상이랑 아일롭스 부엉이 상점에 잠깐 들를 수 있겠구나. 자, 딱 붙어서 다니렴."

해리도 론도 더 이상 마법약을 공부할 일이 없다는 것을 알기에 약재상에서는 아무것도 사지 않았지만, 아일롭스 부엉이 상점에서는 헤드위그와 피그위전에게 줄 부엉이 견과류를 큰 상자로 여러 개 샀다. 그런 다음, 위즐리 부인이 1분마다 손목시계를 확인하는 가운데 그들은 프레드와 조지가 운영하는 '위즐리 형제의 위대하고 위험한 장난감 가게'를 찾아 거리를 나아갔다.

"정말 시간이 별로 없어." 위즐리 부인이 말했다. "그러니까 그냥 빠르게 둘러만 보고 차로 돌아갈 거야. 바짝 붙어 있어야 한다. 여기가 92번지…… 94번지……."

"*우아.*" 론이 걸음을 멈추고 감탄을 내뱉었다.

포스터로 뒤덮인 단조로운 주변 가게들 사이에서 마치 불꽃놀이를 전시해 놓은 것 같은 프레드와 조지의 진열창이 눈에 확 들어왔다. 무심하게 지나가던 사람들이 어깨 너머로 진열창을 돌아보았고, 몇몇은 깜짝 놀란 표정으로 얼어붙은 듯 멈춰 섰다. 왼쪽 진열창은 빙빙 돌고 펑펑 터지고 번쩍이며 튀어 다니고 비명을 질러 대는 온갖 물건으로 가득해 머리가 어지러웠다. 해리는 그것을 보는 것만으로도 눈이 시릴 지경이었다. 오른쪽 진열창은 거대한 포스터로 뒤덮여 있었는데, 그것은 정부의 포스터처럼 자주색이었지만 번뜩이는 노란색 글자가 선명하게 새겨져 있었다.

**그 사람(you-know-who)을 왜 걱정하십니까?
그 응가(u-no-poo)를 걱정하셔야죠!
이 나라를 사로잡고 있는**

변비 돌풍!

해리는 웃음을 터뜨렸다. 곁에서 나지막한 신음 소리가 들려 고개를 돌려 보니 위즐리 부인이 멍하니 그 포스터를 바라보고 있었다. 그녀의 입술이 달싹이며 '그 응가'라는 말을 조용히 되뇌었다.

"저 녀석들, 저러다 자다가 목숨을 잃고 말 거야." 그녀가 속삭였다.

"아닐걸요!" 해리와 마찬가지로 웃고 있던 론이 말했다. "여기 진짜 끝내준다!"

그와 해리는 앞장서서 가게로 들어갔다. 안은 손님으로 가득했다. 해리는 진열대 근처에도 갈 수 없었다. 그는 천장까지 쌓여 있는 상자들을 올려다보았다. 쌍둥이들이 끝마치지 못한 호그와트에서의 마지막 학년 동안 완성한 꾀병 과자 세트가 보였다. 진열대에 잔뜩 구겨진 상자 하나만 남아 있는 것을 보니 코피 캔디가 가장 인기가 많은 모양이었다. 속임수 마법 지팡이가 잔뜩 들어 있는 통도 있었다. 휘두르면 고무 닭이나 팬티로 변해 버리는 가장 값싼 것부터 방심한 사용자의 머리와 목을 마구 두들기는 비싼 것까지 종류가 다양했다. 깃펜도 여러 상자 있었는데 자동 잉크 채우기나 맞춤법 교정 기능이 달린 것뿐만 아니라 알아서 재치 있는 답을 쓰는 기능을 갖춘 것도 있었다.

해리는 사람들 사이를 비집고 계산대 쪽으로 갔다. 그곳에서는 신이 난 열 살짜리 아이들 한 무리가, 나무로 만든 아주 작은 사람이 진짜 교수형틀 계단을 천천히 올라가는 모습을 지켜보고 있었다. 나무 인형과 교수형틀 둘 다 어떤 상자 위에 놓여 있었는데, 그 상자에는 이렇게 적혀 있다. '재사용 가능한 행맨! 철자를 못 맞히면 목이 대롱대롱 매달립니다!'

"'특허 받은 몽상 마법'······."

계산대 근처 커다란 진열대가 있는 곳으로 간신히 빠져나온 헤르미온느는 해적선 갑판에 선 잘생긴 젊은이와 황홀해서 졸도하려는 소녀가 그려진 아주 화려한 상자 뒷면의 상품 설명을 읽고 있었다.

간단한 주문 하나로 30분 동안 현실감 넘치는 최고급 공상에 빠져 보세요. 웬만한 학교 수업 시간에도 쉽게 사용할 수 있으며 들킬 염려가 없습니다(부작용으로 멍한 표정을 지을 수 있고, 경미하게 침을 흘릴 수 있습니다). 16세 미만에게는 판매하지 않습니다.

"저기······." 헤르미온느가 해리를 올려다보며 말했다.

"이거 정말 굉장한 마법이다!"

"그렇다면 말이지, 헤르미온느." 등 뒤에서 누군가가 말을 걸었다. "공짜로 하나 줄게."

프레드가 활짝 웃으며 눈앞에 서 있었다.

그는 불타오르는 듯한 머리카락 색깔과 어우러져 눈을 어지럽게 만드는 자홍색 로브 차림이었다.

"잘 있었어, 해리?" 그들은 악수를 나눴다. "너 눈은 왜 그래, 헤르미온느?"

"두 사람이 만든 주먹질하는 망원경 때문이야." 그녀가 심히 유감스럽다는 듯 말했다.

"아, 제기랄. 그걸 잊고 있었네." 프레드가 말했다. "자……."

그는 주머니에서 웬 튜브 하나를 꺼내더니 그녀에게 건넸다. 그녀가 조심스럽게 튜브 마개를 돌려 열자 걸쭉한 노란색 연고가 나왔다.

"그냥 발라 봐, 한 시간이면 멍이 없어질 거야." 프레드가 말했다. "괜찮은 멍 치료제를 찾아야 했거든. 우리 상품은 대부분 우리가 직접 시험하고 있으니까."

헤르미온느는 긴장한 표정이었다. "안전하긴 한 거지?"

"당연하지." 프레드가 쾌활하게 말했다. "자, 해리. 구경시켜 줄게."

해리는 멍든 눈에 연고를 바르는 헤르미온느를 뒤로하고 프레드를 따라 가게 안쪽으로 향했다. 카드와 끈 장난감들이 놓여 있는 진열대가 보였다.

"머글 마술 도구야!" 프레드가 그것들을 가리키며 즐겁게 말했다. "아빠 같은 괴짜들을 위한 거지. 알잖아, 머글 물건 좋아하는 사람들. 인기 상품은 아니지만 꽤 꾸준히 팔리고 있어. 아주 기발해……. 아, 조지가 여기 있었네……."

프레드의 쌍둥이가 해리와 활기차게 악수했다.

"구경시켜 주고 있냐? 더 안쪽으로 와 봐, 해리. 실제로 돈을 벌어다 주는 것들은 저기 있거든. ……*어디 슬쩍해 봐, 꼬맹아. 갈레온보다 비싼 대가를 치르게 될 테니!*" 그가 남자아이 하나에게 경고하듯 말했다. 아이는 '먹을 수 있는 어둠의 징표: 누구라도 아프게 만듭니다!'라는 이름표가 붙어 있는 통에서 허겁지겁 손을 뗐다.

조지가 머글 마술 용품 옆에 있는 커튼을 걷자 좀 더 어둡고 덜 붐비는 공간이 드러났다. 이곳 진열대에 늘어선 상품들은 그나마 덜 요란하게 포장되어 있었다.

"여기 있는 진지한 상품들은 이제 막 개발하기 시작한

거야." 프레드가 말했다. "그렇게 된 과정이 참 재미있는데……."

"믿기 어렵겠지만 방패 마법을 제대로 걸 줄 아는 사람은 드물어. 심지어 정부에서 일하는 사람들도 잘 모르더라고." 조지가 말했다. "물론 그 사람들한테는 너 같은 선생이 없었으니까, 해리."

"그래, 맞아……. 우린 방패 모자를 만들면 웃길 거라고 생각했어. 뭐랄까, 모자를 쓰고서 친구한테 장난 마법을 걸어 보라고 유도한 다음 그것이 튕겨 나갈 때 그 친구의 얼굴을 보면 웃기지 않겠어? 그런데 정부에서 보조 인력 전원한테 공급하겠다고 그걸 500개나 사 간 거야! 지금도 대량 주문이 들어오고 있어!"

"그래서 방패 망토, 방패 장갑 등등 종류를 다양하게 늘렸는데……."

"뭐, 용서받지 못하는 저주를 상대로는 별로 도움이 못 되겠지만, 약한 것부터 중간 정도 되는 공격 마법이나 장난 마법에는……."

"그다음에는 어둠의 마법 방어법 영역에 본격적으로 뛰어들어야겠다고 생각했어. 이거야말로 톡톡히 돈이 되거든." 조지가 열정적으로 말을 이었다. "정말 끝내줘. 봐 봐,

즉석 암흑 가루야. 페루에서 수입해 오고 있어. 재빨리 도망치고 싶을 때 편리해."

"그리고 미끼 나팔은 날개 돋친 것처럼 팔리고 있어. 봐." 프레드가 이상하게 생긴 검은색 나팔 같은 것들을 가리켰다. 그것들은 정말 날개라도 돋친 것처럼 허둥지둥 보이지 않는 곳으로 달아나려 하고 있었다. "하나를 어딘가에 몰래 떨어뜨리면 이것들이 보이지 않는 곳으로 달아나서 아주 시끄러운 소리를 내. 필요할 때 사람들의 주의를 다른 데로 돌릴 수 있지."

"쓸모 있겠는데." 해리가 감탄했다.

"자." 조지가 두어 개를 집어 해리에게 건네주며 말했다.

짧은 금발의 젊은 여자 마법사가 커튼 사이로 고개를 내밀었다. 해리가 보니 그녀 역시 자홍색 직원 로브를 입고 있었다.

"장난 솥단지를 찾는 손님이 와 있어요, 두 분 위즐리 사장님." 그녀가 말했다.

해리는 프레드와 조지가 '위즐리 사장님'이라고 불리는 것을 듣자 기분이 너무 이상했지만 그들은 아무렇지도 않게 받아들였다.

"알았어요, 베리티. 내가 갈게요." 조지가 신속하게 말했다. "해리, 뭐든 너 갖고 싶은 대로 가져가. 알았지? 공짜야."

"그럴 순 없어!" 해리가 소리쳤다. 그는 이미 미끼 나팔 값을 내려고 돈 주머니를 꺼내 놓고 있었다.

"너한테선 돈 안 받아." 해리가 내민 금화를 거절하며 프레드가 단호하게 말했다.

"하지만……."

"우리한테 창업 자금을 대 준 사람이 바로 너잖아. 우린 그 사실을 잊지 않았어." 조지가 완고하게 말했다. "뭐든 갖고 싶은 게 있으면 가져가. 다만 사람들이 물으면 잊지 말고 어디서 났는지 말해 줘."

조지는 손님들을 맞으러 커튼 밖으로 사라졌다. 프레드는 해리를 다시 가게 중심부로 데려갔다. 헤르미온느와 지니는 여전히 특허 받은 몽상 마법을 들여다보고 있었다.

"숙녀분들, 아직 우리 특별 원더위치(WonderWitch) 제품 못 봤지?" 프레드가 물었다. "따라오세요, 손님……."

진열창 근처에 휘황찬란한 분홍색 상품들이 놓여 있고 신이 난 소녀들이 그 주위에 모여 서서 정신없이 키득거리고 있었다. 헤르미온느와 지니 둘 다 경계하는 표정으로 그곳에서 물러섰다.

"자, 이거야." 프레드가 자랑스럽게 말했다. "어디에서도 살 수 없는 최고급 사랑의 묘약이지."

지니는 의심스러운 듯 눈썹을 치켜떴다. "효과가 있어?"

"당연히 있지. 한 번 먹으면 24시간 지속된다고. 상대 남자애 몸무게에 따라 다르지만……."

"여자애의 매력도에 따라서도." 조지가 갑자기 옆에 나타나 말했다. "하지만 우리 여동생한테는 안 팔아." 그가 갑자기 근엄한 말투로 덧붙였다. "듣기로는 이미 대략 다섯 명의 남자애들이 줄을 서고 있다던데……."

"론이 뭐라고 했는지는 모르겠지만 다 새빨간 거짓말이야." 지니가 차분하게 말하며, 몸을 구부려 진열대에서 작은 분홍색 병을 꺼냈다. "이건 뭐야?"

"품질 보증된 '10초 만에 여드름 없애는 약'이야." 프레드가 말했다. "종기는 물론 블랙헤드까지 온갖 피부 질환에 잘 듣지만 말 돌리지 말고, 지금 딘 토머스라는 애랑 사귄다며? 아니야?"

"사귀고 있어." 지니가 말했다. "근데 지난번에 봤을 때 걔는 다섯 명이 아니라 확실히 한 명이었어. 저건 뭐야?"

그녀가 분홍색과 자주색의 솜뭉치 같은 것들을 가리켰다. 그것들은 새장 바닥을 굴러다니며 높은 소리로 꽥꽥대고 있었다.

"피그미 퍼프." 조지가 말했다. "아주 작은 퍼프스킨이야. 너무 빨리 팔려서 새끼 치는 속도가 못 따라갈 정도야. 그럼 마이클 코너는?"

"걔 차 버렸어. 너무 찌질해서." 지니가 새장 안으로 손가락을 집어넣고 피그미 퍼프들이 그 주위로 몰려드는 모습을 지켜보며 말했다. "정말 귀엽다!"

"꼭 안아 주고 싶은 녀석들이지. 맞아." 프레드가 수긍했다. "그런데 너 남자 친구를 너무 금방 갈아치우는 거 아냐?"

지니는 양손을 허리에 얹고 그를 돌아보았다. 노려보는 그 눈빛이 얼마나 위즐리 부인을 닮았는지, 해리는 프레드가 움츠러들지 않는 게 놀라울 지경이었다.

"오빠가 상관할 일 아냐. 그리고 고마워 죽겠다, 론." 그녀는 물건을 잔뜩 들고 방금 조지 옆에서 나타난 론에게 화난 목소리로 덧붙였다. "이 두 사람한테 내 얘기를 떠벌리지 않아 줘서."

"3갈레온 9시클 1크넛 되겠습다." 프레드가 론이 잔뜩 안고 있는 상자들을 살펴보며 말했다. "토해 내세요."

"난 동생이잖아!"

"그리고 네가 슬쩍해 가려는 물건들은 우리 거고. 3갈레온하고 9시클. 크넛은 깎아 주마."

"난 3갈레온 9시클 없단 말이야!"

"그럼 전부 도로 갖다 놓는 게 좋겠네. 반드시 제자리에 갖다 놓도록 해."

론은 상자 몇 개를 떨어뜨리고 욕설을 내뱉더니 프레드에게 저속한 손짓을 해 보이다가 불행하게도 그 순간 나타난 위즐리 부인에게 들키고 말았다.

"한 번만 더 그런 짓 하는 게 내 눈에 띄었단 봐라. 저주를 걸어서 네 손가락을 죄다 붙여 버릴 테다." 그녀가 호통쳤다.

"엄마, 피그미 퍼프 한 마리 키우면 안 돼요?" 지니가 곧바로 물었다.

"뭘 키운다고?" 위즐리 부인이 경계하듯 되물었다.

"보세요, 너무 귀여워요……."

위즐리 부인이 피그미 퍼프를 보려고 옆으로 움직인 덕에 해리, 론, 헤르미온느는 순간적으로 아무것도 가리지 않은 창밖을 볼 수 있었다. 드레이코 말포이가 혼자서 급하게 거리를 걷고 있었다. 그는 위즐리 형제의 위대하고 위험한 장난감 가게를 지나며 어깨 너머를 힐끗 돌아보았다. 잠시 후 말포이가 진열창 밖으로 사라지면서 그들은 그의 모습을 놓치고 말았다.

"쟤 엄마는 어디 갔지?" 해리가 얼굴을 찌푸리며 물었다.

"보아하니 따돌린 것 같은데." 론이 말했다.

"하지만, 왜?" 헤르미온느가 물었다.

해리는 아무 말도 하지 않고 골똘히 생각에 잠겼다. 나르시사 말포이가 선뜻 자신의 금쪽같은 아들이 쉽게 시야를 벗어나도록 놔뒀을 리는 없었다. 말포이는 어머니의 시야에서 벗어나려고 별짓을 다 했을 게 틀림없다. 말포이를 너무도 잘 알고 또 그만큼 싫어하는 해리는 그가 순수한 의도로 그랬을 리 없다고 확신했다.

해리는 주위를 쓱 둘러보았다. 위즐리 부인과 지니는 허리를 구부리고 피그미 퍼프들을 들여다보고 있었다. 위즐리 씨는 들뜬 표정으로 머글용 트럼프 카드를 살펴보느라 정신이 없었다. 프레드와 조지는 둘 다 손님들을 맞고 있었다. 유리창 밖에서는 해그리드가 그들을 등지고 서서 거리 이쪽저쪽을 살피고 있었다.

"이 밑으로 들어와, 빨리." 해리가 가방에서 투명 망토를 꺼내며 말했다.

"우리…… 이래도 되는 걸까, 해리." 헤르미온느가 위즐리 부인을 곁눈질하며 망설였다.

"아, *빨리!*" 론이 말했다.

그녀는 잠깐 더 망설이더니 해리, 론과 함께 망토 밑으로 들어갔다. 아무도 그들이 사라지는 것을 눈치채지 못했다. 다들 프레드와 조지의 상품들에 온통 정신이 팔려 있었던 것이다. 해리, 론, 헤르미온느는 최대한 빠르게 인파를 헤치고 문으로 향했지만 길거리에 나왔을 때 말포이는 이미 자취를 감춘 뒤였다.

"저쪽으로 가고 있었어." 해리가 콧노래를 부르는 해그리드에게 들리지 않도록 목소리를 최대한 낮추고 말했다. "가자."

그들은 양옆을 살피며 빠르게 가게들을 지나갔다. 마침내 헤르미온느가 앞을 가리켰다.

"저기 말포이 아냐?" 그녀가 속삭였다. "왼쪽으로 도는 사람?"

"뭐, 놀랄 것도 없네." 론이 속삭였다.

말포이가 주위를 둘러보더니 녹턴 앨리로 슬쩍 들어가 버린 것이다.

"서두르자. 놓치겠어." 해리가 속도를 높이며 말했다.

"이러다 우리 발이 보이겠어!" 망토가 발목 근처에서 조금씩 펄럭이자 헤르미온느가 불안한 듯 말했다. 요즘 들어 망토에 셋 모두 몸을 숨기기가 훨씬 어려워졌다.

"상관없어." 해리가 조바심을 내며 말했다. "빨리 가기나 해!"

어둠의 마법만을 다루는 골목인 녹턴 앨리는 사람들의 발길이 완전히 끊긴 것 같았다. 그들은 지나가면서 진열창들을 들여다봤지만 손님이 있는 가게는 전혀 없는 듯했다. 요즘처럼 위험하고 수상한 시기에 어둠의 마법 관련 물건을 사는 건, 아니 적어도 그런 물건을 사다가 남의 눈에 띄는 것은 은연중에 정체를 드러내는 일일 것 같았다.

헤르미온느가 그의 팔을 세게 꼬집었다.

"아얏!"

"쉿! 봐! 저기 있어!" 그녀가 해리의 귀에 속삭였다.

그들은 해리가 녹턴 앨리에서 유일하게 가 본 적이 있는 가게, 보긴 앤 버크에 이르러 있었다. 그 가게는 온갖 불길한 물건을 파는 곳이었다. 해골과 낡은 유리병으로 가득한 진열장들 한가운데 드레이코 말포이가 그들에게 등을 돌리고 서 있었다. 해리가 한때 말포이와 그의 아버지를 피해 숨어 있었던 바로 그 검은 캐비닛 뒤로 간신히 그의 모습이 보였다. 손동작을 보니 말포이가 한창 말을 하고 있는 것 같았다. 가게 주인이자, 기름진 머리카락에 어깨가 구부정한 남자인 보긴 씨가 말포이를 마주 보고 서 있었다. 보긴 씨는 분노와 두려움이 뒤섞인 묘한 표정을 짓고 있었다.

"무슨 말을 하는지 들을 수만 있으면!" 헤르미온느가 말했다.

"들을 수 있어!" 론이 흥분해서 말했다. "잠깐만…… 제기랄……."

그는 그때까지도 들고 있던 상자들 중 가장 큰 것을 만지작거리다가 두어 개를 떨어뜨렸다.

"길어지는 귀야. 봐!"

"멋지다!" 헤르미온느가 감탄하는 사이 론은 긴 살구색 끈을 풀어 문 밑으로 밀어 넣기 시작했다. "문에 철벽 마법이 걸려 있지 않았으면 좋겠는데…… 안 걸려 있다!" 론이 신나서 말했다. "들어 봐!"

그들은 머리를 맞대고 끈 끄트머리에 열심히 귀를 기울였다. 라디오를 켜 둔 것처럼 말포이의 목소리가 크고 똑똑하게 들려왔다.

"……고치는 방법을 아니까?"

"알 수도 있지요." 보긴 씨가 말했다. 확답을 줄 생각은 전혀 없다는 티가 나는 말투였다. "그래도 한번 봐야 합니다. 가게로 가져오지 그러세요?"

"못 가져와." 말포이가 말했다. "그대로 놔둬야 된다고. 그냥 방법만 알려 줘."

해리는 보긴 씨가 초조한 듯 입술을 핥는 모습을 보았다.

"그게, 보지 않고서는 아주 어려운 일이라고밖에는 말할 수 없어요. 아마 불가능할 겁니다. 아무것도 보장해 드릴 수 없어요."

"안 된다고?" 해리는 말포이의 말투만으로 그가 비웃고 있다는 것을 알았다. "아마 이거면 좀 더 자신감이 생길지 모르겠는데."

그가 보긴 씨 쪽으로 움직이자 그의 모습이 캐비닛에 가려졌다. 해리, 론, 헤르미온느는 발을 끌며 옆으로 움직여 말포이를 계속 시야에 두려고 했지만, 보이는 거라곤 몹시 두려워하는 보긴 씨의 얼굴뿐이었다.

"누구한테든 입만 뻥긋하면……." 말포이가 말했다. "대가를 치르게 될 거야. 펜리르 그레이백 알지? 우리 가문하고 돈독한 사이거든. 그레이백이 가끔씩 들러서 당신이 이 문제에 얼마나 관심을 기울이고 있는지 확인할 거야."

"그럴 것까지……."

"그건 내가 결정할 문제야." 말포이가 말했다. "그럼 이만 가 봐야겠어. 저 나머지 하나를 안전하게 보관하는 것 잊지 마. 나중에 써야 하니까."

"혹시 지금 가져가는 건……?"

"아니. 그걸 말이라고 해? 멍청하긴. 저걸 들고 길거리를 돌아다니면 어떻게 보이겠어? 그냥 팔지만 말라니까."

"당연히 그래야죠…… 도련님."

보긴 씨는 드레이코에게 깊숙이 허리 숙여 인사했다. 해리는 예전에 보긴 씨가 루시우스 말포이에게 저러는 것을 본 적이 있었다.

"아무한테도 절대 말하지 마, 보긴. 우리 어머니한테도 마찬가지야. 알았어?"

"그럼요, 물론이죠." 보긴 씨가 다시 허리를 구부리며 웅얼거렸다.

잠시 뒤 말포이가 아주 흡족한 표정으로 가게에서 의기양양하게 걸어 나오자 문 위에 달린 종이 시끄럽게 딸랑거렸다. 말포이가 어찌나 아슬아슬한 거리에서 지나갔는지 해리, 론, 헤르미온느는 투명 망토가 무릎 근처에서 펄럭이는 것을 느꼈다. 가게 안에서는 보긴 씨가 그 자세 그대로 굳어 있었다. 번지르르한 미소는 사라지고 얼굴에는 근심이 가득했다.

"뭔 소리를 한 걸까?" 론이 길어지는 귀를 다시 감으며 속삭였다.

"모르겠어." 해리가 열심히 머리를 굴리며 말했다. "뭘 고치고 싶어 하던데…… 그리고 저기에 뭔가를 계속 맡겨 두고 싶어 했고……. '저거'라고 할 때 말포이가 뭘 가리켰는지 봤어?"

"아니, 저 캐비닛에 가려서……."

"너희 둘은 여기 있어." 헤르미온느가 속삭였다.

"너 뭐 하……?"

하지만 헤르미온느는 이미 투명 망토 아래에서 빠져나간 뒤였다. 그녀는 유리창에 자기 모습을 비춰 보며 머리카락을 매만진 다음 당당한 발걸음으로 가게에 들어갔다. 그 바람에 또다시 종이 딸랑거렸다. 론은 길어지는 귀를 문 밑으로 재빨리 다시 밀어 넣고 끈 한 가닥을 해리에게 건넸다.

"안녕하세요? 끔찍한 아침이네요. 그쵸?" 헤르미온느가 보긴 씨에게 밝은 목소리로 인사를 건넸다. 보긴 씨는 대답 대신 의심스러운 눈으로 그녀를 바라보았다. 헤르미온느는 명랑하게 콧노래를 부르며, 뒤죽박죽 전시된 물건들 사이를 어슬렁거리기 시작했다.

"이 목걸이는 파는 건가요?" 그녀가 유리 진열장 앞에 멈춰 서서 물었다.

"1,500갈레온이 있다면야." 보긴 씨가 차갑게 말했다.

"아, 아녜요, 그렇게 큰돈은 없어요." 헤르미온느가 다시 걸어가며 말했다. "그럼…… 이 사랑스러운…… 음…… 해골은요?"

"16갈레온."

"그럼 파는 거네요? 누가…… 맡아 놓거나 그런 건 아니고요?"

보긴 씨는 눈을 가늘게 뜨고 그녀를 바라보았다. 해리는 보긴 씨가 헤르미온느의 꿍꿍이를 정확히 알고 있다는 불길한 예감이 들었다. 헤르미온느도 간파당했다고 느꼈는지 갑자기 대담하게 행동했다.

"그게, 그러니까, 어…… 방금 여기 들어온 남자애 말이에요, 드레이코 말포이. 걔가 제 친구거든요. 생일 선물을 해 주고 싶은데, 벌써 뭔가 맡아 놓은 게 있다면 당연히 똑같은 걸 주고 싶지는 않아서…… 음……."

해리가 듣기에 전혀 설득력 없는 이야기였고 보긴 씨도 그렇게 생각한 게 틀림없었다.

"나가." 그가 날카롭게 소리쳤다. "나가라고!"

헤르미온느는 그가 다시 소리를 지르기 전에 서둘러 문으로 향했다. 보긴 씨가 그런 그녀를 바짝 쫓아왔다. 종이 또 한 번 딸랑거렸다. 보긴 씨는 문을 쾅 닫고 '영업 종료' 팻말을 걸었다.

"아, 뭐." 론이 헤르미온느에게 다시 투명 망토를 뒤집어씌우며 말했다. "시도해 볼 만했어. 근데 좀 티 나더라."

"그럼 다음번엔 네가 시범을 보여 주지 그래, 이 미스터리의 달인아!" 그녀가 쏘아붙였다.

론과 헤르미온느는 위즐리 형제의 위대하고 위험한 장난감 가게로 돌아가는 내내 티격태격했다. 하지만 가게에 다다르자 그들이 없는 걸 알고 몹시 걱정스러운 표정을 짓고 있는 위즐리 부인과 해그리드의 눈에 띄지 않기 위해 말다툼을 멈출 수밖에 없었다. 해리는 가게에 들어가자마자 재빨리 투명 망토를 벗어서 가방에 숨기고, 위즐리 부인의 꾸지람에 지금껏 내내 안쪽 방에 있었는데 그녀가 제대로 살펴보지 않아서 못 본 거라고 우기는 두 사람에게 가담했다.

7장
민달팽이클럽

 해리는 방학 마지막 주를 대부분 말포이가 녹턴 앨리에서 한 행동이 무엇을 의미하는지 골똘히 생각하며 보냈다. 가장 마음에 걸리는 것은 가게를 나서는 말포이의 얼굴에 떠올랐던 흡족한 표정이었다. 말포이가 그렇게 기분 좋은 표정을 지을 정도라면 그게 무엇이든 좋은 소식일 리 없다. 하지만 론과 헤르미온느는 자신만큼 말포이의 행동에 대해 궁금해하지 않는 듯해서 해리는 살짝 화가 났다. 적어도 며칠이 지나자 두 사람 모두 그 이야기에 질린 것 같았다.

 "그래, 나도 수상한 것 같다고 이미 말했잖아, 해리." 헤르미온느가 조금 짜증스럽게 말했다. 그녀는 프레드와 조지의 방 창턱에 앉아 종이 상자들 중 하나에 발을 올려놓고 있다가 내키지 않는 듯 《고급 룬문자 번역》에서 시선을 뗐다. "근데 이유는 아주 많을 수 있다는 데 우리 모두 동의하지 않았어?"

"어쩌면 '영광의 손'을 망가뜨렸는지도 몰라." 론이 자신 없이 말했다. 그는 빗자루 꼬리의 구부러진 잔가지들을 펴려 애쓰고 있었다. "말포이가 가지고 있던 그 쭈그러든 팔 기억나지?"

"하지만 '저 나머지 하나를 안전하게 보관하는 것 잊지 마'라고 한 건?" 해리가 몇 번째인지도 모를 질문을 내뱉었다. "내가 듣기에는 보긴이 그 망가진 물건 중 다른 하나를 가지고 있는 것 같아. 말포이는 그 물건을 두 개 다 갖고 싶어 하는 거고."

"그래?" 론이 이제는 빗자루 손잡이에 묻은 때를 문질러 닦으며 말했다.

"그래, 그런 것 같아." 해리가 말했다. 론도, 헤르미온느도 대꾸하지 않자 그가 다시 말했다. "말포이의 아버지는 아즈카반에 있어. 말포이가 복수하고 싶어 할 거라는 생각 안 들어?"

론이 눈을 끔뻑이며 시선을 들었다.

"말포이가 복수를 한다고? 걔가 뭘 어쩌겠어?"

"내 말이 그거야, 나도 그걸 모르겠다고!" 해리가 답답해하며 말했다. "하지만 그 자식은 뭔가를 꾸미고 있고, 난 우리가 그 사실을 심각하게 받아들여야 한다고 생각해. 그 자식 아버지가 죽음을 먹는 자니까. 그리고……."

해리는 말을 멈췄다. 그는 헤르미온느 뒤의 창문에 눈을 고정한 채 입을 쩍 벌리고 있었다. 아주 놀라운 생각이 막 떠오른 것이다.

"해리?" 헤르미온느가 불안한 목소리로 물었다. "왜 그래?"

"또 흉터가 아픈 건 아니지?" 론이 초조하게 물었다.

"그 자식이 죽음을 먹는 자인 거야." 해리가 천천히 말했다. "죽음을 먹는 자가 돼서 자기 아버지 자리를 대신한 거라고!"

잠깐 침묵이 흐르다가 론이 웃음을 터뜨렸다.

"말포이가? 걘 열여섯 살이야, 해리! '그 사람'이 말포이를 끼워 줬겠냐?"

"그럴 가능성은 아주 낮아 보여, 해리." 헤르미온느가 뭔가를 억지로 참는 듯한 목소리로 말했다. "왜 그런 생각을……?"

"말킨 부인의 가게에서 말이야. 말킨 부인이 소매를 걷어 올리려고 하니까 그 자식은 말킨 부인이 건드리기도 전에 소리를 지르면서 팔을 홱 치웠잖아. 왼팔이었어. 거기에 어둠의 징표가 찍힌 거야."

론과 헤르미온느가 서로를 바라보았다.

"글쎄……." 론이 전혀 납득하지 못한 목소리로 말했다.

"내 생각엔 그냥 거기서 나가고 싶어서 그런 것 같아, 해리." 헤르미온느가 말했다.

"그 자식이 보긴에게 뭔가를 보여 줬는데 우리한테는 그게 뭔지 안 보였잖아." 해리는 고집스럽게 밀어붙였다. "보긴은 그걸 보고 굉장히 겁을 먹었고. 그 징표였던 거야. 확실해. 말포이가 보긴한테 거래 상대가 누구인지 보여 준 거지. 보긴이 걔 말을 얼마나 심각하게 받아들이는지 봤잖아!"

론과 헤르미온느는 다시 시선을 주고받았다.

"잘 모르겠어, 해리……."

"그래, 난 여전히 '그 사람'이 말포이를 끼워 줬을 거라는 생각은 안 들어……."

짜증이 치밀었지만 자기 생각이 절대로 옳다고 확신한 해리는 더러워진 퀴디치 로브 더미를 집어 들고 방을 나섰다. 며칠 전부터 위즐리 부인이 빨랫감과 짐 싸는 일을 마지막 날까지 남겨 놓지 말라고 재촉하던 터였다. 그는 층계참에서, 세탁한 옷가지들을 들고 자기 방으로 돌아가던 지니와 부딪쳤다.

"나라면 지금 부엌에 안 들어갈 거야." 그녀가 경고했다. "가래침투성이거든."

"밟고 미끄러지는 일 없도록 조심할게." 해리가 씩 웃으며 말했다.

아니나 다를까, 부엌에 들어갔더니 플뢰르가 식탁에 앉아 빌과의 결혼식을 어떻게 치를 것인지 들뜬 목소리로 떠들어 대고 있었다. 한편 위즐리 부인은 부아가 치미는 표정을 짓고, 스스로 껍질을 벗겨 내는 방울양배추를 지켜보고 있었다.

"······빌이랑 저능 신부 들러리를 딱 두 명만 두기로 결정했어요. 지니랑 가브리엘이 같이 있으명 아주 사랑스러워 보일 거예요. 옅응 황금색 옷을 입힐까 생각 중이에요. 분홍색은 붕명히 지니의 머리카락에 끔찍하게 앙 어울릴 테니······."

"아, 해리!" 위즐리 부인이 플뢰르의 독백을 끊으며 큰 소리로 말했다. "잘 왔다, 그렇잖아도 내일 호그와트로 갈 때 보안 사항들에 대해 설명해 주고 싶었는데. 이번에도 마법 정부 자동차를 타고 갈 거란다. 역에서는 오러들이 기다리고 있을 거고."

"통스도 올까요?" 해리가 퀴디치 로브들을 건네며 물었다.

"아니, 그럴 것 같진 않구나. 아서 말로는 다른 곳에 배치됐대."

"제정신이 아니에요, 그 통스라는 사람." 플뢰르가 티스푼 뒷면에 비친, 충격적일 만큼 아름다운 자신의 모습을 찬찬히 뜯어보며 혼잣말을 했다. "큰 실수예요. 제 생각에는……."

"그래, 고맙구나." 위즐리 부인이 냉랭한 목소리로 플뢰르의 말을 다시 끊었다. "가 보렴, 해리. 되도록 오늘 밤에 가방을 싸 두는 게 좋겠다. 그래야 매번 마지막 몇 분을 남겨 두고 허둥지둥하는 일이 없지."

실제로 다음 날 아침 출발은 전보다 순조로웠다. 마법 정부 자동차들이 버로 앞에 미끄러지듯 도착했을 때는 모두가 짐 가방을 싸 둔 상태로 기다리고 있었다. 헤르미온느의 고양이인 크룩섕스는 안전하게 여행용 바구니에 들어가 있었고, 헤드위그와 론의 부엉이인 피그위전, 그리고 새로 산 지니의 보라색 피그미 퍼프인 아널드는 새장에 들어가 있었다.

"오 르부아(또 보자—옮긴이), 애리." 플뢰르가 쉰 목소리로 말하며 그에게 작별의 입맞춤을 했다. 론 또한 기대에 찬 표정을 지으며 얼른 앞으로 나섰지만 지니가 발을 거는 바람에 플뢰르의 발밑 흙바닥에 대자로 엎어지고 말았다. 그는 잔뜩 화가 나서 벌게진 얼굴로 흙투성이가 된 채 작별 인사도 하지 않고 황급히 자동차에 올라탔다.

킹스크로스역에서 그들을 기다리고 있는 건 유쾌한 해그리드가 아니었다. 대신 딱딱한 얼굴에 턱수염이 나고 검은색 머글 정장을 입은 오러들이 자동차가 멈춘 순간 앞으로 나와 일행 양옆에 서더니 아무 말 없이 그들을 역 안으로 데려갔다.

"서둘러라, 서둘러. 벽을 통과해야지." 위즐리 부인이 말했다. 그녀는 이런 엄격하고 사무적인 분위기에 약간 당황한 것처럼 보였다. "해리가 맨 먼저 가는 게 좋겠다. 같이 갈 사람은……."

그녀는 질문하듯 오러 중 한 사람을 바라보았다. 그가 고개를 짧게 끄덕이고 해리의 팔을 잡더니 9번과 10번 승강장 사이의 벽으로 떠밀려고 했다.

"고맙지만, 저도 걸을 줄 알거든요." 해리가 오러의 손아

귀에서 팔을 홱 빼내며 짜증스럽게 말했다. 그는 아무 대꾸도 하지 않는 오러를 무시하고 단단한 벽으로 짐수레를 밀고 들어가 순식간에 9와 4분의 3번 승강장에 섰다. 진홍색 호그와트 급행열차가 사람들 머리 위로 증기를 뿜어내고 있었다.

곧이어 헤르미온느와 위즐리 가족이 해리의 뒤에서 나타났다. 해리는 굳은 표정을 짓고 있는 오러한테는 물어보지도 않고 론과 헤르미온느에게 함께 승강장을 걸으며 빈 객실을 찾아보자고 손짓했다.

"우린 못 가, 해리." 헤르미온느가 미안하다는 듯 말했다. "론이랑 나는 일단 반장 객실에 갔다가 잠깐 동안 통로를 순찰해야 해."

"아, 맞다. 깜박했어." 해리가 말했다.

"너희 모두 곧바로 기차에 타는 게 좋겠다. 출발할 때까지 몇 분 안 남았어." 위즐리 부인이 손목시계를 보며 말했다. "그럼, 멋진 학기 보내려무나, 론……."

"위즐리 아저씨, 잠깐 얘기 좀 할 수 있을까요?" 해리는 순간 얼떨결에 마음을 먹고 말했다.

"되고말고." 위즐리 씨가 말했다. 그는 약간 놀란 표정을 지으면서도 해리를 따라 다른 사람들에게는 말소리가 들리지 않는 곳으로 갔다.

해리는 신중하게 생각한 끝에 누구에게든 말을 해야 한다면 위즐리 씨가 적임자라는 결론에 이르렀다. 먼저, 그는 정부에서 일하는 만큼 더 자세한 조사를 하기에 유리한 위치에 있었다. 또한 위즐리 씨라면 무작정 화를 낼 것 같지는 않다는 생각이 들었다.

위즐리 부인과 굳은 표정의 오러가 멀어져 가는 두 사람을 의심스러운 눈길로 지켜보았다.

"다이애건 앨리에 갔을 때요……." 해리가 입을 열자 위즐리 씨가 얼굴을 찡그리며 말을 막았다.

"프레드와 조지의 가게 안쪽에 있었어야 할 시간에 너랑 론, 헤르미온느가 어디에 갔다 왔는지 알려 주려나 보구나?"

"그걸 어떻게……?"

"해리, 알잖니. 넌 지금 프레드랑 조지를 키운 사람이랑 얘기를 하고 있는 거야."

"어…… 네, 맞아요. 저희는 가게 안쪽에 있지 않았어요."

"알겠다. 그럼, 최악의 소식을 들어 보자꾸나."

"그게, 저희는 드레이코 말포이를 따라갔었어요. 투명 망토를 쓰고요."

"그렇게 한 특별한 이유가 있었던 거니, 아니면 충동적으로 그런 거니?"

"말포이가 뭔가 꾸미고 있다고 생각했거든요." 해리는 노여움과 흥미로움이 뒤섞인 위즐리 씨의 표정을 못 본 체하고 말했다. "걔가 자기 어머니를 따돌렸길래 그 이유를 알고 싶었어요."

"당연히 그랬겠지." 위즐리 씨는 체념한 목소리로 말했다. "그래서? 이유를 알아냈니?"

"보긴 앤 버크로 가더라고요." 해리가 말했다. "그러더니 그 가게 주인인 보긴을 괴롭히기 시작했어요. 자기가 뭘 좀 고치는 것을 도와 달라고요. 또 자기 대신 다른 뭔가를 맡아 달라고도 했어요. 그것도 뭔가 고쳐야 하는 물건인 것처럼 말하더라고요. 그 두 개가 한 쌍인 것처럼요. 그리고……."

해리는 심호흡을 했다.

"또 있어요. 말킨 부인이 왼팔을 만지려고 하니까 그 녀석이 1미터는 펄쩍 뛰더라고요. 팔에 어둠의 징표를 새긴 게 아닌가 싶어요. 자기 아버지를 뒤이어 죽음을 먹는 자가 된 거죠."

위즐리 씨가 깜짝 놀란 표정을 지었다. 잠시 후 그가 말했다. "해리, '그 사람'이 열여섯 살짜리에게 그런 일을 허락할 것 같진 않……."

"'그 사람'이 뭘 할 것 같고 뭘 할 것 같지 않은지 정말 아는 사람이 있긴 한가요?" 해리가 화를 내며 물었다. "위즐리 아저씨, 죄송하지만 한번 조사해 볼 만한 가치는 있지 않나요? 만약에 말포이가 뭔가를 고치려 하고 그 때문에 보긴을 협박하고 있다면 그 물건은 아마 어둠의 물건이거나 뭔가 위험한 거겠죠?"

"솔직히 말하면 그렇진 않을 거다, 해리." 위즐리 씨가 천천히 말했다. "그게, 루시우스 말포이가 체포됐을 때 우리가 그자의 집을 불시에 압수 수색 했거든. 위험할 만한 물건은 우리가 전부 가져왔단다."

"전 아저씨가 뭔가 놓치셨을 거라고 생각해요." 해리가 고집스럽게 말했다.

"글쎄, 그럴지도 모르지." 위즐리 씨가 수긍했다. 하지만 해리는 그가 자기를 어르는 중이라는 것을 알 수 있었다.

뒤쪽에서 출발을 알리는 경적 소리가 들렸다. 거의 모든 승객이 열차에 올라타 문이 닫히고 있었다.

"서둘러야겠구나." 위즐리 씨가 말했다. 위즐리 부인이 "해리, 빨리!" 하고 소리쳤다.

그는 다급히 달려갔고 위즐리 부부는 그를 도와 짐 가방을 기차에 실어 주었다.

"자, 애야, 크리스마스 즈음에는 우리 집에 와 있을 거야. 덤블도어 교수님과도 이야기됐다. 그러니까 곧 만나게 될 거란다." 해리가 올라타서 문을 탁 닫자 열차가 움직이기 시작했다. 위즐리 부인이 창문 너머로 말했다. "반드시 몸조심하고, 그리고……."

기차가 속도를 냈다.

"말썽 부리지 말고……."

그녀는 이제 열차를 따라 가볍게 달리고 있었다.

"……위험한 짓 하지 마라!"

해리는 열차가 모퉁이를 돌아 위즐리 부부가 시야에서 사라질 때까지 손을 흔들었다. 그런 다음 친구들이 어디로 갔는지 보려고 돌아섰다. 론과 헤르미온느는 반장 칸에 붙들려 있는 것 같았고 지니는 조금 떨어진 통로에서 친구 몇 명과 수다를 떨고 있었다. 그는 짐 가방을 끌고 그녀에게로 갔다.

해리가 다가가자 아이들은 뻔뻔스럽게도 그를 빤히 바라보았다. 심지어 객실 창문에 얼굴을 바짝 대고 그를 쳐다보기까지 했다. 《예언자일보》에 '선택받은 자'에 관한 온갖 소문이 실렸으니 이번 학기에는 입을 쩍 벌리고 얼빠진 듯 그를 빤히 쳐다보는 아이들이 확실히 늘어날 거라고 예상은 했지만, 과도한 주목을 한 몸에 받으며 서 있는 기분이 그다지 즐겁지는 않았다. 그는 지니의 어깨를 살짝 두드렸다.

"객실 찾아볼래?"

"난 못 가, 해리. 딘이랑 만나기로 했어." 지니가 밝은 목소리로 말했다. "나중에 보자."

"그래." 해리가 말했다. 그녀가 긴 빨간 머리를 찰랑거리며 멀어지자 그는 짜증이 솟구치는 동시에 이상하게 가슴이 찌르르하는 것을 느꼈다. 여름 내내 지니와 함께 지내는 데 너무 익숙해진 나머지 학교에서는 그녀가 그나 론, 헤르미온느와 어울리지 않는다는 사실을 거의 잊고 있었다. 그는 눈을 깜빡이고 주위를 둘러보았다. 그는 어느새 넋을 놓고 그를 쳐다보는 여학생들에게 둘러싸여 있었다.

"안녕, 해리!" 등 뒤에서 익숙한 목소리가 들렸다.

"네빌!" 해리가 안도하며 말했다. 돌아보니 동그란 얼굴의 소년이 낑낑거리며 다가오고 있었다.

"안녕, 해리." 네빌 바로 뒤에서 긴 머리카락에 큼직하고 촉촉한 눈을 가진 소녀가 말했다.

"안녕, 루나. 잘 지냈어?"

"아주 잘 지냈어. 고마워." 루나가 말했다. 그녀는 잡지 한 권을 가슴에 껴안고 있었다. 표지에 커다란 글자로 책 안에 공짜 심령 안경이 들어 있다고 써 있었다.

"《이러쿵저러쿵》은 계속 잘 팔리고 있어?" 해리가 물었다. 그는 지난번 자신의 독점 인터뷰를 실었던 그 잡지에 조금씩 호감을 느끼고 있었다.

"응. 판매 부수가 많이 늘었어." 루나가 기쁜 듯 말했다.

"자리 좀 찾아보자." 해리가 말했다. 세 사람은 조용히 지켜보는 아이들 사이로 통로를 걸어갔다. 마침내 빈 객실을 찾은 해리는 안도하며 서둘러 안으로 들어갔다.

"우리까지 쳐다보네." 네빌이 자신과 루나를 가리키며 말했다. "너랑 같이 있다고!"

"너희도 마법 정부에 같이 있었기 때문에 쳐다보는 거야." 해리가 짐 가방을 들어 선반에 얹으며 말했다. "우리의 작은 모험이 《예언자일보》를 온통 도배했잖아. 너도 봤을 거 아냐."

네빌이 말했다. "응, 할머니가 그것 때문에 화를 내실 줄 알았는데 무척 기뻐하셨어. 이제야 아빠의 아들답게 살기 시작했다면서. 새 마법 지팡이도 사 주셨어. 봐!"

그는 마법 지팡이를 꺼내 해리에게 보여 주었다.

"체리나무에 유니콘 털이야." 그가 자랑스럽게 말했다. "내 생각엔 올리밴더 씨가 판 마지막 지팡이인 것 같아. 그다음 날 올리밴더 씨가 사라졌거든. 야, 돌아와, 트레버!"

자기 두꺼비가 평소처럼 또다시 자유의 탈출을 시도하자 네빌은 좌석 밑으로 몸을 날려 녀석을 붙잡았다.

"올해에도 D.A. 모임 하는 거야, 해리?" 루나가 물었다. 그녀는 《이러쿵저러쿵》에서 환각을 일으킬 것 같은 안경을 떼어 내고 있었다.

"이제 엄브리지를 몰아냈으니까 그럴 필요 없겠지?" 해리가 자리에 앉으며 말했다. 네빌은 좌석 아래서 기어 나오다가 머리를 부딪쳤다. 몹시 실망한 표정이었다.

"나는 D.A. 좋았는데! 너한테서 엄청 많은 것들을 배웠단 말이야!"

"나도 그 모임 즐거웠어." 루나가 평온하게 말했다. "친구가 생긴 것 같았거든."

루나는 가끔 이렇게 해리의 마음속에서 동정심과 당혹감이 뒤섞여 꿈틀거리게 만드는 불편한 말을 하곤 했다. 하지만 해리가 대꾸할 겨를도 없이 객실 바깥에서 소란스러운 소리가 들려왔다. 4학년 여학생 한 무리가 유리창 반대편에서 수군대면서 키득거리고 있었다.

"네가 물어봐!"

"싫어, 네가 해!"

"내가 할게!"

크고 검은 눈에 턱선이 뚜렷하고, 긴 검은색 머리카락을 가진 대담해 보이는 한 소녀가 문을 열고 들어왔다.

"안녕, 해리. 나는 로밀다야. 로밀다 베인." 그녀가 자신감 넘치는 큰 소리로 말했다. "우리 객실로 가서 같이 앉지 않을래? *쟤네들*하고 같이 앉을 필요 없잖아." 그녀가 트레버를 찾아 바닥을 더듬느라 다시 좌석 아래 몸을 집어넣고 엉덩이를 쭉 뺀 네빌과 공짜 심령 안경을 쓰고 있어서 정신 나간 알록달록한 부엉이처럼 보이는 루나를 가리키며 들으라는 듯 소리를 높였다.

"얘들은 내 친구들이야." 해리가 싸늘하게 대꾸했다.

"아." 소녀가 꽤 놀란 표정으로 말했다. "그래, 알았어."

그녀는 객실을 나가며 문을 닫았다.

"사람들은 네가 우리보다 멋진 친구들을 사귀고 있을 거라고 생각하나 봐." 루나가 솔직한 말로 또 한 번 사람을 당황시키는 재주를 선보였다.

"너도 멋져." 해리가 딱 잘라 말했다. "저 애들 중에서 마법 정부에 간 사람은 아무도 없잖아. 나랑 같이 싸운 사람도 없고."

"그렇게 말해 주니 고맙구나." 루나가 활짝 웃었다. 그리고 심령 안경을 코 위로 더 밀어 올리더니 자리를 잡고 앉아 《이러쿵저러쿵》을 읽기 시작했다.

"그래도 우린 그자를 상대하진 않았잖아."

머리카락이 잔뜩 헝클어지고 먼지가 달라붙은 네빌이 체념한 것처럼 보이는 트레버를 손에 쥐고 좌석 밑에서 나왔다. "네가 했지. 우리 할머니가 네 얘기 하시는 걸 너도 들었어야 하는데. '그 해리 포터라는 아이는 마법 정부 전체를 합친 것보다 더 용감해!' 할머니는 너를 손자로 삼으실 수만 있다면 뭐든 하실걸."

해리는 어색하게 웃다가 화제를 되도록 빨리 O.W.L. 성적으로 돌렸다. 네빌은 자기 성적을 읊어 대더니 '그럭저럭 괜찮음' 성적만으로도 변환 마법 N.E.W.T. 수업을 들을 수 있을지 소리 내어 걱정했다. 해리는 그 이야기에 귀 기울이지 않고 넌지시 그를 바라보았다.

네빌도 볼드모트 때문에 해리 못지않게 불행한 어린 시절을 보냈다. 하지만 그는 자신의 운명이 해리의 운명과 얼마나 아슬아슬하게 바뀌었는지 전혀 알지 못했다. 예언에 해당되는 사람은 둘 중 누구라도 될 수 있었지만 볼드모트는 나름의 알 수 없는 이유로 예언이 의미하는 사람이 해리라고 믿기로 했다.

볼드모트가 네빌을 선택했다면, 번개 모양 흉터와 예언의 무게를 지고 맞은편에 앉아 있는 사람은 바로 네빌이었을 것이다. ……아니, 정말 그럴까? 네빌의 어머니도 릴리가 해리를 살리기 위해 그랬던 것처럼 아들을 구하기 위해 목숨을 내던졌을까? 당연히 그랬을 것이다. 하지만 그녀가 아들과 볼드모트 사이를 막아설 수 없는 상황이었다면? 그랬다면 '선택받은 자'는 아예 존재하지 않았을까? 지금 네빌이 앉아 있는 자리는 비어 있고, 흉터가 없는 해리는 론의 어머니가 아닌 자기 어머니에게 작별의 입맞춤을 받았을까?

"괜찮아, 해리? 표정이 이상한데." 네빌이 말했다.

해리는 깜짝 놀랐다.

"미안……. 난……."

"랙스퍼트한테 당한 거야?" 루나가 알록달록한 안경 너머로 해리를 바라보며 안쓰럽다는 듯 물었다.

"난…… 뭐라고?"

"랙스퍼트 말이야. 둥둥 떠다니다가 귓속으로 들어가서 머리를 흐려지게 만드는 보이지 않는 생명체." 그녀가 말했다. "이 근처에서 한 마리 날아다니는 게 느껴졌던 것 같은데."

그녀는 눈에 보이지 않는 거대한 나방을 쫓는 것처럼 두 손을 허공에 대고 휘저었다. 해리와 네빌은 서로를 마주 보다가 얼른 퀴디치 이야기를 시작했다.

기차 창밖으로 보이는 날씨는 여름 내내 그랬듯 오락가락했다. 기차는 서늘한 안개를 뚫고 약하지만 맑은 햇빛 속으로 나왔다. 론과 헤르미온느가 마침내 객실로 들어온 건 그렇게 해가 바로 머리 위에서 밝게 내리쬐고 있을 때였다.

"간식 수레가 빨리 왔으면 좋겠다. 배고파 죽겠어." 론이 해리 옆자리에 주저앉아 배를 문지르며 간절하게 말했다. "안녕, 네빌. 안녕, 루나. 그거 알아?" 그가 해리를 돌아보며 덧붙였다. "말포이가 반장 일을 하지 않고 있어. 다른 슬리데린 애들하고 그냥 객실에 앉아 있더라고. 헤르미온느랑 같이 오다가 봤어."

해리는 흥미를 느끼며 몸을 똑바로 일으키고 앉았다. 반장의 힘을 과시할 기회를 놓치다니 말포이답지 않았다. 지난 학년 얼마나 심하게 유세를 떨었던가.

"말포이가 널 보곤 어떻게 나왔어?"

"평소처럼 이렇게 하던데." 론이 저속한 손동작을 해 보이며 심드렁하게 말했다. "근데 걔답지는 않더라. 뭐 이건……." 그는 다시 그 손동작을 해 보였다. "그렇다 치고, 왜 객실 밖에서 1학년들을 못살게 굴지 않는 걸까?"

"모르지." 해리는 그렇게 말했지만 머릿속은 마구 돌아가고 있었다. 말포이가 어린 학생들을 못살게 구는 것보다 더 중요한 일들을 생각하고 있는 건 아닐까?

"어쩌면 장학관 직속 선도부가 더 좋았는지도 몰라." 헤르미온느가 말했다. "그걸 해 보고 나니까 반장 일은 약간 시시해진 거지."

"그런 것 같진 않은데." 해리가 말했다. "내 생각에 걔는……."

하지만 해리가 자신의 생각을 제대로 설명하기도 전에 객실 문이 다시 스르르 열리더니 3학년 여학생이 가쁜 숨을 몰아쉬며 들어왔다.

"이걸 네빌 롱보텀이랑 해리 포, 포터한테 전해 주라고 해서." 그녀는 해리와 눈이 마주치자 얼굴을 붉히면서 말을 더듬었다. 그러더니 보라색 리본으로 묶인 양피지 두루마리 두 개를 내밀었다. 해리와 네빌은 어리둥절한 채 각자의 이름이 적힌 두루마리를 받아 들었다. 여학생은 휘청거리며 객실을 나갔다.

"그게 뭐야?" 해리가 양피지를 펼치자 론이 물었다.

"초대장." 해리가 말했다.

> 해리,
> 나와 C호 객실에서 점심을 함께했으면 좋겠구나.
> H. E. F. 슬러그혼 교수

"슬러그혼 교수가 누구야?" 네빌이 황당한 표정으로 자기 초대장을 보며 물었다.

"새로 온 교수님이야." 해리가 말했다. "어쨌든 가야 하지 않을까?"

"하지만 나는 왜 보자고 하시는 거지?" 네빌이 방과 후 징계라도 받을 줄 알고 초조하게 물었다.

"나도 몰라." 해리는 그렇게 말했지만 완전한 사실은 아니었다. 자신의 짐작이 맞다는 증거는 아직 없었지만. "있잖아." 갑자기 머릿속에 좋은 생각이 떠올라 그가 말했다. "투명 망토를 쓰고 가자. 그러면 가는 길에 말포이를 자세히 볼 수 있을지도 몰라. 그 녀석이 뭘 꾸미고 있는지 보는 거야."

하지만 이 생각은 실현되지 못했다. 간식 수레를 기다리는 학생들로 통로가 가득 차서 투명 망토를 입고 헤쳐 가기가 불가능했던 것이다. 아쉬웠지만 해리는 망토를 다시 가방에 집어넣었다. 조금 전 기차 안을 가로질러 갔을 때보다 더 집요해진 모두의 시선을 피하기 위해서라도 투명 망토를 입고 싶은 마음이 간절했다. 이따금씩 그를 더 잘 보려고 객실에서 뛰쳐나오는 학생들도 있었다. 오직 초 챙만이 해리가 다가오는 모습을 보고 객실 안으로 뛰어들어 갔다. 해리는 객실 유리창을 지나가면서 그녀가 결심이라도 한 듯 친구 매리에타와의 대화에 열중하는 모습을 보았다. 매리에타의 얼굴에는 아직도 여드름이 이상한 형태를 그리고 있었다. 그녀는 화장을 아주 두껍게 했지만 그것을 완벽하게 가리지는 못했다. 해리는 슬며시 웃으면서 계속 앞으로 걸어갔다.

C호 객실에 다다르자마자 그들은 슬러그혼이 초대한 사람이 자기들만이 아니라는 사실을 알 수 있었다. 슬러그혼이 보여 주는 환영의 강도로 봐서는 해리를 기다리는 마음이 가장 열렬했던 것 같았지만.

"우리 해리!" 슬러그혼이 해리를 보자마자 벌떡 일어나며 말했다. 그러자 벨벳으로 가려진 그의 배가 객실의 남은 공간을 모두 채우는 듯했다. 번들거리는 대머리와 풍성한 은색 콧수염이 햇빛을 받아 그가 입은 조끼의 황금색 단추만큼이나 빛났다. "만나서 반갑구나, 반가워! 그리고 네가 롱보텀 군일 테지!"

네빌은 겁에 질린 표정으로 고개를 끄덕였다. 슬러그혼의 손짓에 그들은 문에서 가장 가까운 곳에 딱 두 개 남아 있던 자리로 가서 서로를 마주 보고 앉았다. 함께 초대받은 손님들을 힐끗 둘러본 해리는 같은 학년의 슬리데린 학생을 알아보았다. 광대뼈가 튀어나오고 눈이 옆으로 길게 찢어진 키 큰 흑인 소년이었다. 해리가 모르는 7학년 남학생도 두 명 있었고, 슬러그혼 옆 구석 자리에 자기가 어쩌다 여기 오게 됐는지 잘 모르겠다는 얼굴로 의자 깊숙이 앉아 있는 사람은 지니였다.

"다들 아는 사이니?" 슬러그혼이 해리와 네빌에게 물었다. "블레이즈 자비니는 같은 학년이니 물론 알 테고……."

자비니는 아는 체는커녕 환영의 뜻도 전혀 내비치지 않았고 해리와 네빌도 마찬가지였다. 그리핀도르와 슬리데린 학생들은 기본적으로 서로를 극도로 싫어했다.

"이쪽은 코맥 매클래건이다. 혹시 오다가다 마주친 적이…… 없나?"

덩치가 크고 철사처럼 꼿꼿한 머리카락을 가진 매클래건이 손을 들어 보이자 해리와 네빌은 그에게 고개를 끄덕했다.

"그리고 이쪽은 마커스 벨비란다. 혹시 서로……?"

깡마르고 신경질적으로 보이는 벨비가 긴장한 미소를 지어 보였다.

"그리고 여기 매력적인 어린 숙녀는 너를 안다고 하더구나!" 슬러그혼이 소개를 마쳤다.

지니가 슬러그혼의 등 뒤에서 해리와 네빌에게 얼굴을 찡그려 보였다.

"자, 이렇게 모여 줘서 정말 기쁘구나." 슬러그혼이 기분 좋은 듯 말했다. "이 자리는 너희 모두가 서로를 좀 더 잘 알 수 있는 기회야. 자, 냅킨 받으려무나. 나는 점심을 따로 싸 왔어요. 내 기억으로는 간식 수레에 감초 마법 지팡이가 잔뜩 실려 있을 텐데, 불쌍한 늙은이의 소화기관은 그런 것들을 감당할 수가 없거든. 꿩고기 어떠니, 벨비?"

벨비는 깜짝 놀라더니 차가운 꿩고기 반쪽처럼 보이는 것을 받아 들었다.

"여기 마커스한테, 내가 이 아이의 삼촌 대모클리스를 가르치며 흐뭇해했다는 이야기를 들려주던 참이었다." 슬러그혼이 롤빵이 담긴 바구니를 모두에게 돌리면서 해리와 네빌에게 말했다. "굉장히 뛰어난 마법사야. 뛰어나고 말고. 멀린 훈장을 받고도 남을 사람이지. 삼촌은 자주 보고 지내니, 마커스?"

안타깝게도 벨비는 꿩고기를 한입 가득 베어 문 참이었다. 그는 대답을 서두르다가 너무 급하게 고기를 삼켰고 그 바람에 얼굴이 파랗게 질려 캑캑대기 시작했다.

"아나프니오." 슬러그혼이 마법 지팡이로 벨비를 가리키며 침착하게 말했다. 벨비의 막힌 목이 곧바로 뚫리는 것 같았다.

"아뇨…… 그다지 자주 뵙지는 못하고 있어요." 벨비가 눈물을 찔끔하며 헐떡거렸다.

"뭐, 그렇겠지. 무척 바쁜 모양이구나." 슬러그혼이 캐묻듯이 벨비를 바라보며 말했다. "하긴 그런 노력을 들이지 않고는 투구꽃 마법약을 발명할 수 없었겠지!"

"제 생각에는……." 벨비가 입을 열었다. 그는 슬러그혼과의 대화가 끝났다는 확신이 들기 전에는 꿩고기를 입에 댈 엄두를 내지 못하는 것 같았다. "어…… 삼촌이랑 저희 아빠는 사이가 좋지 않으시거든요. 그래서 사실 아는 게 별로……."

슬러그혼이 싸늘한 미소를 던지고 매클래건에게 시선을 돌리자 벨비의 목소리가 움츠러들었다.

"자, 네 얘기를 좀 해 보자, 코맥." 슬러그혼이 말했다. "나는 우연히 네가 삼촌 타이베리우스와 자주 만난다는 걸 알게 됐단다. 타이베리우스가 너와 함께 녹테일 사냥을 하는 아주 멋진 사진을 가지고 있더구나. 노퍽에서였던가?"

"아, 네. 진짜 재미있었어요." 매클래건이 말했다. "버티힉스 씨랑 루퍼스 스크림저 씨도 같이 갔어요. 물론 그분이 총리가 되기 전의 일이지만요."

"아, 버티랑 루퍼스도 아는구나?" 슬러그혼이 활짝 웃으며 이번에는 파이가 담긴 작은 쟁반을 돌렸다. 어째서인지 쟁반은 벨비 앞을 그냥 지나쳤다. "어디 말해 보렴."

해리가 추측했던 그대로였다. 이 자리에 모인 이들은 유명하거나 영향력이 있는 누군가와 연줄이 있어서 초대받은 듯했다. 지니를 제외한 모두가. 매클래건 다음으로 취조를 당한 자비니는 알고 보니 어머니가 유명한 미녀 마법사였다(해리가 듣기로 그녀는 일곱 명과 연달아 결혼했고, 남편들은 모두 불가사의한 죽음을 맞으면서 그녀에게 엄청난 액수의 금화를 남겼다). 다음은 네빌 차례였다. 아주 불편한 10분이었다. 유명한 오러인 네빌의 부모님은 벨라트릭스 레스트레인지와 죽음을 먹는 자 두엇에게 고문당한 끝에 정신이 이상해졌던 것이다. 네빌에 대한 취조가 끝날 무렵, 해리는 슬러그혼이 네빌에 대한 판단을 미뤄 두고 있는 것 같은 느낌을 받았다. 네빌이 부모님에게 재능을 조금이라도 물려받았는지 지켜봐야겠다고 생각하는 모양이었다.

"그럼 이제……." 슬러그혼이 쇼에서 가장 인기 있는 코너를 소개하는 사회자라도 된 듯 앉은 자리에서 과장되게 몸을 돌리며 말했다. "해리 포터로구나! 어디서부터 시작해야 할까? 지난번에 만났을 때는 겉핥기만 했던 것 같은데!"

그는 해리를 유난히 큼직하고 육즙이 많은 꿩고기라도 되는 양 잠시 찬찬히 살펴보더니 말을 이었다. "이제는 다들 너를 '선택받은 자'라고 부르더구나!"

해리는 아무 말도 하지 않았다. 벨비와 매클래건, 자비니 모두 그를 뚫어지게 바라보았다.

"그야 그렇지." 슬러그혼이 해리를 자세히 바라보며 말을 이었다. "오랫동안 소문이 돌았으니까……. 나는 기억하고 있단다. 그…… 그 끔찍한 밤에 릴리와 제임스에게 닥쳤던……. 그런데 너는 살아남았지. 그리고 네가 보통 마법사들을 뛰어넘는 힘을 가지고 있다는 소문이 돌았고…….”

자비니는 비웃고 싶은 마음을 확실히 드러내는 작은 기침 소리를 내뱉었다. 슬러그혼 뒤에서 화난 목소리가 불쑥 튀어나왔다.

“그래, 자비니. 너한테도 재주가 있지…… 있어 보이는 척하는 거라든가…….”

“아, 이런!” 슬러그혼이 지니를 돌아보며 느긋하게 킬킬거렸다.

지니는 슬러그혼의 거대한 배 너머로 자비니를 노려보고 있었다. “조심해야겠다, 블레이즈! 내가 객실을 지나갈 때 보니 여기 이 어린 숙녀가 아주 놀라운 박쥐 코딱지 마법을 썼어요. 그냥 지나갈 수가 없더라니까!”

자비니는 그저 경멸스럽다는 표정만 지을 뿐이었다.

“아무튼…….” 슬러그혼이 다시 해리에게 고개를 돌리며 말했다. “올여름에는 소문이 *어마어마*하더구나. 물론, 뭘 믿어야 할지는 알 수가 없지. 《예언자일보》는 정확하지 않은 내용을 싣기도 하고 실수도 많이 하는 걸로 유명하니까……. 하지만 목격자들의 수가 한두 명이 아닌 데다, 정부에서 *상당한* 소란이 있었고 네가 그 모든 일의 한복판에 있었다는 데는 의심의 여지가 없어 보이는구나!"

해리는 대놓고 거짓말을 하는 것 말고는 이 상황을 빠져나갈 방법이 전혀 떠오르지 않아 고개를 끄덕이면서도 여전히 아무 말도 하지 않았다. 슬러그혼이 그를 보며 활짝 웃었다.

"아주 겸손하다니까, 아주 겸손해. 덤블도어가 너를 그렇게 예뻐하는 것도 이상할 게 없지. 그럼 네가 거기 있긴 있었던 게로구나? 하지만 나머지 이야기들은…… 물론, 너무 충격적이라 뭘 믿어야 할지 알 수가 없지만…… 예를 들어 그 전설의 예언 같은 건……."

"예언은 못 들었어요." 네빌이 얼굴을 제라늄처럼 붉힌 채 말했다.

"맞아요." 지니가 단호하게 말했다. "네빌하고 저도 거기 있었는데, '선택받은 자'니 뭐니 하는 헛소리는 다 그저 《예언자일보》가 평소처럼 지어내는 이야기일 뿐이에요."

"너희 둘 다 거기 있었단 말이냐?" 슬러그혼이 엄청난 관심을 보이면서 지니와 네빌을 번갈아 가며 쳐다보았다. 하지만 둘은 부추기는 듯한 슬러그혼의 미소에도 조개처럼 입을 꽉 다물고 앉아 있었다. "그래…… 뭐…… 《예언자일보》가 과장된 기사를 자주 싣는 건 사실이지. 암……." 슬러그혼은 약간 실망한 목소리로 말을 이었다. "내 제자 그웨녹이 했던 말이 떠오르는구나. 물론, 홀리헤드 하피스의 주장인 그 그웨녹 존스 말이야."

그는 두서없는 이야기를 쏟아 내며 장황한 추억 속으로 빠져들었다. 하지만 해리는 슬러그혼이 그와의 대화를 다 마친 것도 아니고 네빌과 지니의 말을 납득한 것도 아니라는 느낌을 강하게 받았다.

그날 오후는 슬러그혼이 가르쳤던 걸출한 마법사들의 일화와 함께 지나갔다. 그 제자들은 모두 슬러그혼이 호그와트의 '민달팽이 클럽'(슬러그혼의 '슬러그'를 딴 명칭으로, '슬러그'는 민달팽이라는 뜻이다—옮긴이)이라고 부르는 모임에 기꺼이 가입했다고 했다. 해리는 당장에라도 그 자리를 벗어나고 싶어 좀이 쑤셨지만 예의를 지키면서 그럴 수 있는 방법이 떠오르지 않았다. 마침내 기차가 또 한 번 길게 이어진 안개를 지나 붉은 석양 아래로 나오자 슬러그혼은 저녁 햇살에 눈을 깜빡이며 주위를 둘러보았다.

"이런, 세상에. 벌써 어두워지고 있구나! 등불이 켜진 것도 몰랐어! 모두 돌아가서 로브로 갈아입는 게 좋겠다. 매클래건, 언제 들러서 녹테일에 관한 책을 꼭 빌려 가려무나. 해리, 블레이즈, 지나가다가 언제든 들러라. 너도 마찬가지고, 아가씨." 그가 지니에게 눈을 찡긋했다. "자, 가 보려무나, 가 봐!"

자비니가 해리를 밀치고 어둑어둑한 통로로 나가면서 그에게 심술궂은 눈길을 던졌다. 해리는 이자까지 붙여서 그 시선을 돌려주었다. 그와 지니, 네빌은 자비니에 뒤이어 통로를 되짚어 걸어갔다.

"끝나서 다행이다." 네빌이 웅얼거렸다. "이상한 사람이야. 그치?"

"응, 좀 그래." 해리가 자비니에게 시선을 거두지 않은 채 말했다. "넌 어쩌다가 저기 있었던 거야, 지니?"

"내가 재커라이어스 스미스한테 공격 마법을 거는 걸 저 교수님이 봤거든." 지니가 말했다. "D.A.에 있던 그 후플푸프 얼간이 기억나? 계속 정부에서 무슨 일이 있었는지 캐묻잖아. 너무 짜증이 나서 결국에는 개한테 공격 마법을 걸어 버렸어. 그때 슬러그혼이 들어온 거야. 방과 후 징계를 받겠구나 생각했는데, 정말 제대로 된 공격 마법을 썼다고 날 칭찬하면서 점심 식사에 초대했어! 미친 사람 아냐?"

"어머니가 유명하다고 초대받는 것보단 훨씬 그럴듯한 이유인걸." 해리가 자비니의 뒤통수를 노려보며 말했다. "아니면 삼촌이……."

하지만 그는 곧바로 입을 다물었다. 무모하지만 멋진 결과를 가져다줄 수도 있는 어떤 생각이 막 떠오른 것이다. 잠시 뒤면 자비니는 슬리데린 6학년 객실로 돌아간다. 말포이가 거기에 앉아 있을 것이다. 동료 슬리데린 학생들을 제외하면 자기 말을 듣는 사람이 아무도 없을 거라 생각하면서……. 만약 해리가 들키지 않고 그를 따라 그곳에 들어갈 수만 있다면 뭐든 듣거나 볼 수 있지 않을까? 도착하기까지 얼마 남지 않은 건 사실이었다. 창밖을 휙휙 스치고 지나가는 풍경이 황량해진 것을 보면 호그스미드역까지 30분도 채 걸리지 않을 게 틀림없었다. 하지만 아무도 해리가 품고 있는 의심을 진지하게 받아들이지 않는 이 상황에서 그 의혹들을 증명하는 일은 그의 손에 달려 있었다.

"너희 둘 이따가 보자." 해리가 숨죽여 말하고는 투명 망토를 꺼내 몸에 둘렀다.

"넌 뭘 하려고……?" 네빌이 물었다.

"이따가 봐." 해리는 그렇게 속삭이고 되도록 조용하게 자비니의 뒤를 쏜살같이 쫓아갔다. 물론 기차가 덜컹거리는 소리 때문에 그렇게까지 조심할 필요는 없었다.

이제 통로는 거의 비어 있었다. 학생들은 대부분 학교

로브로 갈아입고 소지품을 챙기러 객실로 돌아간 뒤였다. 해리는 자비니에게 몸이 닿지 않는 한에서 최대한 가까이 붙어 있었는데도 자비니가 문을 열었을 때 객실 안으로 들어갈 만큼 빠르게 움직이지 못했다. 자비니가 문을 닫으려고 하자 해리는 황급히 발을 집어넣어 문이 닫히는 것을 겨우 막았다.

"이 문이 왜 이래?" 자비니가 미닫이문으로 해리의 발을 계속 세게 찧으며 화를 냈다.

해리는 문을 잡고 힘주어 확 열었다. 여전히 손잡이를 꽉 잡고 있던 자비니는 옆에 있는 그레고리 고일의 무릎으로 넘어졌고, 해리는 그 틈을 타서 객실 안으로 빠르게 들어가 비어 있는 자비니의 자리를 밟고 짐 선반 위로 뛰어올라 갔다. 고일과 자비니가 서로에게 소리를 지르며 모두의 시선을 끌고 있어 다행이었다. 투명 망토가 펄럭이면서 발과 발목이 훤히 드러났을 것이기 때문이었다. 사실 말포이의 눈이 보이지 않는 곳으로 뛰어올라 가는 그의 운동화를 쫓는 것 같은 끔찍한 생각이 드는 순간도 있었다. 하지만 그때 고일이 문을 쾅 닫으며 자비니를 떨쳐 냈고 자비니는 잔뜩 헝클어진 채 자기 자리에 털썩 주저앉았다. 빈센트 크래브가 다시 만화책으로 시선을 돌렸고 말포이는 낄낄 웃으며 팬지 파킨슨의 무릎에 머리를 올려놓은 채 두 자리를 차지하고 드러누웠다. 해리는 어느 곳 하나 가려지지 않는 부분이 없도록 투명 망토 아래에서 불편하게 몸을 웅크리고, 팬지가 말포이의 이마 위로 흘러내린 매끈한 금발을 만지작거리는 모습을 지켜보았다. 그녀는 누구든 자기를 부러워할 거라는 듯 실실거렸다. 객실 천장에서 흔들리는 등불이 그 광경을 환하게 비췄다. 바로 밑에서 크래브가 읽고 있는 만화책 속 글자들을 읽을 수 있을 정도였다.

"그래서, 자비니." 말포이가 말했다. "슬러그혼이 왜 부른 거야?"

"그냥 연줄 좋은 사람들한테 알랑거리려는 거지." 여전히 고일을 노려보고 있던 자비니가 말했다. "그렇다고 그런 사람들을 많이 찾아내진 못했지만."

말포이는 이 이야기에 별로 기뻐하는 것 같지 않았다.

"너 말고 또 누굴 초대했는데?" 그가 물었다.

"그리핀도르의 매클래건." 자비니가 말했다.

"아, 그래. 걔네 삼촌이 정부 거물급 인사지." 말포이가 말했다.

"래번클로에서 온 벨비라는 녀석도 있었고……."

"걘 아니야. 얼마나 멍청한데!" 팬지가 말했다.

"롱보텀이랑 포터, 그 위즐리 여자애도." 자비니가 말을 마쳤다.

말포이는 갑자기 팬지의 손을 옆으로 밀쳐 내며 몸을 일으켰다.

"롱보텀을 불렀다고?"

"응, 그런 것 같던데. 롱보텀도 거기 있었으니까." 자비니가 심드렁하게 말했다.

"롱보텀이 뭐길래 슬러그혼이 관심을 갖는 거지?"

자비니가 어깨를 으쓱했다.

"포터, 소중한 포터. 틀림없이 '선택받은 자'를 한번 보고 싶었던 거겠지." 말포이가 이죽거렸다. "하지만 그 위즐리 계집애라니! 걔는 뭐 그렇게 특별하다는 거야?"

"남자애들한테 인기가 엄청 많아." 팬지는 곁눈질로 말포이의 반응을 살피며 말했다. "블레이즈 너도 걔가 예쁘다고 생각하잖아. 안 그래? 네 눈이 얼마나 높은지 우리 모두 아는데!"

"아무리 예뻐도 난 그런 더러운 혈통 배신자한테는 손끝 하나 안 댈 거야." 자비니가 차갑게 말했다. 팬지는 만족스러운 표정을 지었다. 말포이는 다시 팬지의 무릎을 베고 드러누워 그녀가 머리카락을 쓰다듬도록 내버려 두었다.

"슬러그혼의 취향이 딱하긴 하다. 어쩌면 노망이 난 건지도 몰라. 안타깝네, 우리 아버지 말씀으로는 그 작자도 전성기 때는 괜찮은 마법사였다던데. 우리 아버지는 슬러그혼이 편애하는 학생 중 한 명이었거든. 슬러그혼은 아마 내가 기차에 타고 있다는 얘기를 못 들었거나, 아니면……"

"나라면 초대장을 기대하지 않을걸." 자비니가 말했다. "내가 그 객실에 들어가자마자 슬러그혼이 노트의 아버지에 대해 물어보더라고. 둘이 예전에 친했던 것 같은데, 노트의 아버지가 마법 정부에 체포당했다는 얘기를 듣더니 별로 좋아하는 눈치가 아니었어. 그리고 노트도 초대 못 받았잖아? 슬러그혼은 죽음을 먹는 자들한테는 관심이 없는 것 같아."

말포이는 화가 난 표정이었지만 유난히 재미있는 척하는 웃음을 억지로 내뱉었다.

"그 작자가 뭐에 관심을 갖든 누가 신경이나 쓴대? 따지고 보면 대체 그 작자가 뭔데? 고작 교수일 뿐이잖아." 말포이는 허세를 부리며 하품을 했다. "내 말은, 다음 학년이면 난 아예 호그와트에 없을지도 모른다는 거야. 한물간 뚱뚱이가 날 좋아하든 말든 무슨 상관이야?"

"그게 무슨 말이야? 다음 학년에는 호그와트에 없을지도 모른다니?" 팬지가 말포이의 머리를 쓰다듬다 말고 화가 난 듯 목소리를 높였다.

"뭐, 누가 알겠어?" 말포이가 은근하게 히죽거리며 말했다. "내가 어쩌면…… 더 넓고 좋은 세계로 나아갈지."

투명 망토를 뒤집어쓴 채 선반에 웅크리고 있던 해리의 심장이 쿵쾅거리기 시작했다. 론과 헤르미온느가 이 이야기를 들으면 뭐라고 할까? 크래브와 고일은 얼빠진 얼굴로 말포이를 바라보고 있었다. 더 넓고 좋은 세계로 나아갈 그 어떤 계획도 모르고 있는 게 틀림없었다. 자비니조차 거만한 표정에 호기심을 내비쳤다. 팬지는 말포이의 머리카락을 다시 천천히 쓰다듬기 시작했지만, 어안이 벙벙한 얼굴이었다.

"그 말은…… 그분을 위해?"

말포이는 어깨를 으쓱했다.

"어머니는 내가 학업을 끝마치기를 바라시지만 개인적으로 요즘엔 그게 별로 중요해 보이지 않아. 내 말은, 생각을 해 봐……. 어둠의 왕께서 세상을 차지하시면 O.W.L.이나 N.E.W.T. 몇 개를 받았는지 신경 쓰실까? 당연히 아니지……. 그분을 어떻게 도와드렸는지, 그분께 얼마나 큰

헌신을 보여 드렸는지 그것만이 중요할 거야."

"그리고 *네가* 그분을 위해 뭔가를 할 수 있을 거라고?" 자비니가 가차 없이 물었다. "아직 완전한 자격도 갖추지 못한 열여섯 살짜리가?"

"방금 내가 한 말 못 들었어? 그분께서는 나한테 자격이 있는지 없는지 신경 쓰지 않으실 거야. 그분께서 내게 바라시는 일은 자격이 있어야만 할 수 있는 일이 아닐지도 몰라." 말포이가 조용히 말했다.

크래브와 고일은 둘 다 가고일처럼 입을 쩍 벌린 채 앉아 있었다. 팬지는 이렇게까지 멋진 사람은 처음 본다는 듯 말포이를 내려다보았다.

"호그와트가 보인다." 말포이는 자기 말이 만들어 낸 효과를 확실히 즐기며 어두워진 창밖을 가리켰다. "로브를 입는 게 좋겠어."

해리는 말포이를 보느라 너무 정신이 팔려서 고일이 짐 가방으로 손을 뻗는 것을 보지 못했다. 고일이 짐 가방을 홱 끌어 내리면서 해리의 옆머리를 세게 쳤다. 해리는 너무 아파서 자기도 모르게 헉 소리를 냈다. 말포이가 얼굴을 찡그리며 선반을 올려다보았다.

해리는 말포이가 두렵진 않았지만, 그래도 투명 망토 아래 숨어 있다가 적대적인 관계에 있는 슬리데린 무리에게 발각되는 것은 썩 마음에 드는 상황이 아니었다. 눈에는 여전히 눈물이 고여 있고 머리는 여전히 욱신거리는 와중에도 투명 망토가 들춰지지 않도록 조심하면서 그는 마법 지팡이를 꺼내 들고 숨을 참으며 기다렸다. 다행히 말포이는 소리를 잘못 들었다고 생각한 것 같았다. 그는 다른 학생들과 마찬가지로 로브를 걸치고 짐 가방을 잠그더니, 기차가 덜컹거리며 기어가듯 속도를 늦추자 두꺼운 새 여행용 망토 깃을 여몄다.

해리는 통로가 다시 붐비는 모습을 보면서, 헤르미온느와 론이 그의 짐을 승강장으로 내려 주었으면 좋겠다고 생각했다. 객실이 빌 때까지는 지금 이곳에서 꼼짝도 할 수 없었다. 마침내 기차가 마지막으로 한 번 덜컹하더니 완전히 멈춰 섰다. 고일이 문을 벌컥 열더니 힘으로 2학년 학생 무리를 밀치고, 비켜선 그들에게 주먹을 휘두르며 앞으로 나아갔다. 크래브와 자비니가 그 뒤를 따랐다.

"먼저 가." 말포이가 잡아 달라는 듯 손을 내민 채 그를 기다리고 있던 팬지에게 말했다. "뭐 좀 확인할 게 있어서."

팬지가 객실을 나갔다. 이제는 해리와 말포이, 둘만이 객실에 남아 있었다. 학생들은 줄지어 통로를 지나 어두운 승강장에 내려섰다. 말포이가 객실 문으로 다가가더니, 통로에 있는 사람들이 안을 들여다보지 못하도록 블라인드를 내렸다. 그러고는 허리를 구부려 짐 가방을 다시 열었다.

해리는 선반 가장자리 너머로 내려다보았다. 심장이 조금 전보다 더 빠르게 두근거렸다. 말포이가 팬지에게 보여 주지 않으려고 한 게 뭘까? 그가 꼭 고치고자 했던, 그 정체 모를 고장 난 물건을 이제 보게 되는 걸까?

"페트리피쿠스 토탈루스!"

돌연 말포이가 해리에게 마법 지팡이를 겨눴다. 해리는 단번에 온몸이 마비되었다. 화면을 느리게 돌리듯 그가 선반 위에서 천천히 미끄러지더니, 바닥을 뒤흔드는 고통스러운 충격과 함께 말포이의 발 앞에 쿵 떨어졌다. 투명 망토가 몸 아래 깔리면서, 쥐가 나 무릎 꿇은 자세로 웅크린 그의 전신이 드러났다. 해리는 근육 하나 움직일 수 없었다. 그저 씩 웃음 짓는 말포이를 올려다볼 뿐이었다.

"그럴 줄 알았지." 말포이가 의기양양하게 말했다. "네가 고일의 짐 가방에 부딪히는 소리를 들었어. 자비니가 돌아왔을 때 공중에서 뭔가 하얀 게 휙 지나가는 것 같기도 했고……." 그의 눈이 순간적으로 해리의 운동화에 머물렀다. "자비니가 돌아왔을 때 문을 막은 게 너였지?"

그는 해리를 잠시 살펴보았다.

"넌 중요한 얘기는 아무것도 듣지 못했어, 포터. 하지만 이왕 널 잡았으니……."

그가 해리의 얼굴을 세차게 짓밟았다. 해리는 코가 부러지는 것을 느꼈다. 사방으로 피가 튀었다.

"이건 우리 아버지에 대한 복수다. 자, 어디 볼까……."

말포이는 움직이지 못하는 해리의 몸 밑에서 투명 망토를 끌어내 그에게 덮어씌웠다.

"기차가 런던으로 돌아갈 때까지 아무도 널 찾지 못할 거야." 그가 조용히 말했다. "나중에 보자, 포터. ……아니, 이제 못 보려나."

말포이는 해리의 손가락을 일부러 짓밟으면서 객실을 나갔다.

8장

승리를 거둔 스네이프

해리는 손가락 하나 까딱할 수 없었다. 그는 코에서 흘러나온 따뜻하고 축축한 피가 얼굴 위로 흐르는 것을 느끼며 투명 망토 아래 누워 있었다. 복도 저 너머에서 목소리와 발소리들이 들렸다. 당장 떠오른 생각은 열차가 다시 출발하기 전에 누군가가 틀림없이 객실을 확인하리라는 것이었다. 하지만 곧바로 누가 객실을 들여다본다 해도 해리를 보거나 그의 소리를 듣지 못할 거라는 생각에 기운이 쭉 빠졌다. 이제는 누군가가 객실에 들어왔다가 그를 밟기를 바랄 수밖에 없었다.

벌어진 입안으로 피가 흘러들어 구역질이 났다. 해리는 우스꽝스럽게 뒤집힌 거북이처럼 바닥에 누워 있는 이 순간만큼 말포이가 증오스러웠던 적이 없었다. 멍청하게 이런 상황을 자초하다니……. 이제는 드문드문 들리던 발소리도 잦아들었다. 모두가 열차 밖 어두운 승강장을 따라 터덜터덜 걸어가고 있었다. 짐 가방 끄는 소리와 시끄럽게 떠들어 대는 소리가 들려왔다.

론과 헤르미온느는 해리가 혼자 따로 열차에서 내렸을 거라고 생각할 것이다. 그들이 호그와트에 도착해서 대연회장에 자리를 잡고 그리핀도르 식탁을 몇 차례 여기저기 둘러보고 나서야 해리가 없다는 사실을 깨달을 즈음이면 그는 틀림없이 런던으로 절반쯤 돌아가 있을 터였다.

해리는 어떻게든 신음 소리라도 내 보려고 안간힘을 썼지만 아무 소용이 없었다. 그때 불현듯 덤블도어 같은 마법사들은 말을 하지 않고도 주문을 걸 수 있다는 사실이 떠올랐다. 그는 손에서 떨어진 마법 지팡이를 불러오려고 속으로 거듭 "*아씨오 마법 지팡이!*"라고 외쳤지만 아무 일도 벌어지지 않았다.

호숫가의 나무들이 부스럭거리는 소리와 멀찍이서 부엉이 우는 소리가 들려오는 한편, 수색이 벌어지는 낌새나 심지어(그는 이런 기대를 품는 스스로가 약간 경멸스러웠다) 당황한 듯 해리 포터는 어디 있냐고 묻는 소리 같은 것은 전혀 없었다. 세스트럴이 끄는 마차들이 덜컹거리며 학교로 향하는 장면이나 말포이가 타고 있을 마차에서 숨죽인 웃음소리가 터져 나올 것을 떠올리자 절망감이 온몸을 휩쓸었다. 아마 말포이는 마차 안에서 슬리데린 친구들에게 해리를 공격한 얘기를 떠벌리고 있을 것이다.

열차가 덜컹하는 바람에 해리는 옆으로 굴렀다. 이제 그는 천장 대신 좌석 아래의 먼지투성이 바닥을 마주하고 있었다. 엔진이 윙윙거리며 살아나자 바닥이 떨리기 시작했다. 호그와트 급행열차가 떠나고 있었다. 하지만 해리가 아직 그곳에 있다는 사실은 아무도 몰랐다…….

그때 투명 망토가 휙 걷히는 것이 느껴졌다. 머리 위에서 어떤 목소리가 말했다. "안녕, 해리."

붉은빛이 번뜩이더니 해리의 몸이 풀렸다. 이제 좀 더 품위를 갖춘 자세로 앉을 수 있게 된 그는 바닥을 짚고 몸을 일으킨 뒤 멍든 얼굴에 흐른 피를 손등으로 재빨리 닦아 내고 고개를 들어 통스를 바라보았다. 그녀는 방금 그에게서 벗겨 낸 투명 망토를 들고 있었다.

"빨리 내리는 게 좋겠어." 차창이 증기로 부옇게 흐려지면서 열차가 역을 빠져나가기 시작하자 그녀가 말했다. "어서, 뛰어내리자."

해리는 그녀를 따라 서둘러 통로로 나갔다. 통스는 열차 문을 열고, 열차가 가속도를 내기 시작하면서 발밑에서 휙 휙 미끄러지는 것처럼 보이는 승강장으로 훌쩍 뛰어내렸 다. 해리도 그녀를 뒤따라 뛰어내렸다. 내려서면서 잠시 비 틀거리다가 몸을 펴자 때마침 번쩍이는 진홍색 증기기관 차가 속력을 높이며 모퉁이를 돌아 사라지는 것이 보였다.

차가운 밤공기에 욱신거리는 코의 통증이 덜어지는 것 같았다. 통스가 그를 바라보고 있었다. 해리는 그토록 우 스꽝스러운 꼴로 발견된 것에 화가 났고 창피하기도 했다. 그녀는 말없이 그에게 투명 망토를 돌려주었다.

"누구 짓이니?"

"드레이코 말포이요." 해리가 씁쓸하게 말했다. "고맙습 니다……. 어……."

"별말씀을." 통스가 웃는 기색 하나 없이 말했다. 주위가 캄캄했지만 해리는 그녀가 버로에서 봤을 때처럼 칙칙한 머리카락에 비참한 표정을 짓고 있는 것을 알 수 있었다. "가만히 서 있어 봐. 코는 내가 고쳐 줄 수 있어."

해리는 그 제안이 별로 내키지 않았다. 그는 양호교사 인 폼프리 선생을 찾아갈 생각이었다. 치유 주문에 관해서 라면 폼프리 선생이 좀 더 믿음직스러웠다. 하지만 그렇게 말하는 건 무례한 행동 같았기에 그는 꼼짝 않고 서서 눈을 감았다.

"에피스키." 통스가 말했다.

해리는 코가 매우 뜨거워졌다가 그다음엔 매우 차가워지는 것을 느꼈다. 그는 손을 들어 조심스럽게 코를 만져 보았다. 멀쩡해진 것 같았다.

"정말 고맙습니다!"

"그 투명 망토를 다시 쓰는 게 좋을 거야. 그러면 학교까지 걸어갈 수 있을 테니까." 통스가 여전히 미소도 짓지 않고 말했다. 해리가 다시 투명 망토를 걸치자 그녀가 마법 지팡이를 휘둘렀다. 지팡이 끝에서 네발 달린 거대한 은빛 생명체가 뛰쳐나오더니 어둠 속으로 쏜살같이 달려갔다.

"저거 패트로누스예요?" 덤블도어가 이런 식으로 메시지를 보내는 것을 봤던 해리가 물었다.

"그래, 내가 너를 데리고 간다는 소식을 성에 보내는 거야. 안 그러면 걱정할 테니까. 가자, 꾸물거리지 않는 게 좋겠어."

그들은 학교로 이어지는 길을 걷기 시작했다.

"어떻게 절 찾으셨어요?"

"네가 열차에서 내리지 않았다는 걸 알아차렸으니까. 그리고 너한테 투명 망토가 있다는 것도 알고. 네가 무슨 이유로든 숨어 있을지도 모른다고 생각했어. 블라인드가 쳐 있는 객실을 보고 거길 확인해 봐야겠다고 생각했지."

"그건 그렇고 여기서 뭘 하시는 거예요?" 해리가 물었다.

"나는 지금 호그스미드에 배치돼 있어. 학교에 내려진 추가 보안 조치로." 통스가 말했다.

"혼자 여기 배치된 거예요? 아니면……."

"아냐, 프라우드풋이랑 새비지, 돌리시도 여기 있어."

"돌리시라면, 지난번에 덤블도어 교수님이 공격했던 그 오러 아니에요?"

"맞아."

그들은 방금 지나간 마차 바퀴 자국을 따라 깜깜하고 인적 없는 길을 터덜터덜 걸어갔다. 해리는 투명 망토 아래에서 통스를 곁눈질했다. 작년에 그녀는 해리에게 이것저것 캐묻고(가끔씩은 약간 짜증이 날 정도였다), 잘 웃고, 농담도 잘했다. 그런데 지금 그녀는 더 나이 들어 보이고, 훨씬 진지하고, 결의에 찬 모습이었다. 이 모든 게 마법 정부에서 벌어진 일 때문일까? 해리는 불편한 마음으로 시리우스와 관련해서 통스에게 뭔가 위로의 말을 하라던, 시리우스가 죽은 건 전혀 그녀의 잘못이 아니라고 얘기하라던 헤르미온느의 권유를 떠올렸지만 차마 입이 떨어지지 않았다. 시리우스의 죽음이 통스 탓이라고 생각했기 때문은 아니었다. 통스의 잘못이 다른 사람의 잘못보다 크다고 할 수도 없었다(해리의 잘못에는 비할 바도 못 됐다). 다만 웬만하면 시리우스 얘기를 하고 싶지 않을 뿐이었다. 그래서 그들은 차가운 어둠 속을 말없이 터벅터벅 걷기만 했다. 통스의 긴 망토가 뒤에 끌리며 바스락거리는 소리를 냈다.

해리는 늘 마차를 타고 이 길을 이동했기 때문에 호그와트가 호그스미드역에서 얼마나 먼지 제대로 느껴 본 적이 없었다. 마침내 교문 양옆에 우뚝 서 있는, 날개 달린 멧돼지가 얹힌 기둥이 보이자 무척 마음이 놓였다. 해리는 춥고 배고팠으며, 새로운 모습의 우울한 통스 곁을 빨리 떠나고 싶었다. 하지만 교문을 열려고 손을 뻗었을 때 보니 문은 닫힌 채 쇠사슬로 단단히 감겨 있었다.

"알로호모라!" 해리가 자물쇠에 마법 지팡이를 겨누고 자신만만하게 외쳤지만 아무 일도 일어나지 않았다.

"여기서는 안 통할걸." 통스가 말했다. "덤블도어 교수님이 직접 마법을 걸어 놨으니까."

해리는 주위를 둘러보았다.

"벽을 타고 넘어갈 수 있어요." 그가 제안했다.

"아니, 안 돼." 통스가 딱 잘라 말했다. "벽에는 온통 침입자 방지 마법이 걸려 있어. 올여름에 보안 조치가 백배는 더 강화됐거든."

"뭐 그럼······." 해리는 도와줄 마음이 없어 보이는 그녀에게 슬슬 짜증이 치밀었다. "그냥 아침이 될 때까지 여기서 자면서 기다리면 되겠네요."

"누가 데리러 오고 있어." 통스가 말했다. "봐 봐."

저 멀리 성 아래쪽에서 등불이 깜빡깜빡 움직였다. 그걸 보고 얼마나 기뻤는지 해리는 필치가 쌕쌕거리며 그가 지각한 것을 비난하면서 엄지손가락을 죄는 고문 기구를 정기적으로 활용하면 시간을 엄수하는 습관이 길러질 거라고 떠들어도 견딜 수 있을 것 같았다. 반짝이는 노란 불빛이 3미터 앞까지 다가오자 해리는 투명 망토를 벗고 자기 모습을 보였다. 그제야 그는 누가 다가오는지 알아보고 순수한 증오가 솟구치는 것을 느꼈다. 턱밑에서부터 올라온 빛이 구부러진 코와 길고 검은 기름진 머리카락을 비췄다. 세베루스 스네이프였다.

"이런, 이런, 이런." 스네이프가 마법 지팡이를 꺼내 자물쇠를 한 차례 가볍게 두드리며 비웃었다. 쇠사슬들이 뱀처럼 꿈틀꿈틀 물러나더니 삐걱 소리를 내며 교문이 열렸다. "모습을 드러내서 다행이군, 포터. 한데, 학교 로브를 입으면 사람들이 네 등장에 별 관심을 안 가질까 봐 걱정했나 보지?"

"갈아입을 시간이……." 해리는 설명하려 했지만 스네이프가 그의 말을 잘랐다.

"기다릴 필요 없소, 님파도라. 내 옆에 있으면 포터는 아주…… 흠, 안전할 테니까."

"나는 해그리드한테 메시지를 보냈는데요." 통스가 이마를 찌푸리며 말했다.

"해그리드는 개강 연회에 늦게 왔소. 여기 포터와 마찬가지로. 그래서 내가 대신 메시지를 받았지. 게다가……." 스네이프는 해리가 지나갈 수 있도록 뒤로 물러서며 말했다. "당신의 새로운 패트로누스를 보자 관심이 생기기도 했고."

그는 통스의 눈앞에서 문을 쾅 닫더니 지팡이로 쇠사슬을 가볍게 두드렸다. 쇠사슬이 철컹거리며 스르르 좀 전의 상태로 돌아갔다.

"지난번 패트로누스가 더 나은 것 같은데." 그렇게 말하는 스네이프의 목소리에는 악의가 담겨 있었다. "새것은 약해 보이더군."

스네이프가 등불을 휙 돌리는 순간 해리는 통스의 얼굴에 충격과 분노가 떠오른 것을 보았다. 잠시 후 그녀는 어둠 속으로 다시 사라졌다.

"안녕히 가세요." 해리는 스네이프와 함께 학교를 향해 출발하면서 어깨 너머로 돌아보며 그녀에게 소리쳤다. "고마워요. 전부 다요."

"나중에 보자, 해리."

스네이프는 잠깐 동안 아무 말도 하지 않았다. 해리는 몸속에서 강렬한 증오가 물결치는 것을 느꼈다. 그의 안에서 타오르는 이런 증오심을 스네이프가 느끼지 못하는 게 놀라울 정도였다. 물론 그는 처음 만난 순간부터 스네이프를 싫어했지만, 시리우스를 대하는 스네이프의 태도는 해리가 용서할 수 있는 한계를 영원히, 돌이킬 수 없을 만큼 뛰어넘어 버렸다. 덤블도어야 뭐라고 하든 해리는 여름 내내 나름대로 곰곰이 생각해 보았다. 스네이프가 시리우스에게 불사조 기사단 단원들이 볼드모트와 싸우는 동안 안전한 곳에 숨어 있었다며 신랄하게 비난을 퍼부었던 것이 그날 밤 시리우스가 마법 정부로 달려가 죽게 만든 가장 큰 원인이 되었다고 해리는 결론 내렸다. 그는 그 생각을 도저히 떨쳐 버릴 수 없었다. 그래야 스네이프를 탓할 수 있고, 그래야 마음이 조금 풀렸기 때문이다. 시리우스가 죽었다는 사실을 안타깝게 여기지 않는 사람이 있다면 그는 바로 지금 해리의 옆에서 어둠 속을 성큼성큼 걷고 있는 이 남자일 게 확실했다.

"지각을 했으니 그리핀도르에 50점 감점하겠다." 스네이프가 말했다. "그리고, 어디 보자. 머글 옷을 입고 왔으니 20점 더 감점. 글쎄, 지금처럼 학기가 막 시작되자마자 점수가 깎인 기숙사가 있었는지 모르겠군. 아직 디저트도 나오지 않았는데 말이야. 그렇다면 네가 신기록을 세운 건지도 모른다, 포터."

해리는 속에서 끓어오르는 분노와 증오심이 극에 달하는 것을 느꼈지만 스네이프에게 늦은 이유를 말하느니 온몸이 마비된 채 런던으로 돌아가는 편이 나을 것 같았다.

"극적으로 짠, 하고 등장하고 싶었나 보지?" 스네이프가 말을 이었다. "날아다니는 자동차가 없으니 연회가 한창인 와중에 대연회장으로 불쑥 들어와 극적인 효과를 내려고 한 거군."

가슴이 터질 지경이었지만 해리는 여전히 침묵을 지켰다. 해리는 스네이프가 바로 이런 상황을 바라고서, 잠깐이나마 아무도 듣지 않는 데서 괴롭히고 신경을 긁어 대려고 그를 데리러 왔다는 사실을 깨달았다.

그들은 마침내 성 계단에 도착했다. 거대한 오크나무 정문이 홱 열리며 거대한 현관홀의 돌바닥이 펼쳐졌다. 이야기하는 소리와 웃음소리, 접시며 유리잔이 딸그랑거리는 소리가 대연회장의 열린 문 밖으로 터져 나와 그들을 맞이했다. 해리는 다시 투명 망토를 뒤집어쓸지 말지 고민했다. 그러면 사람들 눈에 띄지 않고 (불편하게도 현관홀에서 가장 멀리 떨어져 있는) 긴 그리핀도르 식탁에 가서 앉을 수 있지 않을까?

하지만 해리의 마음을 읽기라도 한 듯 스네이프가 말했다. "투명 망토는 안 된다. 모두가 너를 볼 수 있게 걸어가도록. 그게 바로 네가 바라던 거니까."

해리는 돌아서서 열린 문을 지나 곧장 걸어갔다. 스네이프에게서 멀어질 수만 있다면 무슨 일이든 할 수 있었다. 네 개의 기다란 기숙사 식탁과 상석의 교직원 식탁이 놓인 대연회장은 평소처럼 둥실둥실 떠다니는 촛불들로 장식되어 있었고 그 아래서 접시들은 촛불 빛을 받아 반짝반짝 빛났다. 하지만 쏜살같이 걸어가서 사람들이 쳐다보기 전에 이미 후플푸프 식탁을 지나친 해리에게는 그 모든 것이 흐릿한 불빛에 불과했다. 그리고 다들 그를 잘 보려고 자리에서 일어났을 때쯤 그는 이미 론과 헤르미온느를 발견하고 재빨리 걸어가 둘 사이에 비집고 앉은 뒤였다.

"너 어디에 있…… 제기랄, 얼굴은 어쩌다 그런 거야?" 론이 근처에 있던 학생들과 함께 눈을 휘둥그렇게 뜨고 그를 쳐다보며 물었다.

"왜, 뭐 잘못됐어?" 해리가 숟가락을 집어 들고 눈을 가늘게 뜬 채 숟가락 뒷면에 자기 얼굴을 비춰 보며 말했다.

"피투성이가 됐잖아!" 헤르미온느가 말했다. "이리 와 봐."

그녀가 마법 지팡이를 들어 올리고 "*테르지오!*"라고 외치자 지팡이가 얼굴에 말라붙은 피딱지를 빨아들였다.

"고마워." 해리는 이제 깨끗해진 얼굴을 만지며 말했다. "코는 어때 보여?"

"멀쩡해." 헤르미온느가 걱정스러운 목소리로 말했다. "멀쩡하면 안 될 이유라도 있어? 해리, 무슨 일이 있었던 거야? 우린 정말 무서웠어!"

"나중에 말해 줄게." 해리가 짧게 말했다. 지니와 네빌, 딘과 셰이머스가 듣고 있어서 몹시 신경이 쓰였다. 그리핀도르 유령인 목이 달랑달랑한 닉마저 엿들으려고 의자를 따라 둥실둥실 떠왔다.

"하지만……." 헤르미온느가 말했다.

"지금은 안 돼, 헤르미온느." 해리가 음산하고 의미심장한 목소리로 말했다. 부디 다들 그가 어떤 영웅적인 일, 가급적이면 죽음을 먹는 자 몇몇에 디멘터까지 관련된 일에 얽혔을 거라고 생각해 주기를 바랐다. 물론 말포이가 최대한 널리널리 소문을 퍼뜨리겠지만 너무 많은 그리핀도르 학생의 귀에까지 그 이야기가 들어가지 않을 가능성은 있었다.

그는 닭다리 두어 개와 감자칩을 집으려고 론 앞으로 손을 뻗었지만 그가 가져가기도 전에 음식이 사라지고 디저트로 대체되었다.

"아무튼 너 배정식을 놓쳤어." 론이 커다란 초콜릿 케이크에 덤벼드는 사이 헤르미온느가 말했다.

"모자가 뭔가 재미있는 말이라도 했어?" 해리가 당밀 타르트 한 조각을 집으며 물었다.

"별로, 똑같은 얘기였어. 왜 있잖아, 적들과 맞설 때는 하나로 뭉쳐야 한다는 조언."

"덤블도어 교수님이 볼드모트 얘기를 하시지는 않았어?"

"아직. 하지만 제대로 된 연설은 항상 연회 뒤까지 아껴

놓으시잖아? 좀 있으면 듣게 되겠지."

"스네이프 말로는 해그리드가 개강 연회에 늦었다던데……."

"스네이프랑 만났어? 어쩌다?" 론이 게걸스럽게 케이크를 한입 가득 쑤셔 넣다 말고 말했다.

"우연히 만났지, 뭐." 해리가 얼버무렸다.

"해그리드는 겨우 몇 분 늦었어." 헤르미온느가 말했다. "봐. 너한테 손 흔들고 있잖아, 해리."

해리는 교직원 식탁 쪽을 보고, 그를 향해 손을 흔들고 있는 해그리드에게 씩 웃어 주었다. 해그리드는 나란히 앉아 있는 그리핀도르 담임 교수인 맥고나걸처럼 위엄 있게 행동하는 법이 없었다. 앉은키가 해그리드의 팔꿈치까지밖에 안 오는 그녀는 해그리드의 열렬한 인사를 탐탁지 않게 바라보고 있었다. 해리는 점술 담당인 트릴로니 교수가 해그리드의 다른 쪽 옆에 앉아 있는 것을 보고 놀랐다. 그녀는 탑 속의 자기 교실을 떠나는 일이 거의 없었던 것이다. 해리는 개강 연회에서 그녀를 본 적이 한 번도 없었다. 그녀는 반짝거리는 구슬 장식에 바닥에 질질 끌리는 숄을 여러 장 걸친, 평소처럼 이상한 모습이었다. 두 눈은 안경 때문에 큼직하게 확대되어 보였다. 늘 그녀를 한낱 사기꾼으로 여겼던 해리는 지난 학기가 끝날 무렵 그녀가 볼드모트 경으로 하여금 해리의 부모님을 죽이고 해리를 공격하게 만든 예언을 한 장본인이라는 것을 알고 충격을 받았다. 이 사실을 알고부터 해리는 자기도 모르게 그녀 가까이 있는 걸 더욱 꺼리게 됐지만 다행히 올해에는 점술을 수강하지 않을 계획이었다. 신호등 불처럼 커다란 그녀의 눈이 그가 있는 방향으로 휙 움직였다. 그는 슬리데린 식탁 쪽으로 얼른 시선을 돌렸다. 드레이코 말포이가 요란한 웃음소리와 박수갈채를 끌어내며 코가 깨지는 시늉을 하고 있었다. 해리는 당밀 타르트로 시선을 떨어뜨렸다. 속이 다시 부글부글 끓는 듯했다. 말포이와 1 대 1로 붙을 수만 있다면 뭔들 내놓지 못할까…….

"그래서, 슬러그혼 교수가 왜 불렀던 거야?" 헤르미온느가 물었다.

"마법 정부에서 실제로 무슨 일이 있었는지 알고 싶어 했어." 해리가 말했다.

"여기 있는 애들도 다 그래." 헤르미온느가 코웃음을 쳤다. "기차에서도 다들 그 일로 우리를 취조하다시피 하더라니까. 안 그래, 론?"

"맞아." 론이 말했다. "다들 네가 정말로 선택받은 자인지 알고 싶어 하더라."

"유령들 사이에서도 바로 그 주제를 놓고 많은 이야기가 오갔다네." 목이 달랑달랑한 닉이 간신히 붙어 있는 머리를 해리 쪽으로 기울이며 끼어들었다. 그 바람에 머리가 주름 깃 위에서 위태롭게 덜렁거렸다. "다들 나를 포터 전문가 같은 존재로 여기더군. 우리가 친하다는 사실은 널리 알려져 있으니 말이네. 하지만 난 정보를 빼내려고 자네를 성가시게 굴 수는 없다고 영혼 친구들에게 단호하게 말했네. '나는 해리 포터가 전적으로 믿고 비밀을 털어놓을 수 있는 사람이야.' 그리고 말했지. '그의 믿음을 배반하느니 차라리 죽음을 택하겠어'라고 말일세."

"별 의미는 없네요. 아저씨는 벌써 죽었으니까." 론이 말했다.

"자넨 이번에도 무딘 도끼날 같은 감성을 보여 주는군." 목이 달랑달랑한 닉이 모욕적이라는 듯 말하더니 공중으로 붕 떠올라 그리핀도르 식탁 저 끝으로 미끄러지듯 날아갔다. 바로 그때 덤블도어가 교직원 식탁에서 일어섰다. 대연회장에 울려 퍼지던 말소리와 웃음소리가 일시에 멈췄다.

"여러분 모두에게 최고의 저녁이 되기를 바랍니다!" 그가 활짝 미소 지으며 대연회장 전체를 끌어안으려는 듯 두 팔을 쫙 벌리고 말했다.

"손은 왜 저렇게 되셨지?" 헤르미온느가 헉하고 숨을 들이켰다.

그 사실을 눈치챈 건 그녀만이 아니었다. 덤블도어의 오른손은 해리를 데리러 더즐리네 집에 왔던 그날 밤처럼 죽은 듯 시커멨다. 수군거리는 소리가 대연회장을 휩쓸었다. 덤블도어는 그 의미를 제대로 이해하고 그저 빙긋 웃으며 보라색과 금색을 띤 소매를 흔들어 상처를 가렸다.

"걱정할 일은 아니에요." 그가 대수롭지 않다는 듯 말했다. "자…… 신입생들, 반갑습니다. 재학생들, 돌아와서 반갑습니다! 마법 수업으로 가득한 한 해가 또다시 여러분을 기다리고 있습니다."

"여름에 봤을 때도 손이 저랬어." 해리가 헤르미온느에게 속삭였다. "그래도 지금쯤은 나으셨을 줄 알았는데……. 폼프리 선생님이 치료해 주시거나."

"죽은 사람 손 같아." 헤르미온느가 소름 끼친다는 듯 말했다. "몇 가지 치료할 수 없는 상처들도 있긴 해……. 오래된 저주라든가…… 해독제가 없는 독약도 있고……."

"……그리고 건물 관리를 맡고 계시는 필치 씨가 위즐

리 형제의 위대하고 위험한 장난감이라는 가게에서 산 장난감들은 모두 금지 품목이라는 점을 알려 달라고 부탁했습니다. 기숙사 퀴디치 대표팀에서 활동하고 싶은 학생들은 평소처럼 기숙사 담임 교수님들께 이름을 적어 내세요. 새로운 퀴디치 중계자도 모집 중인데, 같은 방법으로 지원하면 됩니다. 이번에도 새로운 교수님을 맞이하게 되어 기쁘군요. 슬러그혼 교수님은……." 슬러그혼이 자리에서 일어섰다. 촛불 빛에 대머리가 반짝반짝 빛났고 조끼를 걸친 커다란 배가 아래쪽 식탁에 그림자를 드리웠다. "나의 옛 동료로, 예전에 맡았던 마법약 교수 자리를 다시 맡아 주시기로 했습니다."

"마법약?"

"*마법약?*"

자기가 제대로 들었는지 궁금해하는 학생들의 웅성거림이 대연회장에 울려 퍼졌다.

"마법약이라니?" 론과 헤르미온느가 해리에게로 고개를 돌리며 동시에 말했다. "하지만 네가 말하기로는……."

"한편 스네이프 교수님은……." 덤블도어가 목소리를 높여 그 모든 웅성거림을 누르고 말했다. "어둠의 마법 방어법 수업을 맡아 주실 겁니다."

"안 돼!" 해리가 말했다. 어찌나 큰 소리로 내뱉었는지 수많은 학생이 고개를 돌려 그를 쳐다보았다. 아무래도 상관없었다. 그는 화가 머리끝까지 치밀어 교직원 식탁을 올려다보았다. 이제 와서 어떻게 스네이프에게 어둠의 마법 방어법 교수 자리를 맡길 수 있단 말인가? 덤블도어가 그 일을 맡길 만큼 스네이프를 믿지 못한다는 건 오랫동안 널리 알려진 사실 아니었나?

"하지만 해리, 너는 슬러그혼 교수님이 어둠의 마법 방어법을 가르칠 거라고 했잖아!" 헤르미온느가 말했다.

"그런 줄 알았지!" 해리는 그렇게 말하고는 덤블도어가 언제 그런 말을 했는지 떠올리려고 머릿속 기억을 더듬어 보았다. 하지만 이제 와서 생각해 보니 덤블도어가 슬러그혼이 무엇을 가르치게 될지 말해 준 기억은 없었다.

덤블도어 오른쪽에 앉아 있던 스네이프는 자기 이름이 불렸는데도 일어나지 않고 느릿느릿 한 손을 들어 올려 슬리데린 식탁에서 터져 나오는 박수갈채에 응답할 뿐이었다. 하지만 해리는 끔찍하게 싫은 그 얼굴에 떠오른 득의만만한 표정을 똑똑히 보았다.

"그래, 좋은 일 하나는 있네." 해리가 무자비하게 말했다. "올해 말에는 스네이프도 떠나겠지."

"무슨 말이야?" 론이 물었다.

"저주 걸린 자리잖아. 아무도 1년 이상 버티지 못했어. 퀴럴은 저 자리를 맡았다가 실제로 목숨을 잃었고. 개인적으로, 또 한 번 죽는 사람이 나오기를 두 손 모아 빈다."

"해리!" 헤르미온느가 화들짝 놀라며 나무라듯 말했다.

"올해가 끝날 때쯤에는 다시 마법약을 가르치게 될지도 모르지." 론이 그럴듯하게 말했다. "저 슬러그혼이라는 사람이 오래 머물고 싶어 하지 않을지도 모르니까. 무디도 그랬잖아."

덤블도어가 목을 가다듬었다. 스네이프가 마침내 진심으로 바라던 바를 이루었다는 소식을 듣고 떠들어 댄 사람은 해리, 론, 헤르미온느만이 아니었다. 대연회장 전체가 웅성거렸다. 자기가 방금 얼마나 놀라운 소식을 전했는지 모르는 듯 덤블도어는 교수 임명에 관해서는 더 이야기하지 않고 사방이 완전히 조용해질 때까지 잠시 기다렸다가 말을 이었다.

"자, 이 연회장에 있는 모두가 알고 있듯이 볼드모트 경과 그의 추종자들이 다시 한 번 활개를 치고 다니며 힘을 키워 가고 있습니다."

덤블도어의 말에 대연회장 안을 가득 채운 침묵이 팽팽

하게 긴장되는 것 같았다. 해리는 말포이를 힐끔 바라보았다. 말포이는 덤블도어 쪽을 보지 않고 마법 지팡이로 포크를 공중에 띄우고 있었다. 마치 교장의 말에 관심을 기울일 가치가 없다는 것처럼.

"현재 상황이 얼마나 위험한지, 호그와트에서 우리 모두가 안전하게 지내려면 얼마나 많은 신경을 써야 하는지는 아무리 강조해도 모자랄 겁니다. 지난여름에 걸쳐 성의 마법 방어 시설이 강화되어 우리는 새롭고 더욱 강력한 조치들로 보호받고 있습니다. 하지만 학생들이든 교직원들이든, 우리 모두 안전에 부주의해지는 일이 없도록 철저하게 주의를 기울여야 합니다. 따라서 나는 교수님들이 여러분에게 요구하는 모든 보안상의 규제에 따라 줄 것을 요청하는 바입니다. 아무리 짜증스럽더라도 말이죠. 특히 취침 시간 이후 잠자리를 벗어나지 말아야 한다는 규칙은 반드시 지켜 주기를 바랍니다. 성 안에서나 밖에서 뭐든 이상하거나 수상한 일을 발견하면 즉시 교직원에게 알려 주기를 부탁합니다. 나는 여러분이 무엇보다도 자기 자신과 다른 사람 모두의 안전을 최우선으로 생각하고 행동해 줄 거라고 믿습니다."

덤블도어의 푸른 눈이 학생들을 쭉 훑었다. 그는 다시

미소를 머금었다.

"하지만 지금은 더할 나위 없이 따뜻하고 편안한 여러분의 침대가 마련되어 있습니다. 또 나는 여러분에게 가장 중요한 일이 내일 수업에 대비해 푹 쉬는 것이라는 사실도 알고 있어요. 그러니 작별 인사를 합시다. 안녕히 가십시오!"

평소처럼 귀청이 떨어질 것 같은 소리를 내며 의자들이 바닥에서 뒤로 밀리고 수백 명의 학생이 각자의 기숙사를 향해 줄지어 대연회장을 빠져나가기 시작했다. 얼빠진 듯 그를 바라보는 사람들과 서둘러 떠나고 싶은 마음도 없고 코를 밟은 이야기를 다시 할 기회를 줄 만큼 말포이 가까이 있고 싶지도 않았던 해리는 그리핀도르 학생들 대부분이 그를 앞질러 갈 때까지 뒤에 남아 운동화 끈을 다시 묶는 척했다. 헤르미온느는 1학년생들을 안내하는 반장의 임무를 다하기 위해 쏜살같이 뛰쳐나갔지만 론은 해리 옆에 남았다.

"코는 진짜 어쩌다 그런 거야?" 대연회장에서 밀려 나가는 줄 맨 끝에 서서 누구도 엿들을 수 없게 되자 론이 물었다.

해리는 론에게 무슨 일이 있었는지 털어놓았다. 론은 웃지 않음으로써 그들의 우정이 얼마나 깊은지를 보여 주었다.

"말포이가 코를 갖고 무슨 시늉을 하는 걸 보긴 했다만." 그가 음산하게 말했다.

"그래, 뭐, 그건 신경 쓰지 마." 해리가 씁쓸하게 말했다. "내가 거기 있다는 걸 알아차리기 전까지 그 자식이 무슨 얘길 했는지나 들어 봐." 해리는 말포이가 자랑처럼 한 말을 들으면 론이 충격을 받을 줄 알았다. 하지만 론은 그다지 대수로울 것도 없다는 태도였다. 해리에게는 그 모습이 고집불통으로밖에 보이지 않았다.

"왜 이래, 해리. 그냥 파킨슨 앞에서 허세 부린 거잖아……. '그 사람'이 걔한테 무슨 임무를 주겠어?"

"볼드모트한테 호그와트에 있는 누군가가 필요할 수도 있지. 네가 어떻게 알아? 이번이 처음도 아닐……."

"그 이름 좀 그만 말했으면 좋겠다, 해리." 뒤에서 나무라는 목소리가 들렸다. 돌아보니 해그리드가 고개를 설레설레 젓고 있었다.

"덤블도어 교수님은 그 이름을 부르시잖아요." 해리가 고집스럽게 말했다.

"그건 뭐, 덤블도어 교수님이잖냐." 해그리드가 알쏭달쏭하게 말했다. "그런데 왜 늦은 거냐, 해리? 걱정했잖아."

"기차에서 발목이 잡혔어요." 해리가 말했다. "그러는 아저씨는 왜 늦었는데요?"

"나는 그롭이랑 같이 있었지." 해그리드가 행복한 듯 말했다. "시간 가는 줄 몰랐어. 지금은 산 위에 새 보금자리를 마련했거든. 덤블도어 교수님이 마련해 주셨어. 크고 멋진 동굴이야. 숲에 있을 때보다 훨씬 행복해해. 우리는 즐겁게 수다를 떨기도 한단다."

"정말요?" 해리가 론의 시선을 피하려고 애쓰며 말했다. 지난번 만났을 때 해그리드의 동생이자 나무를 뿌리째 뽑는 재주를 가진 그 악랄한 거인이 구사할 수 있는 단어는 다섯 개뿐이었는데 그중 둘은 제대로 발음조차 못 했다.

"아, 그래. 정말 잘 따라와 주고 있어." 해그리드가 자랑스럽게 말했다. "너희도 놀랄 거야. 녀석을 내 조수로 훈련시킬까 생각하고 있어."

론은 큰 소리로 코웃음을 치다가 간신히 요란한 재채기인 척 꾸며 냈다. 그들은 이제 오크나무 정문 근처에 서 있었다.

"아무튼 내일 보자. 점심시간 바로 다음이 첫 수업이야. 일찍 오면 벽…… 그러니까, 위더윙스랑 인사할 수 있을 거야!"

해그리드는 한 팔을 들어 올려 명랑하게 작별 인사를 건

네고 정문 밖 어둠 속으로 들어갔다.

해리와 론은 서로를 바라보았다. 해리는 론의 가슴도 그와 마찬가지로 철렁했다는 것을 알 수 있었다.

"너, 마법 생명체 돌보기 안 듣지?"

론이 고개를 끄덕였다.

"너도?"

해리도 고개를 끄덕였다.

"헤르미온느도……." 론이 말했다. "안 듣지?"

해리가 다시 고개를 끄덕였다. 가장 아끼는 학생 셋이 자신의 과목을 포기했다는 사실을 알면 해그리드가 정확히 뭐라고 말할지 생각하고 싶지 않았다.

9장
혼혈 왕자

 다음 날 아침, 해리와 론은 식사를 하러 내려가기 전 휴게실에서 헤르미온느를 만났다. 누군가 한 사람은 자기 생각을 지지해 주기를 바랐던 해리는 지체하지 않고 헤르미온느에게 호그와트 급행열차에서 엿들은 말포이의 말을 들려주었다.

 "하지만 파킨슨 앞에서 허세 부린 게 뻔하잖아?" 헤르미온느가 뭐라고 말할 새도 없이 론이 재빨리 끼어들었다.

 "글쎄." 헤르미온느가 머뭇거렸다. "모르겠어……. 무슨 대단한 사람이라도 된 것처럼 구는 게 말포이답긴 한데…… 하지만 그런 것치고 너무 큰 거짓말이잖아."

 "내 말이 그 말이야." 해리가 말했다. 하지만 그는 핵심을 더 밀어붙일 수 없었다. 너무도 많은 아이들이 그를 쳐다보며 손으로 입을 가리고 귓속말을 해 대는 것은 물론 그의 말을 엿들으려 하고 있었기 때문이다.

"손가락질하는 건 무례한 행동이야." 초상화 구멍으로 나가려고 줄을 선 자리에서 론이 유난히 조그만 1학년생에게 쏘아붙였다. 입을 가리고 친구에게 해리에 관한 말을 수군거리던 소년이 놀라서 얼굴을 확 붉히더니 초상화 구멍 밖으로 곤두박질쳤다. 론이 낄낄거렸다.

"6학년으로 사는 거 참 좋다. *게다가* 올해에는 비는 시간도 있어. 한 시간 내내 앉아서 쉬어도 된다고."

"론, 우린 그 공강 시간에 공부를 해야 해!" 복도를 걸어가며 헤르미온느가 말했다.

"그래, 그런데 오늘은 아니야." 론이 말했다. "오늘은 정말 설렁설렁 보내야 할 것 같아."

"잠깐만!" 헤르미온느가 팔을 뻗어 연두색 원반을 손에 쥔 채 그녀를 밀치고 지나가던 4학년 남학생을 멈춰 세웠다. "송곳니 원반은 금지 품목이야. 이리 내." 그녀가 엄격하게 말했다. 그는 불만스러운 눈으로 그녀를 보며 으르렁거리는 프리즈비를 건네더니 고개를 숙이고 헤르미온느의 팔 밑으로 **빠져나가** 자기 친구들을 쫓아갔다. 론은 남학생이 사라지기를 기다렸다가 헤르미온느의 손에서 원반을 낚아챘다.

"좋다, 전부터 하나 갖고 싶었는데."

헤르미온느의 잔소리는 시끄럽게 킥킥거리는 소리에 묻혔다. 라벤더 브라운은 론의 말이 굉장히 재미있다고 생각한 듯했다. 그녀는 그들을 지나쳐 가면서도 계속해서 웃으며 어깨 너머로 론을 힐끔힐끔 돌아보았다. 론은 우쭐한 표정이었다.

대연회장 천장은 잔잔한 푸른색이었고 가느다란 구름 몇 가닥이 길게 이어져 있었다. 높은 창문 너머로 보이는 네모난 하늘과 똑같은 모습이었다. 해리와 론은 포리지, 달걀, 베이컨에 달려들면서 헤르미온느에게 어젯밤 해그리드와 나눴던 당혹스러운 대화를 들려주었다.

"하지만 아무리 해그리드라고 해도 어떻게 우리가 계속 마법 생명체 돌보기 수업을 들을 거라고 생각할 수 있지?" 그녀가 괴로운 표정을 지으며 말했다. "내 말은, 우리 중 누구도 보여 준 적 없잖아…… 그…… 열정 같은 것 말이야."

"난 그게 문제 같은데?" 론이 달걀프라이를 통째로 꿀꺽 삼키며 말했다. "학생들 중에서 가장 노력을 기울인 사람이 우리잖아. 왜냐면 우리는 해그리드를 좋아하니까. 하지만 해그리드는 우리가 그 끔찍한 과목을 좋아해서 그런 줄 안다고. N.E.W.T. 단계까지 계속 듣는 사람이 한 명이라도 있을까?"

해리도, 헤르미온느도 대답하지 않았다. 그럴 필요가 없었다. 6학년 학생 중 누구도 마법 생명체 돌보기를 계속 듣고 싶어 하지 않는다는 것을 그들은 너무도 잘 알고 있었다. 그들은 해그리드의 시선을 피했고, 10분 뒤 그가 교직원 식탁을 떠나면서 기분 좋게 손을 흔들었을 때도 떨떠름하게 마주 손을 흔들 뿐이었다.

식사를 마친 그들은 자리에 그대로 남아 맥고나걸 교수가 교직원 식탁에서 내려오기를 기다렸다. 모두들 각자가 선택한 N.E.W.T. 과목을 계속 듣기 위해 필요한 O.W.L. 성적을 받았는지 맥고나걸 교수에게 확인받아야 했으므로 올해 시간표를 나눠 주는 일은 전보다 복잡했다.

헤르미온느는 단번에 일반 마법과 어둠의 마법 방어법, 변환 마법, 약초학, 숫자점, 고대 룬문자 연구, 마법약 수업을 계속 들을 수 있다는 확인을 받고 지체 없이 1교시 고대 룬문자 연구를 들으러 뛰쳐나갔다. 네빌은 확인하는 데 좀 더 시간이 걸렸다. 맥고나걸 교수가 신청서를 내려다보며 O.W.L. 성적을 살피는 내내 네빌의 동그란 얼굴은 불안에 떨었다.

"약초학은 괜찮구나." 그녀가 말했다. "네가 O.W.L. '출중함'을 받아 갖고 온 걸 보시면 스프라우트 교수님도 기뻐하실 거다. '기대 이상'을 받았으니 어둠의 마법 방어법을 들을 자격도 되고. 한데 문제는 변환 마법이야. 미안하지만 롱보텀, '그럭저럭 괜찮음'은 N.E.W.T. 수준을 계속하기에는 사실 충분하지 않다. 네가 교과 과정을 따라갈 수 있을 거라는 생각이 들지 않는구나."

네빌은 고개를 축 늘어뜨렸다. 맥고나걸 교수는 정사각형 안경 너머로 그를 바라보았다.

"그건 그렇고, 어째서 변환 마법을 계속 듣고 싶어 하는 거지? 내가 느끼기에 넌 이 과목을 특별히 좋아한 것 같지도 않은데."

네빌은 비참한 표정으로 "할머니가 그러길 바라세요"라고 들릴 듯 말 듯하게 웅얼거렸다.

"흠." 맥고나걸 교수가 콧방귀를 뀌었다. "너희 할머니도 꿈속의 손자보다는 현실 속의 손자를 자랑스럽게 여기는 법을 배우실 때가 됐다. 특히 정부에서 그런 일이 있었으니 말이야."

네빌은 얼굴이 새빨개진 채 당황한 듯 눈을 깜빡였다. 여태껏 맥고나걸 교수가 그를 칭찬한 적은 한 번도 없었던 것이다.

"미안하지만 롱보텀, 너를 N.E.W.T. 수업에 받아 줄 수는 없다. 하지만 일반 마법에서 '기대 이상'을 받은 게 보이는구나. 일반 마법 N.E.W.T.를 들어 보는 건 어떠냐?"

"할머니는 일반 마법이 너무 쉬운 선택이라고 생각하세요." 네빌이 웅얼거렸다.

"일반 마법을 듣거라." 맥고나걸 교수가 말했다. "내가 오거스타한테 편지를 보내서 본인이 일반 마법 O.W.L.에서 낙제했다고 해서 그 과목이 꼭 쓸모없는 건 아니라는 사실을 일깨워 줘야겠구나." 맥고나걸 교수는 네빌의 얼굴에 믿을 수 없어 하면서도 즐거워하는 표정이 떠오르는 것을 보고 살짝 미소 짓더니 마법 지팡이 끝으로 빈 시간표를 두드리고 그에게 건네 주었다. 시간표에는 네빌이 듣게 될 새 수업들이 상세히 적혀 있었다.

맥고나걸 교수는 이어서 파르바티 파틸에게 돌아섰다. 파르바티 파틸의 첫 질문은 잘생긴 켄타우로스인 피렌지가 계속 점술을 가르치느냐는 것이었다.

"이번 학기에는 피렌지와 트릴로니 교수님이 수업을 나

뉘 가르치실 거다." 맥고나걸 교수가 목소리에 약간 마뜩잖은 기색을 띠고 말했다. 그녀가 점술 과목을 경멸한다는 것은 모두가 아는 사실이었다. "6학년은 트릴로니 교수님이 맡으실 거다."

파르바티는 5분 뒤 약간 풀 죽은 표정으로 점술 수업을 들으러 떠났다.

"자, 포터, 포터……." 맥고나걸 교수가 해리에게 고개를 돌리고 서류를 들여다보면서 말했다. "일반 마법, 어둠의 마법 방어법, 약초학, 변환 마법…… 모두 괜찮구나. 이 말은 해야겠다, 포터. 네가 변환 마법 성적을 잘 받아서 기쁘구나. 정말 기뻐. 근데 왜 마법약은 신청하지 않았지? 오러가 되는 게 네 장래 희망인 줄 알았는데?"

"맞아요. 하지만 교수님이 전에 O.W.L.에서 '출중함'을 받아야 한다고 하셔서요."

"스네이프 교수님이 그 과목을 가르칠 때는 그랬지. 하지만 슬러그혼 교수님은 O.W.L.에서 '기대 이상'을 받은 학생들도 기꺼이 받아 주신다. 마법약을 계속 듣고 싶으냐?"

"네." 해리가 말했다. "하지만 책도, 마법약 재료도, 아무것도 안 샀는데……."

"분명 슬러그혼 교수님이 빌려주실 수 있을 거다." 맥고나걸 교수가 말했다. "좋아, 포터. 여기 시간표 받거라. 아, 그건 그렇고, 그리핀도르 퀴디치 팀에 벌써 스무 명의 지원자가 이름을 적어 냈다. 나중에 명단을 줄 테니 네가 편한 시간에 선발전을 준비하면 되겠구나."

몇 분 뒤 론은 해리와 똑같은 과목을 들을 수 있다는 확인을 받았고, 둘은 함께 식탁을 떠났다.

"봐." 론이 자기 시간표를 들여다보며 즐거워했다. "지금은 공강 시간이야. 그리고 쉬는 시간이 지난 다음에도…… 점심 먹고 나서도…… 훌륭한데!"

그들은 휴게실로 돌아갔다. 한산한 휴게실에는 7학년생 대여섯 명만이 있었는데, 그중에는 해리가 1학년 시절 처음 그리핀도르 퀴디치 팀에 들어갔을 때부터 함께 뛰었던 선수 중 유일하게 남아 있는 케이티 벨도 있었다.

"네가 받을 줄 알았어. 잘했어." 그녀가 해리의 가슴에 달린 주장 배지를 가리키며 소리쳤다. "선발전 할 때 알려 줘!"

"바보 같은 소리 하지 마." 해리가 말했다. "너는 선발전 치를 필요 없어. 5년 동안 경기하는 모습을 내가 봐 왔는데……."

"그런 식으로 시작하면 안 되지." 그녀가 경고하듯 말했다. "누가 알아, 저 밖에 나보다 훨씬 잘하는 사람이 있을

지. 주장들이 익숙한 사람들만 데리고 있으려 하거나 친한 애들을 들여보내려 하다가 팀이 망가진 경우는 예전에도 많았어……."

론은 약간 불편한 표정을 짓고 헤르미온느가 4학년생에게서 압수한 송곳니 원반을 갖고 놀기 시작했다. 원반은 으르렁거리는 소리를 내며 휴게실 안을 빠르게 붕붕 날아다니다가 태피스트리를 물어뜯으려고 했다. 크룩섕스는 노란색 눈으로 원반의 움직임을 좇다가 그것이 너무 가까이 오면 캬악 소리를 냈다.

한 시간 뒤, 그들은 내키지 않는 듯 햇빛이 드는 휴게실을 떠나 네 층 아래에 있는 어둠의 마법 방어법 교실로 향했다. 헤르미온느가 무거운 책들을 한 아름 들고 잔뜩 시달린 표정으로 이미 교실 앞에 줄을 서 있었다.

"룬문자 숙제가 너무 많아." 해리와 론이 다가오자 그녀가 걱정스럽게 말했다. "40센티미터 분량의 작문 숙제에 번역 숙제도 두 개나 있고, 수요일까지 이것들을 읽어야 해!"

"안됐네." 론이 하품을 했다.

"너도 기다려 봐." 그녀가 분노하며 말했다. "스네이프도 틀림없이 숙제를 잔뜩 내줄걸."

그 말이 끝나기 무섭게 교실 문이 열리더니 스네이프가

복도로 나왔다. 누르께한 얼굴이 언제나 그렇듯 기름진 검은 머리카락에 가려져 있었다. 줄을 선 학생들이 일순간 조용해졌다.

"들어오도록." 그가 말했다.

해리는 들어가면서 교실을 둘러보았다. 교실에는 이미 스네이프의 취향이 반영되어 있었다. 창문은 커튼으로 가려져 있고 촛불만 켜 놓은 실내는 전보다 음산했다. 벽에는 새로운 그림들이 걸려 있었는데, 대부분이 끔찍한 상처나 기이하게 뒤틀린 신체 부위를 내보이며 고통스러워하는 사람들의 모습을 담고 있었다. 그 어둡고 섬뜩한 그림들을 보며 자리에 앉는 동안 누구도 입을 열지 않았다.

"책을 꺼내라는 말은 하지 않았다." 스네이프가 문을 닫고 교탁 뒤로 돌아가 학생들을 마주 보며 말했다. 헤르미온느는 《얼굴 없는 자들과 대결하는 법》을 가방에 집어넣고 가방을 의자 밑으로 밀어 넣었다. "너희에게 할 말이 있으니 귀 기울여 듣길 바란다."

자신을 올려다보는 학생들의 얼굴을 둘러보던 스네이프의 검은 눈동자가 해리에게 한순간 더 머물렀다.

"내가 알기로, 지금까지 너희는 다섯 명의 교수에게서 이 과목을 배웠다."

'내가 알기로? 그 사람들이 왔다 가는 걸 못 봤다는 거야, 스네이프? 그걸 지켜보면서 다음번에는 그 자리를 차지하기를 원했잖아.' 해리가 속으로 거침없이 내뱉었다.

"당연히 그 교수들 모두 저마다의 방식과 우선시하는 바가 있었을 것이다. 그런 혼란을 고려해 볼 때, 아무리 턱걸이라지만 너희 중 여럿이 O.W.L.을 따냈다는 게 놀라운 일이다. 너희 모두가 N.E.W.T. 수준의 학업을 따라갈 수 있다면 더욱 놀라운 일이겠지. 이건 훨씬 어려운 고급 과정이니까."

스네이프는 교실 가장자리를 돌아다니며 더욱 낮은 목소리로 말했다. 학생들은 목을 길게 빼고 그를 주목했다.

"어둠의 마법은……." 스네이프가 말했다. "종류가 많고 다양하며 끊임없이 변화하고 영원하다. 어둠의 마법과 싸운다는 건 머리가 여럿 달린 괴물, 목 하나가 잘리면 전보다 더 사납고 영리한 머리가 돋아나는 괴물을 상대하는 것과 같다. 너희는 형태가 분명하지 않고 수없이 바뀌며 파괴할 수 없는 것과 싸우는 것이다."

해리는 스네이프를 빤히 쳐다보았다. 어둠의 마법을 위험한 적으로 인정하는 것과, 지금 스네이프가 하는 것처럼 목소리에 애정을 담아 말하는 것은 다른 문제 아닐까?

"너희의 방어는" 하고, 스네이프가 목소리를 약간 더 높이며 말했다. "따라서 너희가 해제하려는 마법보다도 유연하고 창의적이어야 한다. 이 그림들은······." 그는 지나가면서 그림 몇 점을 가리켰다. "예컨대 크루시아투스 저주를 맞았거나(그는 고통 속에 울부짖는 것이 분명한 여자 마법사 쪽을 가리켰다) 디멘터의 입맞춤을 받았거나(이번에는 벽에 기대 주저앉은 채 멍한 눈을 하고 웅크린 한 남자 마법사를 가리켰다) 인페리우스에게 싸움을 건 사람들에게 어떤 일이 일어났는지를 잘 보여 주고 있다(땅 위에 핏덩어리가 있었다)."

"그럼 인페리우스가 목격된 적이 있다는 건가요?" 파르바티 파틸이 목소리를 높여 물었다. "그자가 인페리우스를 쓰고 있는 게 확실한가요?"

"어둠의 왕은 과거에 인페리우스를 활용한 적이 있다." 스네이프가 말했다. "그 말은 다시 쓸 수도 있다고 가정하는 편이 현명하다는 뜻이지. 자······."

그는 다시 맞은편에 있는 교탁을 향해 교실을 빙 돌아가기 시작했다. 학생들은 이번에도 검은색 로브를 펄럭이며 걸어가는 그를 지켜보았다.

"너희는 아마 무언 주문 마법을 사용하는 데서는 초보자와 다름없을 것이다. 무언 주문 마법의 장점은 뭐지?"

헤르미온느의 손이 머리 위로 번쩍 올라갔다. 스네이프는 다른 학생들을 둘러보며 잠시 시간을 끌었다. 선택의 여지가 없다는 것을 확인한 뒤에야 그가 간단히 말했다. "어쩔 수 없군. 그레인저 양?"

"어떤 마법을 쓸 것인지 적이 미리 알 수 없습니다." 헤르미온느가 말했다. "그러면 아주 짧은 시간이나마 유리해집니다."

"《마법 주문에 관한 표준 교과서: 6학년용》을 토씨 하나 안 틀리고 베낀 대답이군." 스네이프가 경멸을 담은 말투로 말했다(저쪽 구석에서 말포이가 히죽거렸다). "어쨌든 본질적으로는 맞다. 그래, 주문을 소리 내어 말하지 않고 마법을 사용하는 데까지 나아간 사람들은 주문을 걸 때 상대를 놀라게 만들 수 있다. 물론 모든 마법사가 이런 걸 할 수 있는 건 아니다. 이건 집중력과 정신력의 문제다. 몇몇 사람에게는……." 그의 악의적인 눈길이 다시 한 번 해리에게 머물렀다. "결여된 자질이지."

해리는 스네이프가 재앙과도 같았던 지난 학기의 오클루먼시 수업을 떠올리고 있다는 것을 알았다. 그는 시선을 거두지 않고 오히려 스네이프가 눈을 돌릴 때까지 그를 쏘아보았다.

"이제……." 스네이프가 말을 이었다. "둘씩 짝을 짓는다. 한쪽이 말을 하지 않고 상대방에게 저주 마법을 걸도록 한다. 상대방은 똑같이 말없이 그 마법을 방어하도록. 실시."

스네이프는 몰랐지만 지난 학기에 해리는 적어도 이 교실에 있는 학생 절반에게(D.A. 회원이었던 모든 사람에게) 방패 마법을 거는 방법을 가르쳐 주었다. 하지만 그중 누구도 말을 하지 않고 마법을 걸어 본 적은 없었다. 자연스럽게 이런저런 속임수가 뒤따랐다. 큰 소리로 말하지 않을 뿐 주문을 속삭이는 아이들이 많았다. 늘 그렇듯 수업이 시작되고 10분이 지나자 헤르미온느는 네빌이 중얼거린 흐느적 다리 저주를 한 단어도 소리 내어 내뱉지 않고 물리치는 데 성공했다. 하지만 스네이프는 그것을 못 본 척했다. 이성적인 교수라면 그리핀도르에 20점을 줬을 만큼 출중한 실력이었다는 생각에 해리는 분한 마음이 들었다. 스네이프는 연습하는 학생들 사이를 평소와 다름없이 거대한 박쥐처럼 빠르게 지나다니다가 해리와 론이 이 과제로 씨름하는 모습을 잠시 지켜보았다.

해리에게 저주를 걸어야 하는 론은 얼굴이 퍼래져서 주

문을 웅얼거리고 싶은 유혹을 참느라 입을 꽉 다물고 있었다. 해리는 마법 지팡이를 들어 올린 채 마음을 졸이며, 절대 올 일이 없어 보이는 저주 마법에 대비했다.

"한심하군, 위즐리." 잠시 후 스네이프가 말했다. "자, 잘 봐라."

그가 해리에게 마법 지팡이를 겨눴다. 그 움직임이 너무 빨라서 해리는 본능적으로 반응했다. 무언 주문 마법에 관한 것은 싹 잊은 채 그가 소리쳤다. "*프로테고!*"

해리의 방패 마법이 어찌나 강력했는지 스네이프는 중심을 잃고 쓰러져 책상에 부딪히고 말았다. 학생 모두의 시선이 쏠렸다. 그들은 이제 스네이프가 자세를 바로잡으며 해리를 쏘아보는 모습을 지켜보고 있었다.

"우리가 연습하고 있는 게 무언 주문 마법이라는 말을 했을 텐데. 기억하나, 포터?"

"네." 해리가 뻣뻣하게 말했다.

"네, *교수님*."

"저를 '교수님'이라고 부르실 필요는 없는데요, 교수님."

해리는 자기가 무슨 말을 하는지도 깨닫지 못하고 그렇게 내뱉었다. 헤르미온느를 비롯한 몇몇 학생이 깜짝 놀라 헉 소리를 냈다. 그러나 스네이프 뒤에서는 론, 딘, 셰이머스가 감탄 어린 얼굴로 씩 웃었다.

"방과 후 징계다. 토요일 밤, 내 연구실." 스네이프가 말했다. "나는 그 누구라도 무례한 행동은 용납하지 않는다, 포터. ……*선택받은 자*라 해도 말이지."

"정말 끝내줬어, 해리!" 잠시 후, 쉬는 시간이 되어 스네이프한테서 벗어나자마자 론이 킬킬거렸다.

"정말 그런 말은 하지 말았어야 했어." 헤르미온느가 론을 향해 얼굴을 찌푸리며 말했다. "왜 그런 거야?"

"너는 못 본 모양인데, 그 인간이 나한테 저주를 걸려고 했다고!" 해리가 씩씩댔다. "오클루먼시 수업을 받는 동안 당한 것만으로도 충분해! 스네이프도 가끔은 나 말고 다른 실험쥐를 쓸 것이지, 대체 왜 그러는 거야? 아무튼 저 인간한테 어둠의 마법 방어법을 가르치게 하다니 덤블도어 교수님은 무슨 생각이지? 저 인간이 어둠의 마법에 대해 지껄이는 거 들었지? 아주 사랑에 빠졌던데! *끊임없이 변화하고 영원하며* 어쩌고저쩌고……."

"글쎄." 헤르미온느가 말했다. "나는 스네이프가 너랑 비슷하게 말한다고 생각했어."

"나랑 비슷하다고?"

"응, 볼드모트를 마주하는 게 어떤 기분인지 우리한테

말해 줄 때랑 말이야. 너도 그게 주문을 잔뜩 외워서 될 일은 아니라고 했잖아. 머리랑 배짱의 문제라고. 글쎄, 스네이프가 한 말이 그거 아니었을까? 사실은 용기와 민첩한 사고의 문제로 귀결된다는 것 말이야."

해리는 헤르미온느가 그의 말을 《마법 주문에 관한 표준 교과서》만큼 외울 가치가 있는 것으로 생각한다는 사실에 마음이 누그러져 반박하지 않았다.

"해리! 야, 해리!"

해리는 뒤를 돌아보았다. 지난 학기 그리핀도르 퀴디치 팀 몰이꾼 중 한 명인 잭 슬로퍼가 양피지 두루마리를 들고 허겁지겁 다가왔다.

"자, 받아." 슬로퍼가 양피지를 건네며 헐떡였다. "저기, 네가 새 주장이라는 말을 들었어. 선발전은 언제야?"

"아직 잘 모르겠어." 해리는 내심 슬로퍼라면 아주 운이 좋아야 팀에 들어올 수 있을 거라고 생각하며 말했다. "정해지면 알려 줄게."

"아, 그래. 이번 주말이면 좋겠는데……."

하지만 해리는 듣지 않았다. 그는 양피지에 적힌 가늘고 기울어진 글씨체를 지금 막 알아보았다. 뭐라 말을 하는 슬로퍼를 뒤로한 채 그는 론, 헤르미온느와 함께 서둘러

그 자리를 떠나면서 양피지를 펼쳤다.

> 해리에게,
>
> 이번 토요일부터 개인 수업을 시작했으면 좋겠구나. 저녁 8시에 내 연구실로 와 다오. 학교로 돌아온 첫날을 즐겁게 보내고 있길 바란다.
>
> 알버스 덤블도어
>
> 추신: 나는 산성 사탕을 좋아한단다.

"산성 사탕을 좋아한다고?" 해리의 어깨 너머로 편지를 읽은 론이 어리둥절한 표정을 지었다.

"교수님 연구실 앞에 있는 가고일을 지나갈 때 필요한 암호야." 해리가 나직이 말했다. "하! 스네이프는 기분이 별로겠네. 내가 방과 후 징계를 받으러 갈 수 없어서!"

해리, 론, 헤르미온느는 쉬는 시간 내내 덤블도어가 해리에게 무엇을 가르칠지 추측해 보았다. 론은 죽음을 먹는 자들도 모르는 멋진 저주 마법과 공격 마법일 가능성이 높다고 추측했다. 헤르미온느는 그런 건 불법이라며, 덤블도어가 해리에게 가르치려는 건 고급 방어 마법일 가능성이 훨씬 높다고 말했다. 쉬는 시간이 끝나자 그녀는 숫자점 수업을 들으러 갔고 해리와 론은 휴게실로 돌아가 마지못해 스네이프의 숙제를 시작했다. 숙제가 얼마나 어려운지, 점심시간이 지나고 공강 시간에 헤르미온느가 돌아왔을 때까지도 다 마치지 못했다(물론 그녀 덕분에 속도가 상당히 빨라지긴 했다). 그들은 오후에 있는 마법약 연강을 알리는 종이 울릴 즈음에야 간신히 숙제를 마칠 수 있었다. 셋은 꽤 오랫동안 스네이프의 교실로 쓰였던 지하 감옥 교실을 향해 익숙한 길을 나아갔다.

복도에 도착한 그들은 N.E.W.T. 수업을 계속 듣는 사람이 겨우 열두 명뿐이라는 사실을 알아차렸다. 크래브와 고일은 필요한 O.W.L. 성적을 받지 못한 게 틀림없었지만 말포이를 포함한 슬리데린 학생 네 명은 성공한 모양이었다. 래번클로 학생 네 명과 후플푸프 학생 한 명도 와 있었다. 후플푸프 학생은 어니 맥밀런이었는데, 해리는 젠체하는 태도에도 불구하고 그를 좋아했다.

"해리." 해리가 다가가자 어니가 거들먹거리며 손을 내밀었다. "오늘 아침 어둠의 마법 방어법 시간에는 말할 기회가 없어서 말이야. 좋은 수업이라는 생각은 들었지만 우리 옛 D.A. 동기들한테는 방패 마법쯤이야 구닥다리잖아. 너희는 어떻게 지냈어, 론, 헤르미온느?"

"잘 지냈어"라는 말 외에 무슨 말을 더 할 겨를도 없이

지하 감옥 문이 열리고 슬러그혼의 배가 불쑥 문밖으로 튀어나왔다. 학생들이 교실로 줄지어 들어가자 활짝 웃는 그의 입술 위에서 거대한 팔자 콧수염이 곡선을 그렸다. 그는 해리와 자비니를 유독 열렬하게 환영했다.

지하 감옥은 평소와 다르게 벌써부터 증기와 이상한 냄새로 가득했다. 해리, 론, 헤르미온느는 부글거리는 커다란 솥단지들을 지나가면서 흥미로운 듯 코를 킁킁거렸다. 슬리데린 학생 넷과 래번클로 학생 넷이 각각 책상 하나씩을 차지하고 앉았다. 그래서 해리, 론, 헤르미온느가 어니와 책상을 같이 쓰게 되었다. 그들은 근처 황금색 솥단지 옆에 있는 책상에 앉았다. 해리가 지금껏 맡아 본 냄새 중 가장 유혹적인 향이 뿜어 나오고 있었다. 어쩐지 당밀 타르트나 빗자루 손잡이의 나무 냄새, 그리고 버로에서 맡았던 것 같은 꽃향기를 떠올리게 하는 냄새였다. 해리는 자기도 모르게 아주 느리면서도 깊은 숨을 들이마시고 있었다. 마법약의 향기가 술처럼 그를 가득 채우는 것 같았다. 엄청난 만족감이 그를 사로잡았다. 해리가 맞은편에 앉은 론에게 씩 웃자 론도 느긋하게 마주 미소 지었다.

"자, 자, 자." 슬러그혼이 말했다. 자욱한 연기 속에서 그의 거대한 실루엣이 어른거렸다. "다들 저울을 꺼내거라.

마법약 세트도 꺼내고. 《고급 마법약 제조》 책도 잊지 말아라."

"교수님?" 해리가 손을 들며 말했다.

"왜 그러니, 우리 해리?"

"저는 책도, 저울도, 아무것도 없는데요. 론도 그렇고요. 그게, N.E.W.T.를 수강할 수 있을 줄은 몰라서요……."

"아, 그래. 맥고나걸 교수님이 말씀해 주셨다. 걱정 마라, 우리 해리. 전혀 걱정할 것 없어요. 오늘은 비품 저장고에 있는 재료들을 쓰면 된단다. 저울도 빌려주마. 예전에 쓰던 책도 몇 권 가지고 있으니 플러리시 앤 블러츠에 편지를 보낼 때까지는 그걸 쓰면 될 거다."

슬러그혼이 교실 구석으로 성큼성큼 걸어가 저장고를 잠시 뒤지더니 아주 오래돼 보이는 책 두 권을 가지고 왔다. 리바티우스 보리지가 쓴 《고급 마법약 제조》였다. 슬러그혼은 변색된 저울 두 개와 함께 그 책을 해리와 론에게 건네주었다.

"자, 그럼……." 슬러그혼이 교실 앞으로 돌아와서 말했다. 이미 불룩 튀어나온 가슴을 앞으로 더욱 내밀자 조끼 단추들이 터질 듯했다. "그냥 흥미로울 것 같아서 너희에게 보여 줄 마법약을 몇 가지 준비해 두었단다. N.E.W.T.

과정을 마친 뒤에는 너희도 만들 줄 알아야 하는 마법약이야. 아직 만들어 보진 못했겠지만 들어는 봤을 게다. 이게 뭔지 아는 사람?"

그는 슬리데린 학생들이 앉은 책상 가까이에 있는 솥단지를 가리켰다. 해리는 자리에서 약간 몸을 일으켜 솥단지 안에서 끓고 있는 맹물 같은 액체를 바라보았다.

헤르미온느의 숙련된 손이 다른 누구보다도 먼저 공중에 치솟았다. 슬러그혼이 그녀를 가리켰다.

"베리타세룸입니다. 색깔도 향기도 없는 마법약으로, 그것을 마시는 사람에게 억지로 진실을 실토하게 합니다." 헤르미온느가 말했다.

"잘했다, 아주 잘했어!" 슬러그혼이 흐뭇해하며 말했다. "자." 그는 래번클로 책상 옆에 놓인 솥단지를 가리키며 말을 이었다. "여기 있는 이건 꽤 잘 알려져 있는 거다……. 최근에는 정부 전단지에도 실렸지. 누가……?"

이번에도 헤르미온느의 손이 가장 빨랐다.

"폴리주스 마법약입니다, 교수님." 그녀가 말했다.

해리도 두 번째 솥단지 안에서 천천히 끓어오르는 진흙 같은 물질이 무엇인지 알아보았다. 하지만 헤르미온느가 이 질문에 대답하고 점수를 받은 게 분하지는 않았다. 어쨌든 2학년 때 그 마법약을 만들어 낸 사람은 헤르미온느였으니까.

"훌륭해요, 훌륭해! 자, 여기 이건…… 그래, 얘야?" 헤르미온느의 손이 다시 공중으로 치솟자 슬러그혼이 이제는 살짝 어리둥절한 표정으로 말했다.

"아모르텐시아입니다!"

"정답이다. 묻는 내가 바보 같구나." 굉장히 감명받은 표정으로 슬러그혼이 말했다. "이 마법약의 효능도 알고 있겠지?"

"세상에서 가장 강력한 사랑의 마법약입니다!" 헤르미온느가 말했다.

"정확하게 맞혔다! 이 자개 같은 독특한 광택으로 알아본 모양이지?"

"이 마법약 특유의 나선형을 그리면서 피어오르는 증기로도 알아볼 수 있었습니다." 헤르미온느가 열정적으로 말했다. "또 이 마법약은 사람들에게 저마다 다른 냄새를 풍깁니다. 각자를 매혹시키는 게 무엇인지에 따라서요. 저는 막 깎은 잔디 냄새랑 새 양피지 냄새랑 또……."

하지만 헤르미온느는 얼굴을 살짝 붉히더니 말을 끝맺지 못했다.

"이름을 물어봐도 될까, 우리 학생?" 헤르미온느가 부끄러워하는 모습을 못 본 체하며 슬러그혼이 물었다.

"헤르미온느 그레인저입니다, 교수님."

"그레인저? 그레인저라? 어쩌면 최고 마법약사 학회를 설립한 헥터 대그워스 그레인저와 친척일지도 모르겠구나?"

"아뇨, 아닐 것 같습니다, 교수님. 저는 머글 태생이거든요."

해리는 말포이가 노트 쪽으로 몸을 기울이고 수군거리며 낄낄거리는 모습을 보았다. 하지만 슬러그혼은 전혀 실망감을 드러내지 않았다. 오히려 그는 활짝 웃으며 헤르미온느에게서 그 옆에 앉아 있던 해리에게로 눈길을 돌렸다.

"오호! '제 단짝 친구 중에도 머글 태생이 있어요. 그 아이는 우리 학년 수석이에요'라더니! 이 아이가 바로 네가 말한 그 친구구나, 해리?"

"네, 교수님." 해리가 말했다.

"이런, 이런. 그리핀도르에 마땅히 20점을 줘야겠다, 그레인저 양." 슬러그혼이 상냥하게 말했다.

말포이는 헤르미온느가 그의 얼굴을 후려쳤을 때와 똑같은 표정을 지었다. 헤르미온느가 환하게 웃는 얼굴로 해리를 돌아보더니 속삭였다. "정말로 교수님한테 내가 우리 학년 수석이라고 말씀드렸어? 아, 해리!"

"그게 뭐가 그렇게 대단한데?" 무슨 이유에서인지 짜증이 치민 얼굴을 하고 있던 론이 작은 소리로 말했다. "넌 실제로 우리 학년 수석이잖아. 누가 나한테 물어봤더라면 나도 똑같이 대답했을걸!"

헤르미온느는 미소를 지으면서도 슬러그혼 교수의 말을 들어야 하니 조용히 하라는 듯 손가락을 세우며 '쉿' 했다. 론은 약간 불만스러운 표정이었다.

"물론 아모르텐시아는 실제로 *사랑*을 만들어 내지는 못한단다. 사랑을 제조하거나 모방하는 건 불가능하지. 그래, 이 약은 그저 강력한 상사병이나 집착을 만들어 낼 뿐이다. 아마도 이 교실에 있는 것 중 가장 위험하고 강력한 마법약일 거야. 아니, 정말이다." 그는 냉소적으로 피식거리던 말포이와 노트에게 진지하게 고개를 끄덕이며 말했다. "나처럼 인생을 두루 겪었다면 너희도 극단적인 사랑의 힘을 과소평가하지 않을 거다. 자, 이제……." 슬러그혼이 말했다. "공부를 시작할 시간이구나."

"교수님, 저기 들어 있는 게 뭔지 말씀해 주시지 않았는데요." 어니 맥밀런이 슬러그혼의 책상 위에 놓인 작은 검은색 솥단지를 가리키며 말했다. 그 안에서 경쾌하게 찰랑거리는 마법약은 황금을 녹인 물 같은 색깔을 띠고 있었다. 액체 표면 위로 커다란 방울들이 금붕어처럼 뛰어오르는데도 밖으로 튀지 않았다.

"오호." 슬러그혼이 다시 입을 열었다. 해리는 슬러그혼이 그 마법약을 결코 잊은 게 아니며, 오히려 극적인 효과를 노리고 누가 질문을 던지기만 기다리고 있었던 거라고 확신했다. "그래, 저거. 신사 숙녀 여러분, 저건 말이지, 펠릭스 펠리시스라는 가장 신비로운 마법약이지요. 내 생각엔……." 그는 미소를 지으며 헤르미온느에게로 고개를 돌렸다. 그녀가 다 들리도록 헉하고 숨 들이켜는 소리를 냈기 때문이었다. "그레인저 양이라면 펠릭스 펠리시스의 효과를 알 것 같은데?"

"펠릭스 펠리시스는 액체로 만들어진 행운입니다." 헤르미온느가 들뜬 목소리로 말했다. "행운을 가져다줘요!"

학생들 모두가 허리를 곧게 펴고 앉는 듯했다. 이제 해리의 눈에는 말포이의 매끄러운 금발 뒤통수만 보였다. 마침내 그가 딴짓을 하지 않고 온전히 슬러그혼에게 집중하고 있었기 때문이었다.

"정확하게 맞혔다. 그리핀도르 10점 더 받거라. 그래, 재미있는 마법약이란다. 이 펠릭스 펠리시스 말이야." 슬러그혼이 말했다. "만들기가 지독하게 까다롭고, 잘못 만들었다간 재앙을 일으키지. 하지만 여기 보이는 것처럼 제대로만 끓여 낸다면 너희가 기울인 노력이 모두 성공을 거두게 될 거야. 적어도 효과가 없어질 때까지는 말이다."

"그럼 사람들이 왜 그걸 항상 마시지 않는 거죠, 교수님?" 테리 부트가 열의에 넘치는 목소리로 물었다.

"그야 너무 많이 마시면 현기증과 무모함, 위험할 정도로 과도한 자신감이 생기기 때문이지." 슬러그혼이 말했다. "좋은 일을 너무 많이 겪는다, 그 말이야. 지나치게 마시면 오히려 독이 돼요. 하지만 아주 가끔 조금씩만 마시면……."

"교수님도 마셔 보신 적 있나요?" 마이클 코너가 엄청난 관심을 보이며 물었다.

"지금껏 살면서 딱 두 번 마셔 봤지." 슬러그혼이 말했다. "스물네 살 때 한 번, 쉰일곱 살 때 한 번이었다. 아침 식사를 할 때 두 숟가락 마셨지. 정말 완벽한 이틀을 보냈단다."

그는 꿈꾸듯 먼 곳을 바라보았다. 연기를 하는 건지 아닌지는 모르겠지만 어쨌든 해리의 눈에는 그럴듯해 보였다.

"그리고 이 약을……." 확실히 현실로 되돌아온 슬러그혼이 말했다. "이 수업에서 상으로 주마."

침묵이 흘렀다. 주위 곳곳에서 마법약이 끓어오르고 부

글거리는 소리가 열 배는 커진 것처럼 느껴졌다.

"펠릭스 펠리시스를 한 병 주마." 슬러그혼이 코르크 마개로 밀봉해 놓은 조그마한 유리병을 주머니에서 꺼내 모두에게 보여 주며 말했다. "열두 시간 정도 행운을 가져다줄 거다. 해 뜰 때부터 해 질 녘까지, 너희가 하려는 모든 일에서 행운을 누리게 될 거야. 자, 미리 경고하는데 공식적인 경쟁에서 펠릭스 펠리시스는 금지 약물이란다. 예컨대 운동경기나 시험, 선거 같은 것에서 말이야. 그러니까 이걸 상으로 받는 사람은 평범한 날에만 이 약을 써야 한다. 그리고 그 평범한 날이 어떻게 비범해지는지를 보면 돼!" 슬러그혼이 갑자기 활기차게 말을 이었다. "그럼, 어떻게 하면 이 기막힌 상품을 탈 수 있을까? 자, 《고급 마법약 제조》 10페이지를 펼치는 거예요. 한 시간이 좀 넘게 남아 있는데, 이 정도면 너희가 '살아 있는 죽음의 물약'을 제대로 만들어 볼 만한 시간이지. 예전에 만들어 본 어떤 마법약보다도 복잡할 거라는 건 나도 알고 있단다. 누구한테도 완벽한 마법약을 기대하지는 않는다. 하지만 가장 잘 해내는 사람은 여기 이 작은 펠릭스 펠리시스를 받게 될 거야. 시작!"

모두가 솥단지를 자기 앞으로 끌어다 놓느라 바닥 긁히

는 소리가 들리고 저울에 재료의 무게를 달기 시작하면서 시끄럽게 쿵쿵거리는 소리도 조금 났지만 입을 여는 사람은 아무도 없었다. 교실 안의 집중력은 거의 손에 만져질 듯했다. 해리는 말포이가 《고급 마법약 제조》를 미친 듯이 뒤적거리는 모습을 보았다. 말포이가 운 좋은 하루를 진심으로 원한다는 것이 너무나도 분명했다. 해리는 서둘러 슬러그혼이 빌려준 낡은 교과서 위로 고개를 숙였다.

짜증 나게도 교과서의 이전 주인이 페이지마다 뭔가를 빼곡히 적어 놓은 게 보였다. 여백마저 글자가 인쇄된 곳만큼이나 새카맸다. 해리는 어떤 재료가 필요한지 보려고 낮게 허리를 구부렸다가(예전 주인이 이 부분에까지 설명을 달고 몇 가지 내용을 찍 그어 두었던 것이다) 필요한 것을 찾기 위해 서둘러 비품 저장고로 갔다. 다시 솥단지로 달려왔을 때 그는 말포이가 아주 다급한 손놀림으로 쥐오줌풀 뿌리를 자르는 모습을 보았다.

모두가 다른 학생들이 뭘 하는지 보려고 끊임없이 옆을 힐끔거렸다. 자기가 하고 있는 일을 숨길 수 없다는 것이 마법약 과목의 장점이자 단점이었다. 10분이 지나기도 전에 푸르스름한 증기가 교실을 가득 채웠다. 당연히 헤르미온느가 진도를 가장 많이 나간 듯했다. 그녀의 마법약은 이미 이상적인 중간 단계로 언급된 '블랙베리 색깔의 맑은 액체'와 비슷해 보였다.

뿌리를 다 자른 해리는 교과서 위로 다시 깊숙이 허리를 숙였다. 예전 주인이 멍청하게 휘갈겨 놓은 낙서들에 가려진 조제법을 해독하려니 몹시 짜증이 일었다. 예전 주인은 무슨 이유에서인지 소포포러스 콩을 자르라는 지시 사항을 문제 삼으며 대안으로 삼을 만한 내용을 적어 두었다.

자르는 것보다 은제 단검의 옆면으로 으깨는 게 즙이 잘 나옴.

"교수님, 아브락사스 말포이를 아시죠? 저희 조부님이신데요."

해리는 고개를 들었다. 슬러그혼이 막 슬리데린 책상을 지나고 있었다.

"그래." 슬러그혼이 말포이 쪽을 보지 않은 채 말했다. "그분이 돌아가셨다는 얘기를 듣고 안타까웠다. 물론 예상치 못한 일은 아니었다만, 그 연세에 용 천연두를 앓다니……."

그는 멀어져 갔다. 해리는 피식 새어 나오는 웃음을 참으며 솥단지 위로 허리를 숙였다. 그는 말포이가 해리 자신이나 자비니 같은 대우를 받고 싶어 한 거라는 사실을 알았다. 아마 스네이프한테 받았던 특별 대접을 원했을 것이다. 하지만 말포이가 펠릭스 펠리시스를 얻으려면 그 자신의 능력에만 의존해야 할 것 같았다.

알고 보니 소포포러스 콩은 자르기가 매우 어려웠다. 해리는 헤르미온느에게 고개를 돌렸다.

"은제 칼 좀 빌려줄래?"

그녀는 마법약에서 눈도 떼지 않고 못 참겠다는 듯 고개를 끄덕였다. 교과서에 따르면 그녀의 마법약은 지금쯤 밝은 라일락 빛깔로 바뀌어야 했지만 아직도 짙은 보랏빛을 띠고 있었다.

해리는 단검의 옆면으로 콩을 으깼다. 놀랄 정도로 한순간에 많은 즙이 나왔다. 쪼그라든 콩에 그토록 많은 즙이 들어 있을 수 있다는 사실이 믿어지지 않을 지경이었다. 해리는 재빨리 국자로 즙을 떠서 솥에 넣었다. 신기하게도 마법약은 교과서에서 설명한 그대로 순식간에 라일락 빛깔로 바뀌었다.

예전 주인에 대한 짜증이 대번에 사라졌다. 해리는 눈을 가늘게 뜨고 이제 조제법의 다음 줄을 읽었다. 교과서에 따르면 마법약이 물처럼 투명해질 때까지 반시계 방향으로 저어야 했다. 하지만 책의 예전 주인이 덧붙인 내용에 따르면 일곱 번 반시계 방향으로 저은 다음 시계 방향으로 한 번 저어야 했다. 이번에도 옛 주인의 말이 맞을까?

해리는 마법약을 반시계 방향으로 저은 뒤 호흡을 멈추고 시계 방향으로 한 번 저었다. 효과는 즉각 나타났다. 마법약은 아주 옅은 분홍색으로 변했다.

"어떻게 하는 거야?" 솥단지에서 나오는 증기 때문에 머리카락이 점점 부스스해지면서 헤르미온느가 벌게진 얼굴로 물었다. 그녀의 마법약은 아직도 단호하게 보랏빛을 띠고 있었다.

"시계 방향으로 한 번 저어."

"아냐, 아냐. 교과서에는 반시계 방향이라고 적혀 있잖아!" 그녀가 쏘아붙였다.

해리는 어깨를 으쓱하고 하던 작업을 계속해 나갔다. 반시계 방향으로 일곱 번, 시계 방향으로 한 번, 잠시 멈추고…… 반시계 방향으로 일곱 번 젓고, 시계 방향으로 한 번 젓고…….

책상 건너편에서는 론이 숨을 죽인 채 욕을 줄줄 쏟아 내고 있었다. 그의 마법약은 감초를 달인 물처럼 보였다. 해리는 주위를 힐끔 둘러보았다. 보아하니 누구의 마법약도 그의 것만큼 옅어지지 않았다. 어깨가 저절로 으쓱했다. 이지하 감옥에서 한 번도 경험해 본 적 없는 일이었다.

"그리고 시간…… 다 됐다!" 슬러그혼이 소리쳤다. "그만 젓거라!"

슬러그혼은 천천히 책상 사이를 움직이며 솥단지들을 들여다보았다. 그는 아무 말 없이 가끔씩 마법약을 저어 보거나 냄새를 맡기만 했다. 마침내 그는 해리, 론, 헤르미온느, 어니가 앉아 있는 책상에 이르렀다. 그는 론의 솥단지에 담긴 타르 같은 물질을 보고 유감스럽다는 듯 미소 지었다. 어니의 남색 혼합물은 그냥 지나쳤다. 헤르미온느의 마법약을 보고는 만족스럽다는 듯 고개를 끄덕였다. 그런 다음 해리의 마법약을 본 순간, 그의 얼굴에는 믿을 수 없다는 기쁨의 표정이 가득 번졌다.

"의심의 여지 없는 우승자로구나!" 그가 지하 감옥이 울릴 만큼 큰 소리로 외쳤다. "훌륭하다, 훌륭해. 해리! 세상에, 네 어머니의 재능을 물려받은 게 틀림없구나. 네 어머니는 마법약의 달인이었단다, 릴리 말이야! 자, 여기 있다, 여기 있어. 약속한 대로 펠릭스 펠리시스를 주마. 잘 쓰거라!"

해리는 황금색 액체가 든 작디작은 병을 안주머니에 집어넣었다. 슬리데린 학생들의 분노한 표정을 보니 통쾌하기도 하고 헤르미온느의 실망한 표정을 보니 죄책감이 들기도 하면서 이상한 기분이 느껴졌다. 론은 그저 얼떨떨한 표정을 짓고 있었다.

"어떻게 한 거야?" 지하 감옥 교실을 나서며 그가 해리에게 속삭였다.

"운이 좋았나 봐." 말포이가 엿들을 수 있는 거리에 있었기 때문에 해리는 그렇게 대답했다.

하지만 저녁을 먹으러 그리핀도르 식탁에 자리를 잡고 앉자 친구들에게 말해 줘도 괜찮겠다는 생각이 들었다. 그가 한 마디 한 마디 말할 때마다 헤르미온느의 얼굴은 점점 굳어졌다.

"내가 반칙을 했다고 생각하는 거지?" 그는 그녀의 표정을 보고 기분이 상해서 말을 마쳤다.

"어쨌든 엄밀히 말하면 네 실력은 아니었잖아?" 그녀가 뻣뻣하게 말했다.

"해리는 그냥 우리랑 다른 지시를 따랐을 뿐이야." 론이 말했다. "완전히 망쳤을 수도 있잖아? 하지만 해리는 위험을 감수했고 그만한 보답을 받은 거야." 그는 한숨을 쉬었다. "슬러그혼이 그 책을 나한테 건네줬을 수도 있었는데, 아니었지. 나는 아무것도 적혀 있지 않은 책을 받았어. 52페이지에 누가 토한 것 같은 흔적이 있긴 하더라만……."

"잠깐만." 해리의 왼쪽 귓가에서 어떤 목소리가 말했다. 해리는 슬러그혼의 지하 감옥 교실에서 맡았던 그 꽃 냄새 비슷한 향이 갑자기 훅 끼치는 것을 느꼈다. 뒤돌아보니 지니가 옆에 와 있었다. "내가 제대로 들은 거 맞아? 누가 책에 써 놓은 지시 사항을 따랐다고, 해리?"

그녀는 몹시 놀라고 화가 난 것 같았다. 해리는 그녀가 무슨 생각을 하는지 단번에 알아차렸다.

"그런 거 아냐." 그는 목소리를 낮추고 그녀를 안심시켰다. "뭐랄까, 리들의 일기장하고는 달라. 그냥 누가 교과서에 낙서를 해 놓은 것뿐이야."

"하지만 거기에 쓰여 있는 대로 했다며?"

"그냥 여백에 적힌 팁 몇 가지를 시도해 봤을 뿐이야. 진짜야, 지니. 이상한 건 전혀 없었……."

"지니 말에도 일리가 있어." 헤르미온느가 금방 생기를 되찾으며 말했다. "이상한 게 없는지 확인해 봐야 돼. 내 말은, 이 온갖 이상한 지시 사항이라니. 혹시 알아?"

"야!" 그녀가 해리의 가방에서 《고급 마법약 제조》를 꺼내고 마법 지팡이를 들어 올리자 화가 난 해리가 소리쳤다.

"스페시알리스 리빌리오!" 그녀가 앞표지를 빠르게 두드리며 외쳤다.

아무 일도 일어나지 않았다. 책은 그냥 그 자리에, 낡고 더럽고 페이지 귀퉁이가 여기저기 접힌 모습 그대로 놓여 있었다.

"이제 됐냐?" 해리가 짜증스럽게 말했다. "아니면 기다렸다가 이 책이 공중제비라도 도는지 지켜봐야 해?"

"괜찮은 것 같네." 헤르미온느가 아직도 의심스럽다는 듯 책을 바라보며 말했다. "내 말은, 이건 정말…… 그냥 교과서처럼 보인다고."

"좋아. 그럼 다시 가져갈게." 해리가 식탁에서 책을 홱 낚아채며 말했지만 책은 그의 손에서 미끄러지더니 바닥에 떨어져 펼쳐졌다.

어느 누구도 보고 있지 않았다. 해리는 책을 집어 들려고 몸을 숙이다가 뒤표지 맨 아래 휘갈겨 써 있는 글씨를 보았다. 지금은 위층 짐 가방 양말 안에 안전하게 보관되어 있는 그 펠릭스 펠리시스 병을 손에 넣게 해 준 조제법의 글씨와 똑같은, 작고 빽빽한 손 글씨였다.

이 책의 주인은 혼혈 왕자다.

10장
곤트의 집

그 주의 나머지 마법약 수업에서도 해리는 리바티우스 보리지와 혼혈 왕자의 조제법이 다를 때마다 계속 혼혈 왕자의 것을 따랐다. 그 결과 네 번째 수업 시간쯤 되자 슬러그혼은 이렇게 뛰어난 학생은 가르쳐 본 적이 없다며 해리의 능력을 극찬했다. 론도, 헤르미온느도 기뻐하지 않았다. 해리는 둘에게 자기 교과서를 같이 보자고 제안했지만 론은 해리보다 더 손 글씨를 읽기 힘들어했고, 계속 소리 내어 읽어 달라고 하면 의심스러워 보일까 봐 그러지도 못했다. 한편 헤르미온느는 자기가 '공식적'이라고 부르는 조제법을 결단력 있게 따라갔지만 그 조제법이 혼혈 왕자의 것보다 떨어지는 결과를 내놓자 점점 더 성질을 부렸다.

해리는 혼혈 왕자가 누구일지 은근히 궁금해졌다. 숙제가 너무 많아서 《고급 마법약 제조》를 다 읽을 수는 없었지만 대충 훑어본 것만으로도 혼혈 왕자가 메모를 남기지 않은 페이지가 단 한 장도 없다는 것만은 알 수 있었다. 모든 메모가 마법약 제조에 관한 것만은 아니었다. 여기저기에 혼혈 왕자가 직접 만든 것처럼 보이는 주문에 관한 설명이 적혀 있었다.

"남자가 아닐 수도 있어." 토요일 저녁, 해리가 휴게실에서 그런 주문 몇 가지를 론에게 짚어 주는 것을 옆에서 듣고 있던 헤르미온느가 짜증이 깃든 목소리로 말했다. "여학생이었을 수도 있어. 글씨를 보아하니 남자애가 아니라 여자애일 것 같던데."

"혼혈 왕자라잖아." 해리가 말했다. "여자애들 중에 왕자가 된 사람이 몇이나 되겠냐?"

헤르미온느는 대꾸할 말이 없는 듯했다. 그녀는 그냥 노려보기만 하다가 론에게서 자신의 '재물질화의 원칙' 작문 숙제를 홱 끌어왔다. 론이 뒤집힌 상태로나마 헤르미온느의 작문 숙제를 보려 하고 있었던 것이다.

해리는 손목시계를 보더니 서둘러 낡은 《고급 마법약 제조》를 가방에 집어넣었다.

"8시 5분 전이야. 그만 가 봐야겠다. 덤블도어 교수님 수업에 늦겠어."

"아아아, 그러네!" 헤르미온느가 화들짝 놀라며 고개를 들었다. "행운을 빌어! 안 자고 기다릴게. 덤블도어 교수님이 뭘 가르쳐 주시는지 듣고 싶어!"

"잘됐으면 좋겠다." 론이 말했다. 둘은 해리가 초상화 구멍을 나가는 모습을 지켜보았다.

해리는 인적 없는 복도를 걷다가, 모퉁이를 돌아 나오는 트릴로니 교수를 보고 얼른 조각상 뒤로 물러났다. 그녀는 걸어가면서 더러워 보이는 카드 한 벌을 섞으며 중얼거리고 있었다.

"스페이드 2라, 갈등이군." 그녀는 해리가 움츠린 채 숨어 있는 곳을 지나며 웅얼거렸다. "스페이드 7, 불길한 징조야. 스페이드 10, 폭력. 스페이드 잭, 검은 머리카락의 젊은 남자라. 어쩌면 곤란에 빠져 있을 수도 있고, 질문자를 싫어하는……."

그녀는 해리가 숨어 있는 조각상 바로 앞에 우뚝 멈춰 섰다.

"으음, 그럴 리가 없지." 그녀가 신경질적으로 말했다. 해리는 그녀가 다시 걸음을 옮기면서 카드를 힘차게 섞는 소리를 들었다. 이제 그 자리에는 요리용 셰리주 냄새만 맴돌 뿐이었다. 해리는 그녀가 완전히 사라질 때까지 기다렸다가, 가고일 하나가 벽에 기대어 서 있는 8층 어느 지점까지 재빨리 걸어갔다.

"산성 캔디." 해리가 말했다. 가고일이 옆으로 펄쩍 비켜섰다. 그 뒤의 벽이 양옆으로 스르르 갈라지더니 움직이는 나선형 돌계단이 나타났다. 해리가 올라서자 계단은 부드럽게 곡선을 그리며 덤블도어 연구실의 놋쇠 고리가 달린 문으로 그를 데려다주었다.

해리가 문을 두드렸다.

"들어오세요." 덤블도어의 목소리가 들렸다.

"안녕하세요, 교수님." 해리가 교장의 연구실로 들어서며 인사했다.

"아, 잘 지냈느냐, 해리. 앉거라." 덤블도어가 미소를 지으며 말했다. "학교에 돌아온 첫 주는 즐겁게 보냈니?"

"네. 고맙습니다, 교수님." 해리가 말했다.

"벌써 방과 후 징계를 받은 걸 보니 틀림없이 바빴던 모양이로구나!"

"그건……." 해리가 당황하며 입을 열었지만 덤블도어는 그렇게 엄격한 표정을 짓고 있지 않았다.

"대신 다음 주 토요일에 방과 후 징계를 받도록 내가 스네이프 교수와 이야기해서 조율해 두었단다."

"네." 해리가 말했다. 스네이프의 방과 후 징계보다 급한 문제들을 생각하고 있던 그는 덤블도어가 오늘 저녁 그와 함께하려고 계획해 놓은 것이 무엇인지 짐작할 만한 단서를 찾아 주위를 슬쩍 둘러보았다. 둥근 연구실은 평소와 다름없는 모습이었다. 섬세한 은제 기구들이 다리가 가느다란 탁자에 놓인 채 웅웅거리며 연기를 뿜어냈다. 역대 교장들은 초상화 액자 안에서 졸고 있었다. 덤블도어의 아름다운 불사조 폭스가 문 뒤의 횃대에 앉아 초롱초롱한 눈으로 해리를 유심히 지켜보고 있었다. 덤블도어는 결투 연습을 하기 위한 공간조차 만들어 놓지 않은 것 같았다.

"자, 해리." 덤블도어가 사무적인 목소리로 말했다. "내가 이…… 좀 더 나은 단어가 있으면 좋겠다만, 이 수업에서 뭘 가르칠 계획인지 분명 궁금했겠지?"

"네, 교수님."

"그래, 나는 네가 볼드모트 경이 15년 전 왜 너를 죽이려 했는지 그 까닭을 알게 된 만큼 이제 너에게 어떤 정보를 알려 줄 때가 됐다고 판단했다."

잠깐 침묵이 흘렀다.

"지난 학기가 끝날 무렵 저한테 모든 걸 알려 줬다고 하셨잖아요." 해리가 원망하는 기색을 감추지 못한 목소리로 말했다. "교수님." 그러고는 뒤늦게 덧붙였다.

"그래, 모든 걸 말했다." 덤블도어가 차분하게 입을 열었다. "나는 내가 아는 모든 걸 말해 줬어. 이 순간부터는 사실이라는 단단한 발판에서 발을 떼고 어두컴컴한 기억의 늪지대를 헤치며 가장 황당무계한 추측의 덤불숲으로 함께 여행을 떠나야 한다. 해리, 지금부터는 내가 한심할 정도로 잘못 짚을 수도 있다. 치즈로 솥단지를 만들 때가 왔다고 믿은 험프리 벨처처럼 말이야."

"하지만 교수님이 옳다고 생각하시죠?" 해리가 말했다.

"당연히 그렇기는 하다만, 이미 네게 증명해 보였듯 나도 다른 사람들처럼 실수를 저지른단다. 실은, 이런 말을 해서 미안하다만, 나는 대부분의 사람들보다 좀 영리하기 때문에 그만큼 실수도 큰 편이지."

"교수님." 해리가 머뭇거리며 말했다. "교수님이 해 주실 말씀이 예언하고 관계있는 건가요? 그게 제가…… 살아남는 데 도움이 될까요?"

"예언과 매우 깊은 관계가 있다." 덤블도어는 해리가 내일 날씨를 묻기라도 한 것처럼 태연하게 대답했다. "그리고 물론 네가 살아남는 데 도움이 되기를 바란다."

덤블도어는 자리에서 일어나 책상을 돌아 나오더니 해리를 지나쳐 갔다. 해리는 고개를 돌려 덤블도어가 문 옆 캐비닛 쪽으로 몸을 구부리는 모습을 기대감에 차서 지켜보았다. 몸을 똑바로 편 덤블도어는 가장자리에 기묘한 문양이 새겨져 있는 익숙한 얕은 돌 대야를 들고 있었다. 그는 펜시브를 해리 앞 책상 위에 올려놓았다.

"걱정스러운 표정이구나."

해리는 사실 약간 불안해하며 펜시브를 눈여겨보고 있었다. 몇 차례 경험해 보니, 생각과 기억을 담아 두었다가 보여 주는 이 기묘한 장치는 대단히 유익했지만 한편으로는 불편하기도 했다. 지난번 펜시브에 담긴 기억들 속으로 들어갔을 때는 바랐던 것 이상을 보고 말았다. 하지만 덤블도어는 그저 미소를 머금고 있었다.

"이번에는 나랑 같이 펜시브에 들어갈 거란다. 이전과 특히 다른 점은, 이번에는 허락을 받고 들어가는 거라는 거지."

"어디로 가나요, 교수님?"

"밥 오그던의 기억을 따라 여행해 보자꾸나." 덤블도어가 소용돌이치는 은백색 물질이 담긴 크리스털 병을 주머니에서 꺼내며 말했다.

"밥 오그던이 누구죠?"

"오그던은 마법 정부 사법부에서 일했던 사람이란다." 덤블도어가 말했다. "얼마 전에 죽었다만 그전에 내가 오그던을 찾아내서 이 기억을 털어놓으라고 설득했지. 우리는 오그던이 근무 중에 찾아갔던 곳을 따라가 볼 참이다. 잠깐 일어나 보거라, 해리."

하지만 덤블도어는 크리스털 병의 마개를 뽑는 데 애를 먹고 있었다. 다친 손이 뻣뻣하고 고통스러워 보였다.

"제가…… 제가 할까요, 교수님?"

"괜찮다, 해리."

덤블도어가 마법 지팡이로 병을 가리키자 코르크가 쑥 빠졌다.

"교수님, 어쩌다가 손을 다치셨어요?" 해리는 메스꺼움과 연민이 뒤섞인 마음으로 시꺼메진 손가락들을 바라보며 재차 물었다.

"지금은 그 이야기를 할 때가 아니란다, 해리. 아직은 말이야. 밥 오그던과의 약속이 있으니까."

덤블도어는 병 속의 은빛 내용물을 펜시브에 쏟아부었다. 그것들은 액체도, 기체도 아닌 상태로 소용돌이치며 일렁였다.

"먼저 가거라." 덤블도어가 대야 쪽을 가리키며 말했다.

해리는 몸을 앞으로 숙이고 숨을 깊이 들이쉰 다음 은빛 물질에 얼굴을 담갔다. 두 발이 연구실 바닥에서 떨어지는 것이 느껴졌다. 그는 빙빙 도는 어둠 속으로 떨어지고 떨어지다가 갑자기 눈부신 햇빛 속에서 눈을 깜빡였다. 눈이 빛에 적응하기도 전에 덤블도어가 옆에 내려섰다.

두 사람은 높은 산울타리가 길가에 빽빽하게 늘어선 어느 시골길에 서 있었다. 물망초 빛깔의 밝고 푸른 여름 하늘이 펼쳐져 있었다. 3미터쯤 앞에 키 작고 통통한 남자가 눈을 두더지 눈처럼 작아 보이게 만드는 엄청나게 두꺼운 안경을 쓰고 서 있었다. 그는 길 왼쪽의 검은딸기나무 사이로 삐죽 나온 나무 팻말을 읽고 있었다. 해리는 그가 오그던이 틀림없다고 생각했다. 눈에 보이는 사람은 그뿐이었으니까. 오그던은 머글로 위장한 경험이 별로 없는 마법사들이 자주 그러듯 이상한 차림새를 하고 있었는데, 지금은 줄무늬 원피스 수영복 위에 프록코트를 걸치고 짧은 각반(가뿐하게 걷기 위해 발목에서부터 무릎 아래까지 돌려 감거나 싸는 띠―옮긴이)을 찬 모습이었다. 해리가 그의 이상한 외모를 더 살펴볼 새도 없이 오그던은 시골길을 따라 활기차게 걸어가기 시작했다.

덤블도어와 해리가 그를 뒤따랐다. 나무 팻말을 지날 때 해리는 그것이 두 방향을 안내하고 있는 것을 보았다. 하나는 뒤쪽, 그들이 걸어온 길을 가리켰다. '그레이트 행글턴, 8킬로미터.' 오그던이 향하는 쪽을 가리키는 팻말에는 '리틀 행글턴, 1.6킬로미터'라고 적혀 있었다.

짧은 거리를 걷는 동안 산울타리 외에 보이는 것이라곤 머리 위에 펼쳐진 넓고 푸른 하늘과 프록코트를 걸친 채 눈앞에서 휘적휘적 빠르게 걷고 있는 남자뿐이었다. 잠시 후 길이 왼쪽으로 휘어지면서 가파른 내리막길이 나오더니 갑자기 계곡의 전경이 눈앞에 펼쳐졌다. 해리는 가파른 두 언덕 사이에 자리 잡은 저 마을이 틀림없이 리틀 행글턴일 거라고 생각했다. 교회와 묘지가 선명하게 눈에 들어왔다. 계곡 저쪽, 맞은편 언덕 위에는 벨벳처럼 부드러운 드넓은 초록색 잔디밭으로 둘러싸인 멋진 대저택이 있었다.

오그던은 가파른 내리막길을 어쩔 수 없이 주춤주춤 걷고 있었다. 덤블도어가 속도를 늦추자 해리도 서둘러 그와 보조를 맞췄다. 해리는 리틀 행글턴이 분명 최종 목적지일 거라고 생각했다. 다만 슬러그혼을 찾아갔던 날 밤에 그랬던 것처럼 왜 이렇게 먼 곳에서부터 찾아가야 하는지 그 이유가 궁금했다. 하지만 해리는 잠시 뒤 그 마을로 가고 있다는 자신의 생각이 착각이었음을 깨닫게 되었다. 길은 오른쪽으로 구부러졌고, 모퉁이를 돌자 오그던의 프록코트 자락이 덤불 사이로 막 사라지는 것이 보였다.

덤블도어와 해리는 좁은 흙길로 그를 따라갔다. 방금 지나온 길보다 더 높고 거친 산울타리가 양옆에 늘어서 있었다. 길은 구불구불하고 돌투성이에 여기저기가 움푹 패 있었으며 조금 전 지나왔던 길 못지않게 가파른 내리막을 이루고 있었다. 이 길은 조금 떨어진, 어두운 숲으로 둘러싸인 작은 공터로 이어지는 듯했다. 아니나 다를까, 길은 머잖아 잡목들이 무성한 숲에 이르러 탁 트였다. 덤블도어와 해리는 마법 지팡이를 뽑아 든 오그던 뒤에 멈춰 섰다.

하늘에는 구름 한 점 없었지만 눈앞의 오래된 나무들이 깊고 어둡고 서늘한 그림자를 드리웠다. 해리는 잠시 후 뒤얽힌 나무줄기 사이에 반쯤 가려져 있는 오두막을 발견했다. 집터로 삼기에는 아주 이상한 곳이었다. 뿐만 아니라 주변의 나무들이 빛과 아래쪽 계곡의 경관을 모두 가리도록 자라게 내버려 둔 것도 이해할 수 없었다. 해리는 그 집에 사람이 살고 있는지 궁금했다. 벽에는 이끼가 끼어 있었고 지붕에서는 타일들이 너무 많이 떨어져 나가 군데

군데 서까래가 드러나 보였다. 집 주위에는 쐐기풀이 창문에 닿을 정도로 자라 있었으며, 그 작은 창문들에는 더께가 두껍게 껴 있었다. 누구도 이런 곳에 살 수는 없을 거라고 결론을 내리는 순간, 창문 하나가 덜컥 소리를 내며 활짝 열렸다. 누가 요리를 하고 있는 듯 가느다란 김인지 연기인지가 새어 나왔다.

오그던은 조용히 앞으로 움직였다. 해리가 보기에는 상당히 조심스러운 동작이었다. 어두운 나무 그림자가 머리 위로 드리워지자 그는 다시 한 번 멈춰 서서 현관문을 뚫어지게 바라보았다. 문에는 죽은 뱀이 못 박혀 있었다.

부스럭거리는 소리와 함께 쿵 소리가 나면서 누더기를 걸친 한 남자가 가장 가까운 나무에서 떨어져 오그던 바로 앞에 내려섰다. 오그던은 급하게 뒤로 펄쩍 물러나다가 프록코트 자락을 밟고 비틀거렸다.

"너는 환영받지 못한다."

앞에 서 있는 남자는 머리숱이 많았지만 먼지가 잔뜩 뒤엉켜 있어서 원래 머리카락 색깔조차 알아볼 수 없을 정도였다. 치아가 몇 개 빠져 있고 작고 까만 눈은 앞을 뚫어지게 바라보고 있었다. 우스꽝스러운 몰골일 수도 있지만, 그렇지 않았다. 그 외모가 풍기는 분위기가 얼마나 무시무시한지, 해리는 몇 걸음 더 물러서고 나서야 입을 뗀 오그던을 탓할 수 없었다.

"어…… 안녕하세요. 저는 마법 정부에서 나왔……."

"너는 환영받지 못한다."

"어…… 죄송합니다만…… 뭐라고 말씀하시는지 알아들을 수가 없네요." 오그던이 초조한 듯 말했다.

해리는 오그던이 너무 멍청하게 군다고 생각했다. 해리가 보기에 저 낯선 사람은 매우 분명하게 의사 표시를 하고 있었기 때문이다. 더욱이 한 손에는 마법 지팡이를, 다른 손에는 피가 묻은 것처럼 보이는 칼을 흔들어 대고 있었으므로.

"너는 물론 저자의 말을 알아듣겠지, 해리?" 덤블도어가 조용히 물었다.

"네, 당연하죠." 해리가 살짝 놀라며 말했다. "오그던은 왜……?"

하지만 문에 매달린 죽은 뱀에 시선이 닿는 순간 해리는 단번에 상황을 파악할 수 있었다.

"저 사람이 뱀의 말을 하는 건가요?"

"정답이다." 덤블도어가 고개를 끄덕이고 미소를 지으며 말했다.

누더기를 입은 남자가 한 손에 칼을, 한 손에 마법 지팡이를 쥔 채 오그던에게로 다가갔다.

"저기, 잠깐만요." 오그던이 입을 열었지만 너무 늦었다. 쾅 소리가 나더니 오그던은 코를 쥐고 땅바닥에 쓰러졌다. 그의 손가락 사이에서 역겹고 누런 찐득찐득한 뭔가가 새어 나왔다.

"모핀!" 누군가가 큰 소리로 외쳤다.

나이 든 남자가 오두막에서 헐레벌떡 뛰쳐나와 현관문을 쾅 닫았다. 그 바람에 죽은 뱀이 처량하게 흔들렸다. 이 남자는 누더기 차림의 남자보다 키가 작았으며 신체 비율이 이상했다. 어깨는 너무 넓고 두 팔은 지나치게 긴 데다 밝은 갈색 눈동자와 짧고 덥수룩한 머리카락, 주름 가득한 얼굴 때문에 꼭 힘세고 나이 많은 원숭이처럼 보였다. 그는 칼을 든 남자 옆에 멈춰 섰다. 이제 누더기를 걸친 남자는 땅바닥에 쓰러진 오그던의 모습을 보며 낄낄대고 있었다.

"정부에서 나왔다고?" 노인이 오그던을 내려다보며 물었다.

"그래요!" 오그던이 얼굴을 문지르며 화가 나서 말했다. "당신이 곤트 씨죠?"

"그렇소." 곤트가 말했다. "이 녀석이 당신 얼굴을 때렸나 보군?"

"네, 그렇습니다!" 오그던이 쏘아붙였다.

"올 거면 미리 알렸어야지. 안 그렇소?" 곤트가 몰아세우듯 말했다. "여긴 사유지요. 무턱대고 발을 들여놓고 내 아들이 방어하지 않을 거라고 생각하면 안 되지."

"무엇으로부터 방어한다는 겁니까?" 오그던이 바닥에서 일어서며 물었다.

"참견쟁이들. 침입자들. 머글과 쓰레기들."

오그던은 누런 고름 같은 것을 줄줄 쏟아 내고 있는 코에 마법 지팡이를 겨눴다. 흐르던 것이 즉시 멈췄다. 곤트 씨는 입술 끝을 움직여 모핀에게 말했다.

"집으로 들어가. 말대꾸하지 말고."

이번에는 해리도 예상하고 있었기에 그것이 뱀의 말이라는 것을 단번에 알아차렸다. 말의 내용을 이해함과 동시에 기이하게 쉭쉭대는 소리를 구분해 낼 수 있었다. 오그던에게는 쉭쉭거리는 소리만 들렸을 것이다. 모핀은 반항하려는 듯했지만 아버지가 위협적인 표정을 짓자 생각을 바꾸고 이상하게 흔들거리고 건들거리는 발걸음으로 느릿느릿 멀어져 가더니 현관문을 쾅 닫고 들어갔다. 뱀이 다시 한 번 처량 맞게 흔들렸다.

"저는 아드님을 보러 온 겁니다, 곤트 씨." 오그던이 코트 앞자락에서 고름을 마저 닦아 내며 말했다. "저 사람이 모핀이지요?"

"아, 저 애가 모핀이지." 노인이 무심하게 말했다. "당신, 순수 혈통이오?" 그가 갑자기 공격적으로 물었다.

"순수 혈통 같은 건 어디에도 없습니다." 오그던이 싸늘하게 대답했다. 해리는 오그던을 향한 존경심이 솟구치는 것을 느꼈다.

곤트는 다르게 느낀 것이 분명했다. 그는 눈을 가늘게 뜨고 오그던의 얼굴을 들여다보더니 무례하게 굴려고 작정한 말투로 웅얼거렸다. "이제 생각해 보니, 머글 마을에서 당신 같은 코를 가진 머글을 여럿 본 것 같군그래."

"틀림없이 그랬을 겁니다. 당신 아들이 그 사람들한테 멋대로 달려들었다면 말이죠." 오그던이 말했다. "안에 들어가서 이야기를 계속해도 될까요?"

"안에서?"

"그렇습니다, 곤트 씨. 이미 말했잖습니까. 모핀 일로 왔다고요. 부엉이를 보냈⋯⋯."

"나한테 부엉이를 보내 봤자 아무 소용 없소." 곤트가 말했다. "편지를 열어 보지 않으니까."

"그럼 방문객이 온다는 경고를 받지 못했다고 불평하면 안 되죠." 오그던이 가차 없이 말했다. "저는 오늘 아침 이른 시각 이곳에서 벌어진 심각한 마법사 법 위반 사건 때문에 여기 왔……."

"알았소, 알았소. 알았다니까!" 곤트가 소리쳤다. "그럼 이 빌어먹을 집구석에 들어오시오. 퍽이나 즐거운 일이 벌어지겠군!"

집 안에는 작은 방이 세 개 있는 것 같았다. 거실 겸 부엌 역할을 하는 큰방에는 문이 두 개 달려 있어 그 방을 나머지 방들과 이어 주고 있었다. 모핀은 연기를 피워 올리는 난로 앞 더러운 안락의자에 앉아 살아 있는 살무사가 두꺼운 손가락을 이리저리 휘감는 와중 뱀의 말로 조용히 뭔가를 흥얼거렸다.

"쉭쉭, 작은 뱀아.
바닥을 미끄러져 가라.
모핀한테 착하게 굴어야지.
안 그러면 문에 못 박아 버릴 테다."

열린 창문 옆 구석에서 뭔가 움직이는 소리가 들렸다.

해리는 방에 다른 누군가가 있다는 것을 깨달았다. 등 뒤의 더러운 돌벽과 정확히 같은 색깔의 너덜너덜한 회색 옷을 입은 소녀였다. 그녀는 때 묻은 검은색 스토브 위에서 김을 피워 올리는 냄비 옆에 서서 선반 위에 놓인 지저분한 냄비며 프라이팬 들을 계속 만지작거리고 있었다. 볼품없이 늘어진 머리카락은 푸석푸석했고, 평범한 얼굴은 창백하고 상당히 선이 굵었다. 그녀의 눈은 오빠와 마찬가지로 맞은편을 뚫어지게 바라보고 있었다. 두 남자보다는 조금 깨끗해 보였지만 해리는 그보다 더 무기력해 보이는 사람은 본 적이 없는 것 같았다.

"내 딸 메로페요." 오그던이 의아한 듯 그녀를 바라보자 곤트가 마지못해 말했다.

"안녕하세요." 오그던이 말했다.

그녀는 아무 말도 하지 않고 겁먹은 눈으로 아버지를 힐끗 보더니 돌아서서 선반 위의 냄비들을 옮기기 시작했다.

"자, 곤트 씨." 오그던이 말했다. "요점만 간단히 말씀드리죠. 우리는 아드님인 모핀이 어젯밤 늦은 시각에 머글 앞에서 마법을 사용했다는 믿을 만한 증거를 가지고 있습니다."

귀청이 떨어질 듯한 '쨍그랑' 소리가 들렸다. 메로페가 냄비를 떨어뜨린 것이다.

"*빨리 치워!*" 곤트가 그녀에게 소리쳤다. "그래, 무슨 더러운 머글처럼 바닥이나 문질러 닦아라. 마법 지팡이는 무슨 소용이냐, 이 쓸모없는 똥자루 같으니!"

"곤트 씨, 그게 무슨!" 오그던이 충격을 받은 목소리로 말했다. 어느새 냄비를 집어 올린 메로페는 얼룩덜룩 새빨갛게 얼굴을 붉힌 채 다시 냄비를 떨어뜨리고 말았다. 그러더니 떨리는 손으로 마법 지팡이를 꺼내 냄비를 가리키고 다급히 잘 들리지 않는 주문을 웅얼거렸다. 냄비는 바닥을 가로질러 그녀에게서 쏜살같이 멀어지더니 맞은편 벽에 부딪혀 둘로 쪼개졌다.

모핀이 미친 사람처럼 낄낄거렸다. 곤트가 소리쳤다. "고쳐 놔라, 이 쓸모없는 멍청아! 당장 고쳐!"

메로페가 비틀거리며 방을 가로질러 갔지만 그녀가 마법 지팡이를 들어 올리기도 전에 오그던이 자신의 마법 지팡이를 들어 올려 단호하게 "*레파로*"라고 말했다. 냄비는 즉시 저절로 원래대로 돌아갔다.

곤트는 잠깐 동안 오그던에게 소리라도 지를 듯한 표정을 짓더니 이내 생각을 고쳐먹은 듯했다. 대신 그는 딸에게 빈정거렸다. "정부에서 이렇게 친절한 사람이 와서 다행이지? 어쩌면 이 사람이 널 데리고 있는 내 수고를 덜어 줄지도 모르겠다. 더러운 스큅이라도 상관 안 할지 모르지."

메로페는 누구와도 눈을 마주치지 않고 오그던에게 고맙다는 말도 하지 않은 채 떨리는 손으로 냄비를 집어 다시 선반에 가져다 놓았다. 그러고는 더러운 창문과 스토브 사이 벽에 등을 기댄 채 꼼짝 않고 서 있었다. 마치 돌벽 속으로 사라지는 것 말고는 바라는 게 없는 듯했다.

"곤트 씨." 오그던이 다시 입을 열었다. "아까도 말했지만, 제가 방문한 이유는……."

"아까 다 들었소!" 곤트가 쏘아붙였다. "그래서 뭐? 모핀이 머글 놈들이 당해도 싼 일을 좀 했기로서니, 뭐 어쩌라고?"

"모핀은 마법사 법을 어겼습니다." 오그던이 엄격한 어조로 말했다.

"모핀은 마법사 법을 어겼습니다." 곤트는 거들먹거리며 노래하듯 오그던의 말을 따라 했다. 모핀이 다시 낄낄거렸다. "모핀은 더러운 머글에게 교훈을 준 거요. 이젠 그게 불법이다 이건가?"

"그렇습니다." 오그던이 말했다. "미안합니다만 그렇습니다."

그는 안주머니에서 작은 양피지 두루마리를 꺼내 펼쳤다.

"그건 뭐, 판결문인가?" 곤트가 말했다. 목소리가 화난 듯 높아지고 있었다.

"청문회에 참석하라는 정부 소환장입니다."

"소환장! 소환장? 내 아들을 소환하겠다고? 당신이 뭔데?"

"저는 마법 수사대 대장입니다." 오그던이 말했다.

"그리고 우리를 쓰레기라고 생각하지. 아닌가?" 곤트가 이제는 오그던에게 다가가며 소리쳤다. 그는 때가 끼고 누레진 손톱이 달린 더러운 손가락으로 오그던의 가슴을 가리켰다. "정부가 오라고 하면 언제든 달려가는 쓰레기 말이야. 지금 누구한테 말하고 있는 건지는 아냐, 이 더러운 머드블러드 놈아!"

"저는 곤트 씨한테 이야기하고 있다고 생각합니다만." 오그던은 경계하는 표정을 지었으나 물러서지 않고 말했다.

"그래!" 곤트가 고함을 내질렀다. 잠깐 동안 해리는 곤트가 손가락 욕을 하고 있다고 생각했지만, 그는 사실 가운뎃손가락에 끼워져 있던 흉측한 검은색 돌 반지를 보여 주고 있었다. 곤트는 오그던의 눈앞에서 그것을 흔들었다. "보이나? 보여? 이게 뭔지 알기나 해? 이게 어디에서 온 건지 알아? 수백 년 동안 우리 가문에 내려온 반지다. 우리

가문은 그 오랜 세월 동안 순수 혈통으로만 이어져 왔다! 사람들이 이 반지를 얼마에 사겠다고 했는지 알아? 돌에 페버럴 문장이 새겨진 이 반지 말이야!"

"솔직히 모르겠는데요." 오그던은 바로 코앞에서 왔다 갔다 하는 반지를 바라보며 눈을 깜빡였다. "요점에서 벗어난 일이기도 하고요. 곤트 씨. 아드님이 저지른……."

곤트가 분노 어린 고함을 지르며 자기 딸에게 달려갔다. 한순간 해리는 그가 딸을 목 졸라 죽이려는 줄 알았다. 그의 손이 메로페의 목으로 향했기 때문이었다. 잠시 후 곤트는 메로페의 목에 걸린 황금 사슬 목걸이를 쥐고 그녀를 오그던에게 끌고 왔다.

"이건 보이나?" 그가 목걸이에 걸려 있는 묵직한 황금 로켓을 흔들며 오그던에게 소리쳤다. 메로페는 숨을 제대로 쉬지도 못하고 캑캑거렸다.

"보입니다, 보여요!" 오그던이 황급히 말했다.

"*슬리데린의 것이다!*" 곤트가 소리쳤다. "살라자르 슬리데린의 것이란 말이다! 우리는 그분의 마지막 후예야. 여기에 대해서는 뭐라고 할 텐가? 응?"

"곤트 씨, 따님이!" 오그던이 놀라서 소리쳤지만 곤트는 이미 메로페를 놓은 뒤였다. 그녀는 비틀비틀 물러나 원래서 있던 구석으로 돌아가더니 목을 문지르며 숨을 헐떡거렸다.

"그러니까!" 곤트가 승리감에 차서 말했다. 결코 반박할 수 없는 어떤 복잡한 주장을 방금 입증했다는 식이었다. "우리가 댁의 신발에 묻은 오물이라도 되는 것처럼 지껄이지 마! 우린 여러 세대를 이어 온 순수 혈통의 마법사들이야. 당신 따위가 입을 함부로 놀릴 수 있는 대상이 아니란 말이야!"

그는 오그던의 발 앞에 침을 뱉었다. 모핀이 다시 낄낄댔다. 창문 옆에 몸을 웅크리고 있던 메로페는 고개를 숙이고 늘어진 머리카락으로 얼굴을 가린 채 아무 말도 하지 않았다.

"곤트 씨." 오그던이 흔들리는 기색 없이 말했다. "유감이지만 당신의 조상도, 제 조상도 이 일과는 아무 상관이 없습니다. 제가 여기 온 이유는 모핀이 어젯밤 늦은 시각 머글을 위협했기 때문입니다. 우리가 입수한 정보에 따르면……." 그는 양피지 두루마리를 힐끔 내려다보았다. "모핀이 문제의 머글에게 저주인지 공격 마법인지를 걸어 굉장히 고통스러운 두드러기를 유발했다고 하더군요."

모핀이 낄낄 웃었다.

"조용히 해라, 이 녀석." 곤트가 뱀의 말로 으르렁거리자 모핀은 다시 입을 다물었다.

"그래서, 모핀이 그랬는데, 그게 뭐?" 곤트가 오그던에게 맞서듯이 말했다. "당신이 그 머글의 더러운 얼굴을 깨끗하게 닦아 줬을 것 같은데. 그자의 기억은 날려 버리고 말이야……."

"요점은 그게 아니잖습니까, 곤트 씨?" 오그던이 말했다. "정당한 이유도 없이 공격하지 않았습니까. 무방비 상태의……."

"아, 난 딱 보고 댁이 머글 애호가라는 걸 알아봤어." 곤트가 비웃더니 바닥에 다시 침을 뱉었다.

"이런 얘기는 아무 도움이 되지 않습니다." 오그던이 단호하게 말했다. "아드님의 태도를 보니 자신의 행동을 전혀 후회하지 않는다는 건 분명하군요." 그는 다시 양피지 두루마리를 내려다보았다. "모핀은 9월 14일 청문회에 출석해 머글 앞에서 마법을 사용하고 그 머글에게 피해와 고통을 초래했다는 혐의에 응답해야 할……."

오그던은 말을 멈췄다. 열린 창문을 통해 딸랑거리는 종소리와 말발굽 소리, 왁자지껄 웃고 떠드는 소리가 흘러들어 왔다. 분명 마을로 향하는 구불구불한 길이 이 집이 자리한 잡목림에서 아주 가까운 곳을 지나는 듯했다. 곤트는 꼼짝하지 않고 서서 눈을 휘둥그렇게 뜨고 귀를 기울였다. 모핀은 굶주린 표정으로 식식대면서 소리가 나는 쪽으로 얼굴을 돌렸다. 메로페가 고개를 들었다. 해리는 그녀의 얼굴이 새하얗게 질려 있는 것을 보았다.

"세상에, 저렇게 흉물스러운 게 있다니!" 웬 여자의 목소리가 울려 퍼졌다. 마치 바로 옆에 서 있기라도 하듯 그녀의 목소리는 열린 창문을 통해 또렷하게 들려오고 있었다. "당신 아버지한테 말씀드려서 저 돼지우리 같은 것 좀 치워 버릴 수 없을까, 톰?"

"저건 우리 소유가 아냐." 젊은 남자 목소리가 말했다. "계곡 건너에 있는 건 다 우리 건데, 저 오두막은 곤트라는 늙은 부랑자랑 그 사람 자식들 거야. 아들이 완전히 미친 놈이야. 마을 사람들이 하는 얘기를 당신도 들어 봐야 하는데……."

여자가 웃었다. 딸랑거리는 소리와 말발굽 소리가 점점 커졌다. 모핀이 안락의자에서 일어나려 했다.

"자리를 지켜라." 그의 아버지가 뱀의 말로 경고하듯 말했다.

"톰." 여자의 목소리가 다시 말했다. 목소리는 이제 아주 가까워져 있었다. 그들은 집 바로 옆에 와 있는 게 틀림없었다. "내가 잘못 본 걸지도 모르겠는데, 저 문에 뱀이 박혀 있는 거 맞아?"

"세상에, 당신 말이 맞아!" 남자의 목소리가 말했다. "그 아들 짓일 거야. 정상이 아니라고 했잖아. 사랑하는 시실리어, 쳐다보지 마."

딸랑거리는 소리와 말발굽 소리가 다시 희미하게 멀어져 갔다.

"'사랑하는'." 모핀이 자기 여동생을 바라보며 뱀의 말로 속삭였다. "'사랑하는'이라는데. 저 자식이 널 데려가긴 글렀네."

얼굴이 하얗게 질린 메로페는 당장에라도 쓰러질 것처럼 보였다.

"그게 무슨 소리냐?" 곤트가 아들에게서 딸에게로 시선을 돌리며 뱀의 말로 날카롭게 물었다. "뭐라고 했지, 모핀?"

"쟤는 저 머글 쳐다보는 데 홀딱 빠져 있거든요." 모핀이 말했다. 잔뜩 겁먹은 여동생의 모습을 보는 그의 얼굴에 악랄한 표정이 떠올라 있었다. "저 자식이 지나갈 때마다 늘 마당에 있더라고요. 울타리 너머로 저놈을 쳐다보면서요. 어젯밤에는……."

메로페가 애원하듯 격하게 고개를 저었지만 모핀은 무자비하게 말을 이었다. "저놈이 자기 집으로 말을 타고 지나가길 기다리면서 창밖으로 몸을 내밀고 있더라니까요?"

"머글을 보겠다고 창문 밖으로 몸을 내밀어?" 곤트가 조용히 말했다.

곤트 가족 세 사람 모두 오그던은 까맣게 잊은 듯했다. 오그던은 알아들을 수 없는 쉭쉭대는 거친 소리가 다시 터져 나오자 당황하면서 짜증스러워하는 것 같았다.

"저 말이 사실이냐?" 곤트가 겁에 질린 딸에게 몇 걸음 다가서며 위협적인 목소리로 말했다. "내 딸이…… 살라자르 슬리데린의 순수한 혈통이…… 더럽고 추잡한 피가 흐르는 머글을 좋아한다고?"

메로페는 미친 듯이 고개를 저으며 벽에 바짝 몸을 붙였다. 겁에 질려서 입이 떨어지지 않는 게 분명했다.

"하지만 제가 저 녀석 손을 좀 봐 줬어요, 아버지!" 모핀이 기분 나쁘게 낄낄거렸다. "저 녀석이 지나가길래 혼 좀 내줬죠. 온몸에 두드러기가 난 꼬라지는 별로 볼 만하지 않던데요. 안 그래, 메로페?"

"이 역겨운 스큅 같으니, 이 더러운 혈통 배신자!" 곤트가 이성을 잃고 두 손으로 딸의 목을 움켜쥐며 고함을 질렀다.

해리와 오그던 모두 동시에 "안 돼!"라고 소리쳤다. 오그던이 마법 지팡이를 들고 외쳤다. "릴라시오!" 곤트는 딸에게서 멀리 날아가는가 싶더니 뒤에 있던 의자에 걸려 바닥에 벌렁 나자빠졌다. 머리끝까지 화가 난 모핀이 고함을 지르며 의자에서 뛰어올라 오그던에게 덤벼들었다. 그는 한 손으로 피 묻은 칼을 휘두르고 다른 손으로는 마법 지팡이로 무차별적인 공격 마법을 퍼부었다.

오그던은 죽기 살기로 도망쳤다. 덤블도어가 그의 뒤를 따라가야 한다고 손짓하자 해리는 그 말에 따랐다. 메로페의 비명이 그의 귓가에 울렸다.

오그던은 양팔로 머리를 감싼 채 숲길을 정신없이 달리다가 큰길로 불쑥 뛰쳐나갔다. 그러다 그만 검은 머리카락을 지닌 잘생긴 젊은이가 모는 윤기가 흐르는 밤색 말에 부딪히고 말았다. 말의 옆구리를 들이받고 튕겨 나간 그는 머리부터 발끝까지 먼지를 뒤집어쓴 채 프록코트를 휘날리며 허둥지둥 내달리기 시작했다. 그런 그의 모습을 보고 젊은이와 그의 옆에서 회색 말을 타고 있는 예쁘장한 여자가 웃음을 터뜨렸다.

"이 정도면 됐다, 해리." 덤블도어가 말했다. 그는 해리의 팔꿈치를 잡아당겼다. 다음 순간, 두 사람은 무중력상태로 어둠 속을 날아갔다. 이어 그들은 어둑어둑해진 덤블도어의 연구실에 두 발을 딛고 섰다.

"오두막에 있던 그 소녀는 어떻게 됐나요?" 덤블도어가 마법 지팡이를 한 번 탁 튕겨 등불을 더 켜기 무섭게 해리가 물었다. "메로페였던가, 아무튼 그 여자애 말이에요."

"아, 메로페는 살아남았다." 덤블도어가 책상 뒤로 가서 앉고 해리에게도 앉으라고 손짓하며 말했다. "오그던이 순간이동 마법을 써서 정부로 돌아갔다가 15분 만에 지원 인력을 데리고 돌아왔거든. 모핀과 그의 아버지는 저항하다가 제압당했고 오두막에서 끌려 나가 이후 위즌가모트에서 유죄판결을 받았다. 이미 머글을 공격한 전과가 있었던 모핀은 아즈카반 3년 형을 선고받았지. 오그던 말고도 마법 정부 직원들에게 상해를 입힌 마볼로는 6개월 형을 받았고."

"마볼로라고요?" 해리가 놀라서 물었다.

"그래, 맞다." 덤블도어가 칭찬하듯 미소를 머금으며 말했다. "잘 따라오고 있는 것 같아 기쁘구나."

"그럼 그 노인이……?"

"그래, 볼드모트의 할아버지란다." 덤블도어가 말했다. "마볼로와 그의 아들 모핀, 딸 메로페가 곤트 가문의 마지막 후예다. 사촌끼리 결혼하는 관습으로 인해 여러 세대에 걸쳐 핏줄에 점점 더 많은 불안증과 폭력성이 흐르게 된 것으로 잘 알려진 아주 오래된 마법사 가문이지. 분별력도 없는 데다 화려한 것들을 지나치게 좋아했으니 마볼로가 태어나기 몇 세대 전에 가문의 재산이 모두 탕진된 것도 당연했다. 너도 봤겠지만 마볼로가 물려받은 건 궁핍과 가난, 아주 고약한 성격, 영원히 사라지지 않을 만큼 가득한 오만함과 자만심, 아들만큼 아끼고 딸보다는 좀 더 아끼는 가문의 유품 두어 개뿐이었다."

"그러니까 메로페가……." 해리는 의자에서 몸을 앞으로 내밀고 덤블도어를 바라보며 말을 이었다. "그러니까 메로페가…… 교수님, 그렇다면 메로페가…… 볼드모트의 어머니라는 말씀이세요?"

"그래." 덤블도어가 말했다. "우린 우연히 볼드모트의 아버지도 살짝 봤단다. 알아챘는지 모르겠구나."

"모핀이 공격한 그 머글인가요? 말을 타고 있던 사람 말이에요."

"그래, 훌륭하구나." 덤블도어가 활짝 웃으며 말했다.

"그래, 그 사람이 톰 리들 1세다. 말을 타고 곤트의 오두막을 지나곤 했던 잘생긴 머글. 메로페 곤트가 비밀리에 연정을 품었던 사람이지."

"두 사람이 결국 결혼했다고요?" 해리는 그 두 사람보다 서로 사랑에 빠질 가능성이 낮은 커플을 떠올릴 수 없었기에 믿지 못하겠다는 듯 그렇게 물었다.

"한 가지 사실을 잊은 모양이로구나." 덤블도어가 말했다. "메로페는 마법사였다. 아버지 때문에 겁에 질려 있어서 그녀가 가진 힘이 잘 드러나지 않았을 뿐이었지. 하지만 마볼로와 모핀이 아즈카반에 갇히고 난생처음 혼자 남아 자유를 맛보게 되자 메로페는 자신의 능력을 완전히 발휘할 수 있게 되었단다. 틀림없이 18년간의 절망적인 삶에서 벗어나기 위해 계획을 세웠을 테지. 메로페는 톰 리들이 머글 연인을 잊고 대신 자기와 사랑에 빠지도록 만들 방법을 알고 있었단다. 생각나는 게 없느냐?"

"임페리우스 저주였나요?" 해리가 의견을 냈다. "아니면 사랑의 묘약?"

"잘했다. 나는 개인적으로 메로페가 사랑의 묘약을 썼을 거란 생각이 드는구나. 메로페 입장에서는 그편이 더 낭만적으로 보였을 테고, 어느 더운 날 혼자 말을 타고 가던 리들에게 물 한 잔을 권하는 건 그리 어렵지 않았을 테니 말이다. 어쨌든 우리가 방금 목격한 일이 있고 나서 겨우 몇 달 만에 리틀 행글턴 마을은 어마어마한 스캔들을 즐기게 되었단다. 대지주의 아들이 부랑자의 딸 메로페와 사랑의 도피를 감행했으니 어떤 뒷말들이 나왔을지 상상이 갈 게다. 하지만 마을 사람들이 받은 충격은 마볼로가 받은 충격에 비하면 아무것도 아니었지. 마볼로는 딸이 식탁에 따뜻한 음식을 차려 놓고 자기가 돌아오기만을 충직하게 기다릴 거라고 생각하며 아즈카반에서 돌아왔단다. 그런데 집 안은 온통 먼지투성이였고, 자기가 뭘 했는지 설명하는 메로페의 작별 인사 편지만 놓여 있을 뿐이었어. 내가 알아낸 바로 마볼로는 그때 이후로는 단 한 번도 메로페의 이름이나 존재를 언급하지 않았다. 메로페가 자신을 버렸다는 충격이 마볼로의 이른 죽음에도 한몫했을 게다. 아니면 자기 스스로 음식을 해 먹는 법을 전혀 배우지 못했기 때문인지도 모르지. 아즈카반에서 심각할 만큼 쇠약해진 마볼로는 살아서 모핀이 오두막으로 돌아오는 걸 보지 못했다."

"그럼 메로페는요? 메로페는…… 메로페도 죽은 거 아닌가요? 볼드모트는 고아원에서 자랐잖아요."

"그래, 그렇다." 덤블도어가 말했다. "그에 관해서는 상당 부분 추측을 해야 한단다. 무슨 일이 벌어졌는지 추론하기가 그리 어렵지는 않지만 말이지. 뭐라고 해야 할까, 야반도주를 하면서까지 결혼을 감행한 톰 리들은 몇 달 만에 아내 없이 홀로 리틀 행글턴의 대저택에 다시 나타났단다. 그가 '속았다'느니 '뭔가에 홀렸다'느니 하는 소문이 이웃들 사이에서 돌았지. 그 말은 분명 한때 마법에 걸렸다가 이제 그 마법에서 풀려났다는 뜻일 게다. 아마 남들에게 정신 나갔다는 소리를 들을까 봐 감히 그런 단어를 정확하게 사용하지는 못했겠지만 말이야. 하지만 마을 사람들은 톰 리들의 말을 듣고 메로페가 임신한 척 그를 속여서 그와 결혼한 거라고 추측했단다."

"하지만 메로페는 정말로 톰 리들의 아기를 가졌던 거군요."

"그래, 하지만 그건 둘이 결혼하고 1년 뒤의 일이었다. 톰 리들은 메로페가 아직 임신 중일 때 그녀를 떠났지."

"뭐가 잘못된 건가요?" 해리가 물었다. "왜 사랑의 묘약이 더 듣지 않은 거죠?"

"이번에도 추정이다만……." 덤블도어가 말했다. "나는 남편을 깊이 사랑했던 메로페가 마법으로 그를 사로잡아

두는 것을 더 이상 견디지 못했을 거라고 믿는다. 그에게 더 이상 마법약을 주지 않기로 결심했겠지. 리들에게 푹 빠져 있던 메로페는 지금쯤 톰 리들 역시 자신과 사랑에 빠졌을 거라고 확신했을 게다. 아마 아기 때문에라도 머물지 모른다고도 생각했을 테고. 만일 그랬다면 두 가지 생각 모두 틀렸던 셈이지. 리들은 메로페를 떠났고 다시는 그녀를 만나지 않았다. 자기 아들이 어떻게 되든 단 한 번도 신경 쓴 적 없었어."

바깥의 하늘은 칠흑처럼 검었고 덤블도어의 연구실 등불들은 그 어느 때보다 밝게 빛나는 듯했다.

"오늘 밤에는 이만하면 될 것 같구나, 해리." 잠시 후 덤블도어가 말했다.

"네, 교수님." 해리가 대답했다.

그는 자리에서 일어났지만 발걸음을 떼지는 않았다.

"교수님, 볼드모트의 과거를 이렇게 다 아는 게 중요한 일인가요?"

"매우 중요할 것 같구나. 내 생각이지만 말이야." 덤블도어가 말했다.

"이게…… 이게 예언과도 관련이 있는 거지요?"

"예언과 아주 관련이 깊지."

"그렇군요." 해리는 약간 혼란스러우면서도 마음이 놓였다.

연구실을 나가려는데 또 다른 질문이 떠올랐다. 해리는 다시 돌아섰다.

"교수님, 론이랑 헤르미온느에게 교수님께서 들려주신 이야기를 전부 해 줘도 될까요?"

덤블도어는 잠시 그를 바라보더니 말했다. "그래, 위즐리 군과 그레인저 양은 자신들이 믿을 만한 사람이라는 점을 스스로 증명했다고 생각한다. 하지만 해리, 이 모든 이야기를 어느 누구에게도 전달하지 말라고 부탁해 주겠니? 내가 볼드모트 경의 비밀을 얼마나 많이 아는지, 혹은 추측하고 있는지에 관해 말이 나돌면 별로 좋지 않을 게다."

"네, 교수님. 꼭 론과 헤르미온느만 알도록 할게요. 안녕히 주무세요."

해리는 다시 돌아섰다가 문에 다다라서야 그것을 보았다. 쉽게 깨질 것 같은 은제 기구들이 수없이 놓여 있는 다리가 가는 탁자들 중 하나에 금이 간 큼직한 검은 돌이 박혀 있는 흉측한 금반지가 놓여 있었다.

"교수님," 해리가 그 반지에서 시선을 떼지 못하고 말했다. "저 반지……."

"말해 보거라." 덤블도어가 말했다.

"슬러그혼 교수님을 만나러 갔던 날 밤에 저걸 끼고 계셨죠."

"그랬지." 덤블도어가 고개를 끄덕였다.

"하지만 교수님, 저건…… 저건 마볼로 곤트가 오그던에게 보여 줬던 반지 아닌가요?"

덤블도어가 고개를 끄덕였다.

"그 반지 맞다."

"하지만 어떻게…… 교수님께서 계속 가지고 계셨던 거예요?"

"아니, 나는 얼마 전에 저 반지를 얻게 됐단다." 덤블도어가 말했다. "실은, 너를 이모 집에서 데려오기 며칠 전에 얻었지."

"그럼 교수님께서 손을 다치신 즈음이네요?"

"그때가 맞다, 해리."

해리는 망설였다. 덤블도어는 미소 짓고 있었다.

"교수님, 정확히 어쩌다가…?"

"너무 늦었구나, 해리! 그 이야기는 다음번에 들려주마. 잘 자거라."

"안녕히 주무세요, 교수님."

11장
헤르미온느의 도움의 손길

헤르미온느가 예상했듯 6학년생들의 공강 시간은 론이 기대했던 것처럼 행복한 휴식의 시간이 아니라 무시무시한 양의 숙제를 따라잡으려고 노력하는 시간이 되었다. 그들은 매일 시험을 치르는 것처럼 공부했을 뿐만 아니라, 수업 자체도 그 어느 때보다 부담스러워졌다. 해리는 요즘 맥고나걸 교수가 하는 말을 반도 이해하기 어려웠다. 심지어 헤르미온느조차 다시 설명해 달라고 한두 번 부탁할 정도였다. 놀랍게도 해리가 가장 잘하는 과목은 마법약이 되었다. 다 혼혈 왕자 덕분이었다. 헤르미온느는 이 사실에 더욱 분개했다.

무언 주문 마법은 이제 어둠의 마법 방어법만이 아니라

일반 마법과 변환 마법에서도 요구되었다. 해리가 휴게실에서나 식사 시간에 마주칠 때마다 친구들을 살펴보니 그들은 모두 낯빛이 퍼렇게 질린 채 프레드와 조지의 변비약인 '그 응가'를 과용한 듯 얼굴에 잔뜩 힘이 들어가 있었다. 사실 그들은 주문을 소리 내어 말하지 않고도 마법을 걸려고 애쓰는 중이었다. 성 밖 온실에 들어가면 후련했다. 약초학 시간에는 전보다 훨씬 위험한 식물들을 다루고 있었지만, 등 뒤에서 독손가락이 갑작스럽게 붙잡으면 적어도 큰 소리로 욕설을 내뱉을 수 있었기 때문이다.

엄청난 학습량을 소화하고 무언 주문 마법에 매달리느라 해리, 론, 헤르미온느는 지금까지 해그리드를 만나러 갈 시간을 내지 못했다. 해그리드는 더 이상 교직원 식탁에 식사를 하러 오지 않았다. 불길한 징조였다. 복도나 교정에서 몇 번 스치고 지나칠 때는 이상하게도 그들을 알아보지 못하거나 그들이 건네는 인사를 듣지 못했다.

"찾아가서 해명을 해야 해." 다음 토요일 아침 식사 시간에 헤르미온느가 교직원 식탁에 놓인 해그리드의 커다란 빈 의자를 올려다보며 말했다.

"오늘 아침에는 퀴디치 선발전이 있어!" 론이 말했다. "게다가 플리트윅이 내준 '아구아멘티' 마법도 연습해야 하고! 다 떠나서, 뭘 해명한다는 거야? 우리가 해그리드의 그 한심한 수업을 싫어한다는 걸 어떻게 말하냐고!"

"우린 그 수업이 싫었던 게 아냐!" 헤르미온느가 말했다.

"너는 그렇겠지. 난 폭발 꼬리 스크루트들을 아직 잊지 않았어." 론이 음울하게 말했다. "그리고 이제야 말하는 건데, 우린 간신히 탈출한 거야. 해그리드가 그 어벙한 동생에 대해 뭐라고 했는지 넌 못 들었잖아. 계속 수업을 들었다면 그룹한테 신발 끈 묶는 법을 가르치고 있었을걸."

"해그리드랑 말을 안 하고 지내는 게 너무 싫단 말이야." 헤르미온느가 속상한 표정을 지으며 말했다.

"퀴디치 끝나고 가 보자." 해리가 그녀에게 약속했다. 해리도 론과 마찬가지로 그들의 인생에서 그룹이 없는 편이 훨씬 낫다고 생각했지만, 그 역시 해그리드가 보고 싶었다. "하지만 선발전이 오전 내내 계속될지도 몰라. 지원자가 많아서." 그는 주장이 되어 처음으로 마주한 과제에 약간 긴장되었다. "우리 팀이 갑자기 왜 이렇게 인기가 많아졌는지 모르겠네."

"아, 왜 이래, 해리." 헤르미온느가 돌연 못 참겠다는 듯 말했다. "인기가 있는 건 *퀴디치*가 아니라 너야! 넌 지금 최고의 관심 대상이야. 솔직히, 지금만큼 남자다운 매력을 뿜었던 적도 없었고."

커다란 훈제 청어 덩어리가 목에 걸렸는지 론이 헛구역질을 했다. 헤르미온느는 그에게 경멸 어린 눈길을 던지더니 다시 해리에게 고개를 돌렸다.

"이제는 다들 네가 진실을 말하고 있었다는 걸 알잖아? 마법사 세계 전체가 볼드모트가 돌아왔다는 네 말이 맞았다는 걸, 지난 2년 동안 네가 정말로 그자와 싸웠고 두 번 다 살아남았다는 걸 인정할 수밖에 없다고. 게다가 이제는 너를 '선택받은 자'라고 부르고 있잖아. 이래도 사람들이 왜 너한테 열광하는지 모르겠어?"

천장은 여전히 싸늘해 보이고 비가 내리는 모습이었지만 해리는 갑자기 대연회장이 후끈해지는 것을 느꼈다.

"*그뿐만이 아니라* 너는 정부가 정서불안 환자라느니 거짓말쟁이라느니 하며 널 몰아붙였을 때도 그 모든 핍박을 견뎌 냈어. 아직도 네 손등에는 그 사악한 여자가 네 피로 글을 쓰게 했을 때 생긴 상처가 남아 있잖아. 그런데도 넌 네 주장을 굽히지 않았고······."

"마법 정부에서 그 뇌들이 날 붙잡았던 자국도 아직 남아 있어. 여기 봐 봐." 론이 소매를 흔들어 젖히며 말했다.

"지난여름 동안 키가 30센티미터쯤 더 큰 것도 도움이 됐을 테고." 헤르미온느는 론의 말을 못 들은 체하며 말을 마쳤다.

"나도 키 커." 론이 뜬금없이 중얼거렸다.

우편 부엉이들이 빗물로 얼룩진 유리창으로 홱 날아들어 오면서 모두에게 물을 튀겼다. 학생들 대부분은 평소보다 많은 편지를 받고 있었다. 부모들은 불안한 마음에 자식들이 잘 있는지 무척 궁금해했고 또 집에는 별일이 없다며 그들을 안심시켜 주고 싶어 했던 것이다. 하지만 해리는 학기가 시작된 뒤로 편지를 한 통도 받지 못했다. 그와 정기적으로 편지를 주고받던 유일한 사람은 이제 죽었고, 루핀이 가끔씩 편지를 써 주기를 기대했지만 지금까지는 실망만 이어졌다. 그래서 그는 눈처럼 하얀 헤드위그가 온통 갈색과 회색인 부엉이들 사이를 빙빙 돌고 있는 모습을 보고 무척 놀랐다. 헤드위그는 커다란 사각형 소포를 가지고 그의 앞에 내려앉았다. 잠시 후 똑같은 소포가 론 앞에도 내려앉았다. 소포 밑에는 작디작은 부엉이 피그위전이 기진맥진한 채 깔려 있었다.

"하!" 해리가 말했다. 소포를 풀자 플러리시 앤 블러츠에서 막 도착한 《고급 마법약 제조》 새 책이 나왔다.

"아, 잘됐네." 헤르미온느가 기뻐하며 말했다. "이제 낙서가 잔뜩 있는 그 책은 돌려줄 수 있겠다."

"미쳤어?" 해리가 말했다. "계속 가지고 있을 거야! 저기, 내가 생각해 봤는데……."

그는 낡은 《고급 마법약 제조》를 가방에서 꺼내 마법 지팡이로 표지를 가볍게 두드리며 "*디핀도*"라고 중얼거렸다. 표지가 떨어져 나갔다. 그는 새 책에도 똑같은 주문을 걸었다(헤르미온느는 아연실색하는 표정이었다). 그런 다음 그는 표지를 바꾸고 두 권의 책을 각각 두드리며 "*레파로*"라고 말했다.

해리의 눈앞에는 새것으로 위장한 혼혈 왕자의 책과, 감쪽같이 헌책처럼 변한 플러리시 앤 블러츠에서 온 새 책이 놓여 있었다.

"슬러그혼 교수님한테는 새 책을 돌려줄 거야. 불만은 없겠지. 내가 9갈레온이나 부담한 거니까."

헤르미온느는 화가 나고 못마땅한 표정으로 입술을 앙다물었지만 곧 오늘 자 《예언자일보》를 가지고 내려앉는 올빼미에게 정신이 팔리고 말았다. 그녀는 재빨리 신문을 펼치고 1면을 훑어보았다.

"우리가 아는 사람 누가 죽기라도 했어?" 론이 일부러 태연한 목소리로 물었다. 그는 헤르미온느가 신문을 펼칠 때마다 똑같은 질문을 던지곤 했다.

"아니. 하지만 디멘터의 공격이 있었대." 헤르미온느가 말했다. "그리고 체포 소식도 한 건 있고."

"잘됐네. 누구야?" 해리가 벨라트릭스 레스트레인지를 떠올리며 말했다.

"스탠 션파이크." 헤르미온느가 말했다.

"뭐?" 해리는 깜짝 놀랐다.

"'마법사 세계의 대중교통 수단인 나이트 버스의 차장 스탠리 션파이크가 죽음을 먹는 자로 활동한 혐의로 체포되었다. 션파이크 씨(21)는 어젯밤 클래펌에 위치한 자택에 대한 불시 단속이 벌어진 직후 구속되었으며'……."

"스탠 션파이크가 죽음을 먹는 자라고?" 해리는 3년 전에 처음 만난 여드름투성이 젊은이를 떠올렸다. "그럴 리가!"

"임페리우스 저주에 걸린 걸지도 몰라." 론이 이성적으로 추론하며 말했다. "그런 거라면 분간이 안 되잖아."

"그런 것 같진 않아." 신문을 계속 읽고 있던 헤르미온느가 말했다. "이 기사에 따르면 스탠이 술집에서 죽음을 먹는 자들의 비밀 계획에 대해서 떠들었는데, 그걸 누가 엿듣고 신고하는 바람에 체포됐대." 그녀는 불안한 표정으로 고개를 들었다. "임페리우스 저주에 걸려 있었다면 그 사람들의 계획에 대해서 이러쿵저러쿵 떠들진 않았을 텐데?"

"그냥 허세 부린 것 같은데." 론이 말했다. "빌라들한테 잘 보이려고 자기가 마법 정부 총리가 될 몸이니 어쩌니 했던 녀석이잖아?"

"그래, 맞아." 해리가 말했다. "스탠의 허풍을 진지하게 받아들이다니, 무슨 생각인지 모르겠다."

"자기네들도 뭔가 하고 있다는 걸 보여 주고 싶겠지." 헤르미온느가 얼굴을 찡그리며 말했다. "사람들이 겁에 질려 있잖아. 파틸 쌍둥이네 부모님이 걔들을 집으로 데려가고 싶어 해. 알아? 그리고 엘로이즈 미전은 벌써 떠났어. 걔네 아버지가 어젯밤에 데리러 왔더라."

"뭐?" 론이 눈을 휘둥그렇게 뜨고 헤르미온느를 바라보았다. "하지만 호그와트가 걔들 집보다 안전해. 그럴 수밖에 없잖아! 여기엔 오러들도 있고, 추가 보호 마법도 잔뜩 걸려 있고, 덤블도어도 있으니까!"

"교장 선생님이 여기에 항상 계시는 건 아닐걸." 헤르미온느가 《예언자일보》 너머로 교직원 식탁을 힐끗 보며 작은 목소리로 말했다. "눈치 못 챘어? 지난주에는 덤블도어 교수님의 자리가 해그리드의 자리만큼이나 자주 비어 있었어."

해리와 론은 교직원 식탁을 올려다보았다. 교장의 의자는 정말 비어 있었다. 그러고 보니 해리는 1주일 전 개인 수업 이후로 덤블도어를 본 적이 없었다.

"무슨 일인지 모르겠지만 기사단과 관련된 일 때문에 학교를 비우신 것 같아." 헤르미온느가 나직한 목소리로 말했다. "내 말은…… 모든 게 심각해 보인다는 거야. 그렇지 않아?"

해리도 론도 대답하지 않았다. 하지만 해리는 셋 모두 같은 생각을 하고 있음을 알았다. 어제는 끔찍한 일이 있었다. 해너 애벗이 약초학 수업 시간 도중에 불려 나가 어머니가 죽은 채로 발견되었다는 소식을 들은 것이다. 그 뒤로 해너를 본 사람은 아무도 없었다.

5분 뒤 세 사람은 그리핀도르 식탁을 떠나 퀴디치 경기장으로 향하다가 라벤더 브라운과 파르바티 파틸을 만났다. 파틸 쌍둥이의 부모가 아이들을 호그와트에서 데려가고 싶어 한다던 헤르미온느의 말이 떠올랐기에 해리는 가장 친한 친구인 둘이 괴로운 표정으로 서로 속삭이는 모습을 보고도 놀라지 않았다. 해리를 놀라게 한 일은 따로 있었다. 론이 그들 가까이 가자 파르바티가 갑자기 라벤더의 옆구리를 쿡 찔렀고 라벤더가 돌아보며 론에게 활짝 웃어 보였다는 사실이다. 론은 눈을 깜빡이며 그녀를 바라보다가 어색하게 마주 미소 지었다. 그의 걸음걸이가 곧바로 의기양양하게 변했다. 해리는 말포이가 그의 코를 부러뜨렸을 때 론이 웃지 않았던 것을 떠올리며 터져 나오려는 웃음을 참았다. 반면 헤르미온느는 차갑고 부연 부슬비를 맞으며 경기장까지 가는 내내 싸늘하고 냉랭한 표정을 감추지 않더니 론에게 행운을 빌어 주지도 않고 관중석으로 가 버렸다.

해리의 예상대로 선발전은 오전 내내 치러졌다. 초조한 기색으로 지독하게 낡은 학교 빗자루를 고르는 1학년들부터 쌀쌀맞고 위압적인 표정으로 나머지 학생들을 내려다보고 있는 7학년들에 이르기까지 그리핀도르 학생 절반이 나온 듯했다. 7학년들 중에는 키가 크고 철사처럼 뻣뻣한 머리카락을 가진 소년도 있었는데, 해리는 호그와트 급행열차에서 보았던 그를 단번에 알아보았다.

"우리 기차에서 만났지? 슬러그혼의 객실에서." 그가 학생들 틈에서 걸어 나와 악수를 청하며 자신만만하게 말을 걸었다. "코맥 매클래건, 파수꾼이야."

"작년에는 선발전에 참여 안 했지?" 해리가 매클래건의

넓은 어깨를 눈여겨보며 물었다. 가만히 서 있기만 해도 골대 세 개를 모두 막을 수 있을 거라는 생각이 들 정도였다.

"선발전이 있었을 때 병동 신세를 지고 있었어." 매클래건이 약간 으스대며 말했다. "내기로 독시 알을 500그램이나 삼켰거든."

"그랬구나." 해리가 말했다. "음…… 저쪽에서 기다리면……."

해리는 경기장 가장자리 헤르미온느가 앉아 있는 곳 근처를 가리켰다. 순간 매클래건의 얼굴에 불쾌한 표정이 스치고 지나가는 것 같았다. 해리는 혹시 매클래건이 그와 해리 둘 다 '우리 슬러그혼 교수'가 총애하는 학생이라는 이유로 특별 대우를 바라는 건 아닌지 궁금했다.

해리는 기본적인 테스트부터 시작하기로 결정하고, 모든 지원자를 열 명씩 나눠 경기장을 한 바퀴 빙 돌도록 했다. 그것은 현명한 판단이었다. 첫 번째 그룹은 1학년들로만 이루어져 있었는데, 한눈에 봐도 빗자루를 타고 날아 본 적이 없다는 것을 알 수 있었다. 몇 초 이상 공중에 떠 있을 수 있었던 건 남학생 한 명뿐이었는데, 그 아이조차 자신이 날아올랐다는 사실에 너무 놀란 나머지 곧바로 골대를 들이받고 말았다.

두 번째 그룹은 지금까지 해리가 만나 본 아이들 중 가장 멍청한 여학생들 열 명으로 이루어져 있었는데, 그들은 해리가 호루라기를 불자 그냥 서로를 붙잡고 우스워하며 대굴대굴 구를 뿐이었다. 로밀다 베인도 그중 한 명이었다. 해리가 경기장에서 나가라고 말하자 그들은 명랑하게 그 지시를 따르면서도 다른 사람들에게 야유를 보내려고 관중석에 가서 앉았다.

세 번째 그룹은 경기장을 돌다가 연쇄 추돌 사고를 일으켰다. 네 번째 그룹의 대다수는 빗자루를 가지고 오지 않았다. 다섯 번째 그룹은 후플푸프 학생들이었다.

슬슬 진짜로 짜증이 치밀기 시작한 해리가 소리쳤다.
"그리핀도르가 아닌 사람이 또 있으면, 부탁인데 당장 나가 줘!"

잠시 침묵이 흐르더니 왜소한 몸집의 래번클로 학생 둘이 킥킥 웃으며 쏜살같이 경기장을 떠났다.

두 시간 동안 수많은 불평이 터져 나오고, 코밋 260이 추락하고, 치아 몇 개가 부러진 일을 포함해 몇 차례 울화통 터지는 소동이 벌어진 끝에 해리는 추격꾼 세 사람을 찾아냈다. 훌륭한 선발전을 치르고 팀에 돌아온 케이티 벨과 블러저를 피하는 재주가 탁월한 신참 드멜자 로빈스, 그리고 다른 경쟁자들보다 월등히 빠른 비행 솜씨를 선보인 것으로도 모자라 무려 열일곱 골을 넣은 지니 위즐리였다. 자신의 선택은 만족스러웠지만 해리는 선발전에서 떨어지고 불만을 쏟아 내는 수많은 학생들에게 목이 쉬도록 소리를 질러 대야 했다. 그리고 지금은 탈락한 몰이꾼들을 상대로 비슷한 전쟁을 치르고 있었다.

"이게 내 최종 결정이야. 너희가 파수꾼 후보자들한테 길을 내주지 않으면 공격 마법을 쓰겠어!" 그가 소리쳤다.

해리가 선택한 몰이꾼들은 프레드와 조지만큼 뛰어나지는 않았지만 꽤 만족스러웠다. 키는 작아도 가슴이 떡 벌어진 3학년생 지미 피크스는 블러저를 강하게 날려 해리의 뒤통수에 달걀만 한 혹을 선사했고, 리치 쿠트는 깡말랐지만 목표물을 겨누는 솜씨가 좋았다. 그들은 이제 관람석에 앉아 관람객들과 함께 마지막 선수 선발을 지켜보고 있었다.

해리는 파수꾼 선발전을 일부러 마지막까지 남겨 두었다. 경기장이 좀 더 비고 선발전에 참가한 모두에게 부담이 덜하기를 바랐기 때문이었다. 하지만 불행하게도 탈락한 선수들과 여유로운 아침 식사를 마치고 구경하러 온 수많은 사람이 모여들어 구경꾼의 숫자는 훨씬 많아졌다. 파수꾼들이 차례차례 골대 앞으로 날아오를 때마다 함성과 야유가 같은 정도로 터져 나왔다. 해리는 론을 힐끗 쳐다보았다. 론의 약점은 늘 배짱이 약하다는 것이었다. 해리는 론이 지난 학기 결승전에서 승리한 경험을 통해 그 약점을 극복했을지도 모른다고 기대했지만 그렇지 않은 게 분명했다. 론의 얼굴은 파랗게 질려 있었다.

첫 번째로 나선 다섯 명의 지원자 중 누구도 두 골 이상씩은 막지 못했다. 해리에게는 아주 실망스럽게도 코맥 매클래건은 다섯 번의 페널티 슛을 네 번이나 막았다. 그러나 다섯 번째 골을 막을 때는 완전히 엉뚱한 방향으로 몸을 날렸다. 구경꾼들이 웃음을 터뜨리며 야유하자 매클래건은 이를 갈면서 땅으로 내려왔다.

클린스윕 11에 오르는 론은 금방이라도 기절할 것 같은 표정이었다.

"행운을 빌어!" 관중석에서 누군가가 외쳤다. 해리는 헤르미온느가 보일 거라 생각하며 뒤돌아보았지만 시야에 들어온 건 라벤더 브라운이었다. 그녀는 곧바로 두 손으로 얼굴을 가렸고, 해리 역시 그러고 싶은 마음이었지만 투지 있는 주장의 모습을 보여 줘야 한다는 생각에 돌아서서 론이 선발전을 치르는 모습을 지켜보았다.

하지만 걱정할 필요가 없었다. 론은 하나, 둘, 셋, 넷, 다섯 번의 페널티 슛을 연달아 막아 냈다. 해리는 기뻐서 사람들과 함께 환호하고 싶은 마음을 가까스로 억누르며 매클래건에게 다가가 굉장히 안타깝게도 론이 그를 이겼다는 말을 전했다. 매클래건의 붉어진 얼굴이 바로 앞으로 성큼 다가왔다. 해리는 화들짝 놀라 뒤로 물러섰다.

"쟤 동생이 제대로 던지질 않았어." 매클래건이 악에 받쳐서 말했다. 해리가 이따금 버넌 이모부의 관자놀이에서 볼 때마다 놀라워하곤 했던 혈관이 매클래건의 관자놀이에서도 불끈거리고 있었다. "쉽게 막을 수 있게 던져 줬단 말이야."

"헛소리하지 마." 해리가 싸늘하게 말했다. "론이 유일하게 놓칠 뻔한 게 지니가 던진 공이었어."

매클래건이 해리에게 한 걸음 더 다가왔다. 해리는 더 이상 뒤로 물러서지 않았다.

"나한테 한 번 더 기회를 줘."

"안 돼." 해리가 말했다. "너도 기회가 있었잖아. 넌 네 번 막았어. 론은 다섯 번 막았고. 론이 파수꾼이야. 정정당당하게 그 자리를 차지했다고. 비켜."

그는 순간 매클래건이 그를 때릴지도 모른다고 생각했

다. 그러나 매클래건은 험악하게 얼굴을 일그러뜨리더니 공중에 대고 위협적인 소리를 지르며 쿵쿵 멀어져 갔다.

해리는 돌아서서 그를 보고 활짝 웃는 새로운 선수들을 바라보았다.

"잘했어." 그가 쉰 목소리로 말했다. "다들 정말 제대로 비행하던데……."

"정말 멋졌어, 론!"

이번에야말로 헤르미온느가 관중석에서 달려오고 있었다. 해리는 라벤더가 약간 심통 난 표정으로 파르바티와 팔짱을 끼고 경기장을 떠나는 모습을 보았다. 론은 마음속에서 솟구쳐 오르는 자부심을 감추지 못하는 것처럼 보였고, 선수들과 헤르미온느를 둘러보며 씩 웃었을 때는 키가 평소보다도 더 커 보였다.

다가오는 목요일에 있을 첫 정식 훈련 시간을 확정한 다음 해리, 론, 헤르미온느는 동료 선수들에게 작별 인사를 하고 해그리드의 집으로 향했다. 물기 어린 태양이 막 구름을 가르고 나오는 가운데 마침내 부슬비가 멈췄다. 해리는 참을 수 없을 정도로 배가 고파서 해그리드의 집에 뭔가 먹을 것이 있었으면 했다.

"그 네 번째 페널티 슛은 못 막을 줄 알았어." 론이 신이 난 목소리로 떠들었다. "드멜자가 던진 까다로운 슛 말이야. 봤어? 약간 스핀이 걸려 있었어."

"그래, 그래. 정말 훌륭했어." 헤르미온느가 기쁜 표정을 지으며 말했다.

"어쨌든 그 매클래건보다 잘했어." 론이 아주 만족스러운 목소리로 말했다. "다섯 번째 페널티 슛을 막을 때 걔가 엉뚱한 방향으로 느릿느릿 움직이는 거 봤지? 꼭 혼돈 마법에 걸린 것 같더라."

해리는 그 말을 들은 헤르미온느의 얼굴이 짙은 분홍빛으로 물드는 것을 보고 깜짝 놀랐다. 론은 아무런 눈치도 채지 못했다. 그는 자신이 다른 페널티 슛은 어떻게 막았는지 애정을 담아 자세히 늘어놓느라 정신이 없었다.

거대한 회색 히포그리프 벅빅이 해그리드의 오두막 앞에 묶여 있었다. 세 사람이 다가가자 녀석은 칼날처럼 날카로운 부리를 딱딱거리더니 그들 쪽으로 커다란 머리를 돌렸다.

"아, 이런." 헤르미온느가 불안해하며 말했다. "아직도 좀 무섭다. 그치?"

"말도 안 되는 소리 하지 마. 넌 저 녀석을 타 보기까지 했잖아." 론이 말했다.

해리는 앞으로 걸어가더니 눈을 떼지 않고 깜빡거리지도 않은 채 히포그리프에게 깊숙이 허리 숙여 인사했다. 몇 초 뒤 벅빅도 마주 고개를 숙였다.

"잘 지냈어?" 해리가 앞으로 나아가 깃털로 뒤덮인 벅빅의 머리를 쓰다듬으며 속삭이듯 물었다. "시리우스가 보고 싶어? 그치만 여기서 해그리드랑 잘 지내지?"

"어이!" 우렁찬 목소리가 들려왔다.

해그리드가 커다란 꽃무늬 앞치마를 두르고 감자가 들어 있는 자루를 든 채 오두막을 성큼성큼 돌아서 왔다. 커다란 멧돼지 사냥용 개 팽이 그 뒤를 바짝 따랐다. 팽이 주위가 쩌렁쩌렁 울리도록 짖더니 앞으로 달려왔다.

"거기서 떨어져! 녀석이 손가락을 물어뜯을…… 아, 너희였구나."

팽은 헤르미온느와 론에게 펄쩍펄쩍 뛰어오르며 귀를 핥으려고 했다. 해그리드는 멈춰 서서 아주 잠깐 동안 그들을 바라보더니 몸을 돌려 오두막으로 성큼성큼 들어가 문을 쾅 닫았다.

"아, 세상에!" 헤르미온느가 충격받은 표정을 지었다.

"걱정 마." 해리가 단호하게 말했다. 그는 문으로 다가가 요란하게 두들기기 시작했다.

"해그리드! 문 열어요. 얘기 좀 해요!"

안에서는 아무 소리도 들리지 않았다.

"안 열어 주면 문을 부숴 버릴 거예요!" 해리가 마법 지팡이를 꺼내며 말했다.

"해리!" 헤르미온느가 깜짝 놀라 외쳤다. "정말로 그럴 건……."

"아니, 정말로 그럴 거야!" 해리가 말했다. "물러서."

하지만 다른 말을 할 겨를도 없이, 해리가 예상한 대로 문이 다시 활짝 열렸다. 해그리드가 문 앞에 서서 매서운 눈초리로 그를 내려다보고 있었다. 꽃무늬 앞치마를 입었음에도 그는 상당히 위협적으로 보였다.

"나는 교수야!" 그가 해리에게 고함을 질렀다. "교수라고, 포터! 어떻게 감히 내 집 문을 부숴 버리겠다고 위협을 할 수 있냐?"

"죄송합니다, *교수님*." 해리가 마법 지팡이를 다시 로브에 집어넣으면서 마지막 단어에 힘을 실어 말했다.

해그리드는 충격을 받은 얼굴이었다.

"네가 언제부터 나를 '교수님'이라고 불렀지?"

"그러는 아저씨는 언제부터 저를 '포터'라고 부르셨는데요?"

"아, 거참 똑똑한 녀석이네." 해그리드가 으르렁거리듯 말했다. "엄청 재미있어. 나보다 한 수 위라 이거지? 좋아, 그럼 들어와라. 이 고마운 줄도 모르는 쪼그만……."

그는 험악하게 중얼거리며 뒤로 물러서 길을 터 주었다. 헤르미온느는 쭈뼛쭈뼛하면서 종종걸음으로 해리를 뒤따라 들어왔다.

"그래서?" 해리, 론, 헤르미온느가 커다란 나무 탁자에 둘러앉자 해그리드가 심통스럽게 말했다. 팽은 곧바로 해리의 무릎에 머리를 올려놓고 그의 로브를 온통 침으로 적셨다. "왜 왔냐? 내가 불쌍해서? 내가 외롭거나 뭐 그럴 거라고 생각했냐?"

"아뇨." 해리가 대번에 말했다. "아저씨를 만나고 싶었어요."

"아저씨가 보고 싶었어요!" 헤르미온느가 살짝 떨면서 말했다.

"내가 보고 싶었다고?" 해그리드가 코웃음을 쳤다. "퍽이나."

그는 발을 쿵쿵 구르고 주위를 돌아다니면서 커다란 구리 주전자에 차를 끓이며 끊임없이 구시렁거렸다. 마침내 그는 적갈색 차가 담긴 양동이만 한 머그잔 세 개와 직접 만든 록케이크 한 접시를 쾅 내려놓았다. 해리는 해그리드가 만든 음식이라도 먹을 수 있을 만큼 배가 고팠기에 즉시 하나를 집어 들었다.

"해그리드." 해그리드가 그들과 함께 식탁에 앉아 감자 하나하나가 그에게 엄청난 잘못을 저지르기라도 한 듯 거칠게 껍질을 벗기기 시작하자 헤르미온느가 그의 눈치를 살피며 입을 열었다. "우린 정말로 마법 생명체 돌보기 수업을 계속 듣고 싶었어요."

해그리드는 다시 한 번 큰 소리로 콧방귀를 뀌었다. 해리는 감자에 코딱지가 튀었을 거라 생각하고, 여기에 남아 저녁을 먹지 않는다는 사실을 내심 감사히 여겼다.

"정말이에요!" 헤르미온느가 말했다. "하지만 우리 모두 그 과목을 시간표에 끼워 넣을 수가 없었어요!"

"그래. 그러시겠지." 해그리드가 다시 빈정거렸다.

이상한 꿀쩍거리는 소리가 나서 모두가 뒤를 돌아보았다. 헤르미온느가 가느다란 비명을 내질렀고, 론은 자리에서 벌떡 일어나 방금 발견한 구석의 커다란 나무통에서 멀찌감치 식탁 뒤로 달아났다. 그 통은 30센티미터 길이의 구더기 같은 것들로 가득했다. 찐득거리는 하얀색 뭔가가 꿈틀거리고 있었다.

"저게 뭐예요, 해그리드?" 해리는 목소리에 역겹다기보다 흥미롭다는 기색을 담으려 애쓰면서도 록케이크는 내려놓았다.

"그냥 거대한 애벌레들이야." 해그리드가 말했다.

"자라면 뭐가 되는데요……?" 론이 걱정스러운 듯 물었다.

"저것들은 더 이상 자라지 않아." 해그리드가 말했다. "아라고그한테 먹이로 줄 거야."

별안간 그가 울음을 터뜨렸다.

"해그리드!" 헤르미온느가 자리에서 벌떡 일어섰다. 그녀는 구더기 통을 피하느라 식탁을 빙 둘러 해그리드에게 다가가서는 그의 들썩이는 어깨를 감쌌다. "왜 그래요?"

"그냥…… 그 녀석이……." 해그리드는 앞치마로 얼굴을 닦으며 침을 삼켰다. 딱정벌레 같은 검은색 눈에서 눈물이 줄줄 쏟아졌다. "그러니까…… 아라고그가…… 아라고그가 죽어 가고 있는 것 같아……. 여름에 병에 걸렸는데 전혀 차도가 없어. 어떻게 해야 할지 모르겠어. 만약 아라고그가…… 아라고그가 만약…… 우린 오랜 시간을 함께해 왔는데……."

헤르미온느가 해그리드의 어깨를 토닥였다. 무슨 말을

해 줘야 할지 모르겠다는 표정이었다. 해리는 그녀의 기분을 알 것만 같았다. 해리는 해그리드가 포악한 새끼 용에게 곰 인형을 선물한 적이 있다는 걸 알았고, 빨판과 침이 달린 거대한 전갈들에게 노래를 불러 주는 것을 본 적이 있었으며, 난폭한 거인 동생과 이성적으로 대화하려 한다는 것을 알고 있었지만, 이거야말로 괴물을 좋아하는 해그리드의 성향 중에서도 가장 받아들이기 힘든 것이었다. 금지된 숲 깊숙한 곳에 사는 괴물이자 4년 전 해리와 론이 간신히 도망친 적이 있었던, 인간의 말을 할 줄 아는 무시무시한 크기의 거미, 아라고그 말이다.

"혹시…… 혹시 우리가 도울 수 있는 일이 있을까요?" 헤르미온느가 얼굴을 찡그리며 미친 듯이 고개를 젓는 론을 못 본 체하고 물었다.

"아마 없을 거야, 헤르미온느." 해그리드는 홍수처럼 터져 나오려는 눈물을 막으려고 애쓰며 쉰 목소리로 말했다. "그게, 다른 거미들은…… 그러니까 아라고그의 가족들은…… 아라고그가 아프니까 점점 이상해지고 있어……. 약간 다루기가 힘들어졌달까……."

"맞아요, 우리가 봤을 때도 좀 그런 것 같더라고요." 론이 목소리를 죽이고 말했다.

"……당분간 나 말고는 아무도 녀석들의 서식지 근처에 가지 않는 게 좋을 거야. 위험할 테니." 해그리드는 앞치마에 대고 요란하게 코를 풀면서 말을 마쳤다. "하지만 말만으로도 고맙다, 헤르미온느…… 큰 힘이 됐어……."

그 뒤로 분위기가 훨씬 밝아졌다. 해리도, 론도 커다란 애벌레들을 거대한 식인 거미에게 가지고 가서 먹이겠다는 뜻을 조금도 밝히지 않았건만 해그리드는 그들이 기꺼이 그렇게 해 주리라는 것을 당연하게 받아들이는 듯했다. 그는 다시 평소의 모습으로 돌아왔다.

"아, 너희가 내 과목을 시간표에 끼워 넣기가 어려울 거라는 건 알고 있었어." 그가 그들에게 차를 더 따라 주면서 툴툴거리듯 말했다. "타임 터너를 요청한다 해도 말이야……."

"요청해도 받지 못했을 거예요." 헤르미온느가 말했다. "지난여름 마법 정부에 갔을 때 거기 쌓여 있던 타임 터너를 전부 부숴 버렸거든요. 《예언자일보》에도 그 얘기가 실렸어요."

"아, 뭐 그럼." 해그리드가 말했다. "방법이 없었겠네. 미안하다, 내가 좀…… 뭐랄까, 난 그냥 아라고그가 걱정됐어. 그리고 사실 궁금하기도 했다. 그러블리플랭크 교수님이 너희를 가르쳤더라면 어땠을지…….."

이 말에 셋 모두 해그리드 대신 몇 차례 수업을 진행했던 그러블리플랭크 교수가 끔찍한 선생이었다는 거짓말을 힘주어 내뱉었다. 덕분에 땅거미가 질 무렵 교정에서 그들에게 손을 흔들며 작별 인사를 하는 해그리드는 상당히 기분이 좋아 보였다.

"배고파 죽겠다." 오두막 문이 닫히자마자 해리가 말했다. 그들은 어두컴컴하고 아무도 없는 교정을 빠르게 가로질렀다. 그는 안쪽 치아에서 뭔가 깨지는 듯한 불길한 소리가 들린 뒤부터 록케이크를 먹지 않았다. "오늘 밤에는 스네이프에게 방과 후 징계를 받아야 해서 저녁 먹을 시간도 별로 없는데……."

성에 들어오자 코맥 매클래건이 대연회장으로 들어가는 모습이 보였다. 그는 처음에 들어갈 때는 문틀에 부딪혀 튕겨 나왔고 두 번째 시도에서야 문을 통과했다. 론은 그저 고소하다는 듯 시끄럽게 웃더니 매클래건에 뒤이어 대연회장으로 성큼성큼 들어갔다. 하지만 해리는 헤르미온느의 팔을 잡고 멈춰 세웠다.

"왜?" 헤르미온느가 경계하는 투로 물었다.

"내가 보기엔 말이야." 해리가 넌지시 입을 열었다. "매클래건은 정말로 혼돈 마법에 걸린 것 같아. 그런데 쟤는 네가 앉았던 자리 바로 앞에 서 있었단 말이지."

헤르미온느가 얼굴을 붉혔다.

"아, 그래, 맞아. 내가 그랬어." 그녀가 속삭였다. "하지만 쟤가 론이랑 지니에 대해서 한 말을 너도 들었어야 해! 어쨌든 성격도 더럽잖아. 쟤가 팀에 들어가지 못했을 때 어떤 식으로 나왔는지 봤지? 너도 저런 애가 팀에 들어오길 바라진 않을 거 아냐."

"그래." 해리가 말했다. "그건 사실이야. 그래도 부정행위 아냐, 헤르미온느? 그러니까, 넌 반장이잖아."

"아, 조용히 해." 해리가 히죽히죽 웃자 헤르미온느가 쏘아붙였다.

"너희 둘 뭐 해?" 론이 대연회장 문 앞에 다시 나타나 의심 가득한 얼굴로 물었다.

"아무것도 아냐." 해리와 헤르미온느가 동시에 대답하고 서둘러 론을 따라갔다. 해리는 배가 너무 고파 구운 쇠고기 냄새에 속이 쓰릴 지경이었지만 그리핀도르 식탁으로 겨우 세 발짝 내디뎠을 때 슬러그혼 교수가 나타나 그의 앞을 가로막았다.

"해리, 해리! 마침 보고 싶었는데!" 그는 팔자 콧수염 양

끝을 빙빙 돌리고 거대한 배를 불쑥 내밀며 다정하면서도 우렁찬 목소리로 말했다. "저녁 식사 전에 널 만났으면 했거든! 오늘 밤 내 방에서 조촐한 만찬을 즐기는 게 어떻겠니? 기대주 몇 명만 모여서 작은 파티를 할 거란다. 매클래건, 자비니, 그리고 매력적인 여학생 멜린다 보빈도 오기로 했다. 그 애를 아는지 모르겠구나? 멜린다네 가족은 수많은 체인점을 거느린 큰 약재상을 운영하고 있어. 그리고 물론, 그레인저 양도 참석해 줬으면 참 좋겠는데 말이야."

슬러그혼은 말을 마치면서 헤르미온느에게 살짝 고개를 숙였다. 그는 론이 존재하지도 않는다는 듯 그에게는 눈길 한 번 주지 않았다.

"저는 못 가요, 교수님." 해리가 지체 없이 말했다. "스네이프 교수님에게 방과 후 징계를 받아야 하거든요."

"아, 이런!" 슬러그혼의 얼굴이 우스꽝스럽게 축 처졌다. "이런, 이런. 네가 올 거라고 믿었는데, 해리! 뭐, 그럼 내가 세베루스랑 이야기 나누면서 상황을 설명해야겠구나. 네 방과 후 징계를 미루도록 설득할 수 있을 거야. 그래, 너희 둘 다 이따가 보자꾸나!"

그는 부산스럽게 대연회장을 나갔다.

"스네이프를 설득할 수 있을 리 절대 없지." 해리는 슬러그혼이 그의 말을 들을 수 없는 곳까지 가자마자 그렇게 말했다. "방과 후 징계는 이미 한 번 연기된 거니까. 덤블도어 교수님이니까 미뤄 준 거지, 다른 사람한테는 절대 그렇게 안 해 줄걸."

"아, 너도 갈 수 있었으면 좋겠다. 나 혼자 가긴 싫단 말이야!" 헤르미온느가 불안한 듯 말했다. 해리는 그녀가 매클래건을 떠올리고 있음을 알았다.

"너 혼자는 아닐걸. 지니도 초대받았을 테니까." 론이 날카롭게 말했다. 슬러그혼에게 무시당한 탓에 기분이 상한 것 같았다.

저녁 식사 후 그들은 그리핀도르 탑으로 돌아갔다. 학생들이 대부분 저녁 식사를 마친 때라 휴게실은 정신없이 북적거렸지만 그들은 빈 탁자를 찾을 수 있었다. 슬러그혼과 마주친 뒤로 계속 기분이 안 좋은 론은 팔짱을 낀 채 얼굴을 찌푸리고 천장을 올려다보았다. 헤르미온느는 누군가가 의자에 놓고 간 《석간 예언자일보》로 손을 뻗었다.

"무슨 새로운 소식이라도 있어?" 해리가 물었다.

"아니, 별로······." 헤르미온느는 신문을 펼치고 기사들을 쭉 훑어보았다. "아, 이것 봐. 너희 아빠가 실렸어, 론. ······안 좋은 일은 아냐!" 론이 깜짝 놀라 고개를 돌리자 그녀가 얼른 덧붙였다. "그냥 너희 아빠가 말포이네 집을 수색했다고만 나와 있어. '죽음을 먹는 자들의 거주지를 두 번째로 수색했지만 그럴듯한 성과는 없는 것으로 보인다. 위조 방어 주문 및 보호 용품 통제 관리과 과장 아서 위즐리는 익명의 비밀 제보를 받고 움직인 것이라고 밝혔다.'"

"그래, 내가 제보한 거야!" 해리가 말했다. "내가 킹스크로스역에서 말포이에 대해 말씀드렸거든. 그 녀석이 보긴을 협박해서 어떤 물건을 고치려고 한 것에 대해서 말이야! 뭐, 그 집에 없다면 분명 호그와트로 가져왔을 거야."

"하지만 어떻게 그럴 수가 있겠어, 해리?" 헤르미온느가 놀란 표정으로 신문을 내려놓으며 말했다. "학교에 도착했을 때 우리 모두 몸수색을 받았잖아?"

"그래?" 해리가 놀라서 물었다. "난 안 받았는데!"

"아, 그래. 넌 당연히 안 받았겠구나. 네가 늦었다는 걸 깜빡했어……. 음, 우리가 현관홀에 들어가니까 필치가 학생 모두를 거짓말 감지기로 쓸어 보더라. 어둠의 마법 관련 물건이 있었다면 발견됐을 거야. 크래브가 쪼그라든 머리를 압수당한 건 확실히 알아. 그러니까 말포이는 어떤 위험한 물건도 가지고 들어올 수 없었단 얘기지!"

자신의 생각을 모두 반박당한 해리는 지니 위즐리가 피

그미 퍼프 아널드와 노는 모습을 잠깐 지켜보다가 이런 반대 의견을 피해 갈 방법을 떠올렸다.

"그럼 누가 부엉이로 보냈겠지." 그가 말했다. "걔네 어머니나 누군가가."

"부엉이들도 빠짐없이 검사받고 있어." 헤르미온느가 말했다. "필치가 손 닿는 데는 어디든 그 거짓말 감지기를 들이대면서 그렇게 떠들더라."

이번에는 해리도 말문이 막혀서 달리 할 말이 없었다. 말포이가 위험하거나 어둠의 마법과 관련된 물건을 학교로 들여올 수 있었을 것 같지는 않았다. 그는 혹시나 하는 마음에 론을 쳐다봤지만 그는 팔짱을 끼고 앉아서 라벤더 브라운을 뚫어지게 바라보고 있었다.

"넌 혹시 말포이가 어떻게……."

"아, 그만 좀 해, 해리." 론이 말했다.

"잘 들어, 슬러그혼이 헤르미온느랑 나를 그 한심한 파티에 초대한 건 내 잘못이 아니야. 우리 둘 다 가기 싫다고!" 해리가 열을 내며 말했다.

"뭐, 나라고 초대받은 파티가 없는 줄 아냐." 론이 일어서며 말했다. "난 가서 자야겠다."

그는 남학생 기숙사로 들어가는 문을 향해 쿵쿵거리며

걸어갔다. 해리와 헤르미온느는 그런 그의 뒷모습을 멍하니 바라보았다.

"해리?" 새로운 추격꾼인 드멜자 로빈스가 갑자기 해리 옆에 나타나서 말했다. "너한테 전해 줄 메시지가 있어."

"슬러그혼 교수님이 보낸 거야?" 해리가 허리를 펴고 앉으며 기대에 차서 물었다.

"아니…… 스네이프 교수님." 드멜자가 말했다. 해리의 가슴이 철렁 내려앉았다. "오늘 밤 8시 30분에 연구실로 와서 방과 후 징계를 받아야 한다고 하셨어. 어, 아무리 많은 파티에 초대를 받았어도 말이야. 플로버웜들 중에서 썩은 것들을 골라내는 일을 할 거라고 알려 주라시던데. 마법약 수업에 쓸 거라고. 그리고…… 그리고 보호용 장갑은 가져올 필요가 없대."

"알았어." 해리가 우울하게 말했다. "고마워, 드멜자."

12장

은과 오팔

 덤블도어는 어디에서 뭘 하고 있을까? 해리는 이어진 몇 주 동안 교장의 모습을 딱 두 번밖에 보지 못했다. 덤블도어는 이제 식사 시간에도 모습을 드러내지 않았다. 그가 한 번에 며칠씩 학교를 비운다는 헤르미온느의 생각이 맞다는 확신이 들었다. 해리에게 개인 수업을 해 주겠다고 한 걸 잊은 걸까? 덤블도어는 그 수업이 예언과 관련돼 있다고 했다. 해리는 기운이 났다가, 안도감을 느꼈다가, 이제는 약간 버려진 기분을 느꼈다.
 10월 중순이 되자 이번 학기 첫 호그스미드 방문 날짜가 다가왔다. 학교 주변에 보안 조치가 점점 강화되고 있는 상황에 이 외출이 여전히 허용될지 의문이었는데, 간다는 것을 확실히 알게 되자 해리는 무척 기뻤다. 몇 시간이나마 학교를 벗어나는 건 언제나 좋은 일이었다.

방문일 아침, 해리는 일찍 일어났다. 분명 폭풍우가 몰아칠 것 같은 날씨였다. 그는 아침 식사 때까지 《고급 마법약 제조》를 읽으며 시간을 때웠다. 평소 그는 침대에 누워서 교과서를 읽지 않았다. 그런 행동은 론의 말마따나 타고나기를 그렇게 타고난 헤르미온느를 제외한 어느 누구에게도 부적절한 행위였다. 하지만 혼혈 왕자의 《고급 마법약 제조》에는 교과서 같은 구석이 하나도 없었다. 책을 들여다볼수록 해리는 거기에 얼마나 많은 내용이 적혀 있는지 깨달았다. 슬러그혼에게서 그토록 빛나는 평가를 이끌어 낸 마법약 제조에 관한 조언과 좀 더 쉬운 조제법은 물론, 상상력 넘치는 간단한 저주와 공격 마법 들도 여백에 휘갈겨 쓰여 있었다. 펜으로 긋고 고쳐 쓴 흔적들을 볼 때 그 주문들은 혼혈 왕자가 직접 만들어 낸 것들이 틀림없었다.

해리는 혼혈 왕자가 직접 만든 주문 몇 가지를 벌써 시도해 보았다. 발톱이 놀랄 만큼 빠르게 자라도록 만드는 공격 마법도 있었고(그는 이 마법을 복도에서 마주친 크래브에게 써 봤는데 아주 즐거운 결과가 뒤따랐다) 혀를 입천장에 붙여 버리는 저주도 있었으며(그는 아무 의심도 못하는 아거스 필치에게 두 차례나 이 마법을 써서 모두의 박수를 받았다) 아마 무엇보다 가장 유용한 주문일 '머플리아토'도 있었다. 근처에 있는 모든 사람의 귀를 정체를 알 수 없는 윙윙거리는 소리로 가득 채우는 이 주문을 사용하면 누가 엿들을 걱정 없이 수업 시간에 긴 대화를 주고받을 수 있었다. 이 마법들이 재미있다고 생각하지 않은 사람은 헤르미온느뿐이었다. 그녀는 못마땅한 표정을 엄격하게 유지하면서 해리가 근처에 있는 누군가에게 머플리아토 주문을 쓰면 아예 입을 열지 않았다.

해리는 침대에 앉아서 책을 옆으로 돌린 채 혼혈 왕자가 꽤 고심하면서 휘갈겨 쓴 주문의 지시 사항을 자세히 읽어 보았다. 펜으로 그은 자국과 고쳐 쓴 자국이 많았지만, 마침내 혼혈 왕자가 이렇게 적어 놓은 것을 발견했다.

레비코르푸스(무언 주문)

바람과 진눈깨비가 창문을 가차 없이 두들기고 네빌이 큰 소리로 코를 고는 동안 해리는 괄호 속 글자들을 가만히 바라보았다. 무언 주문이라……. 그럼 말을 하지 않고 마법을 걸어야 한다는 건데. 해리는 자신이 과연 이 마법을 쓸 수 있을지 의심스러웠다. 그는 스네이프가 매번 어둠의 마법 방어법 수업 때마다 그에게 한마디씩 했듯 아직도 무언 주문 마법에 어려움을 겪고 있었다. 그렇긴 해도, 지금까지 밝혀진 바로는 혼혈 왕자가 스네이프보다 훨씬 뛰어난 선생이었다.

해리는 딱히 뭔가를 가리키지 않은 채 마법 지팡이를 위쪽으로 튕겨 올리며 머릿속으로 '레비코르푸스!'라고 말했다.

"아아아아아악!"

빛이 번뜩이더니 방 안이 소란스러워졌다. 론이 소리를 지르면서 모두가 깬 것이다. 해리는 크게 당황해서 《고급 마법약 제조》를 내동댕이쳤다. 론이 마치 보이지 않는 갈고리에 발목이 걸려 들어 올려진 것처럼 공중에 거꾸로 대롱대롱 매달려 있었다.

"미안!" 해리가 소리쳤다. 딘과 셰이머스가 웃음을 터뜨렸고 침대에서 떨어졌던 네빌은 바닥에서 몸을 일으켰다. "잠깐만, 내가 내려 줄게."

그는 어쩔 줄 몰라 하며 마법약 책을 더듬더듬 집어 들고 주문이 적힌 곳을 찾아 페이지를 넘겼다. 마침내 그 페이지를 찾은 해리는 주문 밑에 알아보기 힘들게 적혀 있는 작은 글씨들을 해독했다. 이것이 해제 마법이기를 바라며, 해리는 온 힘을 다해 속으로 '*리베라코르푸스!*'라고 외쳤다.

다시 한 번 빛이 번뜩이더니 론이 매트리스 위로 털썩 떨어졌다.

"미안해." 해리가 기어들어 가는 소리로 다시 말했다. 딘과 셰이머스는 여전히 웃음을 멈추지 못했다.

"내일은……." 론이 이불에 얼굴을 파묻고 말했다. "그냥 자명종 시계로 깨워 줘."

모두가 옷을 입고, 위즐리 부인이 떠 준 스웨터를 겹겹이 껴입어 무장을 갖춘 뒤 망토와 목도리와 장갑을 챙겼을 때쯤에는 론도 충격에서 벗어난 상태였다. 사실 론은 해리가 새로 배운 주문을 무척 재미있어했다. 너무 재미있어한 나머지 아침 식사를 하기 위해 자리에 앉자마자 헤르미온느에게 쉴 새 없이 그 이야기를 떠들어 댔다.

"……그러다가 또 한 번 빛이 번쩍하니까 침대로 쿵 떨어졌지 뭐야!" 론이 씩 웃으며 소시지를 접시에 덜었다.

헤르미온느는 이야기를 듣는 내내 미소 한 번 짓지 않더니 이제는 해리에게 쌀쌀하고 못마땅한 시선을 돌렸다.

"혹시 그 주문도 네 마법약 책에서 나온 거야?" 그녀가 물었다.

해리는 그녀를 보며 얼굴을 찌푸렸다.

"넌 항상 최악의 결론으로 비약해 버리더라?"

"맞아?"

"뭐…… 그래, 맞아. 근데 그게 뭐?"

"그러니까 모르는 사람이 손으로 끼적여 놓은 주문을 시험해 보고 무슨 일이 벌어지는지 한번 보기로 했다는 거네?"

"손으로 끼적여 놓은 게 무슨 상관이야?" 나머지 질문에는 대답하고 싶지 않아서 해리는 그렇게 말했다.

"왜냐하면 정부의 승인을 받은 주문이 아닐 수도 있으니까." 헤르미온느가 말했다. "그리고 또……." 그녀는 해리와 론이 눈알을 굴리는 것을 보고 덧붙였다. "이 왕자라는 사람이 좀 수상하기도 하고."

해리와 론이 동시에 헤르미온느에게 소리쳤다.

"웃자고 한 일이었어!" 론이 케첩 병을 소시지 위에 거꾸로 기울이며 말했다. "그냥 장난친 거였다고, 헤르미온느. 그게 전부야!"

"사람 발목을 잡아서 거꾸로 매달아 놓는 게?" 헤르미온느가 말했다. "도대체 누가 그런 주문을 만드는 데 시간과 노력을 들일까?"

"프레드랑 조지." 론이 어깨를 으쓱하며 말했다. "이건 형들이 할 만한 짓이야. 그리고 어……."

"우리 아빠." 해리가 말했다. 지금 막 기억이 떠올랐다.

"뭐?" 론과 헤르미온느가 합창하듯 말했다.

"우리 아빠가 이 주문을 썼었어." 해리가 말했다. "내가…… 그러니까, 루핀 교수님한테 들었어."

마지막 말은 진실이 아니었다. 사실 해리는 아버지가 이 주문을 스네이프에게 쓰는 것을 봤지만 그 펜시브 여행에 대해서는 론과 헤르미온느에게 결코 말한 적이 없었다. 하지만 이제는 놀랄 만한 가능성이 떠올랐다. 어쩌면 혼혈왕자는……?

"그래, 너희 아빠도 그 주문을 쓰셨을지 몰라, 해리." 헤르미온느가 말했다. "하지만 너희 아빠만 쓰신 건 아니었을 거야. 네가 잊어버렸을까 봐 하는 말인데, 우린 온갖 사람이 그 주문을 쓰는 걸 봤어. 사람을 공중에 매다는 주문 말이야. 잠들어 있는 상황에서 무력하게 사람들을 둥둥 떠다니게 만드는 거."

해리는 그녀를 빤히 바라보았다. 퀴디치 월드컵 대회에서 죽음을 먹는 자들이 했던 짓이 떠오르자 그의 가슴이 철렁 내려앉았다. 론이 해리를 거들고 나섰다.

"그건 달라." 그가 힘주어 말했다. "그자들은 주문을 함부로 썼지만, 해리랑 해리의 아빠는 그냥 웃자고 한 일이었어. 너는 그냥 혼혈 왕자가 싫은 거지, 헤르미온느." 그가 소시지로 단호하게 그녀를 가리키며 덧붙였다. "혼혈 왕자가 너보다 마법약을 잘하니까……."

"그거랑은 아무 상관도 없어!" 헤르미온느가 양 뺨을 붉히며 말했다. "난 그냥 무슨 용도인지도 모르면서 주문을 쓰는 게 너무 무책임하다는 생각이 들었을 뿐이야. 그리고 '왕자'라고 부르지 좀 말래? 그게 그 사람 작위라도 되니? 장담하는데, 그건 그냥 바보 같은 별명일 거야. 그리고 내가 보기에 이 사람은 별로 좋은 사람 같지도 않아!"

"난 네가 왜 그런 생각을 하는지 모르겠는데." 해리가 발끈하며 말했다. "이제 막 죽음을 먹는 자가 된 사람이라면 '혼혈'이라고 자랑하듯 떠벌리진 않았겠지. 안 그래?"

그 말을 하면서도 해리는 아버지가 순수 혈통이라는 사실을 떠올렸지만 머릿속에서 그 생각을 떨쳐 버렸다. 그 문제는 나중에 고민하기로 했다.

"죽음을 먹는 자들이 모두 순수 혈통일 수는 없어. 남아 있는 순수 혈통 마법사가 그렇게 많지 않으니까." 헤르미온느가 고집스럽게 말했다. "난 그 사람들 대부분이 순혈인 척하는 혼혈이라고 생각해. 그 사람들이 싫어하는 건 머글 태생뿐이야. 너랑 론이 함께하겠다고 하면 기꺼이 받아 줄걸."

"그놈들이 날 죽음을 먹는 자로 받아 줄 리 없잖아!" 론이 화를 냈다. 그가 헤르미온느에게 휘두르던 포크에서 소시지 조각이 날아가 어니 맥밀런의 뒤통수를 맞혔다. "그놈들한테는 우리 가족 모두가 혈통 배신자들이야! 죽음을 먹는 자들한테 그건 머글 태생만큼이나 나쁜 거라고!"

"나는 엄청 받아 주고 싶어 하겠네." 해리가 비꼬듯 말했다. "계속 나를 죽이려 들지만 않으면 서로 최고의 친구가 될 수 있을 텐데."

그 말에 론이 웃음을 터뜨렸다. 헤르미온느마저 마지못해 피식 웃고 말았다. 그때 지니가 다가와 모두의 주의가 그녀에게 쏠렸다.

"안녕, 해리. 이걸 전해 주래."

양피지 두루마리에는 가늘고 기울어진 낯익은 글씨체로 해리의 이름이 적혀 있었다.

"고마워, 지니. ……덤블도어 교수님이 다음번 수업을 알려 주는 편지야!" 해리는 론과 헤르미온느에게 말하며 양피지를 펼치고 재빨리 내용을 읽었다. "월요일 저녁이래!" 그는 갑자기 마음이 가벼워지고 행복해졌다. "우리랑 같이 호그스미드에 갈래, 지니?" 그가 물었다.

"난 딘이랑 가. 거기서 만날 수 있으면 만나자." 그녀는 그렇게 대답하더니 떠나면서 그들에게 손을 흔들었다.

필치는 평소처럼 오크나무 정문 앞에 서서 호그스미드에 가도 좋다는 허락을 받은 학생들의 이름을 확인하고 있었다. 그가 모든 사람을 거짓말 감지기로 세 번이나 확인하는 바람에 이 과정은 보통 때보다 오래 걸렸다.

"우리가 어둠의 마법 관련 물건을 가지고 **나가는** 게 뭐가 문제예요?" 론이 길고 가느다란 거짓말 감지기를 불안하게 곁눈질하며 물었다. "당연히 우리가 뭘 갖고 **들어오는지** 확인해야죠."

이런 건방진 태도 때문에 그는 감지기로 몇 번 더 찔리고 말았다. 바람과 진눈깨비 속으로 나갈 때까지 론은 계속 몸을 움찔거렸다.

호그스미드까지 걸어가는 길은 전혀 즐겁지 않았다. 해리는 목도리로 눈 밑까지 꽁꽁 싸맸지만, 맨살이 드러난 부분은 얼마 안 있어 살갗이 벗겨진 것처럼 얼얼해졌다. 마을로 가는 길은 매서운 바람에 맞서 몸을 잔뜩 웅크리고 걸어가는 학생들로 가득했다. 해리는 따뜻한 휴게실에 있었다면 더 즐거운 시간을 보내지 않았을까 하는 생각을 여러 번 했고, 마침내 호그스미드에 도착해서 종코의 장난감 가게가 널빤지로 막혀 있는 것을 봤을 때는 이번 방문이 결코 즐겁지 않을 것이라고 확신했다. 론이 두꺼운 장갑을 낀 손으로 허니듀크스를 가리켰다. 다행히 그 가게는 문이 열려 있었다. 해리와 헤르미온느는 론을 따라 붐비는 가게 안으로 비틀비틀 들어갔다.

"와, 살 것 같다." 토피 사탕 향이 감도는 따뜻한 공기 속으로 들어오자 론이 몸을 부르르 떨었다. "오후는 여기서 보내자."

"해리, 우리 해리!" 뒤에서 우렁우렁한 목소리가 들려왔다.

"아, 이런." 해리가 중얼거렸다. 세 사람은 뒤돌아보았다. 털이 북슬북슬한 커다란 모자를 쓴 슬러그혼 교수가 그 모자와 어울리는 목깃에 털 달린 코트를 입고 파인애플 설탕 절임이 든 큼직한 봉투를 들고 있었다. 적어도 가게의 4분의 1은 그가 차지하고 있는 것처럼 보였다.

"해리, 넌 지금까지 나와의 저녁 식사를 세 번이나 놓쳤다!" 슬러그혼은 그의 가슴을 다정스레 쿡 찌르며 말했다. "그러면 안 되지, 요 녀석. 널 꼭 초대하고 말 거야! 그레인저 양은 정말 좋아하던데 말이야, 그렇지?"

"네." 헤르미온느가 마지못해 대답했다. "정말로……."

"그런데 왜 오지 않는 거니, 해리?" 슬러그혼이 물었다.

"그게, 퀴디치 훈련이 있어서요, 교수님." 사실은 슬러그혼이 작은 보라색 리본으로 장식된 초대장을 보낼 때마다 일부러 훈련 스케줄을 잡았던 해리가 그렇게 말했다. 이 작전을 쓰면 론이 혼자 남겨질 일도 없었다. 그리고 해리와 론은 헤르미온느가 매클래건과 자비니 사이에 끼어 있는 광경을 상상하면서 지니와 함께 웃곤 했다.

"이야, 그렇게 열심히 하는 걸 보니 첫 시합에서 분명 이기겠구나!" 슬러그혼이 말했다. "하지만 잠깐 기분 전환을 한다고 해가 되진 않는단다. 자, 월요일 밤은 어떠니? 이런 날씨에 훈련하고 싶을 리는 없을 텐데……."

"죄송합니다, 교수님. 저는…… 어…… 그날 저녁에 덤블도어 교수님이랑 약속이 있어서요."

"이번에도 내가 운이 없구나!" 슬러그혼이 호들갑을 떨며 소리쳤다. "아, 그래…… 그래도 영원히 빠져나갈 순 없어요, 해리!"

슬러그혼은 왕이라도 된 것처럼 손을 흔들며 가게를 비집고 나갔다. 마치 가게에 진열된 바퀴벌레 과자라도 되는 양 론은 전혀 의식하지 않은 채.

"또 빠져나가다니 믿을 수가 없어." 헤르미온느가 고개를 저으며 말했다. "사실 그렇게 나쁘지는 않아. 가끔 재미

있을 때도 있……." 하지만 그때 그녀는 론의 표정을 읽었다. "아, 저것 봐. 디럭스 설탕 깃펜이야! 저거면 몇 시간은 버티겠는데?"

해리는 헤르미온느가 화제를 바꾼 걸 다행스러워하며 새로운 특대 사이즈 설탕 깃펜에 평소보다 많은 관심을 보였다. 하지만 론은 여전히 기분이 안 좋아 보였고, 헤르미온느가 다음에는 어딜 가고 싶냐고 물어도 그저 어깨만 으쓱했다.

"스리 브룸스틱스에 가자." 해리가 말했다. "거기도 따뜻할 거야."

그들은 다시 목도리로 얼굴을 친친 감고 과자 가게를 나섰다. 달달한 온기가 가득한 허니듀크스 밖으로 나오니 얼굴에 닿는 매서운 바람이 칼날처럼 느껴졌다. 거리는 그다지 붐비지 않았다. 서서 대화를 나누는 사람은 아무도 없었고 각자 목적지를 향해 바쁘게 걸어가고 있었다. 다만 저 앞, 스리 브룸스틱스 앞에 서 있는 두 남자만은 예외였다. 그중 한 명은 키가 꽤 크고 깡말랐는데, 해리가 빗물에 젖은 안경 너머로 눈을 가늘게 뜨고 보니 그는 호그스미드의 또 다른 술집인 호그스 헤드의 바텐더였다. 해리, 론, 헤르미온느가 가까이 가자 바텐더는 목 주위로 망토를 단단하게 여미더니 왜소한 남자를 남겨 두고 가 버렸다. 혼자 남은 남자는 품에 안은 뭔가를 만지작거리고 있었다. 해리는 코앞까지 다가가서야 그 남자가 누구인지 알아차렸다.

"먼덩거스!"

땅딸막한 체구에 휘어진 다리, 적갈색 머리카락이 제멋대로 길게 자란 남자가 움찔하며 굉장히 낡아 보이는 여행 가방을 떨어뜨렸다. 가방은 불쑥 열리며 내용물을 드러냈다. 마치 고물상 진열창을 통째로 털어 온 것 같았다.

"어, 어이, 해리." 먼덩거스 플레처가 도저히 속아 넘어갈 수 없을 만큼 어색하게 태연한 척하며 말했다. "어, 난 이만 가 볼게."

그러더니 그는 바닥에 떨어진 물건들을 주섬주섬 다시 가방에 담았다. 한시라도 빨리 이 자리를 벗어나고 싶어 안달 난 사람처럼 보였다.

"이 물건들을 팔려고요?" 해리는 먼덩거스가 너저분한 물건들을 땅에서 집어 드는 모습을 지켜보며 물었다.

"아, 뭐, 어떻게든 입에 풀칠은 해야지." 먼덩거스가 말했다. "그거 이리 내!"

론이 허리를 구부려 어떤 은색 물건을 주워 들고 있었다.

"잠깐." 론이 천천히 입을 열었다. "이거 어디선가 본 것 같은데……."

"고맙다!" 먼덩거스가 론의 손에서 잔을 낚아채 가방에 쑤셔 넣으며 말했다. "자, 다들 나중에 보자. ……**아얏!**"

해리가 먼덩거스의 목을 잡고 술집 벽에 짓눌렀다. 해리는 한 손으로 그를 움켜잡은 채 마법 지팡이를 꺼냈다.

"해리!" 헤르미온느가 날카롭게 소리 질렀다.

"그거, 시리우스의 집에서 가져온 거죠?" 해리가 먼덩거스와 코가 맞닿을 만큼 얼굴을 들이대고 말했다. 찌든 담배 냄새와 불쾌한 술 냄새가 해리의 콧속을 파고들었다. "블랙 가문의 문장이 찍혀 있잖아요."

"난…… 아니야. 무슨……?" 낯빛이 차츰 퍼레져 가던 먼덩거스가 말을 더듬거렸다.

"무슨 짓을 한 거예요? 시리우스가 죽은 날 밤에 거기 가서 그 집을 털기라도 한 거예요?" 해리가 으르렁거렸다.

"난…… 아냐……."

"그거 이리 내놔요!"

"해리, 그러면 안 돼!" 먼덩거스의 얼굴이 새파랗게 변한 것을 본 헤르미온느가 비명을 질렀다.

쾅 소리가 나면서 해리는 먼덩거스의 목을 움켜잡은 자신의 손이 홱 떨어져 나가는 것을 느꼈다. 먼덩거스는 헐떡이고 캑캑거리더니 떨어진 가방을 쥐고 **펑** 하는 소리와 함께 순간이동으로 사라졌다.

해리는 먼덩거스가 어디로 갔는지 보려고 제자리를 빙빙 돌면서 한껏 소리 높여 욕설을 내뱉었다.

"돌아와, 이 도둑질이나 하는……!"

"소용없어, 해리."

난데없이 통스가 나타났다. 그녀의 칙칙한 갈색 머리카락이 진눈깨비에 젖어 있었다.

"먼덩거스는 아마 지금쯤 런던에 있을 거야. 소리쳐 봐야 아무 소용 없어."

"그 작자가 시리우스의 물건을 훔쳐 갔어요, 훔쳤다고요!"

"그래, 그렇더라도 말이야." 그 말을 듣고도 전혀 개의치 않은 듯 통스가 말했다. "춥다, 일단 어디 들어가자."

그녀는 뒤에 서서 세 사람이 먼저 스리 브룸스틱스의 문으로 들어가는 모습을 지켜보았다. 가게에 들어서자마자 해리가 소리쳤다. "시리우스의 물건을 훔치다니!"

"나도 알아, 해리. 하지만 제발 부탁이니까 소리 좀 지르지 마. 사람들이 쳐다보잖아." 헤르미온느가 속삭였다. "가서 앉자. 내가 마실 걸 가져다줄게."

잠시 뒤 헤르미온느가 버터맥주 세 잔을 가지고 탁자로 돌아왔을 때도 해리는 여전히 씩씩대고 있었다.

"기사단에서는 왜 먼덩거스를 통제하지 못하는 거야?" 해리는 화가 머리끝까지 난 채 두 사람에게 속삭였다. "적어도 저 작자가 본부에 있으면서 처분되지 않은 물건들을 훔쳐 가지 못하게 막아야 하는 거 아니야?"

"쉿!" 헤르미온느가 듣는 사람이 없는지 확인하려고 주위를 둘러보며 애원하듯 말했다. 근처에 앉은 마법사 두 명이 큰 관심을 보이며 해리를 바라보고 있었고, 멀지 않은 자리에는 자비니가 기둥에 기댄 채 나른한 자세로 앉아 있었다. "해리, 나라도 화났을 거야. 먼덩거스가 훔친 건 전부 네 것이니까……."

해리는 버터맥주를 벌컥벌컥 마시다가 사레에 들리고 말았다. 그리몰드가 12번지가 그의 것이라는 사실을 깜빡 잊고 있었던 것이다.

"그래, 내 거였어!" 그가 말했다. "그 인간이 날 보고 반가워하지 않은 것도 놀랄 일은 아니네! 그럼 난 덤블도어 교수님을 찾아가서 무슨 일이 벌어지고 있는지 말할 거야. 덤블도어 교수님은 먼덩거스가 무서워하는 유일한 사람이니까."

"잘 생각했어." 해리가 진정되는 것 같자 헤르미온느는 티 나게 기뻐하며 작은 소리로 말했다. "론, 넌 뭘 보고 있는 거야?"

"아무것도." 론은 서둘러 바에서 시선을 돌리며 말했지만, 해리는 그가 육감적인 몸매에 매력적인 로즈메르타 씨와 눈을 마주치기 위해 애쓰고 있었다는 것을 알아차렸다. 론은 예전부터 그녀에게 약했다.

"그 '아무것도'가 안에서 파이어위스키를 더 가져오고 있는 것 같네." 헤르미온느가 성마르게 쏘아붙였다.

론은 이 모욕적인 말을 못 들은 척하고 입을 다물고 있는 편이 더 품위 있다고 생각하는 듯 맥주만 홀짝거렸다. 해리는 시리우스를 떠올리며 그가 그 은제 잔들을 얼마나 싫어했는지 생각하고 있었다. 헤르미온느는 론과 바 사이를 번갈아 보며 손가락으로 탁자를 탁탁 두드렸다.

해리가 버터맥주를 마지막 한 방울까지 들이켜자 그녀가 말했다. "그럼 이만하고 학교로 돌아갈까?"

나머지 두 사람이 고개를 끄덕였다. 즐겁지 않은 외출인데다 날씨도 갈수록 나빠졌다. 그들은 다시 한 번 망토를 단단히 여미고 목도리를 매만진 다음 장갑을 끼었다. 그리고 케이티 벨과 그녀의 친구에 뒤이어 술집을 나와서 큰길로 향했다. 녹았다가 얼어붙은 눈을 헤치고 호그와트로 터덜터덜 걸어가던 해리의 생각이 문득 지니에게로 향했다. 그들은 지니를 만나지 못했다. 틀림없이 지니와 딘은 행복한 연인들의 소굴인 푸디풋 부인의 찻집에 오붓하게 틀어박혀 있을 것이다. 해리는 눈을 부릅뜬 채 고개를 수그리고 회오리치는 진눈개비 속을 계속 터덜터덜 걸어갔다.

시간이 조금 흐른 뒤 해리는 바람에 실려 들려오던 케이티 벨과 그녀의 친구 목소리가 더 날카롭고 높아졌다는 사실을 깨달았다. 해리는 눈을 가늘게 뜨고 그들의 흐릿한 모습을 바라보았다. 두 소녀는 케이티가 손에 들고 있는 뭔가를 놓고 말다툼을 벌이고 있었다.

"이건 너랑 아무 상관 없는 거야, 리앤!" 케이티의 목소리가 들렸다.

그들은 길모퉁이를 돌았다. 진눈깨비가 어찌나 사납고 세차게 몰아치는지 해리의 안경이 부옇게 흐려졌다. 안경을 닦으려고 장갑 낀 손을 드는 순간 리앤이 케이티가 들고 있던 꾸러미를 움켜쥐려고 했다. 케이티가 세차게 잡아당기는 바람에 꾸러미가 땅바닥에 떨어졌.

한순간 케이티가 공중으로 떠올랐다. 론이 그랬던 것처럼 발목이 공중에 매달린 우스꽝스러운 모습이 아니라 곧

날기라도 할 것처럼 우아하게 팔을 뻗은 자세였다. 그렇지만 뭔가 이상했고, 뭔가 섬뜩했다……. 케이티의 머리카락은 사나운 바람에 휘날리고 있었지만 눈은 감겨 있고 얼굴에는 표정이 없었다. 해리, 론, 헤르미온느, 리앤 모두 걸음을 멈추고 그녀를 지켜보았다.

그때, 땅에서 2미터 가까이 떠올라 있던 케이티가 끔찍한 비명을 내질렀다. 그녀의 두 눈이 번쩍 뜨였다. 무엇이 보이고 무엇을 느끼는지 몰라도 케이티는 분명 끔찍한 고통을 겪고 있었다. 그녀는 비명을 지르고 또 질렀다. 리앤도 소리를 지르며 케이티의 발목을 잡고 그녀를 다시 땅으로 끌어내리려 했다. 해리, 론, 헤르미온느가 도와주러 달려갔다. 하지만 그들이 다리를 잡는 순간 케이티가 공중에서 떨어졌다. 해리와 론이 간신히 그녀를 받아 냈지만 케이티가 온몸을 격렬하게 비트는 바람에 붙잡고 있기가 힘들었다. 그들이 땅에 내려놓자 케이티는 아무도 알아보지 못하는 듯 발버둥 치고 비명을 질러 댔다.

해리는 주위를 둘러보았다. 사람 없는 풍경만 보였다.

"여기 있어 봐!" 그는 울부짖는 바람 속에서 다른 아이들에게 소리쳤다. "내가 도와줄 사람을 불러올게!"

그는 학교를 향해 전속력으로 달리기 시작했다. 그는 조금 전의 케이티처럼 행동하는 사람을 이제껏 한 번도 본 적이 없었고, 왜 그런 일이 일어났는지 알 수도 없었다. 그는 길모퉁이를 돌다가 두 발로 서 있는 거대한 곰 비슷한 것에 부딪히고 말았다.

"해그리드!" 그는 산울타리로 넘어졌다가 헐떡이며 몸을 일으켰다.

"해리!" 북슬북슬한 커다란 비버 가죽 코트를 입고 있는 해그리드가 말했다. 그의 눈썹과 턱수염에 진눈깨비가 엉겨 붙어 있었다. "방금 그롭을 만나고 오는 길이야. 얼마나 잘 따라와 주고 있는지 너도 믿지 못할……"

"해그리드, 저기에 다친 사람이 있어요. 저주를 당한 건지 뭐 때문인지는 모르겠어요."

"뭐라고?" 해그리드는 맹렬하게 몰아치는 바람 소리 너머로 해리가 하는 말을 들으려고 허리를 더 구부렸다.

"저주에 걸렸다고요!" 해리가 소리쳤다.

"저주라니? 누가 저주에 걸렸다는…… 론은 아니지? 헤르미온느냐?"

"아니에요, 걔들은 아니고 케이티 벨이에요. 이쪽이에요……"

그들은 함께 길을 되짚어 달려갔다. 얼마 지나지 않아

케이티 주위에 모여든 사람들이 보였다. 케이티는 아직도 바닥에 쓰러져 몸을 비틀며 비명을 지르고 있었다. 론과 헤르미온느, 리앤은 그녀를 진정시키기 위해 애쓰는 중이었다.

"물러서!" 해그리드가 소리쳤다. "내가 살펴보마!"

"케이티한테 무슨 일이 일어났어요!" 리앤이 흐느꼈다. "어떻게 된 일인지 모르겠어요……."

해그리드는 케이티를 잠시 살펴보더니 말없이 허리를 숙여 그녀를 번쩍 안아 들고 성으로 달려가기 시작했다. 귀를 찢을 듯한 케이티의 비명 소리가 멀어지더니 이제 들리는 것이라고는 바람이 울부짖는 소리뿐이었다.

헤르미온느가 큰 소리로 울고 있는 케이티의 친구에게 허겁지겁 다가가 그녀를 안아 주었다.

"리앤, 맞지?"

소녀가 고개를 끄덕였다.

"방금 그 일은 갑자기 일어난 거야, 아니면……?"

"저 꾸러미가 찢어졌을 때였어." 리앤이 이제는 푹 젖어서 바닥에 놓여 있는 갈색 꾸러미를 가리키며 흐느꼈다. 뜯겨진 포장 사이로 초록빛을 띤 반짝이는 뭔가가 드러나 있었다. 론이 허리를 구부리고 손을 내밀자 해리는 그의 팔을 잡고 뒤로 끌어당겼다.

"*만지지 마!*"

해리는 웅크리고 앉았다. 포장지 사이로 화려한 오팔 목걸이가 삐져나와 있는 것이 보였다.

"전에 이걸 본 적이 있어." 해리가 그것을 유심히 바라보며 말했다. "아주 오래전에 보긴 앤 버크에 진열되어 있었던 거야. 저주에 걸렸다는 설명이 붙어 있었어. 케이티는 이걸 만진 게 틀림없어." 그는 걷잡을 수 없이 떨기 시작한 리앤을 올려다보았다. "어쩌다 케이티가 이걸 손에 넣게 된 거야?"

"그것 때문에 우리가 말다툼을 하고 있었던 거야. 케이티가 스리 브룸스틱스 화장실에서 그걸 갖고 나오더니 호그와트에 있는 누군가를 위한 깜짝 선물이라면서 자기가 전달해야 한다고 했어. 그 말을 할 때 아주 이상해 보였어……. 아 이런, 틀림없이 임페리우스 저주에 걸렸던 거야. 내가 그걸 못 알아채다니!"

리앤은 다시 흐느끼며 몸을 떨었다. 헤르미온느가 그녀의 어깨를 부드럽게 토닥여 주었다.

"누가 줬는지는 얘기 안 했어, 리앤?"

"응…… 말을 안 해 주더라고……. 내가 그건 바보 같은 짓이라면서 학교에 가져가지 말라고 했는데 내 말을 듣지 않았어. 그래서 내가 빼앗으려 했고…… 그리고…….” 리앤은 절망 어린 울음을 터뜨렸다.

"그만 학교로 돌아가는 게 좋겠어." 헤르미온느가 여전히 리앤의 어깨를 감싼 채 말했다. "가서 케이티 상태가 어떤지 알아보자. 가자…….”

해리는 잠깐 망설이다가 목도리를 풀고, 론이 숨을 헉 들이켜는 것을 무시한 채 목도리로 그 목걸이를 조심스럽게 집어 들었다.

"이걸 폼프리 선생님한테 보여 드려야겠어." 그가 말했다.

해리는 헤르미온느와 리앤을 뒤따라 걸어가면서 열심히 생각했다. 막 교정에 들어섰을 때 그가 입을 열었다. 이 생각을 더 이상 혼자만 간직하고 있을 수는 없었다.

"말포이는 이 목걸이를 알아. 이건 4년 전 보긴 앤 버크에 진열되어 있던 거야. 나는 말포이랑 걔네 아빠를 피해 숨어 있다가 그 자식이 이 목걸이를 눈여겨보는 걸 봤어. 우리가 말포이를 미행했던 날 그 자식이 산 게 바로 이거야! 이걸 기억해 뒀다가 다시 가서 손에 넣은 거라고!"

"난…… 난 잘 모르겠어, 해리." 론이 머뭇거리며 말했다. "엄청나게 많은 사람이 보긴 앤 버크를 들락거리잖아. 그리고 저 여자애는 케이티가 이걸 여자 화장실에서 받았다고 하지 않았어?"

"화장실에 갔다가 저걸 가지고 나왔다고 했지, 화장실 안에서 받았다고는 하지……."

"맥고나걸이다!" 론이 경고하듯 말했다.

해리는 눈을 들었다. 론의 말대로 맥고나걸 교수가 소용돌이치는 진눈깨비를 뚫고 그들을 향해 다급히 돌계단을 달려 내려오고 있었다.

"해그리드 말로는 너희 넷이 케이티 벨에게 무슨 일이 일어났는지 봤다더구나. 당장 내 연구실로 가자! 넌 뭘 들고 있는 거지, 포터?"

"케이티가 만진 물건이에요." 해리가 말했다.

"세상에." 맥고나걸 교수는 해리에게서 목걸이를 받아 들며 깜짝 놀란 표정을 지었다. "아니, 안 됩니다, 필치. 얘들은 나와 함께 갈 겁니다!" 그녀가 서둘러 덧붙였다. 필치가 기대감에 차서 거짓말 감지기를 치켜들고 발을 질질 끌며 현관홀을 가로질러 오고 있었던 것이다. "이 목걸이를 즉시 스네이프 교수에게 갖다주세요. 하지만 절대 만져선 안 됩니다. 목도리로 계속 싸 놔야 합니다!"

해리와 다른 아이들은 맥고나걸 교수를 따라 계단을 올라가 그녀의 연구실로 향했다. 진눈깨비로 얼룩진 창문이 창틀에서 덜컥거렸다. 벽난로에서 불이 타닥거리고 있는데도 연구실은 썰렁했다. 맥고나걸 교수는 문을 닫고 빠르게 책상을 돌아가 해리, 론, 헤르미온느, 그리고 아직도 흐느끼고 있는 리앤을 마주 보았다.

"그래." 그녀가 날카롭게 입을 열었다. "무슨 일이 있었던 거냐?"

리앤은 다시 터질 것 같은 울음을 억누르느라 쉬어 가면서 더듬더듬 맥고나걸 교수에게 케이티가 스리 브룸스틱스 화장실에서 아무것도 적혀 있지 않은 꾸러미를 들고 자리로 돌아온 일, 조금 이상해 보이는 케이티의 모습에 뭔지 모를 물건을 전달하겠다고 한 게 과연 옳은 것인지를 놓고 말다툼했던 일, 말다툼이 점점 심해져 꾸러미를 두고 몸싸움을 벌인 일, 그리고 마침내 꾸러미가 찢어진 일을 들려주었다. 여기까지 말하자 리앤은 감정이 너무 북받쳐서 더 이상 한 마디도 할 수 없는 것 같았다.

"알았다." 맥고나걸 교수가 조금 부드러워진 목소리로 말했다. "병동으로 가 보거라, 리앤. 폼프리 선생님께 놀랐을 때 먹는 약을 달라고 해라."

리앤이 연구실을 나가자 맥고나걸 교수는 해리, 론, 헤르미온느를 향해 돌아섰다.

"케이티가 목걸이를 만졌을 때 무슨 일이 일어났지?"

"공중으로 떠올랐어요." 론과 헤르미온느가 입을 열기도 전에 해리가 말했다. "그러더니 비명을 지르기 시작하면서 바닥에 떨어졌어요. 교수님, 덤블도어 교수님을 만날 수 있을까요?"

"교장 선생님은 월요일까지 자리를 비우실 거다, 포터." 맥고나걸 교수가 살짝 놀란 얼굴로 말했다.

"자리에 안 계신다고요?" 해리가 성난 목소리로 거듭 물었다.

"그래, 포터. 안 계신다!" 맥고나걸 교수가 딱 잘라 말했다. "하지만 이 끔찍한 일에 대해 뭔가 할 말이 있다면, 장담하는데 나한테 하면 된다."

해리는 아주 짧은 순간 망설였다. 맥고나걸 교수는 편하게 속마음을 털어놓을 수 있는 상대가 아니었다. 덤블도어는 여러모로 더 두려운 사람이긴 했지만 아무리 정신 나간 의견이라도 경멸하지 않을 것 같았다. 물론 목숨이 달린 문제였으므로 경멸당할 걱정을 할 때는 아니었다.

"저는 드레이코 말포이가 케이티에게 그 목걸이를 줬다

고 생각합니다, 교수님."

해리 옆에 있던 론이 적잖이 당황한 기색으로 코를 문질 렀다. 다른 쪽 옆에서는 헤르미온느가 해리에게서 거리를 두고 싶은 간절한 마음에 발을 질질 끌었다.

"그건 아주 심각한 혐의를 제기하는 거다, 포터." 맥고나걸 교수가 충격을 받은 듯 잠깐 말을 멈췄다가 입을 열었다. "증거가 있는 거냐?"

"아뇨." 해리가 말했다. "하지만……." 그는 보긴 앤 버크까지 말포이를 쫓아갔던 일이며 그와 보긴 사이에 오갔던 대화 내용을 그녀에게 털어놓았다.

그가 말을 마치자 맥고나걸 교수는 약간 혼란스러운 표정을 지어 보였다.

"말포이가 보긴 앤 버크에 뭔가를 고쳐 달라고 가져갔다고?"

"아뇨, 교수님. 말포이는 그저 보긴 씨가 자기한테 뭔가를 고치는 방법만 알려 주기를 바랐어요. 물건을 가지고 있지는 않았어요. 하지만 그게 중요한 게 아니에요. 중요한 건 말포이가 그때 뭔가를 샀다는 거고, 제 생각에는 그게 바로 그 목걸이……."

"말포이가 비슷한 꾸러미를 들고 가게를 나서는 걸 봤

느냐?"

"아뇨, 교수님. 말포이는 보긴 씨한테 가게에 그 물건을 맡아 달라고……."

"하지만, 해리." 헤르미온느가 말을 끊었다. "보긴 씨가 말포이한테 그 물건을 가져가고 싶으냐고 물어봤을 땐 말포이가 '아니'라고 했……."

"당연히 만지기 싫었으니까 그랬겠지!" 해리가 버럭 소리쳤다.

"말포이가 실제로 한 말은, '저걸 들고 길거리를 돌아다니면 어떻게 보이겠어?'였어." 헤르미온느가 말했다.

"뭐, 목걸이를 들고 다니면 살짝 멍청이처럼 보이긴 하겠네." 론이 끼어들었다.

"아, 론." 헤르미온느가 두 손 들었다는 듯 말했다. "목걸이는 포장되었을 테니 만질 필요가 없을 거고, 망토 안에 쉽게 숨길 수 있으니까 누가 볼 일도 없겠지! 나는 말포이가 보긴 앤 버크에 맡긴 게 뭔지는 몰라도 시끄럽거나 부피가 큰 거라고 생각해. 길거리에 들고 다니면 확실히 눈길을 끌 만한 것 말이야. 그리고 어쨌든……." 그녀는 해리가 끼어들 새도 없이 큰 소리로 밀어붙였다. "내가 보긴 씨한테 목걸이에 대해서 물어봤잖아. 기억 안 나? 말포이가 뭘 보관해 달라고 부탁했는지 알아보려고 들어갔을 때 나도 그 목걸이가 거기 있는 걸 봤어. 보긴 씨는 나한테 그냥 가격만 말해 줬을 뿐, 이미 팔렸다거나 그런 얘기는 안 했……."

"뭐, 네가 너무 티 나게 굴었잖아. 보긴은 5초도 안 돼서 네가 무슨 꿍꿍이인지 알아차렸어. 당연히 너한테 말해 줄 리가 없지. 아무튼, 말포이가 나중에 사람을 보내서 저걸 가져왔는지도 모르고……."

"그만하면 됐다!" 헤르미온느가 반박하려고 입을 열자 맥고나걸 교수가 언짢은 표정을 짓고 말했다. "포터, 얘기해 줘서 고맙다만, 이 목걸이를 파는 가게에 방문했다는 이유만으로 말포이 군을 의심할 수는 없다. 그 가게를 방문한 사람이 수백 명이나 될 텐데……."

"……제 말이 그 말이에요." 론이 말했다.

"……그리고 어쨌든, 올해에는 엄중한 보안 조치가 취해졌으니 목걸이를 몰래 학교 안으로 들여올 수 있었을 거라고는 생각하지 않는다."

"하지만……."

"그리고 하나 더." 맥고나걸 교수가 아주 단호하게 말했다. "말포이 군은 오늘 호그스미드에 없었다."

해리는 맥없이 입을 쩍 벌리고 그녀를 바라보았다.

"그걸 어떻게 아세요, 교수님?"

"나한테 징계를 받고 있었으니까. 말포이 군은 두 번 연속으로 변환 마법 숙제를 해 오지 않았다. 그러니까 네 의심을 말해 준 것은 고맙다만, 포터." 그녀는 그들을 지나쳐 걸어가면서 말했다. "나는 이제 병동에 가서 케이티 벨의 상태를 확인해 봐야겠구나. 다들 좋은 하루 보내거라."

그녀는 연구실 문을 열고 서 있었다. 그들은 군말 없이 줄지어 연구실 밖으로 나가는 수밖에 없었다.

해리는 맥고나걸 교수를 편든 두 사람에게 화가 났지만, 조금 전에 벌어진 일을 두고 둘이 이야기하기 시작하자 그 대화에 끼지 않을 수 없었다.

"그래서 넌 케이티가 그 목걸이를 누구한테 주려던 거라고 생각해?" 휴게실로 가는 계단을 오르면서 론이 물었다.

"누가 알겠어?" 헤르미온느가 말했다. "하지만 누가 됐든 간신히 목숨을 건진 거야. 꾸러미를 풀어 봤다면 목걸이를 만지지 않을 수 없었을 테니까."

"그걸 받을 만한 사람이야 엄청 많지." 해리가 말했다. "덤블도어 교수님일지도 몰라. 죽음을 먹는 자들은 교수님을 제거하고 싶어서 안달이 나 있으니까. 아마 놈들의 최우선 표적 중 한 명일걸. 아니면 슬러그혼일지도. 덤블도어 교수님은 볼드모트가 슬러그혼을 정말로 끌어들이려 했다고 생각하시거든. 슬러그혼이 덤블도어 교수님과 한편이 됐으니 놈들의 기분이 좋을 리 없지. 아니면……."

"아니면 너일 수도 있지." 헤르미온느가 불안한 표정을 지으며 말했다.

"그럴 리 없어." 해리가 말했다. "그랬다면 케이티가 그냥 길을 돌아와서 나한테 줬을 거 아냐. 안 그래? 나는 스리 브룸스틱스를 나온 뒤로 줄곧 케이티 뒤에 있었잖아. 호그와트 바깥에서 꾸러미를 전달하는 게 훨씬 더 말이 됐을 거야. 필치가 드나드는 사람 모두를 수색하고 있으니까. 말포이는 왜 케이티한테 그걸 성으로 가져오라고 했을까?"

"해리, 말포이는 호그스미드에 없었다잖아!" 헤르미온느가 답답한 마음에 실제로 발을 동동 구르며 말했다.

"그럼 공범이 있었겠지." 해리가 말했다. "크래브나 고일이나…… 아니, 생각해 보니까 죽음을 먹는 자일 수도 있겠다. 이제 놈들에게 가담했으니까 크래브나 고일보다 훨씬 나은 패거리가 생겼을 거야."

론과 헤르미온느는 '애랑 말싸움해 봤자 소용없어'라는 뜻이 분명한 눈빛을 주고받았다.

"딜리그라우트." 뚱뚱한 귀부인 앞에 도착하자 헤르미온느가 또박또박 말했다.

초상화가 활짝 열리며 그들을 휴게실에 들여보내 주었다. 학생들로 발 디딜 틈 없는 휴게실은 축축하게 젖은 옷 냄새로 가득했다. 많은 사람이 궂은 날씨 때문에 호그스미드에서 일찍 돌아온 듯했다. 하지만 두려워하거나 웅성거리는 기색이 보이지 않는 것을 보니 케이티에게 벌어진 일이 아직 알려지진 않은 모양이었다.

"생각해 보면 아주 빈틈 없는 공격은 아니었어." 론이 난롯가의 좋은 안락의자에 앉아 있던 1학년생을 아무렇지 않게 몰아내고 그 의자를 차지하며 말했다. "저주에 걸린 물건을 성안으로 들여오지도 못한 거잖아. 완벽한 계획이라고는 못 하지."

"네 말이 맞아." 헤르미온느가 론을 발로 쿡쿡 찔러 밀어내고 1학년생에게 의자를 돌려주며 말했다. "심사숙고해서 실행한 계획은 절대 아니야."

"말포이가 언제부터 세계 최고의 지략가였냐?" 해리가 물었다.

론도, 헤르미온느도 대답하지 않았다.

13장
리들의 수수께끼

다음 날 케이티는 세인트 멍고 마법 질병 상해 병원으로 옮겨졌다. 이때쯤에는 그녀가 저주에 걸렸다는 소식이 학교 전체에 퍼졌다. 물론 자세한 내용은 제대로 알려지지 않았고 해리, 론, 헤르미온느, 리앤을 제외한 누구도 케이티가 원래의 표적이 아니었다는 사실은 모르는 듯했지만.

"아, 당연히 말포이는 알고 있겠지." 해리가 론과 헤르미온느에게 말했다. 그들은 해리가 '말포이는 죽음을 먹는 자' 이론을 입에 담을 때마다 못 들은 척하는 새로운 수법을 고수하고 있었다.

해리는 덤블도어가 과연 월요일 밤 수업 시간에 맞춰 돌아왔을지 알 수 없었지만 별다른 통보가 없었기에 8시에 그의 연구실로 찾아가 문을 두드렸다. 들어오라는 말이 들렸다. 덤블도어는 평소와 달리 피곤한 기색을 보이며 자리에 앉아 있었다. 손은 여전히 검게 그을려 있었지만, 그는 해리에게 미소 지어 보이며 앉으라고 손짓했다. 또다시 책상 위에 놓여 있는 펜시브가 천장에 은빛 입자들을 던지고 있었다.

"내가 떠나 있는 동안 바쁘게 지냈더구나." 덤블도어가 말했다. "케이티의 사고를 목격했다고?"

"네, 교수님. 케이티는 어떤가요?"

"여전히 상태가 많이 안 좋단다. 비교적 운이 따라 주기는 했지만 말이야. 목걸이가 살갗에 아주 살짝 닿았던 것 같다. 케이티의 장갑에 아주 작은 구멍이 나 있었거든. 그 목걸이를 목에 걸어 봤거나 맨손으로 집었다면 케이티는 죽었을 거다. 아마도 즉사했겠지. 다행히 스네이프 교수가 저주가 빠르게 퍼지는 걸 막아서……."

"왜 그 사람이 해요?" 해리가 재빨리 물었다. "왜 폼프리 선생님이 보시지 않고요?"

"버릇없는 녀석." 벽에 걸린 초상화 중 하나가 조용히 말했다. 잠들어 있는 것처럼 보였던 시리우스의 고조부 피니어스 나이젤러스 블랙이 팔에 묻고 있던 머리를 들었다.

"내 재임 시절이었다면 학생이 호그와트 운영 방식을 문제 삼도록 허용하지 않았을 거야."

"그래요, 고마워요, 피니어스." 덤블도어가 그의 말을 잘랐다. "스네이프 교수는 폼프리 선생님보다 어둠의 마법에 대해 훨씬 많은 것을 알고 있단다, 해리. 아무튼 세인트 멍고의 의료진이 매 시각 내게 알려 주고 있는데, 케이티가 시간이 지나면 완전히 회복할 수 있을 거라 기대하고 있단다."

"이번 주말에는 어디 계셨어요, 교수님?" 해리는 선을 지나치게 넘는다는 느낌을 받았지만 그것을 무시하고 물었다. 피니어스 나이젤러스도 분명 그렇게 느꼈는지 조용히 식식댔다.

"지금 당장은 말하지 않는 편이 좋겠다." 덤블도어가 말했다. "하지만 적절한 때가 되면 말해 주마."

"말해 주실 거라고요?" 해리가 깜짝 놀라 물었다.

"그래, 그럴 생각이다." 덤블도어는 로브 안에서 은색 기억이 담긴 유리병을 꺼내 마법 지팡이로 한 번 쿡 찔러 코르크 마개를 열었다.

"교수님." 해리가 머뭇거리며 말했다. "호그스미드에서 먼덩거스를 만났어요."

"아, 그래. 먼덩거스가 못된 손버릇으로 네 유산을 모욕했다는 건 진작부터 알고 있었다." 덤블도어가 얼굴을 살짝 찌푸리며 말했다. "먼덩거스는 네가 스리 브룸스틱스 앞에서 말을 건 뒤로 숨어 버렸어. 나를 마주칠까 봐 두려운 거겠지. 하지만 그 친구가 더 이상 시리우스의 유품을 빼돌리지 못할 거라는 건 믿어도 된다."

"그 너저분한 혼혈아가 블랙 가문의 가보를 빼돌리고 있었다고?" 피니어스 나이젤러스가 격분해서 소리를 지르더니 액자 밖으로 걸어 나갔다. 그리몰드가 12번지에 있는 자기 초상화를 찾아간 것이 틀림없었다.

"교수님." 잠시 침묵이 흐른 뒤 해리가 말했다. "케이티가 다치고 나서 제가 무슨 말을 했는지 맥고나걸 교수님이 전해 주시던가요? 드레이코 말포이에 대해서요."

"그래, 네가 의심하고 있는 것을 말해 주시더구나." 덤블도어가 말했다.

"그럼 교수님은······?"

"케이티의 사고에 관여했을 가능성이 있는 사람을 조사하기 위해서라면 모든 적절한 조치를 취해야겠지." 덤블도어가 말했다. "하지만 해리, 지금 내 관심사는 우리 수업이란다."

해리는 그 말을 듣고 약간 화가 났다. 이 수업이 그렇게 중요하다면 첫 번째 수업과 두 번째 수업 사이의 간격이 왜 이렇게 길었단 말인가? 하지만 그는 드레이코 말포이에 대해서는 더 이상 말하지 않고, 덤블도어가 새 기억들을 펜시브에 부어 넣은 다음 긴 손가락으로 돌 대야를 잡고 빙빙 돌리기 시작하는 모습을 지켜보았다.

"너도 틀림없이 기억할 게다. 지난번 우리는 볼드모트 경의 탄생과 관련해서, 잘생긴 머글 톰 리들이 마법사 아내 메로페를 버리고 리틀 행글턴에 있는 본가로 돌아간 시점까지 보았지. 메로페는 런던에 홀로 남겨져 장차 볼드모트 경이 될 아기를 낳을 예정이었다."

"메로페가 런던에 있었다는 건 어떻게 아세요, 교수님?"

"커랙티커스 버크라는 사람의 증언 덕분이다." 덤블도어가 말했다. "우연의 일치로, 우리가 방금 전까지 이야기하던 목걸이가 나온 바로 그 가게를 설립하는 데 한몫한 인물이란다."

덤블도어는 해리가 예전에 봤던 모습 그대로, 금을 채취하는 사람이 체로 금을 거르는 것처럼 펜시브의 내용물을 빙글빙글 돌렸다. 소용돌이 위로 은색 덩어리가 솟아오르는가 싶더니 작고 나이 든 남자로 변해 펜시브 안을 천천히 맴돌았다. 그는 유령 같은 은빛을 띠고 있으면서도 눈을 완전히 가리는 머리카락을 가진, 훨씬 실체 있는 모습이었다.

"그렇소. 우리는 특이한 상황에서 그것을 얻었소. 크리스마스 직전에 한 젊은 여자 마법사가 가져왔다오. 아, 벌써 수년 전 일이오. 급하게 돈이 필요하다더군요. 뭐, 그야 뻔했지. 누더기를 몸에 친친 둘렀는데, 배가 잔뜩 불러서…… 그러니까, 곧 아기가 태어날 예정이었던 거요. 그 여자는 그 목걸이에 달린 로켓이 슬리데린의 것이었다고 말하더군. 우리야 늘 그런 얘기를 들으니까. '아, 이건 멀린이 쓰던 거예요. 정말이에요, 멀린이 가장 좋아하는 찻주전자였다고요.' 이런 식이지. 그런데 그 로켓 목걸이는, 봤더니 슬리데린의 자취가 제대로 남겨져 있더군. 간단한 주문 몇 가지로도 그 사실을 확인할 수 있었소. 당연히, 값을 매길 수 없을 만큼 귀한 물건이었지. 그 여자는 로켓 목걸이의 가치를 전혀 모르는 것 같았소. 10갈레온을 받고도 좋아하더군. 그때까지 우리가 했던 거래 중 단연 최고의 거래였지!"

덤블도어가 펜시브를 더욱 세게 흔들자 커랙티커스 버크는 소용돌이치는 기억 덩어리 속으로 다시 가라앉았다.

"겨우 10갈레온을 줬다고요?" 해리가 격분해서 말했다.

"커랙티커스 버크는 그렇게 너그러운 사람이 아니란다." 덤블도어가 말했다. "그러니까 우리는 출산이 가까워 온 메로페가 런던에 혼자 살면서 절박하게 돈을 필요로 했다는 사실을 알 수 있다. 자신이 가진 단 하나뿐인 가치 있는 물건이자 마볼로가 아주 귀하게 여겼던 가보인 로켓을 팔아 버릴 만큼 말이야."

"하지만 메로페는 마법을 쓸 줄 알았잖아요!" 해리가 참지 못하고 말했다. "마법을 써서 음식도 얻고 필요한 물건은 뭐든 가질 수 있지 않았나요?"

"아." 덤블도어가 말했다. "그랬을지도 모르지. 하지만 내 생각에…… 이번에도 추측일 뿐이지만 내 생각이 맞을 거란 확신이 드는구나. 메로페는 남편에게서 버림받고 더 이상 마법을 사용하지 않게 된 것 같다. 더는 마법사로 살고 싶지 않았던 거겠지. 물론, 상대방이 알아주지 않는 사랑과 그에 따른 절망으로 인해 메로페의 힘이 약화됐을 가능성도 있다. 충분히 그럴 수 있지. 너도 곧 보게 될 테지만, 메로페는 어떤 상황에서도, 심지어 자기 목숨을 구해야 할 상황에서도 마법 지팡이 들기를 거부했단다."

"아들이 있는데도 살려고 하지 않았다고요?"

덤블도어가 눈썹을 치켜떴다.

"혹시 볼드모트 경을 안타까워하고 있는 게냐?"

"아뇨." 해리가 재빨리 대답했다. "하지만 메로페는 선택할 수 있었잖아요. 우리 어머니랑은 다르게……."

"네 어머니에게도 선택의 여지는 있었단다." 덤블도어가 부드럽게 말했다. "그래, 메로페 리들은 자기를 필요로 하는 아들이 있음에도 죽음을 선택했지. 그러나 그녀를 너무 가혹하게 재단하지는 말거라, 해리. 메로페는 오랜 고통으로 너무나 나약해져 있었고, 결코 네 어머니와 같은 용기를 가져 본 적이 없었다. 그럼 이제 자리에서 일어나 보겠니?"

"어디로 가나요?" 덤블도어가 책상 앞으로 돌아와 옆에 서자 해리가 물었다.

"이번에는……." 덤블도어가 말했다. "내 기억 속으로 들어갈 거다. 아마 네가 보기에도 굉장히 자세하고 만족스러울 만큼 정확할 거야. 먼저 가거라, 해리."

해리는 펜시브 위로 몸을 기울였다. 얼굴이 기억의 서늘한 표면을 뚫고 들어가자 그는 어느새 다시 어둠 속으로 추락하고 있었다. 잠시 후 그의 발이 단단한 땅에 닿았다. 눈을 떠 보니 그와 덤블도어는 시끌벅적한 옛 런던 거리에 서 있었다.

"저기 내가 있구나." 덤블도어가 말이 끄는 우유 수레 앞에서 길을 건너고 있는 키 큰 사람을 가리키며 밝은 목소리로 말했다.

젊은 알버스 덤블도어의 긴 머리카락과 턱수염은 적갈색이었다. 두 사람이 있는 쪽으로 건너온 젊은 덤블도어가 인도를 성큼성큼 걸어갔다. 그의 화려한 짙은 자주색 벨벳 정장 덕분에 많은 사람이 그에게 호기심 어린 시선을 던졌다.

"정장 멋있네요, 교수님." 해리는 참지 못하고 그렇게 말했다. 덤블도어는 짧은 거리를 두고 젊은 시절의 자신을 바짝 따라가면서 싱긋 웃기만 했다. 마침내 젊은 덤블도어는 철제 대문을 지나, 암울한 사각형 건물 앞에 펼쳐진 황량한 정원으로 들어갔다. 정원은 높은 난간으로 둘러싸여 있었다. 그는 현관으로 이어지는 계단을 올라가 문을 두드렸다. 잠시 후 문이 열리고 앞치마를 두른 꾀죄죄한 젊은 여자가 나타났다.

"안녕하세요. 콜 선생님과 약속이 있어서 왔습니다만. 그분이 여기 원장이시지요?"

"아." 덤블도어의 기이한 차림을 본 여자가 당황한 표정을 지었다. "음…… 잠깐만요……. 콜 선생님!" 그녀가 어깨 너머로 돌아보며 소리쳤다.

멀리서 소리쳐 대답하는 목소리가 들렸다. 여자는 다시

덤블도어에게 고개를 돌렸다.

"들어오세요. 원장 선생님은 오고 계세요."

덤블도어는 흰색과 검은색 타일이 깔려 있는 복도로 들어섰다. 그곳은 전체적으로 초라하긴 했지만 얼룩 하나 없이 깨끗했다. 해리와 나이 든 덤블도어가 뒤따랐다. 현관문이 닫히기도 전에 지칠 대로 지친 모습의 깡마른 여자가 종종걸음으로 그들에게 다가왔다. 그녀는 불친절하다기보다는 불안해하는 것처럼 보이는 날카로운 인상에, 덤블도어를 향해 걸어오면서도 고개를 돌려 앞치마를 입은 또 다른 도우미에게 끊임없이 말을 하고 있었다.

"……그리고 2층에 있는 마사한테 아이오딘을 갖다줘요. 빌리 스텁스는 딱지를 자꾸 잡아뜯고 에릭 월리는 이불에 온통 고름을 묻혀 놨어요. 무엇보다 수두에 신경 써야 해." 그녀는 딱히 누구에게랄 것도 없이 말했다. 그러던 그녀의 시선이 덤블도어에게 향했다. 그녀는 걷다 말고 우뚝 멈춰 섰다. 방금 기린이 문턱을 넘어오기라도 한 것처럼 경악한 얼굴이었다.

"안녕하십니까?" 덤블도어가 손을 내밀며 말했다.

콜 원장은 그저 입만 떡 벌리고 있을 뿐이었다.

"제 이름은 알버스 덤블도어입니다. 만날 약속을 잡고

싶어서 편지를 보냈는데, 선생님께서 아주 친절하게도 오늘 저를 이곳에 초대해 주셨지요."

콜 원장은 눈을 깜빡였다. 덤블도어가 환각이 아니라는 판단을 내린 듯 그녀가 힘없이 입을 열었다. "아, 네. 그게…… 그럼, 제 방으로 오시는 게 좋겠네요. 네."

그녀는 한쪽은 응접실이고 한쪽은 사무실처럼 보이는 작은 방으로 덤블도어를 안내했다. 그곳은 복도만큼이나 초라했고 낡은 가구들은 서로 어울리지도 않았다. 그녀는 덤블도어에게 곧 부서질 것 같은 의자에 앉으라고 권하더니 어수선한 책상 뒤에 앉아 초조한 눈빛으로 그를 바라보았다.

"편지로도 말씀드렸지만, 제가 여기에 온 건 톰 리들과 그 아이의 미래에 대해 의논하고 싶어서입니다." 덤블도어가 말했다.

"가족이신가요?" 콜 원장이 물었다.

"아뇨, 저는 선생입니다." 덤블도어가 말했다. "저는 톰에게 저희 학교에 입학하라는 제안을 하러 온 겁니다."

"무슨 학교죠?"

"호그와트라고 합니다." 덤블도어가 말했다.

"그런데 어쩌다 톰에게 관심을 갖게 되셨나요?"

"저희는 톰이 저희가 요구하는 자질을 갖추고 있다고 생각합니다."

"톰이 장학생이 됐다는 말씀이신가요? 어떻게 그럴 수가 있죠? 결코 지원한 적이 없는데요."

"그게, 톰은 태어날 때부터 저희 학교 학생 명부에 이름이 적혀 있었……."

"누가 등록했죠? 부모님인가요?"

콜 원장이 곤란할 정도로 예민한 사람이라는 사실에는 의심의 여지가 없었다. 덤블도어도 그렇게 생각한 게 틀림없었다. 해리는 그가 한 손으로 벨벳 정장 주머니에서 마법 지팡이를 슬쩍 꺼내면서, 동시에 콜 원장의 책상 위에서 아무것도 적히지 않은 종이를 한 장 집어 드는 것을 보았다.

"자." 덤블도어가 그녀에게 종이를 건네면서 마법 지팡이를 한 번 휘두르고 말했다. "이거면 모든 게 확실해질 겁니다."

콜 원장은 빈 종이를 잠시 골똘하게 들여다보았다. 그녀의 두 눈에서 초점이 흐려졌다가 다시 돌아왔다.

"완벽하게 절차에 따른 서류 같군요." 그녀는 종이를 다시 돌려주며 차분하게 말했다. 그녀의 시선이 방금 전까지만 해도 분명히 없었던 진 병과 유리잔 두 개로 향했다.

"음…… 진 한 잔 드릴까요?" 그녀는 더더욱 우아해진 목소리로 말했다.

"정말 감사합니다." 덤블도어가 활짝 미소 지으며 답했다.

콜 원장이 진을 처음 마셔 보는 사람이 아니라는 사실은 곧 분명해졌다. 그녀는 잔 두 개에 술을 가득 따르더니 자기 잔을 단번에 비웠다. 그녀는 주저 없이 입술을 핥으며 처음으로 덤블도어에게 미소 지었다. 덤블도어는 망설이지 않고 이 기회를 잡았다.

"톰 리들의 과거에 대해 들려주실 수 있으신가요? 이 고아원에서 태어난 것으로 알고 있습니다만."

"맞아요." 콜 원장이 진을 더 들이켜며 말했다. "그 일은 무엇보다 똑똑하게 기억이 나요. 제가 여기 막 왔을 때니까요. 새해 전날 밤이었는데, 엄청나게 춥고 눈까지 내렸죠. 끔찍한 밤이었어요. 그 당시 제 나이 정도밖에 안 돼 보이는 어떤 젊은 여자가 현관 계단을 비틀거리면서 올라왔어요. 뭐, 그런 여자가 처음은 아니었죠. 우리는 그 여자를 안으로 들였고, 그 여자는 한 시간도 못 돼서 아이를 낳았어요. 그러더니 또 한 시간 뒤에 죽고 말았죠."

콜 원장은 엄숙하게 고개를 끄덕이고는 진을 크게 한 모금 더 들이켰다.

"죽기 전에 무슨 말이라도 하던가요?" 덤블도어가 물었다. "예를 들자면 아이 아빠에 대해서라든지."

"아, 그러고 보니까 무슨 말을 했어요." 콜 원장이 말했다. 이제는 술잔을 손에 들고, 자기 말에 귀를 기울이는 관객의 열렬한 관심을 즐기는 듯했다.

"'이 아이가 아빠를 닮았으면 좋겠어요'라고 말했던 게 기억나요. 거짓말은 안 할게요, 그런 바람을 품을 만도 했어요. 그 여자는 전혀 아름답지 않았거든요. 그러더니 아기 이름을 아이 아버지 이름을 따서 톰이라고, 또 자기 아버지 이름을 따서 마볼로라고 지어 달라고 했어요. 네, 맞아요. 이상한 이름이죠? 우린 그 여자가 서커스단 출신이 아닌가 궁금했어요. 그리고 아이의 성은 리들이라고 하더군요. 그 말을 끝으로 한 마디도 더 남기지 않고 바로 죽었어요. 뭐, 우리는 그 여자가 말한 대로 아기 이름을 지었어요. 그 가엾은 여자한테는 너무나 중요한 일 같았거든요. 하지만 톰도, 마볼로도, 리들이라는 성을 가진 어떤 사람도 그 애를 찾아온 적이 없어요. 그 어떤 일가친척도 말이죠. 그래서 그 아이는 그때부터 쭉 여기에 있는 거예요."

콜 원장은 무의식중에 진을 또 한 번 깊게 들이켰다. 그녀의 광대뼈 근처가 불그스름해졌다. 그녀가 말했다. "그 앤 좀 이상해요."

"네." 덤블도어가 말했다. "그럴 거라고 생각했습니다."

"아기 때도 이상했어요. 뭐랄까, 절대로 울지 않았어요. 그러다가 조금 더 자라자 애가…… 특이해졌어요."

"특이하다……. 어떤 식으로 말입니까?" 덤블도어가 부드럽게 물었다.

"그게, 톰은……."

하지만 콜 원장은 갑자기 입을 다물었다. 진이 담긴 잔 너머로 그녀가 덤블도어에게 쏘아 보낸 캐묻는 듯한 눈빛에는 흐릿하거나 애매한 구석이 전혀 없었다.

"톰이 선생님 학교에 들어가는 게 확실하죠?"

"확실합니다." 덤블도어가 말했다.

"제가 무슨 말을 하든 결과는 바뀌지 않는 거고요?"

"그럼요." 덤블도어가 다시 말했다.

"어쨌든 그 애를 데려가시는 거죠?"

"그렇습니다." 덤블도어가 진지하게 말했다.

그녀는 덤블도어를 믿어야 할지 말아야 할지 망설이는 듯 눈을 가늘게 뜨고 그를 바라보다가 믿기로 결심한 듯 불쑥 말을 내뱉었다. "다른 애들이 톰을 두려워해요."

"그 애가 다른 애들을 괴롭힌다는 말씀입니까?" 덤블도어가 물었다.

"틀림없이 그럴 거예요." 콜 원장이 얼굴을 살짝 찡그리며 말했다. "그런 짓을 하는 순간을 포착하기는 아주 어려워요. 사고가 좀 있었어요……. 끔찍한 일들 말이에요……."

덤블도어는 그녀를 재촉하지 않았지만 해리는 그가 흥미를 보이고 있다는 것을 알 수 있었다. 그녀가 진을 또 한 모금 마시자 장밋빛 뺨이 더욱 붉어졌다.

"빌리 스텁스의 토끼도…… 뭐랄까, 톰 말로는 자기가 그런 게 아니래요. 저도 애가 어떻게 그럴 수 있었는지 모르겠고요. 하지만 토끼가 스스로 천장에 목을 매지는 않았을 것 아녜요?"

"네, 저라도 그렇게는 생각하지 않았을 겁니다." 덤블도어가 조용히 말했다.

"하지만 톰이 어떻게 거기까지 올라가서 그런 짓을 했는지를 알면 저도 까무러치고 말 거예요. 제가 아는 거라곤, 그 전날 톰과 빌리가 말다툼을 했다는 것뿐이에요. 그러다가……." 콜 원장은 진을 한 모금 더 마시다가 턱에 조금 흘렸다. "여름 소풍 때였는데…… 저희가 1년에 한 번씩 시골이나 바닷가로 애들을 데리고 나가거든요. 근데 소풍을 다녀온 이후로 에이미 벤슨과 데니스 비숍이 상태가 영 이상한 거예요. 하지만 우리가 그 애들한테 캐물어서 들을 수 있었던 얘기라곤 톰 리들이랑 같이 어떤 동굴에 들어갔다는 것뿐이었어요. 톰은 맹세코 그냥 탐험을 하러 갔던 것뿐이라고 했지만 그 안에서 무슨 일이 벌어진 게 틀림없어요. 그 밖에도 굉장히 많은 일이 있었어요. 이상한 일들이……."

그녀는 다시 덤블도어를 바라보았다. 양 뺨이 붉어져 있긴 했지만 시선은 흔들림이 없었다.

"그 애를 못 보게 되더라도 아쉬워할 사람은 많지 않을 거예요."

"선생님께서도 알고 계시리라 생각합니다만, 저희가 계속해서 그 아이를 데리고 있을 순 없습니다." 덤블도어가 말했다. "최소한 매년 여름에는 이곳으로 돌아와야 할 겁니다."

"아, 뭐, 죽기야 하겠어요." 콜 원장이 살짝 딸꾹질을 하며 말했다. 그녀가 자리에서 일어났다. 진의 3분의 2를 비우고도 똑바로 서 있는 그녀의 모습을 보고 해리는 놀라지 않을 수 없었다. "아이를 보고 싶으시겠죠?"

"물론입니다." 덤블도어 역시 일어서며 대답했다.

콜 원장은 덤블도어를 사무실에서 데리고 나가 돌계단을 올라갔다. 그녀는 지나가는 길에 마주치는 도우미들과 아이들에게 큰 소리로 지시 사항이나 잔소리를 늘어놓았다. 해리가 보니 고아들은 하나같이 잿빛 튜닉(무릎까지 내려오는 헐렁한 윗도리—옮긴이)을 입고 있었다. 그런대로 잘 보살핌을 받고 있는 것 같았지만, 어린 시절을 보내기에 우울한 환경이라는 사실은 부정할 수 없었다.

"여기예요." 두 번째 층계참을 돌아 긴 복도의 첫 번째 문 앞에 멈춰 서며 콜 원장이 말했다. 그녀는 문을 두 번 두드리고 방으로 들어갔다.

"톰? 손님이 오셨단다. 이분은 덤버튼…… 죄송해요, 던더보어 선생님이야. 너한테 할 얘기가 있으시다는데. 뭐, 직접 하시는 게 좋겠네요."

해리와 두 명의 덤블도어가 방으로 들어갔다. 콜 원장은 나가며 문을 닫았다. 낡은 옷장과 나무 의자, 철제 틀 침대 외에는 아무것도 없는 작은 방이었다. 한 소년이 다리를 뻗고 책을 든 채 회색 담요 위에 앉아 있었다.

톰 리들의 얼굴에는 곤트 집안의 흔적이 전혀 없었다. 메로페의 마지막 소원이 이루어진 것이다. 톰은 잘생긴 아버지의 축소판이었다. 열한 살짜리치고 키가 컸으며, 검은 머리카락에 얼굴은 하얬다. 덤블도어의 기이한 모습을 살펴보는 그의 눈이 살짝 가늘어졌다. 잠시 침묵이 흘렀다.

"안녕, 톰." 덤블도어가 앞으로 걸어가 손을 내밀며 말했다.

소년은 망설이다가 그의 손을 잡고 악수했다. 덤블도어는 리들 옆으로 딱딱한 나무 의자를 끌어다 앉았다. 그러자 그들의 모습은 마치 병원에 입원한 환자와 문병객처럼 보였다.

"나는 덤블도어 교수란다."

"'교수'?" 리들이 경계하는 표정을 지으며 따라 말했다. "'의사' 같은 거예요? 여기에는 왜 왔어요? *저 사람이* 날 한 번 살펴보라고 데려온 건가요?"

그는 콜 원장이 방금 나간 문을 가리켰다.

"아니, 아니다." 덤블도어가 미소 지으며 말했다.

"그 말 못 믿겠는데요." 리들이 말했다. "저 여자가 날 진찰하라고 했죠? *사실대로 말해!*"

마지막 말을 얼마나 쩌렁쩌렁하게 외쳤는지 거의 충격이 느껴질 정도였다.

그것은 명령이었다. 예전에도 이런 식으로 소리를 지른

적이 제법 많았던 것 같았다. 리들은 눈을 부릅뜨고 덤블도어를 쏘아봤지만, 덤블도어는 기분 좋게 웃기만 할 뿐 아무런 반응을 보이지 않았다. 잠시 후 리들은 노려보기를 그만두었다. 비록 더 경계하는 것처럼 보이긴 했지만.

"당신 누구야?"

"말했잖니. 나는 덤블도어 교수고, 호그와트라는 학교에서 일한단다. 난 너에게 우리 학교에 입학하라는 제안을 하러 온 거야. 네가 다닐 새로운 학교 말이다. 물론 네가 원한다면 말이지만."

이 말에 대한 리들의 반응은 굉장히 놀라웠다. 그는 침대에서 벌떡 일어나 몹시 화가 난 얼굴로 덤블도어에게서 뒷걸음질 쳤다.

"날 속일 수는 없어! 정신병원, 거기서 온 거지? '교수'라고? 그래, 그러시겠지. 뭐, 난 안 가. 알겠어? 정신병원에 가야 하는 건 저 늙은 고양이 같은 여자라고. 나는 에이미 벤슨이나 데니스 비숍한테 아무 짓도 안 했어. 당신이 직접 물어보면 되잖아. 걔들이 말해 줄 거야!"

"나는 정신병원에서 온 게 아니다." 덤블도어가 끈기 있게 말했다. "나는 선생님이고, 네가 진정하고 자리에 앉는다면 호그와트에 대해서 말해 주마. 물론 네가 학교에 오지 않겠다면 아무도 억지로……."

"어디 억지로 해 볼 수 있으면 해 봐." 리들이 비웃었다.

"호그와트는……." 덤블도어는 리들의 말을 못 들은 것처럼 말을 이었다. "특별한 능력이 있는 사람들을 위한 학교……."

"난 미치지 않았어!"

"네가 미치지 않았다는 건 나도 안다. 호그와트는 미친 사람들을 위한 학교가 아니야. 마법학교지."

침묵이 흘렀다. 리들은 얼어붙은 듯 굳었고 얼굴에는 아무런 표정도 없었지만 시선만은 덤블도어의 두 눈 사이를 빠르게 오가고 있었다. 둘 중 하나라도 거짓을 담고 있지 않은지 잡아내려는 듯했다.

"마법?" 그가 속삭이듯 되풀이했다.

"그렇단다." 덤블도어가 말했다.

"그게…… 그게 마법이라고? 내가 할 수 있는 그것이?"

"넌 뭘 할 수 있지?"

"뭐든지." 리들이 숨죽여 말했다. 흥분한 탓에 그의 목을 타고 올라온 붉은빛이 푹 꺼진 두 뺨에 번졌다. 그는 마치 열에 들뜬 것처럼 보였다. "난 손을 대지 않고 물건을 움직이게 할 수 있어. 훈련시키지 않아도 동물들이 내 말을 듣게 할 수 있어. 날 짜증 나게 하는 사람들한테 나쁜 일이 일어나도록 만들 수도 있고, 마음만 먹으면 다치게 할 수도 있어."

그의 다리가 후들후들 떨렸다. 그는 휘청거리듯 앞으로 다가와 다시 침대에 앉더니 기도하듯 고개를 숙이고 자신의 두 손을 뚫어지게 바라보았다.

"내가 남들과 다르다는 건 알고 있었어." 그는 떨리는 손가락에 대고 속삭였다. "내가 특별하다는 건 알고 있었어. 항상, 뭔가 있다는 걸 알았다고."

"그래, 네 말이 맞다." 덤블도어가 말했다. 그는 더 이상 미소 짓지 않고 리들을 골똘히 지켜보았다. "너는 마법사야."

리들은 고개를 들었다. 표정이 완전히 달라져 있었다. 그 얼굴에는 엄청난 행복감이 가득 떠올라 있었는데 무엇 때문인지 그렇다고 인상이 더 좋아지지는 않았다. 섬세하게 조각된 것 같은 이목구비는 오히려 더 거칠어 보였고 표정은 거의 야수 같았다.

"당신도 마법사야?"

"그렇단다."

"증명해 봐." 리들이 곧바로 말했다. "사실대로 말해"라고 소리쳤을 때와 같이 명령조였다.

덤블도어가 눈썹을 치켜떴다.

"혹시 그 말이 내가 생각한 것처럼 네가 호그와트에 들어가는 것을 받아들이겠다는 뜻이라면……."

"당연하지!"

"그럼 나를 '교수님'이라고 불러야 한다."

리들은 아주 잠깐 얼굴이 굳어지는 듯하더니 조금 전과는 완전히 딴판으로 공손하게 말했다. "죄송합니다, 교수님. 그러니까 제 말은…… 부탁드려요, 교수님. 혹시 보여 주실 수 있을까요?"

해리는 덤블도어가 거절할 거라고, 실제 시범은 호그와트에서 얼마든지 보여 줄 수 있으며 지금은 머글들로 가득 찬 건물 안에 있는 만큼 조심해야 한다고 말할 거라고 확신했다. 하지만 매우 놀랍게도 덤블도어는 정장 재킷 주머니에서 마법 지팡이를 꺼내 구석에 있는 낡은 옷장을 겨누고 아무렇지도 않게 한 번 탁 튕겼다.

옷장이 화염에 휩싸였다.

리들은 자리에서 벌떡 일어섰다. 해리는 그가 충격과 분노에 휩싸여 소리를 지르는 것을 이해할 수 있었다. 리들이 가진 모든 것이 그 옷장 안에 들어 있었을 게 틀림없으니까. 하지만 리들이 덤블도어를 돌아보는 순간 불길은 사라졌다. 옷장은 멀쩡한 모습으로 그 자리에 있었다.

리들은 옷장에서 덤블도어 쪽으로 시선을 돌리더니 탐욕스러운 표정을 지으며 마법 지팡이를 가리켰다.

"그런 건 어디서 구하죠?"

"때가 되면 생길 거다." 덤블도어가 말했다. "네 옷장에서 뭔가 나오려는 것 같구나."

아니나 다를까, 옷장 안에서 희미하게 달가닥거리는 소리가 들려왔다. 리들은 처음으로 겁에 질린 얼굴이었다.

"문을 열거라." 덤블도어가 말했다.

리들은 망설이다가 옷장으로 걸어가 문을 벌컥 열었다. 잔뜩 해진 옷들이 걸린 옷걸이 위의 가장 높은 선반에 작은 종이 상자가 놓여 있었다. 극도로 흥분한 쥐가 몇 마리 갇혀 있기라도 한 것처럼 상자는 요란하게 흔들리며 달가닥거리고 있었다.

"꺼내 보거라." 덤블도어가 말했다.

리들은 흔들리는 상자를 내려놓았다. 얼굴에는 불안한 기색이 가득했다.

"그 상자 안에 네가 가지고 있어서는 안 되는 물건이라도 들어 있니?" 덤블도어가 물었다.

리들은 뭔가 열심히 계산하는 듯한 표정을 짓고 오랫동안 덤블도어를 빤히 바라보았다.

"네, 그런 것 같아요, 교수님." 마침내 그가 아무런 감정도 실리지 않은 목소리로 대답했다.

"열어 보거라." 덤블도어가 말했다.

리들은 상자 뚜껑을 열더니 보지도 않은 채 내용물을 침대에 쏟았다. 해리는 뭔가 흥미로운 물건이 있을 거라 기대했지만, 보이는 거라곤 사소하고 평범한 잡동사니들뿐이었다. 요요, 은색 골무, 낡아빠진 하모니카 등등. 일단 상자 밖으로 나오자 물건들은 더 이상 떨지 않고 얇은 이불 위에 가만히 놓여 있었다.

"주인들에게 사과하고 돌려주거라." 덤블도어가 마법 지팡이를 재킷 안에 집어넣으며 담담하게 말했다. "내 말대로 했는지 안 했는지 나는 다 알 수 있단다. 그리고 명심하거라. 호그와트에서는 도둑질을 용납하지 않는다."

리들은 조금도 부끄러운 표정이 아니었다. 그는 여전히 차가운 눈초리로 평가하듯 덤블도어를 바라보고 있었다. 마침내 그가 무미건조한 목소리로 말했다. "네, 교수님."

"호그와트에서는……." 덤블도어가 말을 이었다. "마법을 사용하는 방법뿐 아니라 통제하는 방법도 가르친단다.

네가 의도한 건 분명 아닐 테지만 너는 우리 학교에서 가르치지도 않고 용납하지도 않는 방식으로 네 힘을 써 왔어. 그런 식으로 마법에 휩쓸린 사람은 네가 처음이 아니고 아마 마지막도 아닐 거다. 하지만 호그와트에서는 학생을 퇴학시킬 수 있다. 그리고 마법 정부는…… 그래, 정부가 있단다. 정부는 범법자들을 더욱 엄중하게 처벌한다는 걸 잊지 말거라. 새로운 마법사들은 모두 우리 세계에 들어오면 우리 법을 준수해야 한다는 사실을 받아들여야 해."

"네, 교수님." 리들이 다시 말했다.

그가 무슨 생각을 하는지 알아내기란 불가능했다. 숨겨 두었던 훔친 물건들을 다시 종이 상자에 집어넣는 그의 얼굴에는 여전히 아무런 표정이 없었다. 물건 정리를 마치자마자 그는 덤블도어를 돌아보며 노골적으로 말했다. "저는 돈이 한 푼도 없는데요."

"그건 쉽게 해결할 수 있다." 덤블도어가 가죽 돈주머니를 꺼내며 말했다. "호그와트에는 책과 로브를 사는 데 도움이 필요한 학생들을 위한 기금이 있단다. 마법책 몇 권은 중고로 사야 할지도 모르겠구나. 하지만……."

"마법책은 어디서 사죠?" 리들이 끼어들었다. 그는 덤블도어에게 고맙다는 인사도 하지 않고 두둑한 돈 자루를 가져가 두툼한 갈레온 금화를 자세히 살펴보고 있었다.

"다이애건 앨리에서." 덤블도어가 말했다. "교과서와 학교 준비물이 적힌 목록을 가져왔다. 네가 준비물을 다 구할 수 있도록 내가 도와줄……."

"같이 가 준다고요?" 리들이 고개를 들고 물었다.

"물론이다. 만약 네가……."

"전 교수님이 필요 없는데요." 리들이 말했다. "저는 혼자서 하는 데 익숙해요. 런던도 항상 혼자 돌아다니거든요. 이 다이애건 앨리라는 데는 어떻게 가요? ……교수님?" 그는 덤블도어와 눈을 마주치고 덧붙였다.

덤블도어가 리들에게 함께 가야 한다고 말할 줄 알았던 해리는 이번에도 놀랐다. 덤블도어는 리들에게 준비물 목록이 담긴 봉투를 건네고 고아원에서 리키 콜드런까지 가는 방법을 정확히 알려 준 다음 다시 말했다. "주변의 머글들…… 그러니까, 마법사가 아닌 사람들은 볼 수 없겠지만 너는 그곳을 볼 수 있을 거야. 술집 주인인 톰에게 물어보려무나. 너와 이름이 같으니 기억하기 쉽겠구나."

리들은 성가신 날벌레라도 쫓는 것처럼 짜증스럽게 진저리를 쳤다.

"'톰'이라는 이름이 싫으냐?"

"톰은 흔하잖아요." 리들이 중얼거렸다. 그는 의지와는 다르게 마음속에서 솟구쳐 올라오는 질문을 참을 수 없다는 듯 물었다. "우리 아버지도 마법사였어요? 아버지 이름도 톰 리들이었다고 하던데."

"유감이지만 난 모르겠구나." 덤블도어가 부드러운 목소리로 말했다.

"어머니는 마법사였을 리가 없고. 그랬다면 죽지 않았을 테니까." 리들은 덤블도어에게 건네는 말이 아니라 혼잣말을 하듯 중얼거렸다. "아버지였던 게 틀림없어. 그럼, 준비물을 다 사고 나면 그 호그와트라는 데로는 언제 가죠?"

"자세한 내용은 네가 받은 봉투 속 양피지 두 번째 장에다 적혀 있다." 덤블도어가 말했다. "9월 1일에 킹스크로스 역에서 출발할 거란다. 기차표도 그 안에 들어 있다."

리들은 고개를 끄덕였다. 덤블도어는 자리에서 일어나 다시 손을 내밀었다. 그 손을 잡으며 리들이 말했다. "전 뱀하고 말할 수 있어요. 시골로 소풍 갔다가 알게 됐죠. 뱀들이 저를 찾아와서 속삭이던데요. 마법사한테는 그것도 평범한 일인가요?"

해리는 그가 깊은 인상을 남기려고 가장 신기한 능력에 대한 언급을 지금까지 참고 있었다는 것을 알았다.

"그건 평범하지 않은 일이다." 덤블도어가 잠시 머뭇거리다가 말했다. "하지만 전혀 없는 일은 아니지."

목소리는 태연했지만 덤블도어는 두 눈에 흥미를 담고 리들의 얼굴을 바라보았다. 그들, 성인 남자와 소년은 서로를 보며 잠시 서 있었다. 맞잡은 손이 떨어졌다. 덤블도어가 문 앞에 서서 말했다.

"잘 있거라, 톰. 호그와트에서 만나자."

"이만하면 됐다." 해리의 옆에 있는 백발의 덤블도어가 말했다. 잠시 후 그들은 무중력상태로 둥둥 떠서 다시 한 번 어둠 속을 날아올랐다가 지금의 연구실에 똑바로 내려섰다.

"앉거라." 덤블도어가 해리 옆에 내려서며 말했다.

해리는 그 말에 따랐다. 머릿속은 아직도 방금 본 광경들로 가득했다.

"저보다 훨씬 빨리 믿던데요. 그러니까, 교수님이 그 애가 마법사라고 얘기하셨을 때 말이에요." 해리가 말했다. "저는 처음에 해그리드가 한 말을 믿지 않았거든요."

"그래, 리들은 자기가…… 그의 말을 빌리자면, '특별하다'는 믿음을 받아들일 완벽한 준비가 되어 있었단다." 덤블도어가 말했다.

"그때…… 아신 건가요?" 해리가 물었다.

"지금 막 역사상 가장 위험한 어둠의 마법사를 만났다는 사실을 알았느냐고?" 덤블도어가 말했다. "아니, 나는 그 애가 지금처럼 되리라고는 전혀 생각하지 못했다. 하지만 확실히 흥미를 느끼기는 했지. 나는 그 아이를 잘 지켜봐야겠다고 생각하면서 호그와트로 돌아왔단다. 그 애는 혈혈단신에 친구도 없었으니 마땅히 그래야 했지. 하지만 그 당시에 이미 나는 리들보다는 다른 사람들을 위해서 그래야겠다고 느꼈다. 너도 들었겠지만 리들의 힘은 그렇게 어린 마법사치고 놀라울 만큼 잘 발달된 상태였어. 무엇보다 흥미로우면서도 불길한 것은 그 아이가 이미 그런 힘을 다스릴 수단들을 발견해서 의식적으로 사용하기 시작했다는 점이었지. 너도 봤듯이, 그 수단들은 어린 마법사들이 별 생각 없이 해 보는 실험 같은 게 아니었어. 그 아이는 이미 다른 사람들을 위협하거나 벌을 주거나 통제하는 방식으로 마법을 쓰고 있었다. 목매달려 죽은 토끼, 그가 동굴로 유인해 갔다는 소년과 소녀에 대한 작은 일화들은 암시하는 바가 대단히 많단다……. '마음만 먹으면 다치게 할 수도 있고'라고 하지 않았더냐."

"그리고 뱀의 말을 할 줄 알았어요." 해리가 거들었다.

"그래, 사실이다. 드문 재능이지. 어둠의 마법과 관계있을 거라고 짐작되는 파셀마우스였다. 우리 둘 다 알고 있듯이 위대하고 선량한 사람들 중에도 파셀마우스는 있지만 말이다. 사실 나는 뱀과 이야기할 수 있는 리들의 능력보다는 그 아이에게서 드러난 잔인함과 음흉함, 지배를 향한 두드러진 본능이 더 우려스러웠다. ……벌써 시간이 이렇게 됐구나." 덤블도어가 창밖의 어두운 하늘을 가리키며 말했다. "하지만 헤어지기 전에 한마디 해 주마. 나는 네가 우리가 방금 목격한 장면 속 몇 가지 특별한 점에 주의를 기울이기를 바란다. 우리가 앞으로 만나서 이야기할 문제들과 아주 밀접하게 관련되어 있으니 말이야. 우선, 내가 '톰'이라는 똑같은 이름을 가진 사람에 대해 말했을 때 리들이 보인 반응을 눈여겨봤니?"

해리는 고개를 끄덕였다.

"리들은 다른 사람과 자신을 연결해 주는 모든 것, 그 자신을 평범하게 만드는 모든 것에 경멸을 드러냈지. 그때부터도 그자는 남다르고 독보적인 존재가 되기를 바랐고, 악명을 떨치고 싶어 했다. 너도 알다시피 리들은 그 대화가 있고 몇 년 지나지 않아 자기 이름을 버리고 '볼드모트 경'이라는 가면을 만들어 그토록 오랜 세월 그 뒤에 숨어 있었다. 톰 리들이 애초부터 굉장히 자만심 강하고 음흉하며 확실히 친구 하나 없었다는 사실도 눈치챘으리라 믿는다. 그 아이는 다이애건 앨리에 갈 때 누가 도와주거나 함께 가 주는 것도 원하지 않았어. 혼자 행동하는 쪽을 좋아했다. 어른이 된 볼드모트도 마찬가지야. 수많은 죽음을 먹는 자들이 그자가 자기들을 믿는다고, 자기들은 그와 가까운 존재이고 심지어 그의 마음속까지 다 이해한다고 주장하는 것을 들어 봤을 게다. 망상이지. 볼드모트 경에게는 친구가 있었던 적이 단 한 번도 없고, 나는 그가 친구를 바랐던 적도 없을 거라 믿는다. 그리고 마지막으로…… 너무 졸린 탓에 이 말을 흘려듣는 일은 없었으면 좋겠구나, 해리. 어린 톰 리들은 전리품 모으는 것을 좋아했단다. 너도 그 아이가 훔친 물건을 담은 상자를 자기 방에 숨겨 놓은 걸 봤지? 그건 리들이 괴롭힌 피해자들에게서 빼앗은 물건이었다. 말하자면, 유달리 불쾌한 마법을 쓴 것을 기념하는 물건이지. 그자에게 이런 까치 같은 습성이 있다는 것을 기억해 두거라. 나중에는 이 사실이 특히 중요한 의미를 갖게 될 거다. 자, 이제 정말 자러 갈 시간이구나."

해리는 일어섰다. 그는 방을 가로지르면서 마볼로 곤트의 반지가 놓여 있던 작은 탁자 쪽으로 시선을 주었지만 반지는 더 이상 그 자리에 없었다.

"왜 그러느냐, 해리?" 해리가 멈춰 서자 덤블도어가 물었다.

"반지가 없어져서요." 해리가 주위를 둘러보며 말했다. "전 교수님이 하모니카나 뭐 그런 걸 모아 놓으셨을지도 모른다고 생각했어요."

덤블도어는 반달 안경 너머로 그를 바라보며 활짝 웃었다.

"꽤 영리하구나, 해리. 하지만 하모니카는 그저 하모니카일 뿐이었단다."

수수께끼 같은 말을 남기고 그는 해리에게 손을 흔들었다. 해리는 떠나야 한다는 것을 알아차렸다.

14장
펠릭스 펠리시스

 다음 날 아침, 해리의 첫 일정은 약초학 수업을 듣는 것이었다. 아침 식사 시간에는 누가 엿들을 것을 염려해서 론과 헤르미온느에게 덤블도어와의 수업에서 본 것을 이야기할 수 없었지만 온실을 향해 채소밭을 지나가는 동안 모든 것을 말해 주었다. 주말 내내 불던 혹독한 바람이 마침내 잦아들었지만 꺼림칙한 안개가 다시 자욱해지는 바람에 온실을 찾기까지 평소보다 시간이 조금 더 걸렸다.

 "와, 생각만 해도 무섭네. 어린 시절의 '그 사람'이라니." 론이 조용히 말했다. 세 사람은 이번 학기의 과제인 옹이투성이 올가미나무 앞에 앉아 보호용 장갑을 끼었다. "근데 난 아직도 덤블도어가 너한테 이 모든 걸 보여 주는 이유를 모르겠어. 내 말은, 정말 흥미롭고 다 좋긴 한데, 그게 무슨 의미냐는 거지."

"나도 몰라." 해리가 마우스피스를 끼며 말했다. "하지만 교수님은 이게 전부 중요한 일이래. 내가 살아남는 데 도움이 될 거라고 하셨어."

"난 아주 멋진 일이라고 생각해." 헤르미온느가 진심을 담아 말했다. "볼드모트에 대해서 가능한 한 많이 알아 놓는 건 당연한 일이야. 아니면 그자의 약점을 어떻게 찾겠어?"

"그건 그렇고, 슬러그혼의 지난 파티는 어땠어?" 해리가 마우스피스를 입에 문 채 웅얼대는 소리로 그녀에게 물었다.

"아, 솔직히 꽤 재미있었어." 헤르미온느가 보호안경을 쓰며 말했다. "뭐랄까, 유명한 예전 제자들에 대해 한참 떠들어 대시긴 하더라. 매클래건이 연줄이 좋다고 그 애한테 꽤 알랑거리시기도 했고. 하지만 음식이 정말 근사한 데다 우리한테 그웨녹 존스를 소개시켜 줬어."

"그웨녹 존스?" 보호안경을 쓴 론의 눈이 휘둥그레졌다. "그 그웨녹 존스? 홀리헤드 하피스의 주장 말이야?"

"응." 헤르미온느가 말했다. "나는 개인적으로 그 사람이 약간 자기밖에 모른다는 생각이 들었지만……."

"수다는 그 정도로 충분하다!" 스프라우트 교수가 빠르게 다가와 엄한 표정을 지으면서도 활기차게 말했다. "너희는 뭘 그렇게 꾸물거리는 거냐? 다른 애들은 모두 시작했는데. 네빌은 벌써 첫 번째 꼬투리를 땄다!"

그들은 주위를 둘러보았다. 과연, 입술에는 피가 흐르고 얼굴 한쪽이 심하게 긁힌 네빌이 기분 나쁘게 팔딱거리는 자몽만 한 녹색 물체를 꽉 움켜쥐고 앉아 있었다.

"네, 교수님. 지금 시작해요!" 론이 말하더니, 스프라우트 교수가 다시 돌아서자 조용히 덧붙였다. "머플리아토를 썼어야지, 해리."

"아니, 그건 안 돼!" 헤르미온느가 대번에 소리쳤다. 혼혈 왕자와 그의 주문을 생각할 때면 늘 그렇듯 극도로 거슬린다는 표정이었다. "자, 어서…… 시작하자……."

그녀는 걱정스러운 눈으로 두 사람을 쳐다보았다. 그들은 심호흡을 한 다음 아까부터 그들 사이에 놓여 있었던 옹이투성이 나무둥치로 달려들었다.

순식간에 나무가 갑자기 살아났다. 꼭대기에서 길고 가시로 뒤덮인 딸기나무 비슷한 덩굴들이 뻗어 나와 허공을 향해 채찍질을 해 댔다. 덩굴 한 줄기가 헤르미온느의 머리카락에 엉키자 론이 전정가위로 쳐 냈다. 해리는 덩굴 두 개를 이리저리 유인해 서로 엉키게 만들었다. 헤르미온느가 촉수 같은 덩굴들 한가운데 열린 구멍으로 과감하게 팔을 집어넣자 구멍은 마치 덫처럼 그녀의 팔꿈치를 조였다. 해리와 론은 덩굴을 잡아당기고 비틀어 억지로 구멍을 벌렸고, 헤르미온느는 네빌이 쥐고 있는 것과 똑같은 꼬투리를 쥔 채 팔을 홱 잡아 뺐다. 가시투성이 덩굴들이 일제히 안으로 쑥 들어갔고 울퉁불퉁한 나무둥치는 그저 죽은 나무 그루터기 같은 모습으로 그 자리에 놓여 있을 뿐이었다.

"나중에 집이 생기더라도 말이야, 이런 나무는 정원에 한 그루도 두고 싶지 않아." 론이 보호안경을 이마로 밀어 올리고 얼굴의 땀을 닦으며 말했다.

"그릇 좀 줘." 헤르미온느가 팔딱거리는 꼬투리를 쥔 손을 쭉 뻗으며 말했다. 해리가 그릇을 건네주자 그녀는 메스껍다는 표정을 지으며 그 안에 꼬투리를 떨어뜨렸다.

"역겨워들 하지 말고 즙을 짜렴. 신선할 때 하는 게 가장 좋단다!" 스프라우트 교수가 소리쳤다.

"아무튼……." 헤르미온느가 방금 나무한테 공격당한 일 따위는 없었다는 듯, 중단됐던 대화를 이어 나갔다. "슬러그혼 교수님은 크리스마스 파티를 열 거래, 해리. 이번에는 너도 빠져나갈 방법이 없을걸. 나한테 네가 저녁에 아무 일도 없는 날이 언젠지 확인해 달라고 부탁하셨거든.

네가 꼭 올 수 있는 날 밤에 파티를 여시겠대."

해리가 신음했다. 반면 론은 그릇 안에 있는 꼬투리를 터뜨리려고 일어서서 양손으로 그것을 힘껏 누르며 화난 목소리로 물었다. "그것도 슬러그혼이 편애하는 애들만 부르는 파티지?"

"응, 민달팽이 클럽만을 위한 파티야." 헤르미온느가 말했다.

론의 손에서 날아간 꼬투리가 온실 유리창에 부딪혔다가 스프라우트 교수의 뒤통수에 맞고 튕겨 나오면서 여기저기 기운 그녀의 낡은 모자를 떨어뜨렸다. 해리가 꼬투리를 주워 가지고 돌아왔을 때 헤르미온느는 이렇게 말하고 있었다. "잘 들어, '민달팽이 클럽'이란 이름은 내가 지은 게 아니……."

"'민달팽이 클럽'이래." 론이 말포이 못지않은 비웃음을 지으며 따라 말했다. "한심하다. 뭐, 재밌는 파티가 됐으면 좋겠네. 매클래건하고 잘해 보지 그러냐? 그럼 슬러그혼이 너희 둘을 민달팽이 왕과 민달팽이 왕비로 만들어 줄 수 있을 텐데……."

"손님을 데려와도 된다고 하더라." 헤르미온느가 말했다. 어째서인지 그녀의 얼굴은 선명한 진홍색으로 달아올라 있었다. "그래서 난 너한테 같이 가자고 할 생각이었어. 하지만 네가 그 파티를 그렇게 한심하게 여기고 있다면 굳이 그러지는 않을게!"

해리는 문득 꼬투리가 좀 더 멀리 날아갔으면 좋았겠다고 생각했다. 그랬다면 두 사람과 함께 여기 앉아 있지 않아도 됐을 테니까. 둘 다 눈치채지는 못했지만 해리는 꼬투리가 담긴 그릇을 붙잡고 되도록 요란하고 힘차게 꼬투리를 열어 보려고 했다. 하지만 불행하게도 론과 헤르미온느가 주고받는 대화 한 마디 한 마디가 계속 귀에 들려왔다.

"나한테 같이 가자고 할 생각이었다고?" 론이 완전히 달라진 말투로 물었다.

"그래." 헤르미온느가 화가 나서 말했다. "하지만 너는 내가 매클래건이랑 사귀었으면 하는 것 같으니……."

잠시 침묵이 흐르는 동안 해리는 탱글탱글한 꼬투리를 모종삽으로 끊임없이 후려쳤다.

"아냐, 그런 거." 론이 기어들어 가는 목소리로 말했다.

해리는 꼬투리를 친다는 걸 그만 그릇을 쳐 버렸고 그릇은 박살이 났다.

"*레파로.*" 해리가 얼른 마법 지팡이로 그릇 파편들을 겨누며 주문을 외우자 그릇은 빠르게 원래대로 돌아갔다. 하지만 그릇 깨지는 소리 덕분에 론과 헤르미온느는 해리가 옆에 있다는 사실을 알아차린 것 같았다. 헤르미온느는 당황한 얼굴로 당장 《세계의 육식 나무들》에서 올가미나무 꼬투리 즙을 알맞게 짜는 방법을 찾겠다고 부산을 떨었다. 반면 론은 쑥스러워하면서도 뿌듯한 표정을 지었다.

"그것 좀 줘, 해리." 헤르미온느가 허둥지둥 말했다. "책에 뭔가 날카로운 걸로 구멍을 내야 한다고 쓰여 있는데……."

해리는 그녀에게 꼬투리가 담긴 그릇을 건네주었다. 그와 론은 다시 한 번 보호안경을 쓰고 나무둥치로 달려들었다.

해리는 그의 목을 조르려고 안간힘을 쓰는 가시투성이 덩굴과 몸싸움을 하면서 그다지 놀랄 일도 아니라고 생각했다. 얼마 전부터 조만간 이런 일이 생길지도 모른다는 느낌이 들었다. 하지만 자신이 이 상황을 어떻게 느끼는지는 확실하지 않았다……. 그와 초는 이제 너무 어색해서 대화를 나누기는커녕 서로를 쳐다볼 수도 없는 사이가 되었다. 론과 헤르미온느가 사귀다가 헤어진다면? 그래도 그들의 우정이 유지될 수 있을까? 3학년 때, 두 사람이 몇 주 동안이나 서로 말을 하지 않고 지냈던 일이 떠올랐다. 둘을 화해시키려고 애쓰는 건 별로 즐거운 일이 아니었다.

그렇다고 둘이 헤어지지 않으면 어떻게 될까? 두 사람 사이가 빌과 플뢰르처럼 되고, 그들과 함께 있기가 몹시 어색해져서 해리가 영원히 소외되고 만다면?

"잡았다!" 론이 나무둥치에서 두 개째 꼬투리를 꺼내며 소리쳤다. 바로 그때 헤르미온느가 간신히 첫 번째 꼬투리를 터뜨려 열었다. 덕분에 그릇은 옅은 녹색을 띤 애벌레처럼 꿈틀거리는 덩이줄기들로 가득해졌다.

남은 수업 시간 동안에는 더 이상 슬러그혼의 파티 이야기를 하지 않았다. 해리는 이후 며칠 동안 두 친구를 더욱 자세히 지켜봤지만 론과 헤르미온느는 평소보다 서로에게 좀 더 예의를 갖췄다는 것만 **빼면** 전혀 달라 보이지 않았다. 해리는 파티가 열리는 날 밤, 슬러그혼의 어두스름한 방에서 버터맥주의 취기가 감돌 때 무슨 일이 벌어지는지를 두고 보는 수밖에 없다고 생각했다. 어쨌든 그에게는 그보다 급박한 걱정거리들이 있었다.

케이티 벨은 여전히 퇴원할 기미를 보이지 않고 세인트 멍고 병원에 있었는데, 이 말은 해리가 9월부터 심혈을 기울여 훈련시킨 전도유망한 그리핀도르 팀에서 추격꾼 한 명이 빠졌다는 뜻이었다. 해리는 케이티가 돌아올 것을 기대하며 그녀를 대체할 선수를 찾는 일을 계속 미루어 왔지만, 슬리데린과의 첫 시합이 코앞으로 닥쳐오자 결국 그녀가 경기할 때에 맞춰 돌아오지 못하리라는 사실을 받아들여야 했다.

해리는 또 한 번 기숙사 차원에서 선수 선발전을 치를 엄두가 나지 않았다. 어느 날 변환 마법 수업이 끝난 뒤, 그는 퀴디치와는 또 다른 문제로 가슴이 무겁게 내려앉는 것을 느끼며 딘 토머스를 붙잡았다. 학생들은 대부분 교실을 떠나고 노란 새 몇 마리가 아직 남아 날아다니며 지저귀고 있었다. 그 새들은 헤르미온느가 만들어 낸 것들로, 다른 아이들은 누구도 공중에서 깃털 하나 만들어 내지 못했다.

"아직도 추격꾼 자리에 관심 있어?"

"뭐……? 그럼, 당연하지!" 딘이 흥분해서 말했다. 딘의 어깨 너머로 셰이머스 피니건이 시무룩한 얼굴로 책을 가방에 쑤셔 넣는 모습이 보였다. 해리가 딘에게 선수로 뛰지 않겠느냐고 묻기를 꺼렸던 이유 중 하나는 셰이머스가 좋아하지 않을 게 뻔했기 때문이었다. 하지만 그는 팀을 위해 최선의 선택을 해야만 했다. 그리고 딘은 선발전에서 셰이머스보다 비행을 훨씬 잘 했다.

"그래, 그럼 팀에 들어와." 해리가 말했다. "오늘 밤 7시에 훈련이 있어."

"알았어." 딘이 말했다. "고마워, 해리! 우아, 지니한테 말해 주고 싶어서 좀이 쑤시는걸!"

딘은 해리와 셰이머스를 단둘이 남겨 두고 교실을 달려 나갔다. 헤르미온느가 만들어 낸 카나리아 한 마리가 위로 쌩 날아가며 셰이머스의 머리에 똥을 떨어뜨렸지만, 불편한 분위기는 조금도 누그러지지 않았다.

케이티의 대체 선수 선정에 기분이 상한 건 셰이머스만이 아니었다. 해리가 동급생 친구를 둘이나 뽑은 걸 두고 휴게실 여기저기서 수군대는 소리가 들렸다. 학교생활을 하면서 이보다 더한 쑥덕공론도 견뎌 온 터라 딱히 신경이 쓰이는 건 아니었지만 다가오는 슬리데린과의 시합에서 승리해야 한다는 압박감은 커져만 갔다. 그리핀도르가 이기면 기숙사 전체가 해리를 비난했던 것을 잊고 진작부터 훌륭한 팀이라는 걸 알고 있었다느니 뭐니 떠들 게 분명했다. 하지만 만일 진다면…… 글쎄, 해리는 이보다 심한 수군거림만 견디면 되겠지 하고 씁쓸하게 생각했다.

그날 저녁, 딘이 비행하는 모습을 지켜본 해리는 자신의 선택을 후회하지 않게 되었다. 딘은 지니, 드멜자와도 호흡이 잘 맞았다. 몰이꾼인 피크스와 쿠트도 점점 나아지고 있었다. 문제는 오직 하나, 론이었다.

해리는 론이 긴장과 자신감 부족에 시달리는 기복이 심한 선수라는 사실을 줄곧 알고 있었다. 불행하게도, 시즌 첫 경기가 다가오자 론은 예전의 불안감이 모두 되살아난 것처럼 보였다. 대여섯 골을 허용하고 나자(대부분 지니가 넣은 골이었다) 론은 움직임이 점점 거칠어지더니 마침내 그에게 다가오던 드멜자 로빈스의 입을 주먹으로 후려갈기고 말았다.

"실수였어. 미안해, 드멜자. 진짜 미안!" 사방에 피를 뚝뚝 흘리며 땅을 향해 지그재그로 내려가는 드멜자의 등 뒤에 대고 론이 소리쳤다. "난 그냥……."

"겁먹은 거지." 지니가 드멜자 옆에 내려서서 그녀의 부어오른 입술을 살펴보며 성난 목소리로 말했다. "론, 이 멍청아! 얘 상태 좀 봐!"

"내가 치료해 줄게." 해리가 두 소녀의 옆에 내려와 드멜자의 입을 마법 지팡이로 가리키며 "*에피스키*"라고 외쳤다. "그리고 지니, 론을 멍청이라고 부르지 마. 네가 이 팀 주장도 아니고……."

"넌 론을 멍청이라고 부를 틈도 없을 만큼 바빠 보이던데? 난 누군가는 그 말을 해야 한다고 생각했을 뿐이야."

해리는 웃지 않으려고 애를 썼다.

"다들 위로 올라가자."

이번 훈련은 전반적으로 학기 중에 했던 것 가운데 최악이었지만, 시합을 코앞에 둔 상황에서 해리는 정직한 것만이 꼭 최선의 방책은 아닐 수도 있다는 생각이 들었다.

"다들 잘했어. 슬리데린을 박살 낼 수 있겠는걸." 그가 사기를 북돋우려고 그렇게 말하자 추격꾼들과 몰이꾼들은 꽤 만족한 얼굴로 탈의실을 나갔다.

"내 꼴이 꼭 용의 똥자루 같았어." 지니가 나가고 문이 홱 닫히자 론이 공허한 목소리로 말했다.

"아니야." 해리가 단호하게 말했다. "너는 내가 선발전에서 본 애들 중 최고의 파수꾼이야. 네 유일한 문제는 너무 긴장한다는 것뿐이야."

해리는 성으로 돌아가는 내내 격려를 쏟아부었고, 3층에 도착할 때쯤에는 론의 표정도 조금이나마 밝아졌다. 하지만 평소 그리핀도르 탑으로 갈 때 이용하는 지름길로 가려고 태피스트리를 젖혔을 때, 그들은 꽉 껴안고 풀칠이라도 한 것처럼 열렬하게 입을 맞추고 있는 딘과 지니를 발견했다.

해리의 속에서 갑자기 뭔가 크고 비늘 돋친 것이 살아 움직이면서 속을 마구 긁어 대는 듯했다. 뜨거운 피가 머리로 쏠리면서 모든 생각이 사라지고, 저주를 걸어 딘을 젤리로 만들어 버리고 싶은 야만적인 충동이 그 자리를 채웠다. 이 갑작스러운 광기와 씨름하던 그때, 아주 멀리서 들려오듯 론의 목소리가 들렸다.

"야!"

딘과 지니는 떨어져서 주위를 둘러보았다.

"뭐?" 지니가 대꾸했다.

"난 내 여동생이 사람들 다 보는 앞에서 쪽쪽대는 꼴은 못 봐!"

"오빠가 궁둥이 들이밀기 전까지만 해도 여기엔 아무도 없었어!" 지니가 말했다.

딘은 겸연쩍은 표정이었다. 그는 해리에게 은밀하게 씩 웃어 보였지만 해리는 마주 웃어 주지 않았다. 해리의 마음속에서 새로 태어난 괴물이 딘을 당장 팀에서 쫓아내라고 울부짖고 있었다.

"어…… 가자, 지니." 딘이 말했다. "휴게실로 돌아가자."

"먼저 가!" 지니가 말했다. "난 우리 사랑하는 오라버니랑 할 얘기가 있으니까!"

딘은 이 자리를 떠나는 게 전혀 아쉽지 않다는 듯 곧바로 가 버렸다.

"좋아." 지니가 얼굴에서 긴 빨간색 머리카락을 휙 쓸어 내고 론을 노려보았다. "마지막으로 한 번만 더 똑바로 말해 줄게. 내가 누구랑 사귀든, 그 애들이랑 뭘 하든 그건 오빠가 신경 쓸 일이 아냐."

"아니, 신경 쓸 일 맞아!" 론도 마찬가지로 화가 나서 소리쳤다. "난 뭐 좋겠냐? 사람들이 내 여동생더러……."

"여동생더러 뭐?" 지니가 마법 지팡이를 꺼내며 소리쳤다. "정확히 뭐라고 하는데?"

"별 얘기 아니야, 지니." 마음속 괴물이 론의 말에 찬동하며 울부짖고 있었지만 해리는 반사적으로 입을 열었다.

"아냐, 별 얘기 아니기는!" 그녀가 해리에게 열을 내며 말했다. "자기는 평생 아무하고도 키스해 본 적이 없어서 저러는 거야. 자기 평생 최고의 키스는 뮤리엘 고모할머니한테서 받았던 거니까……."

"안 닥칠래!" 론의 얼굴이 빨개지다 못해 흙빛이 되었다.

"음, 안 닥칠 건데!" 지니는 화가 나서 제정신이 아닌 듯 악을 썼다. "내가 보니까 오빠는 가래침을 볼 때마다 걔가 키스라도 해 주길 바라는 것 같더라? 한심해! 직접 누굴 사귀거나 키스도 좀 해 보고 그러면, 남들이 그러는 걸 보고 그렇게 신경 쓰이진 않을 텐데 말이야!"

론이 마법 지팡이를 꺼내 들었다. 해리가 다급히 둘 사이에 끼어들었다.

"알지도 못하면서 지껄이지 마!" 론은 해리를 피해 지니를 더 똑바로 겨누려고 애쓰며 소리쳤다. 이제 해리는 양팔을 벌리고 지니 앞에 서 있었다. "내가 남들 앞에서 대놓고 키스를 하지 않는다고 해서 안 한다고……."

지니는 해리를 밀어내려 하면서 조롱하듯 웃음을 터뜨렸다.

"피그위전하고 키스했니? 아니면 베개 밑에 뮤리엘 고모할머니 사진이라도 넣어 놨어?"

"너……."

해리의 왼팔 아래로 오렌지색 빛 한 줄기가 날아가 아슬아슬하게 지니를 빗나갔다. 해리가 론을 벽으로 밀쳤다.

"멍청한 짓 하지 마."

"해리는 초 챙이랑 키스했어!" 지니는 이제 울음을 터뜨릴 것 같은 목소리로 소리쳤다. "헤르미온느는 빅토르 크룸이랑 해 봤고. 이게 무슨 역겨운 일인 것처럼 구는 사람은 오빠뿐이야. 그리고 그건 오빠가 열두 살짜리만큼도 경험이 없기 때문이라고!"

그녀는 그 말을 남기고 쿵쿵거리며 멀어져 갔다. 해리는 곧바로 론을 놓아주었다. 론은 살인이라도 저지를 듯한 표정이었다. 둘이 그 자리에 서서 거칠게 숨을 쉬고 있는데, 필치의 고양이인 노리스 부인이 모퉁이에서 나타나 긴장을 깨뜨렸다.

"가자." 필치의 질질 끄는 발소리가 귀에 닿자 해리가 말했다.

그들은 서둘러 계단을 올라 8층 복도를 걸어갔다. "야, 비켜!" 론이 조그마한 여학생에게 소리치자 그 아이는 깜짝 놀라 펄쩍 뛰다가 두꺼비 알이 들어 있는 병을 떨어뜨리고 말았다.

해리는 유리가 깨지는 소리도 듣지 못했다. 방향감각을 잃은 듯 현기증이 났다. 벼락을 맞으면 틀림없이 이런 느낌일 것이다. '그냥 걔가 론의 동생이라서 그런 거야.' 그는 스스로를 타일렀다. '그냥 론의 동생이 딘하고 키스하는 게 보기 싫었던 거야…….'

하지만 해리의 머릿속에는 그 인적 드문 복도에서 딘이 아닌 그 자신이 지니와 키스하는 장면이 불청객처럼 찾아들었다……. 마음속 괴물이 기분 좋게 가르랑거렸다……. 그 순간 론이 태피스트리 커튼을 홱 열어젖히고 해리에게 마법 지팡이를 겨누며 '믿음을 저버렸다'느니 뭐니 소리

를 지르는 모습이 보였다……. '난 널 친구라고 생각했는데……!'

"헤르미온느가 정말로 크룸이랑 키스했을까?" 뚱뚱한 귀부인에게 다가가는데 론이 불쑥 입을 열었다. 해리는 죄책감에 움찔하며 론이 쳐들어오지 않는, 그와 지니 단둘뿐인 복도에 대한 상상을 떨쳐 냈다.

"뭐?" 해리가 혼란스러워하면서 우물거렸다. "아…… 어……."

솔직한 대답은 "응"이었지만 그 말은 하고 싶지 않았다. 그러나 론은 해리의 표정에서 최악의 답을 읽은 듯했다.

"딜리그라우트." 론은 뚱뚱한 귀부인에게 험악하게 말했고 그들은 초상화 구멍을 지나 휴게실로 들어갔다.

둘 중 누구도 다시는 지니나 헤르미온느 얘기를 꺼내지 않았다. 사실, 그들은 그날 저녁 서로에게 거의 말을 걸지 않았고, 저마다 생각에 잠긴 채 침묵 속에서 잠자리에 들었다.

해리는 한동안 잠들지 못했다. 사주식 침대의 천장을 올려다보며, 지니에 대한 감정은 순전히 오빠로서의 감정이라고 스스로를 설득시키려 했다. 난 여름 내내 지니랑 오누이처럼 지내면서 퀴디치를 하고 론을 놀리고 빌과 가래침에 대해 우스갯소리를 했잖아? 나랑 지니는 벌써 몇 년째 알고 지낸 사이야……. 지니를 보호하고 싶은 감정이 드는 건 자연스러운 일이야……. 지니를 지켜 주고 싶은 마음이 드는 건 당연해……. 지니에게 키스한 딘의 팔다리를 하나하나 떼어 내고 싶은 마음이 드는 것도…… 아니지……. 오빠로서 그런 감정은 다스릴 필요가 있겠어…….

론이 요란하게 드르렁거리며 코를 골았다.

'걘 론의 동생이야.' 해리는 자기 자신을 단호하게 타일렀다. '론의 여동생. 접근해서는 안 되는 애라고.' 무슨 일이 있어도 론과의 우정을 위험에 빠뜨리진 않을 것이다. 그는 주먹으로 베개를 두들겨서 편안한 모양으로 만든 다음, 정처 없이 헤매는 생각들이 지니 근처로 가는 것을 막으려고 애쓰며 잠이 오기를 기다렸다.

다음 날 아침, 해리는 약간 멍하고 혼란스러운 기분으로 잠에서 깼다. 론이 몰이꾼 방망이를 들고 쫓아오는 꿈을 연속으로 꿨기 때문이었다. 하지만 정오 무렵이 되자 해리는 꿈속의 론과 현실의 론을 기꺼이 바꾸고 싶은 마음이 들었다. 현실의 론은 지니와 딘을 쌀쌀맞게 대했을 뿐만 아니라, 조소 어린 싸늘한 태도로 헤르미온느를 당혹스럽게 하고 속상하게 했다. 거기에 더해 하룻밤 사이 폭발 꼬리 스크루트만큼이나 예민해져서 무엇이든 물어뜯으려 들었다. 해리는 론과 헤르미온느 사이에 평화를 유지하기 위해 하루 종일 애썼지만 아무 소용이 없었다. 헤르미온느는 마침내 화가 머리끝까지 나서 침실로 가 버렸고 론은 겁먹은 듯 그를 쳐다보던 1학년 몇 명에게 욕설을 퍼붓더니 성큼성큼 남학생 기숙사로 향했다.

해리에게는 절망스럽게도, 론의 새로운 공격성은 이후 며칠이 지나도 수그러들지 않았다. 설상가상으로 그 공격성은 우연찮게도 파수꾼 실력의 더 깊은 침체와 때가 맞물리고 말았다. 그 때문에 론은 더욱 사나워져서 토요일 시합을 앞둔 마지막 훈련에서 추격꾼들이 던진 공을 하나도 막지 못했다. 그런 주제에 모두에게 고래고래 소리를 질러 대서 결국 드멜자 로빈스를 울리고 말았다.

"입 닥치고 걔 좀 가만 놔둬!" 피크스가 소리쳤다. 묵직한 방망이를 들고 있긴 했지만 그는 키가 론의 3분의 2밖에 되지 않았다.

"**그만들 해!**" 지니가 론 쪽을 노려보는 것을 보고 그녀가 박쥐 코딱지 마법을 거는 솜씨가 뛰어나다는 사실을 떠올린 해리가 소리쳤다. 그는 일이 손쓸 수 없을 만큼 커지기 전에 사태를 수습하려고 날아올랐다. "피크스, 가서 블러저를 챙겨. 드멜자, 마음 가다듬어. 오늘 정말 잘했어. 론……." 그는 다른 선수들이 들을 수 없을 거리로 멀어져 갈 때까지 기다렸다가 말했다. "넌 내 가장 친한 친구지만 다른 선수들을 계속 이런 식으로 대하면 팀에서 쫓아낼 거야."

한순간 그는 정말로 론이 자신을 때릴지도 모른다고 생각했지만 그보다 훨씬 달갑지 않은 일이 벌어졌다. 론이 빗자루 위에 축 늘어지는가 싶더니 모든 투지가 빠져나간 목소리로 말했다. "그만둘게. 나 진짜 한심하다."

"넌 한심하지 않아. 그리고 못 그만둬!" 해리가 그의 로브 옷깃을 움켜쥐며 사납게 말했다. "컨디션이 좋을 때는 다 막을 수 있잖아. 그냥 정신적인 문제라고!"

"내 정신이 이상하다는 거야?"

"그래, 그런가 보네!"

그들은 잠시 서로를 노려보았다. 론은 지친 듯 고개를 저었다.

"다른 파수꾼을 찾을 시간이 없다는 거 알아. 그러니까 내일 경기에는 나갈게. 그러다가 지면, 뭐 당연히 지겠지만, 내가 알아서 빠져 줄게."

해리가 무슨 말을 해도 상황은 달라지지 않았다. 그는

저녁 식사 시간 내내 론의 자신감을 북돋워 주려고 갖은 노력을 기울였지만, 론은 헤르미온느에게 심술을 부리고 퉁명스럽게 구는 데 온 정신이 팔려 있었다. 해리는 그날 저녁 휴게실에서도 계속 애를 썼지만 론이 그만두면 선수 모두가 실망할 거라는 그의 주장은, 나머지 선수들이 한구석에 모여 앉아 틀림없이 론에 대해 수군거리면서 험악한 눈길을 던져 대는 통에 설득력을 잃었다. 마침내 론을 도발해서 반항적으로라도, 좀 더 바란다면 골을 막겠다는 자세로 만들려는 마음에 다시 화를 내는 방법도 써 봤지만 이 전략도 격려하는 방법만큼이나 효과가 없었다. 론은 어느 때보다도 낙담하고 절망한 채 잠자리에 들었다.

해리는 깨어 있는 상태로 어둠 속에서 아주 오랫동안 누워 있었다. 그는 곧 벌어질 시합에서 지고 싶지 않았다. 주장이 되어 맞게 된 첫 시합이기 때문만은 아니었다. 드레이코 말포이에 대한 의심을 아직 증명하지는 못했지만, 적어도 퀴디치 시합에서 그를 밟아 주고 싶은 마음은 굴뚝같았다. 하지만 론이 최근 몇 번의 훈련에서와 같은 경기력을 보인다면 그들이 이길 확률은 매우 낮았다.

뭔가 론이 정신 차리도록 만들 방법만 있다면…… 최고의 컨디션으로 시합에 나서게 할 방법이 있다면…… 론에게 정말로 좋은 하루를 보내게 되리란 확신을 심어 줄 수 있는 뭔가가 있다면…….

갑자기 눈부신 영감과도 같이 해답이 번쩍 떠올랐다.

다음 날 아침 식사 시간은 늘 그랬듯 흥분이 넘쳤다. 슬리데린 학생들은 그리핀도르 선수들이 한 명 한 명 대연회장에 들어올 때마다 휘파람을 불며 큰 소리로 야유했다. 천장을 힐끗 올려다보니 하늘은 맑고 밝은 파란빛을 띠고 있었다. 좋은 징조였다.

해리와 론이 다가오자 붉은색과 황금색으로 한 덩어리를 이루고 있던 그리핀도르 학생들이 환호했다. 해리는 씩 웃으며 손을 흔들었지만, 론은 얼굴을 살짝 찌푸리고 고개를 저었다.

"기운 내, 론!" 라벤더가 소리쳤다. "넌 끝내주게 잘할 거야! 확실해!"

론은 그녀의 말을 못 들은 척했다.

"차 마실래?" 해리가 그에게 물었다. "커피? 호박 주스?"

"아무거나." 론이 토스트를 한 입 베어 물며 침울하게 말했다.

잠시 후, 헤르미온느가 식탁을 따라 걸어오다가 걸음을 멈췄다. 그녀는 요즘 들어 론이 보이는 불쾌한 행동에 지친 나머지 그들과 함께 아침 식사를 하지 않았다.

"둘 다 기분 좀 어때?" 그녀가 론의 뒤통수에 시선을 둔 채 머뭇거리며 말했다.

"좋아." 해리가 대답했다. 그는 론에게 호박 주스를 건네주는 일에 정신이 팔려 있었다. "자, 여기 있어, 론. 마셔."

론이 유리잔을 입술로 들어 올린 순간 헤르미온느가 날카롭게 소리쳤다.

"그거 마시지 마, 론!"

해리와 론 둘 다 그녀를 올려다보았다.

"왜 그래?" 론이 물었다.

헤르미온느는 자기 눈을 믿을 수 없다는 듯 해리를 노려보았다.

"너 방금 그 주스에 뭐 넣었지?"

"뭐라고?" 해리가 되물었다.

"내 말 들었잖아. 내가 봤어. 방금 론의 주스에 뭔가를 슬쩍 넣었잖아. 지금도 손에 병을 쥐고 있네!"

"무슨 소린지 모르겠는데." 해리는 조그만 병을 재빨리 주머니에 넣으며 말했다.

"론, 경고하는데, 그거 마시지 마!" 헤르미온느가 불안해하며 다시 한 번 말했지만 론은 잔을 들더니 단숨에 비우고 말했다. "나한테 이래라저래라 하지 마, 헤르미온느."

그녀는 충격을 받은 얼굴로 몸을 바짝 기울이고 해리에게만 들리는 소리로 식식거렸다. "이런 짓을 하다니 퇴학당해도 할 말 없을 거야. 네가 이럴 줄은 정말 몰랐다, 해리!"

"누가 할 소리." 해리가 작게 쏘아붙였다. "얼마 전에 혼돈 마법을 건 게 누구더라?"

그녀는 화가 나서 쿵쿵거리며 식탁 저쪽으로 멀어져 갔다. 해리는 그 모습을 지켜보면서 조금의 미안함도 느끼지 못했다. 헤르미온느는 퀴디치가 얼마나 중요한지 제대로 이해한 적이 한 번도 없었다. 잠시 후 그는 입맛을 다시는 론에게로 시선을 돌렸다.

"시간 다 됐어." 해리가 쾌활하게 말했다.

경기장으로 성큼성큼 향하는 그들의 발밑에서 서리 맞은 풀들이 서걱거렸다.

"날씨가 이렇게 좋다니 운이 좋네. 안 그래?" 해리가 론에게 물었다.

"그러네." 론이 말했다. 그는 얼굴이 하얗게 질리고 어딘가 아파 보였다.

지니와 드멜자는 벌써 퀴디치 로브로 갈아입고 탈의실에서 기다리고 있었다.

"시합하기에 이상적인 조건이네." 지니가 론을 못 본 척하며 말했다. "그리고 그거 알아? 슬리데린 추격꾼 베이지 있잖아, 걔가 어제 자기네 팀 훈련 도중에 블러저에 머리를 맞았는데 부상이 심해서 경기에 못 나온대! 그것보다 더 좋은 소식은 말포이도 아파서 못 나온다는 거야!"

"*뭐?*" 해리가 몸을 홱 돌려 지니를 바라보았다. "말포이가 아프다고? 어디가?"

"몰라, 아무튼 우리한텐 아주 잘된 일이지." 지니가 밝은 목소리로 말했다. "대신 하퍼가 나온다나 봐. 나랑 같은 학년인데, 머저리야."

해리는 모호하게 마주 미소 지었지만 진홍색 로브를 걸치는 동안 생각은 퀴디치에서 멀어져 있었다. 말포이는 예전에도 부상을 입어서 경기를 할 수 없다고 주장한 적이 있는데, 그때는 전체 시합 일정을 슬리데린에게 유리하도록 조정하기 위해서였다. 왜 지금은 기꺼이 다른 선수를 내보내는 걸까? 정말로 아픈 걸까? 혹시 꾀병은 아닐까?

"수상하지 않아?" 해리가 목소리를 낮추고 론에게 말했다. "말포이가 경기에 안 나온다니 말이야."

"내 생각엔 우리한텐 행운인 것 같은데." 론이 약간 생기가 도는 얼굴로 말했다. "게다가 베이지도 빠지다니. 걔는 슬리데린에서 골을 가장 잘 넣는 선수잖아. 정말 이런 일이 벌어질 줄은 상상도…… 잠깐만!" 론은 파수꾼 장갑을 끼다 말고 문득 해리를 빤히 바라보았다.

"왜 그래?"

"나…… 너……." 론이 목소리를 낮췄다. 그는 두려우면서도 흥분된다는 표정을 짓고 있었다. "내 음료수에 말이야…… 내 호박 주스…… 너 혹시……?"

해리는 눈썹을 치켜올리기만 할 뿐 별말을 하지 않았다. "5분 있으면 시합이 시작될 거야. 빨리 부츠로 갈아 신어."

그들은 떠들썩한 함성과 야유가 가득한 경기장으로 걸어 나갔다. 경기장 한쪽 끝은 붉은색과 황금색으로 빈틈이 없었고 반대편은 초록색과 은색의 바다를 이루고 있었다. 후플푸프와 래번클로의 학생들 상당수도 한쪽 편을 들었다. 그 온갖 고함 소리와 박수 소리가 쏟아지는 가운데서도 꼭대기에 사자가 얹힌 루나 러브굿의 유명한 모자가 포효하는 소리는 똑똑하게 들을 수 있었다.

해리는 심판인 후치 선생에게로 걸어갔다. 그녀는 경기장에 서서 상자에서 공을 풀어 놓을 준비를 하고 있었다.

"주장들, 악수." 그녀의 말에 해리는 슬리데린의 새 주장 어커트에게 손을 내밀었다. 어커트는 해리의 손을 으스러뜨리려고 했다. "빗자루에 오르도록. 호루라기를 불겠다……. 셋…… 둘…… 하나……."

호루라기 소리가 울려 퍼지자 해리와 선수들은 얼어붙은 땅을 박차고 날아올랐다.

해리는 스니치를 찾아 경기장을 날아다니면서도 한쪽 눈으로 하퍼를 지켜보았다. 하퍼는 해리보다 한참 밑에서 지그재그로 날아다니고 있었다. 그때, 예전에 들었던 것과는 달리 귀에 거슬리는 중계자의 목소리가 들려오기 시작했다.

"자, 시작합니다. 제 생각에는 포터가 올해 구성한 팀을 보고 모두 놀라셨을 것 같은데요. 작년에 파수꾼 로널드 위즐리 선수가 들쭉날쭉한 실력을 보여 많은 사람이 그가 팀에서 빠질지도 모른다고 생각했습니다만, 아니나 다를까 주장과 개인적으로 친하게 지내는 게 실제로 도움이 되나 보네요……."

경기장 끝에 자리 잡은 슬리데린 관중이 야유와 갈채를 쏟으며 이 말을 반겼다. 해리는 빗자루에서 목을 길게 빼고 중계석 쪽을 돌아보았다. 들창코에 키가 크고 깡마른 금발 소년이 거기에 서서, 한때 리 조던의 것이었던 마법 확성기에 대고 떠들어 대고 있었다. 해리가 지긋지긋하게 싫어하는 후플푸프 퀴디치 선수, 재커라이어스 스미스였다.

"아, 그리고 슬리데린이 처음으로 슛을 시도합니다. 경기장을 쏜살같이 날아가는 어커트……"

해리의 가슴이 철렁 내려앉았다.

"……위즐리가 막아 냅니다. 뭐, 가끔은 운이 따라 줄 때도 있죠."

"맞아, 스미스. 바로 그거야." 해리는 씩 웃으며 혼자 중얼거리고 추격꾼들 사이로 급강하하면서 좀처럼 포착되지 않는 스니치의 흔적을 찾아 사방을 둘러보았다.

30분이 지날 즈음 그리핀도르는 60 대 0으로 앞서고 있었다. 론이 정말로 끝내주는 선방을 펼치고 있었는데, 몇 번은 장갑 끝으로 아슬아슬하게 막아 낸 것도 있었다. 지니는 그리핀도르가 넣은 여섯 골 중 네 골을 득점했다. 덕분에 위즐리 남매가 해리와 친하기 때문에 그 자리를 차지했을지도 모른다고 큰 소리로 떠들어 대던 재커라이어스의 의문은 효과적으로 저지되었다. 대신 그는 피크스와 쿠트에게 화살을 돌렸다.

"사실 쿠트는 일반적인 몰이꾼의 체형과는 거리가 멀죠." 재커라이어스가 건방진 말투로 말했다. "몰이꾼은 보통 근육이 좀 더 많습니다."

"저 자식한테 블러저를 날려 버려!" 해리가 옆을 붕 날아가는 쿠트에게 소리쳤지만 그는 씩 웃기만 하더니 다음에는 막 해리를 지나쳐 반대 방향으로 날아가던 하퍼를 겨냥해 블러저를 날렸다. 블러저가 '퍽' 하고 표적을 맞히는 소리가 들리자 해리는 기분이 좋아졌다.

그리핀도르는 그 어떤 실수도 저지르지 않는 것처럼 보였다. 그들은 계속해서 득점했고, 맞은편에서는 론이 분명 쉽게 골들을 막아 냈다. 특별히 멋진 선방에 관중이 가장 좋아하는 곡인 '위즐리는 우리의 왕'을 목청껏 부르자 이제 론은 실제로 미소를 머금고 높은 곳에서 지휘하는 시늉까지 했다.

"저 자식 오늘 뭔가 특별한 것 같은데?" 헐뜯는 목소리가 들려오더니, 다음 순간 하퍼가 일부러 세게 부딪치는 바람에 해리는 하마터면 빗자루에서 떨어질 뻔했다. "네 혈통 배신자 친구 말이야."

화가 난 그리핀도르 학생들이 고함을 쳤지만 후치 선생은 그 순간 등을 돌리고 있었다. 그녀가 돌아봤을 때 하퍼는 이미 속도를 높여 날아간 뒤였다. 해리는 어깨가 욱신거렸지만, 그를 들이받아 앙갚음해 줄 작정으로 쏜살같이 쫓아갔……

"슬리데린의 하퍼가 스니치를 본 것 같습니다!" 재커라이어스가 확성기에 대고 말했다. "네, 포터가 발견하지 못한 뭔가를 확실히 봤습니다!"

저런 멍청한 녀석을 봤나. 해리는 생각했다. 두 사람이 서로 부딪치는 걸 못 봤단 말인가? 하지만 다음 순간, 해리는 가슴이 저 밑으로 덜컹 내려앉는 것을 느꼈다. 스미스가 맞고 해리가 틀렸다. 하퍼는 괜히 위쪽으로 빠르게 날아간 것이 아니었다. 그는 해리가 발견하지 못한 뭔가를 봤다. 맑고 푸른 하늘을 배경으로 저 위 높은 곳에서 스니치가 눈부시게 반짝이며 빠르게 날아가고 있었다.

해리는 속도를 올렸다. 바람이 귓가에 윙윙거려서 스미스가 중계하는 소리나 관중의 함성도 들리지 않았다. 하지만 하퍼는 여전히 그보다 앞서 있었고, 그리핀도르는 겨우 100점 앞서 있을 뿐이었다. 하퍼가 스니치를 먼저 잡으면 그리핀도르는 지고 만다……. 그리고 이제 하퍼는 스니치를 바로 코앞에 둔 채 손을 뻗고 있었…….

"야, 하퍼!" 해리가 필사적으로 소리쳤다. "말포이가 시합에 대신 나가 주면 얼마 주겠다고 했냐?"

왜 이런 말이 튀어나왔는지 해리 자신도 알 수 없었지만 하퍼는 실제로 움찔하더니 멈칫거렸다. 그는 스니치를 잡지 못했다. 스니치는 그의 손가락 사이로 빠져나갔고, 그는 그 옆으로 지나가 버렸다. 해리는 팔을 크게 휘둘러 파닥거리는 작디작은 공을 잡았다.

 "좋았어!" 해리가 소리쳤다. 그는 빙그르르 돌아서서 손에 쥔 스니치를 높이 들고 땅을 향해 돌진했다. 관중이 무슨 일이 벌어졌는지 알아차리자마자 터져 나온 엄청난 함성이 경기 종료를 알리는 호루라기 소리마저 삼켜 버렸다.

 "지니, 너 어디 가?" 선수들과 함께 공중에서 부둥켜안느라 꼼짝달싹할 수 없게 된 해리가 불렀지만, 속도를 높여 동료들을 지나친 지니는 온 힘을 다해 중계석에 부딪쳤다. 엄청난 굉음이 들렸다. 관중이 비명을 지르고 웃어 대는 사이 그리핀도르 팀은 재커라이어스가 밑에 깔려서 버둥거리고 있는 부서진 나무 더미 옆에 내려섰다. 지니가 성난 맥고나걸 교수에게 "제동 거는 걸 깜빡했습니다, 교수님. 죄송해요" 하고 태평하게 말하는 소리가 들렸다.

 해리는 선수들에게서 풀려나 웃음을 터뜨리며 지니를 끌어안았다가 곧바로 손을 놓았다. 그는 그녀의 시선을 피하고 대신 환호하는 론의 등을 철썩 때렸다. 그리핀도르 선수들은 그동안의 불화를 모두 잊고 서로 팔짱을 낀 채 경기장을 떠나면서, 응원하는 사람들에게 주먹을 불끈 쥐어 보이거나 손을 흔들어 주었다.

탈의실 분위기는 기쁨에 넘쳤다.

"셰이머스가 그러는데, 휴게실에서 파티를 할 거래!" 딘이 생기 넘치는 목소리로 말했다. "가자, 지니, 드멜자!"

해리와 론 둘만이 탈의실에 남아 있다가 막 떠나려는데 헤르미온느가 들어왔다. 그녀는 두 손으로 쥔 그리핀도르 목도리를 배배 꼬며 심란하면서도 단호한 표정을 짓고 있었다.

"얘기 좀 해, 해리." 그녀가 심호흡을 했다. "그런 짓을 하면 안 되잖아. 슬러그혼 교수님이 불법이라고 말씀하신 거 못 들었어?"

"그래서 뭘 어쩔 건데? 고자질이라도 하려고?" 론이 물었다.

"너희 둘 다 무슨 소리 하는 거야?" 해리는 두 사람에게 씩 웃는 얼굴을 들키지 않도록 몸을 돌려 로브를 걸어 놓으면서 물었다.

"무슨 얘긴지 잘 알잖아!" 헤르미온느가 날카롭게 소리쳤다. "넌 아침 식사 시간에 론의 주스에 행운의 마법약을 넣었어! 펠릭스 펠리시스 말이야!"

"안 그랬는데." 해리가 몸을 돌려 두 사람을 마주 보며 말했다.

"아니. 맞아, 해리. 그래서 모든 게 잘된 거야. 슬리데린 애들이 시합에 못 나오고 론이 골을 다 막아 내고!"

"안 넣었다니까!" 해리는 활짝 웃으며 재킷 주머니에 손을 넣어 헤르미온느가 아침에 그의 손에 들려 있는 것을 본 조그마한 병을 꺼냈다. 병은 황금색 마법약으로 가득 차 있었고 코르크 마개는 여전히 밀랍으로 꽁꽁 봉해져 있었다. "난 론이 내가 약을 넣었다고 생각했으면 해서 네가 보고 있을 때 넣는 척한 거야." 그는 론을 바라보았다. "넌 운이 따른다는 생각에 그 골들을 다 막은 거야. 사실은 너 스스로 다 해낸 거라고."

그는 마법약을 다시 주머니에 넣었다.

"내 호박 주스에 진짜 아무것도 안 넣었다고?" 론이 깜짝 놀라 물었다. "하지만 날씨도 좋고…… 베이지도 못 나오고……. 진짜 나한테 행운의 마법약을 안 준 거 맞아?"

해리는 고개를 끄덕였다. 론은 잠시 입을 쩍 벌리고 그를 바라보다가 헤르미온느에게 돌아서더니 그녀의 목소리를 흉내 냈다.

"*넌 오늘 아침에 론의 주스에 펠릭스 펠리시스를 넣었어! 그래서 론이 그 골을 다 막아 낸 거야! 봤지? 나는 내*

실력만으로도 골을 막을 수 있다고, 헤르미온느!"

"난 네가 못할 거라고 말한 적 없어. 론, 너도 그 약을 마셨다고 생각했잖아!"

하지만 론은 이미 빗자루를 어깨에 걸친 채 헤르미온느를 지나 성큼성큼 문을 나선 뒤였다.

"어……." 갑작스러운 침묵이 흐르는 가운데 해리가 입을 열었다. 자신의 계획이 이런 역효과를 낳을 줄은 전혀 예상하지 못했던 것이다. "그럼…… 그럼 우리도 파티 하러 갈래?"

"너나 가!" 헤르미온느가 눈물 고인 눈을 깜빡거리며 말했다. "정말 론 때문에 *진절머리가* 나. 도대체 내가 뭘 어쨌다고 저러는지 모르겠어."

그녀도 화가 나서 쿵쿵거리며 탈의실을 나갔다.

해리는 인파를 헤치고 성을 향해 천천히 교정을 걸어갔다. 마주치는 많은 사람들이 큰 소리로 축하한다는 인사를 건넸지만 그는 몹시 실망스러운 기분에 사로잡혔다. 해리는 론이 시합에서 이기면 론과 헤르미온느가 곧바로 화해할 거라고 생각했다. 론이 기분 상한 이유는 그녀가 아마도 빅토르 크룸과 키스했기 때문이라는 것을 헤르미온느에게 어떻게 설명해야 할지 알 수가 없었다. 설령 키스했다 한들 그 일은 까마득하게 오래전 일이 아닌가?

해리가 도착했을 때 그리핀도르는 한창 축하 파티 중이었지만 헤르미온느의 모습은 보이지 않았다. 아이들은 다시 한 번 환호하고 박수를 치면서 해리의 등장을 반겼고, 그는 순식간에 축하하는 아이들 무리에 둘러싸였다. 아주 상세하게 경기를 분석하고 싶어 하는 크리비 형제와, 해리를 둘러싼 채 그의 시답잖은 말에도 웃음을 터뜨리고 눈을 깜빡이는 수많은 여학생 무리를 떨치고 론을 찾아나서기까지는 시간이 조금 걸렸다. 마침내 해리는 함께 슬러그혼의 크리스마스 파티에 가고 싶다는 뜻을 노골적으로 드러내는 로밀다 베인에게서 벗어나 고개를 숙이고 음료수 탁자로 가다가 지니에게 부딪쳤다. 그녀의 어깨에는 피그미 퍼프인 아널드가 앉아 있었고, 발꿈치에서는 크룩섕스가 뭔가 기대하듯 야옹야옹 울고 있었다.

"론 찾는 거야?" 그녀가 능글맞게 웃으며 물었다. "저쪽에 있어. 저 더러운 위선자 같으니."

해리는 그녀가 가리키는 구석을 바라보았다. 론은 훤히 보이는 곳에서 어느 손이 누구 손인지 모를 만큼 라벤더 브라운과 딱 붙어 있었다.

"론이 라벤더 얼굴을 먹어 버릴 것 같지 않아?" 지니가 싸늘하게 말했다. "어떻게든 기술을 단련해야 할 것 같긴 한데. 좋은 경기였어, 해리."

지니가 팔을 토닥이자 해리는 가슴이 푹 꺼지는 기분을 느꼈지만 그녀는 버터맥주를 좀 더 마시러 가 버렸다. 크룩섕스가 시선을 아널드에게 고정한 채 종종걸음으로 그녀의 뒤를 따랐다.

해리는 금방 헤어 나올 기미를 보이지 않는 론에게서 등을 돌렸다. 마침 그때 초상화 구멍이 닫히면서 풍성하고 북슬북슬한 갈색 머리카락이 시야를 휙 빠져나가는 것을 본 듯했다. 해리는 가슴이 철렁했다.

그는 다시 한 번 로밀다 베인을 피해 앞으로 쏜살같이 달려 나가 뚱뚱한 귀부인 초상화를 밀어젖혔다. 바깥의 복도는 텅 빈 것처럼 보였다.

"헤르미온느?"

그는 교실 문을 이곳저곳 열어 보다가 잠겨 있지 않은 첫 번째 교실에서 그녀를 찾았다. 헤르미온느는 교탁 위에 혼자 앉아 있었다. 지저귀는 노란 새들이 그녀의 머리 주위를 빙글빙글 돌고 있었다. 방금 그녀가 허공에서 만들어 낸 새들이 분명했다. 해리는 이런 상황에서도 발휘된 그녀의 마법 솜씨에 감탄하지 않을 수 없었다.

"아, 안녕, 해리." 그녀가 불안정한 목소리로 말했다. "그냥 연습 좀 하느라고."

"아…… 그거, 어…… 너 진짜 잘한다." 해리가 말했다.

그는 무슨 말을 해야 할지 알 수 없었다. 그녀가 론을 못 보고 그냥 파티가 너무 시끄러워서 휴게실을 나온 건 아닐까 생각하고 있는데, 그녀가 어색할 만큼 높은 목소리로 말했다. "론은 파티를 즐기고 있는 것 같더라."

"아…… 그래?" 해리가 말했다.

"못 본 척하지 마." 헤르미온느가 말했다. "대놓고 그러고 있었는데. 걘……."

등 뒤에서 문이 벌컥 열렸다. 이 상황에서는 끔찍하게도, 론이 웃으면서 라벤더의 손을 잡아끌고 교실로 들어왔다.

"아." 론은 해리와 헤르미온느를 보고 우뚝 멈춰 섰다.

"이런!" 라벤더가 말하더니 키득거리며 뒷걸음질 쳐 교실에서 나갔다. 그녀가 나가고 문이 홱 닫혔다.

어색한 침묵이 점점 부풀어 올라 교실 안을 가득 채웠다. 헤르미온느는 론을 뚫어지게 바라봤고, 론은 그녀의 시선을 외면하면서 허세와 어색함이 뒤섞인 묘한 목소리로 말했다. "여어, 해리! 어디 갔나 했다!"

헤르미온느는 교탁에서 미끄러져 내려왔다. 황금색 새

들이 아직도 그녀의 머리 주위를 돌며 지저귀고 있어서 그녀는 깃털 달린 괴상한 태양계 모형처럼 보였다.

"라벤더를 밖에서 기다리게 하면 안 되지." 그녀가 조용히 말했다. "네가 왜 안 나오는지 궁금해할 거야."

그녀는 몸을 꼿꼿이 세우고 문을 향해 천천히 걸어갔다. 해리는 론을 힐끔 바라보았다. 그는 그 이상 험한 일이 벌어지지 않은 것에 안도하는 표정이었다.

"오푸그노!" 문 쪽에서 날카로운 외침이 들렸다.

해리가 얼른 돌아보니 헤르미온느가 사나운 표정을 지은 채 론에게 마법 지팡이를 겨누고 있었다. 작은 새 떼가 황금 총알이 퍼부어지는 것처럼 론을 향해 빠르게 날아갔다. 론은 비명을 지르며 손으로 얼굴을 가렸지만, 새들은 있는 힘을 다해 론을 쪼아 대고 발톱으로 할퀴며 공격했다.

"이것 좀 치워!" 그가 소리쳤지만, 헤르미온느는 앙심 가득한 눈으로 그를 한번 쏘아보고는 문을 홱 열고 사라졌다. 해리는 문이 닫히기 전 흐느끼는 소리를 들은 것 같았다.

15장
깨뜨릴 수 없는 맹세

얼어붙은 창문에 다시 한 번 눈보라가 휘몰아쳤다. 크리스마스가 빠르게 다가왔다. 해그리드는 늘 그랬듯이 혼자서 열두 그루나 되는 크리스마스트리를 대연회장에 가져다 놓았고, 계단 난간에는 호랑가시나무와 반짝이는 장식용 줄로 꾸민 화환이 휘감겨 있었다. 갑옷투구 안에서는 꺼지지 않는 촛불들이 빛났고, 복도를 따라 어마어마한 크기의 겨우살이 뭉치들이 일정한 간격을 두고 걸려 있었다. 해리가 지나갈 때마다 여학생들이 무리를 지어 겨우살이 아래 모여드는 듯했고(크리스마스에 겨우살이 아래에서 키스하는 풍습 때문이다—옮긴이) 그 바람에 복도가 막히곤 했다. 하지만 다행히 밤마다 헤매고 다닌 경험 덕에 성안의 비밀 통로를 훤히 꿰뚫고 있었던 해리는 쉬는 시간마다 겨우살이가 없는 길로 돌아다닐 수 있었다.

예전 같으면 질투를 했을 론은 이 모든 일에 그저 웃음을 터뜨릴 뿐이었다. 해리는 웃으면서 농담을 늘어놓는 새로운 론이 지난 몇 주 동안 견뎌야 했던 심술궂고 공격적인 론보다 훨씬 좋긴 했지만, 상태가 나아진 론을 만나기까지 무거운 대가를 치러야 했다. 먼저, 해리는 론과 키스하지 않는 모든 순간을 시간 낭비라고 생각하는 것처럼 보이는 라벤더 브라운의 잦은 출현을 견뎌야 했다. 그리고 그에게 가장 각별한 두 친구가 두 번 다시 서로 말을 하지 않을 것 같은 상황에 또다시 직면하게 되었다.

헤르미온느가 만들어 낸 새 떼의 공격으로 긁히고 베인 상처가 아직도 양손과 양 팔뚝에 남아 있던 론은 변명하는 태도를 보이면서도 분노에 차 있었다.

"개가 불평하면 안 되지." 론이 해리에게 말했다. "걔는 크룸하고 키스했잖아. 나한테 키스하고 싶어 하는 사람도 있다는 걸 알게 됐을 뿐인데, 뭐, 여긴 자유국가잖아. 난 잘못한 거 하나도 없어."

해리는 아무런 대꾸도 하지 않고 다음 날 아침 일반 마법 수업 시간 전까지 읽기로 되어 있는 책(《제5원소: 어떤 탐구》)에 정신이 팔린 척했다. 그는 론과 헤르미온느 모두와 친구로 남을 작정이었기에 대부분의 시간을 입을 꾹 다문 채 보내고 있었다.

"난 헤르미온느한테 아무것도 약속한 적 없어." 론이 웅얼거렸다. "내 말은, 그래, 걔랑 같이 슬러그혼의 크리스마스 파티에 갈 생각이었지만 걔가 구체적으로 말한 건 아니잖아……. 그냥 친구로 같이 가자는 걸 수도 있고……. 난 자유로운 몸이라고……."

해리는 론이 자기를 지켜보고 있다는 것을 의식하면서 《제5원소》의 페이지를 넘겼다. 론의 목소리가 중얼거리다 잦아들더니 불길이 타닥거리는 소리에 거의 묻혀 버렸지만, 해리의 귀에는 '크룸'이니 '불평하면 안 되지' 같은 말이 다시 들려온 것 같았다.

헤르미온느는 수업 시간표가 워낙 꽉 차 있는 탓에 대화다운 대화는 저녁에나 할 수 있었다. 어쨌든 론은 그때마다 라벤더와 찰싹 달라붙어 있는 바람에 해리가 뭘 하고 있는지 눈치채지 못했다. 론이 휴게실에 있으면 헤르미온느가 그곳에 앉아 있지도 않으려고 했기 때문에 해리는 주로 도서관에서 그녀와 만났다. 그 말은, 그들의 대화가 귓속말로 이루어졌다는 뜻이었다.

"걔는 누구든 원하는 사람하고 키스할 수 있어." 헤르미온느가 말했다. 그들 뒤에서 사서인 핀스 선생이 책꽂이들 사이를 돌아다니고 있었다. "정말 하나도 신경 안 쓰여."

헤르미온느가 깃펜을 들어 'i'에 점을 찍었다. 어찌나 세게 찍었는지 양피지에 구멍이 나고 말았다. 해리는 아무 말도 하지 않았다. 이렇게 말을 안 하고 지내다가는 목소리가 사라질지도 모른다는 생각이 들었다. 그는 《고급 마법약 제조》 쪽으로 고개를 숙이고 영원의 영약에 관한 필기를 이어 가다가 이따금 손을 멈추고 혼혈 왕자가 리바티우스 보리지의 글에 덧붙인 유용한 주석을 해독했다.

헤르미온느가 잠시 후 입을 열었다. "그건 그렇고, 너 조심해야 돼."

"마지막으로 말하는 건데" 하고, 45분 동안 입을 다물고 있던 해리가 살짝 쉰 목소리로 말했다. "난 이 책을 돌려주지 않을 거야. 나는 스네이프나 슬러그혼이 가르쳐 준 것보다 혼혈 왕자한테서 더 많은 걸 배웠……."

"그 왕자인지 뭔지 하는 작자 얘기가 아냐." 헤르미온느는 해리의 책이 무례하게 굴기라도 했다는 듯 험악한 눈빛으로 쏘아보며 말했다. "방금 전 있었던 일을 말하는 거야. 여기 오기 전에 여자 화장실에 들렀는데 거기에 로밀다 베인이랑 여자애들 열 몇 명이 모여서 너한테 사랑의 묘약을 몰래 먹일 방법을 궁리하고 있더라. 다들 네가 자기를 슬러그혼의 파티에 데려가 주기를 바라고 있는데, 보아하니 프레드와 조지의 사랑의 묘약을 구입한 것 같아. 유감이지만 아마 효과가 있을……."

"그럼 그 자리에서 압수하지 그랬어?" 해리가 물었다. 규칙을 지키겠다는 헤르미온느의 광적인 집착이 그 결정적인 상황에서 발휘되지 않았다니 이상한 일이었다.

"걔들이 화장실에 마법약을 가져오지 않았더라고." 헤르미온느가 코웃음을 치며 말했다. "그냥 작전만 짜고 있었을 뿐이야. 제아무리 혼혈 왕자님이라 해도……." 그녀는 다시 한 번 책에 험악한 시선을 던졌다. "서로 다른 열두 가지 사랑의 묘약을 한 번에 해독할 수 있는 약을 만들어 내는 건 꿈도 꾸지 못할걸. 나라면 빨리 같이 갈 사람을 정하겠어. 그래야 다른 애들이 자기한테도 아직 기회가 있다는 생각을 접을 테니까. 파티가 내일 밤이라 그런지 애들이 점점 안달이 나는가 봐."

"난 같이 가고 싶은 사람이 없어." 해리가 웅얼거렸다. 그는 여전히 가능한 한 지니에 대해 생각하지 않으려 애쓰고 있었다. 지니가 그의 꿈에 불쑥불쑥 나타나고 있어서,

해리는 론이 레질리먼시를 할 줄 모른다는 사실이 얼마나 고마웠는지 모른다.

"아무튼 뭘 마시든 간에 조심해. 로밀다 베인이 제대로 마음먹은 것 같으니까." 헤르미온느가 으스스하게 말했다.

그녀는 숫자점 작문 숙제를 하던 긴 양피지 두루마리를 끌어 올리고는 계속해서 깃펜을 사각거렸다. 해리는 그녀를 지켜보면서도 정신은 다른 데 팔려 있었다.

"잠깐만." 그가 천천히 말했다. "난 필치가 위즐리 형제의 위대하고 위험한 장난감 가게에서 산 물건은 전부 금지한 줄 알았는데?"

"애들이 언제 필치가 뭘 금지하는지 신경이나 썼니?" 헤르미온느는 여전히 작문 숙제에 집중하며 되물었다.

"하지만 난 모든 부엉이가 검사를 받는 줄 알았단 말이야. 그 여자애들은 대체 어떻게 사랑의 묘약을 학교로 들여올 수 있는 거지?"

"프레드랑 조지가 향수랑 기침약으로 위장해서 보내 주거든." 헤르미온느가 말했다. "부엉이 주문 서비스에 포함된 거래."

"너 아주 잘 아는구나."

헤르미온느는 조금 전 《고급 마법약 제조》를 바라봤을

때와 같은 험악한 시선을 던졌다.

"올여름에 프레드랑 조지가 지니하고 나한테 보여 줬던 유리병 뒤에 쓰여 있었어." 그녀가 쌀쌀맞게 말했다. "나는 사람들이 마실 것에 마법약이나 넣고 다니지는 않아. 넣은 척하지도 않고. 그것도 마찬가지로 나쁜 짓이니까……."

"그래, 뭐, 그건 신경 쓰지 마." 해리가 재빨리 말했다. "핵심은, 필치가 속아 넘어가고 있다는 거야. 안 그래? 여자애들이 다른 물건인 양 속여서 학교로 들여오고 있는 거잖아! 그럼 말포이라고 왜 학교에 그 목걸이를 들여오지 못했겠어?"

"아, 해리. 또 그 소리야?"

"생각해 보라니까. 안 될 건 뭐야?" 해리가 물었다.

"잘 들어." 헤르미온느가 한숨을 쉬었다. "거짓말 감지기는 장난 마법이나 저주, 은폐 마법 들을 찾아내. 맞지? 어둠의 마법 그 자체나 그 마법에 걸린 물건들을 찾는 데 쓰인다고. 그 목걸이처럼 강력한 저주가 걸려 있는 물건은 곧바로 발각될 거야. 하지만 사랑의 묘약은 그냥 엉뚱한 유리병에 들어 있다는 이유로 걸리지 않겠지. 아무튼 그건 어둠의 마법도 아니고 위험하지도 않으니까……."

"너야 그렇게 쉽게 말할 수 있겠지." 해리는 로밀다 베인을 떠올리며 투덜거렸다.

"그러니까 그게 기침약이 아니라는 걸 알아보는 건 순전히 필치에게 달린 거야. 그런데 필치는 그렇게 훌륭한 마법사가 아니잖아. 난 필치가 마법약을 제대로 구분할 수나 있을지 의문……."

헤르미온느가 갑자기 입을 다물었다. 해리도 그 소리를 들었다. 누군가가 어두운 책꽂이들 사이에서 그들 뒤로 바짝 다가와 있었다. 잠시 후 핀스 선생의 독수리 같은 얼굴이 모퉁이를 돌아 나왔다. 그녀가 들고 있는 등불 빛에 옴팡한 뺨과 양피지 같은 피부, 길고 구부러진 코가 그대로 드러났다.

"이제 문 닫을 시간이다." 그녀가 말했다. "빌린 책은 전부 제자리에 꽂아…… *책에 무슨 짓을 하는 거냐, 이 못된 녀석!*"

"이건 도서관 책이 아니에요. 제 책이라고요!" 핀스 선생이 책을 향해 새 발톱 같은 손을 뻗자 해리가 책상 위에서 《고급 마법약 제조》를 붙잡으려 하며 재빨리 말했다.

"낙서를 하다니!" 그녀가 식식댔다. "책이 훼손됐어! 더러워졌잖아!"

"애초에 글씨가 쓰여 있었단 말이에요!" 해리가 핀스 선생의 손아귀에서 책을 잡아 **빼**며 말했다.

그녀는 발작이라도 일으킬 듯한 표정이었다. 헤르미온느가 잽싸게 가방을 챙겨서는 해리의 팔을 잡아끌고 나갔다.

"조심하지 않으면 선생님이 널 도서관에 못 들어오게 할지도 몰라. 그 멍청한 책은 꼭 가져와야만 했니?"

"핀스 선생님이 미쳐 날뛰는 건 내 잘못이 아니야, 헤르미온느. 혹시 네가 필치에 대해 함부로 말하는 걸 들은 건 아닐까? 난 옛날부터 그 둘 사이에 뭔가 있는 건 아닐까 싶었거든……."

"뭐? 하하……."

다시 평소처럼 대화를 나눌 수 있게 되어 기분이 좋아진 두 사람은 필치와 핀스 선생이 남몰래 서로 사랑하는 사이인지를 두고 실랑이를 하면서 등불만 밝혀진 인적 없는 복도를 따라 휴게실로 돌아갔다.

"크리스마스 방울." 해리가 뚱뚱한 귀부인에게 축제 기간 동안의 새 암호를 댔다.

"너도 메리 크리스마스." 뚱뚱한 귀부인이 장난스럽게 씩 웃으며 앞으로 홱 젖혀지더니 그들을 들여보내 주었다.

"안녕, 해리!" 해리가 초상화 구멍을 나오자마자 로밀다 베인이 말을 걸어왔다. "아가미수 한잔할래?"

헤르미온느가 어깨 너머로 돌아보며 해리에게 '내가 뭐 랬어?' 하는 눈길을 보냈다.

"아니, 괜찮아." 해리가 재빨리 말했다. "난 그거 별로 안 좋아해."

"그럼, 이거 받아." 로밀다가 그의 손에 웬 상자를 밀어 넣으며 말했다. "솥단지 초콜릿이야. 안에 파이어위스키가 들어 있어. 우리 할머니가 보내 주신 건데 난 별로 안 좋아하거든."

"아, 그래…… 고마워." 다른 할 말이 떠오르지 않아서 해리는 그렇게 말했다. "어…… 난 이쪽으로 가던 중이라……."

그는 말끝을 흐리고 서둘러 헤르미온느를 뒤따라갔다.

"내가 그랬지?" 헤르미온느가 딱 잘라 말했다. "누구한테든 빨리 가자고 해. 그래야 여자애들이 널 가만히 놔두지. 그럼 넌……."

그런데 그녀의 얼굴이 갑자기 멍해졌다. 지금 막 안락의자 하나에 같이 앉아 한데 뒤엉켜 있는 론과 라벤더를 발견한 것이다.

"그럼 잘 자, 해리." 겨우 저녁 7시밖에 안 됐는데 헤르미온느는 그렇게 말하더니 여학생 기숙사로 가 버렸다.

해리는 하루만 더 수업을 듣고 슬러그혼의 파티를 치르고 나면 론과 함께 버로로 떠날 수 있다고 스스로를 다독이며 잠자리에 들었다. 이제 크리스마스 연휴 전까지 론과 헤르미온느가 화해하는 건 불가능해 보였다. 하지만 아마도, 어쩌면 떨어져 있는 동안 둘 다 자신들의 행동에 대해 곰곰이 생각해 보게 될지도 몰랐다.

애초에 기대가 높지도 않았지만, 해리는 다음 날 두 사람과 함께 변환 마법 수업을 견디고 나자 기대가 더욱 낮아졌다. 그들은 인간 변환이라는 엄청나게 어려운 주제를 막 배우기 시작했는데, 학생들은 거울을 앞에 놓고 자신의 눈썹 색깔을 바꾸는 연습을 해야 했다. 론이 첫 시도에서 자전거 핸들만 한 엄청난 콧수염을 만드는 재앙과도 같은 결과를 내자 헤르미온느는 가차 없이 웃음을 터뜨렸다. 론은 맥고나걸 교수가 질문을 할 때마다 자리에서 벌떡벌떡 일어났다가 앉는 헤르미온느의 모습을 똑같이 따라 하는 것으로 잔혹하게 복수했다. 라벤더와 파르바티는 굉장히 즐거워한 반면 헤르미온느는 다시 울음을 터뜨리기 일보 직전이 되었다. 그녀는 수업종이 울리자 소지품을 반이나 남겨 둔 채 교실을 달려 나갔다. 지금은 론보다 헤르미온느에게 도움이 더 필요할 거라는 생각이 들어서 해리는 그녀의 남은 소지품을 챙겨 들고 쫓아갔다.

해리는 아래층 여자 화장실에서 나오는 헤르미온느를 겨우 찾아냈다. 루나 러브굿이 헤르미온느 곁에서 그녀의 등을 살살 토닥여 주고 있었다.

"어, 안녕, 해리." 루나가 말했다. "네 한쪽 눈썹이 밝은 노란색이라는 거 알고 있니?"

"안녕, 루나. 헤르미온느, 너 뭘 두고 갔더라."

해리는 그녀에게 책을 내밀었다.

"아, 맞다." 헤르미온느가 목멘 소리로 말하며 물건을 받아 들었다. 그녀는 필통으로 눈을 닦고 있었다는 사실을 숨기려고 다급히 돌아섰다. "고마워, 해리. 음, 난 가 볼게……."

그녀는 해리가 위로의 말을 건넬 틈도 주지 않고 서둘러 가 버렸다. 하기야 뭐라고 말해야 할지 딱히 떠오르지도 않았지만.

"좀 속상해하더라." 루나가 말했다. "처음에는 저 안에 울보 머틀이 있는 줄 알았는데 알고 보니까 헤르미온느였어. 론 위즐리 얘기를 하던걸."

"응, 둘이 좀 다퉜어." 해리가 말했다.

"론은 가끔 말을 참 재미있게 하지?" 해리와 함께 복도를 걸으며 루나가 말했다. "하지만 좀 모질게 들리기도 해. 난 작년에 알아챘어."

"좀 그럴 거야." 해리가 말했다. 루나는 불편한 진실을 서슴없이 말하는 특유의 재능을 선보이고 있었다. 해리는 루나 같은 아이는 정말 처음 보았다. "넌 이번 학기 잘 보냈어?"

"아, 괜찮았어." 루나가 말했다. "D.A.가 없어서 조금 외롭더라. 그래도 지니가 잘해 줬어. 한번은 변환 마법 수업 시간에 남자애들 둘이 나를 '루니'('미치광이'라는 뜻—옮긴이)라고 못 부르게 해 주기도 했어……."

"오늘 밤에 나랑 같이 슬러그혼의 파티에 가지 않을래?"

해리의 입에서 자기도 모르게 이 말이 불쑥 튀어나왔다. 해리의 귀에 그것은 꼭 낯선 사람이 하는 말처럼 들렸다.

깜짝 놀란 루나가 툭 튀어나온 눈을 그에게 돌렸다.

"슬러그혼의 파티에? 너랑?"

"응." 해리가 말했다. "파트너를 데려오게 되어 있거든. 어쩌면 네가 좋아할지도 모른다고 생각해서…… 그러니까……." 그는 자신의 의도를 분명하게 전하려고 애를 썼다. "내 말은, 그냥 친구로 말이야. 근데 네가 싫다면……."

이미 그의 속마음은 어느 정도 그녀가 가기 싫어하기를

바라고 있었다.

"아아, 아냐. 친구로서 같이 가는 거 아주 좋아!" 루나는 해리가 전에는 결코 본 적 없는 환한 웃음을 지으며 말했다. "지금까지 나한테 파티에 같이 가자고 했던 사람은 한 명도 없었거든. 친구로서 말이야! 그래서 눈썹을 염색한 거야? 파티 때문에? 나도 염색해야 해?"

"아니." 해리가 단호하게 말했다. "이건 실수였어. 헤르미온느한테 고쳐 달라고 해야겠다. 그럼 8시에 현관홀에서 만나자."

"**아하!**" 머리 위에서 누군가가 소리치는 바람에 둘 다 화들짝 놀랐다. 머리 위 샹들리에에 피브스가 거꾸로 매달려 심술궂게 웃고 있는 것도 모르고 바로 그 아래를 지나갔던 것이다.

"'또라이 포터'가 '루니'한테 파티에 가자고 했대요! 루니를 쏴랑한대요! 또라이 포터는 루우우우니를 쏴아아아랑해애애애!"

피브스는 낄낄대고 소리를 지르며 쌩 날아갔다. "또라이가 미치광이를 사랑한대요!"

"비밀로 할 수 있어서 참 다행이네." 해리가 비꼬듯 말했다. 아니나 다를까, 순식간에 전교생이 해리 포터가 루나

러브굿을 슬러그혼의 파티에 데려간다는 사실을 알게 된 듯했다.

"넌 누구든 데려갈 수 있었어!" 저녁 식사 시간에 론이 믿기지 않는다는 듯 말했다. "누구라도! 그런데 '루니' 러브굿을 데려가겠다는 거야?"

"그렇게 부르지 마, 론." 뒤에서 지니가 친구들에게 향하던 걸음을 멈추고 쏘아붙였다. "네가 루나를 데리고 가 줘서 정말 기뻐, 해리. 루나가 얼마나 좋아하는지 몰라."

지니는 식탁으로 곧장 걸어가더니 딘과 함께 앉았다. 그가 루나를 파티에 데려간다는 사실에 지니가 기뻐하는 것을 보고 해리도 기쁨을 느껴 보려 했지만 잘되지 않았다. 식탁 저쪽에서는 헤르미온느가 혼자 앉아 스튜를 깨작거리고 있었다. 해리는 론이 그녀를 힐끔거리고 있는 것을 알아차렸다.

"미안하다고 하면 되잖아." 해리가 직설적으로 충고했다.

"뭐, 사과하고 또 카나리아 떼한테 공격당하라고?" 론이 투덜거렸다.

"꼭 그렇게 흉내 내야 했어?"

"쟤가 내 콧수염을 비웃었잖아!"

"나도 그랬어. 내가 여태껏 본 것 중에 최고로 멍청해 보이더라."

하지만 론은 듣지 못한 듯했다. 라벤더가 방금 파르바티와 함께 도착한 것이다. 라벤더가 해리와 론 사이에 몸을 욱여넣으며 론의 목에 팔을 둘렀다.

"안녕, 해리." 해리와 마찬가지로 두 친구의 행동에 약간 창피스럽기도 하고 질린 듯 보이기도 하는 파르바티가 말했다.

"안녕." 해리가 말했다. "어떻게 지냈어? 호그와트에 있기로 한 거야? 너희 부모님이 너희가 학교를 그만두길 바라신다고 들었는데."

"당분간은 못 그러시게 설득했어." 파르바티가 말했다. "케이티 일로 두 분 다 넋이 나가시긴 했는데, 그 이후로는 아무 일 없었으니까……. 어, 안녕, 헤르미온느!"

파르바티가 유독 환하게 웃어 보였다. 해리는 그녀가 변환 마법 시간에 헤르미온느를 비웃은 일로 죄책감을 느낀다는 것을 알 수 있었다. 그는 고개를 돌려 헤르미온느도 마주 미소 짓는 모습을 보았다. 가능한 일인지는 모르겠지만 파르바티보다 훨씬 환한 미소였다. 여자들은 가끔 정말 이해할 수가 없었다.

"안녕, 파르바티!" 헤르미온느가 론과 라벤더를 아예 못 본 척하며 말했다. "오늘 밤 슬러그혼 교수님 파티에 가니?"

"초대 못 받았어." 파르바티가 우울하게 말했다. "그래도 가면 참 좋을 텐데. 정말 재미있을 것 같더라. 너는 가지?"

"응, 8시에 코맥을 만나서……."

막힌 싱크대가 뻥 뚫리는 것 같은 소리가 나더니 론이 얼굴을 쑥 내밀었다. 헤르미온느는 무엇도 보거나 듣지 못한 것처럼 굴었다.

"……같이 가기로 했어."

"코맥?" 파르바티가 물었다. "설마 코맥 매클래건 말이야?"

"맞아." 헤르미온느가 나긋나긋하게 말했다. "*거의*……." 그녀는 이 낱말을 엄청나게 힘주어 내뱉었다. "그리핀도르 파수꾼이 될 **뻔**했던 애."

"그럼 걔랑 사귀는 거야?" 파르바티가 눈이 휘둥그레져서 물었다.

"음, 맞아. 몰랐어?" 헤르미온느가 그녀답지 않게 키득거리며 말했다.

"지금 알았어!" 파르바티는 이 소식에 몹시 궁금증을 느끼는 듯 말을 이었다. "와, 너 퀴디치 선수를 진짜 좋아하는구나. 맞지? 처음에는 크룸, 그다음에는 매클래건……."

"난 실력이 뛰어난 퀴디치 선수만 좋아해." 헤르미온느가 여전히 미소 지으며 그녀의 말을 정정했다. "그럼, 나중에 보자. 가서 파티 준비를 해야 하거든."

헤르미온느는 자리를 떠났다. 라벤더와 파르바티는 곧바로 머리를 맞대고 자기들이 매클래건에 대해 들은 이야기들과 헤르미온느에 대해 추측했던 것들을 토대로 이 새로운 전개에 관한 의견을 주고받았다. 론은 이상하게 멍한 표정만 지을 뿐 아무 말도 하지 않았다. 해리는 그저 입을 다문 채 여자들은 복수를 위해서 어디까지 할 수 있는지 깊은 생각에 빠졌다.

그날 밤 8시, 현관홀에 도착했을 때 해리는 이상할 정도로 수많은 여학생이 그곳에 숨어 있는 것을 알았다. 그들은 모두 루나에게 다가가는 해리를 분노 어린 눈길로 노려보는 듯했다. 루나는 보는 사람들을 낄낄대게 만드는 반짝이 달린 은색 로브를 입고 있었지만 그것만 아니면 꽤 근사해 보였다. 해리는 어쨌거나 그녀가 순무 귀고리와 버터맥주 코르크 목걸이, 심령 안경 차림이 아니라 얼마나 다행스러운지 몰랐다.

"안녕." 그가 말했다. "그럼 갈까?"

"아, 그래." 그녀가 행복한 듯 말했다. "파티는 어디서 해?"

"슬러그혼 교수님의 연구실." 해리는 쳐다보는 눈길과 수군거림을 피해 그녀를 데리고 대리석 계단을 올랐다. "그 얘기 들었어? 뱀파이어가 온대."

"루퍼스 스크림저?" 루나가 물었다.

"난…… 뭐?" 해리가 당황해하며 되물었다. "마법 정부 총리 말이야?"

"응, 그 사람 뱀파이어거든." 루나가 담담하게 말했다. "스크림저가 막 코닐리어스 퍼지의 자리를 이어받았을 때 아빠가 그 사실에 관해서 긴 기사를 쓰셨는데, 정부에 있는 누군가가 기사를 내지 못하게 막았어. 사실이 알려지는 걸 바라지 않는 게 분명해!"

해리는 루퍼스 스크림저가 뱀파이어일 리 없다고 생각했지만, 아버지의 괴상한 관점을 사실이라도 되는 양 말하는 루나에게 이미 익숙해져 있었기에 대꾸하지 않았다. 그들은 슬러그혼의 연구실에 가까워져 있었다. 한 발 한 발 내디딜 때마다 웃음소리와 음악, 대화를 주고받는 시끄러운 목소리들이 점점 커졌다.

애초에 그렇게 지어진 것인지 아니면 슬러그혼이 마법

을 써서 그렇게 만든 것인지 알 수 없었지만, 그의 연구실은 여느 교수의 연구실보다 훨씬 컸다. 천장과 벽에는 에메랄드색, 진홍색, 황금색 벽걸이가 걸려 있었다. 모두가 거대한 천막 안에라도 들어와 있는 느낌이었다. 방은 사람들로 북적거리고 답답했으며, 천장 한가운데 대롱대롱 매달린 화려한 황금 등불이 드리운 빨간 불빛에 휩싸여 있었다. 등불 안에서는 진짜 요정들이 파닥거리며 밝은 빛을 흩뿌렸다. 저 멀리 구석에서 만돌린 소리 같은 것이 뒤섞인 시끄러운 노랫소리가 들려왔다. 깊은 대화에 빠져 있는 나이 든 마법사들 위로 담배 연기가 자욱했고, 수많은 집요정이 들고 있는 무거운 은제 접시에 가려진 채 사람들의 무릎 사이를 꽥꽥거리며 돌아다니는 모습이 꼭 작은 식탁들이 움직이는 것처럼 보였다.

"해리, 우리 해리로구나!" 해리와 루나가 문을 비집고 들어오자마자 슬러그혼이 우렁찬 목소리로 외쳤다. "들어오너라, 들어와. 네가 만나 봤으면 하는 사람들이 아주 많단다!"

슬러그혼은 스모킹 재킷(과거 남성들이 입었던 실내용 재킷으로, 사교 모임에서 담배를 피울 때 입었던 옷이라 이런 이름이 붙었다—옮긴이)을 걸치고 그에 어울리는 술 장식이 달린 벨벳 모자를 쓰고 있었다. 슬러그혼은 함께 순간이동이라도 할 것처럼 해리의 팔을 꽉 움켜잡고 파티 한복판으로 데려갔다. 해리는 루나의 손을 잡고 그녀를 끌고 갔다.

"해리, 엘드리드 워플을 소개하마. 내 옛 제자로《피를 나눈 형제들: 뱀파이어들과 함께한 나의 삶》의 저자지. 그리고 이쪽은 워플의 친구 상귀니란다."

작고 안경을 쓴 남자, 워플이 해리의 손을 잡고 열정적으로 흔들었다. 키가 크고 눈 밑에 어두운 그림자가 드리워져 수척해 보이는 뱀파이어 상귀니는 그저 고개만 끄덕였다. 그는 약간 지루한 표정이었다. 그의 근처에는 시끌벅적한 여학생 무리가 호기심과 흥분이 가득한 표정을 짓고 서 있었다.

"해리 포터, 만나서 반갑다!" 워플은 눈이 나쁜지 해리의 얼굴을 가까이서 올려다보며 말했다. "지난번 슬러그혼 교수님께 '우리 모두 기다리는 해리 포터 위인전은 어디 있는 거죠?'라고 말했었거든."

"어……." 해리가 말했다. "그러셨어요?"

"호러스 교수님 말씀대로 겸손하네!" 워플이 말했다. "하지만 이건 진심인데……." 그의 태도가 갑자기 사무적으로 바뀌었다. "그 위인전을 내가 직접 쓸 수 있다면 정말 기쁠 거야. 사람들은 너를 조금이라도 더 알고 싶어서 안달이란다, 애야. 난리도 아니라니까! 몇 차례…… 어디 보자, 한 번에 네다섯 시간쯤 인터뷰에 응해 주기만 한다면, 몇 달 안에 책을 완성할 수 있을 거야. 내가 장담하는데, 네가 할 일은 별로 없어. 진짠지 아닌지 여기 상귀니한테 물어봐라. *상귀니, 여기 있어!*" 워플이 갑자기 단호하게 외쳤다. 뱀파이어가 상당히 굶주린 눈빛으로 주위에 있는 여학생들에게 슬금슬금 다가가고 있었던 것이다. "자, 고기 파이나 먹어." 워플은 지나가는 집요정이 들고 있는 쟁반에서 파이 하나를 집어 상귀니의 손에 쥐여 주더니 다시 해리에게 관심을 돌렸다.

"애야, 얼마나 많은 돈을 벌 수 있을지 넌 상상도……."

"전혀 관심 없습니다." 해리가 딱 잘라 말했다. "그리고 방금 제 친구를 봐서요. 죄송해요."

그는 루나를 이끌고 사람들 사이로 들어갔다. 친구를 봤다는 말은 사실이었다. 방금 '운명의 세 여신' 멤버로 보이는 두 사람 사이로 길고 풍성한 갈색 머리가 사라지는 모습이 보였던 것이다.

"*헤르미온느! 헤르미온느!*"

"해리! 너 여기 있었구나. 세상에! 안녕, 루나!"

"무슨 일 있었어?" 해리가 물었다. 헤르미온느의 머리는 방금 악마의 덫 덤불을 간신히 헤치고 나오기라도 한 것처럼 마구 헝클어져 있었다.

"아, 방금 탈출했어. 내 말은, 방금 코맥한테서 빠져나왔다고." 헤르미온느는 그렇게 말했지만 해리가 여전히 영문을 모르겠다는 듯 바라보자 설명을 덧붙였다. "겨우살이 아래에서 말이야."

"그런 녀석이랑 같이 오니까 그런 일을 당하지." 해리가 매정하게 말했다.

"걔랑 오는 게 론을 가장 화나게 하는 일이라고 생각했거든." 헤르미온느가 차분하게 말했다. "재커라이어스 스미스랑 올까도 잠깐 고민했지만, 전반적으로 보기에……."

"스미스를 고려했었다고?" 해리가 경멸스럽다는 듯 소리쳤다.

"그래, 맞아. 차라리 걔를 고를 걸 그랬어. 매클래건에 비하면 그롭도 신사일걸? 이쪽으로 가자, 걔가 오면 보일 거야. 키가 아주 크니까……."

세 사람은 벌꿀술 잔을 집어 들고 연구실 저편으로 자리를 옮겼다가 그곳에 홀로 서 있는 트릴로니 교수를 뒤늦게 발견했다.

"안녕하세요." 루나가 트릴로니 교수에게 공손하게 인사했다.

"잘 지냈니, 애야." 트릴로니 교수가 조금 힘겹게 루나에게 눈의 초점을 맞추며 말했다. 이번에도 요리용 셰리주 냄새가 풀풀 풍겼다. "요즘 수업 시간에 널 못 본 것 같구나……."

"네, 이번 학기에는 피렌지 교수님 수업을 들어요." 루나가 말했다.

"아, 그렇겠지." 트릴로니 교수가 술에 취해 킥킥거리더니 화난 듯 말했다. "그 교수, 아니 내 생각엔 짐말이라고 하는 편이 더 낫겠구나. 이젠 내가 학교로 돌아왔으니까 덤블도어 교수님이 그 말을 쫓아낼지도 모른다고 생각했지. 안 그렇겠니? 그런데 아니더구나……. 수업을 나눠서 가르치래……. 솔직히 이건 모욕이야. 모욕이라고. 혹시 아는지 모르겠는데……."

트릴로니 교수는 너무 취해 해리를 알아보지 못하는 듯했다. 그녀가 피렌지를 사납게 비난하는 틈을 타 해리는 헤르미온느에게 바짝 다가가서는 말했다. "이건 분명히 해 두자. 너, 론한테 파수꾼 선발전에서 네가 손썼다는 얘길 할 생각이야?"

헤르미온느가 눈썹을 치켜떴다.

"넌 정말 내가 그렇게 치사한 짓을 할 거라고 생각해?"

해리는 날카롭게 그녀를 바라보았다.

"헤르미온느, 매클래건한테 데이트 신청을 할 정도라면……."

"그건 전혀 다른 문제야." 헤르미온느가 도도하게 말했다. "파수꾼 선발전에서 무슨 일이 일어났든 안 일어났든 론한테 말해 줄 생각은 전혀 없네요."

"좋아." 해리가 열렬하게 호응하며 말했다. "혹시라도 네가 이야기하면 론은 다시 흔들릴 거고, 그럼 우린 다음 시합에서 질지도……."

"또 퀴디치!" 헤르미온느가 발끈했다. "남자들이 신경 쓰는 건 그것밖에 없니? 코맥도 나에 관한 질문은 한 마디도 하지 않더라, 한 마디도. 나는 조금 전까지 코맥 매클래건이 고안한 놀라운 수비 100가지를 들으며 시달렸어. 끊임없이…… 안 돼, 이쪽으로 온다!"

헤르미온느는 어찌나 빠르게 움직였는지 마치 순간이동이라도 한 것 같았다. 그녀는 한순간 그 자리에 있는가 싶더니 다음 순간에는 시끄럽게 시시덕거리는 두 여자 마법사 사이를 비집고 들어가 사라졌다.

"헤르미온느 봤어?" 잠시 후 매클래건이 사람들 사이를 헤치고 다가와 물었다.

"못 봤어. 미안." 해리는 그렇게 말하고 재빨리 고개를 돌려 루나의 대화에 끼어들었다. 루나가 누구와 이야기하고 있는지 깜빡 잊었던 것이다.

"해리 포터!" 트릴로니 교수가 그제야 그를 알아보고 나직이 떨리는 목소리로 말했다.

"어, 안녕하세요." 해리가 시큰둥하게 말했다.

"이런 세상에, 얘야!" 그녀는 매우 잘 들리는 목소리로 속삭였다. "그 소문들이며! 이야기하며! 선택받은 자라니! 나는 당연히 아주 오래전부터 알고 있었어……. 징조가 좋았던 적은 한 번도 없었단다, 해리……. 그런데 왜 점술 수업을 다시 듣지 않는 거니? 누구보다도 너한테는 그 과목이 굉장히 중요한데!"

"아, 시빌. 우리 모두 자기 과목이 가장 중요하다고 생각하지 않나!" 커다란 목소리가 들리더니 트릴로니 교수의 맞은편에서 슬러그혼이 나타났다. 그는 붉게 달아오른 얼굴로 벨벳 모자를 삐뚜름하게 쓴 채 한 손에는 벌꿀술 잔을, 다른 손에는 커다란 민스 파이(말린 과일, 향신료 등을 넣어 만든 영국의 크리스마스 파이—옮긴이)를 들고 있었다. "하지만 마법약에 이토록 천부적인 재능을 보인 아이는 한 번도 본 적이 없는 것 같아!" 슬러그혼이 충혈되긴 했지만 애정이 가득한 눈으로 해리를 바라보며 말했다. "타고났달까, 자기 어머니랑 똑같더군! 이 정도 소질이 있는 학생은 몇 명밖에 가르쳐 본 적이 없어. 그건 장담하네, 시빌. 글쎄, 세베루스라도……."

끔찍하게도, 마치 슬러그혼이 팔을 뻗어 허공에서 스네이프를 끄집어낸 것 같았다.

"살금살금 돌아다니지 말고 이리 와서 함께하지, 세베루스!" 슬러그혼이 기분 좋게 딸꾹질을 했다. "방금 해리의 비범한 마법약 제조 실력에 대해 얘기하고 있었어! 물론 어느 정도의 공은 자네에게도 돌려야겠지. 자네가 5년 동안 가르쳤으니!"

스네이프는 슬러그혼이 어깨에 두른 팔 때문에 꼼짝할 수 없는 상태에서 검은 두 눈을 가늘게 뜨고 해리를 바라보았다.

"이상하군요, 저는 포터에게 뭘 가르쳤다고 느낀 적이 단 한 번도 없는데."

"뭐, 그렇다면 타고난 재능이로군!" 슬러그혼이 소리쳤다. "이 녀석이 나한테 뭘 제출했는지 자네도 봤어야 해. 첫 수업에서 살아 있는 죽음의 물약을 만들었는데, 첫 시도에 그 약을 해리보다 완벽하게 만들어 낸 학생은 없었어. 세베루스 자네라도 그렇게 못 했을걸……."

"정말입니까?" 스네이프가 여전히 해리를 꿰뚫을 듯 바라보며 나지막이 물었다. 해리는 조금 불안해졌다. 해리가 세상에서 가장 바라지 않는 일이 있다면, 그가 마법약에서 새롭게 발휘하게 된 재능의 근원을 스네이프가 조사하는 것이었다.

"다른 과목은 또 뭘 듣고 있다고 했지, 해리?" 슬러그혼이 물었다.

"어둠의 마법 방어법을 듣고 있습니다. 또 일반 마법이랑 변환 마법이랑 약초학……."

"한 마디로, 모두 오러가 되기 위한 과목들이로군." 스네이프가 보일 듯 말 듯 비웃음을 머금고 말했다.

"네, 뭐, 그게 제가 되고 싶은 거거든요." 해리가 반항하듯 내뱉었다.

"너는 아주 훌륭한 오러가 될 게다!" 슬러그혼이 우렁찬 목소리로 화답했다.

"난 네가 오러가 되면 안 될 것 같아, 해리." 루나가 예상치 못한 말을 내뱉었다. 모두가 그녀를 바라보았다. "오러들은 로트팽 음모와 관련이 있어. 그건 다들 알고 있을걸.

오러들은 어둠의 마법과 잇몸병을 결합시켜서 마법 정부를 안에서부터 무너뜨리려 하고 있어."

해리는 웃음이 터지는 바람에 벌꿀술을 절반이나 코로 들이켜고 말았다. 정말이지, 이 한 마디만으로도 루나를 이곳으로 데려온 보람이 있었다. 해리는 옷이 푹 젖은 채 콜록콜록 기침을 해 대면서도 씩 웃으며 잔에서 얼굴을 들었다. 그를 더욱 기분 좋게 만들어 줄 광경이 눈에 들어왔다. 드레이코 말포이가 아거스 필치에게 귀를 붙잡힌 채 끌려오고 있었다.

"슬러그혼 교수님." 필치가 쌕쌕거렸다. 턱살이 덜덜 떨렸고 튀어나온 두 눈은 말썽거리를 찾아내려는 광기로 번득였다. "이 녀석이 위층 복도에 숨어 있는 걸 발견했는데, 자기가 교수님 파티에 초대받았다는 겁니다. 출발이 좀 늦었을 뿐이라면서요. 이 녀석한테 초대장을 보내신 게 맞나요?"

말포이는 잔뜩 화가 난 표정을 지으며 필치의 손아귀에서 벗어났다.

"그래요, 초대 못 받았어요!" 그가 성난 목소리로 외쳤다. "초대도 못 받은 주제에 그냥 들어가려고 한 거예요. 이제 만족해요?"

"아니, 그럴 리가!" 필치가 말했다. 그 말과는 달리 그의 얼굴에는 만족한 기색이 역력했다. "너 이제 큰일 났다, 큰일 났어! 교장 선생님께서 허락 없이는 밤에 어슬렁거리지 말라고 하시지 않았나? 응?"

"괜찮네, 아거스. 괜찮아." 슬러그혼이 손을 내저으며 말했다. "오늘은 크리스마스 아닌가. 파티에 오고 싶어 하는 게 잘못은 아니지. 이번 한 번만 눈감아 주도록 하지. 여기 있어도 된다, 드레이코."

예상한 그대로 필치는 화가 머리끝까지 나고 실망한 얼굴이었다. 하지만 왜 말포이도 똑같이 불쾌한 표정을 짓고 있는 건지 해리는 의아했다. 그리고 왜 스네이프는 화가 난 동시에 약간 두려워하는 표정으로 말포이를 바라보고 있는 걸까? ……그게 가능한 일일까?

하지만 해리가 방금 본 광경을 머릿속으로 정리하기도 전에, 필치는 돌아서더니 숨죽여 뭔가를 중얼거리면서 발을 질질 끌며 가 버렸다. 말포이는 표정을 가다듬고 미소를 지으며 슬러그혼의 너그러운 결정에 감사 인사를 하고 있었고, 스네이프의 얼굴은 그 특유의 가늠할 수 없는 얼굴로 되돌아와 있었다.

"아무것도 아니다, 아무것도 아니야." 슬러그혼이 말포이의 감사 인사에 손을 내저으며 말했다. "어쨌든 난 네 할

아버지와 아는 사이였단다."

"할아버지께서는 항상 교수님을 아주 훌륭한 분이라고 말씀하셨어요." 말포이가 재빨리 덧붙였다. "교수님이야말로 할아버지가 알고 있는 최고의 마법약 제조가라고 하셨죠."

해리는 말포이를 빤히 바라보았다. 해리의 관심을 자극한 건 그의 아첨이 아니었다(말포이가 스네이프에게 알랑거리는 걸 오랫동안 지켜봐 왔으니까). 말포이는 실제로 약간 아파 보였다. 말포이를 이렇게 가까이서 본 건 아주 오랜만이었다. 이제 보니 눈 밑에 어두운 그림자가 드리워져 있고 얼굴빛은 눈에 띄게 어두웠다.

"잠깐 얘기 좀 하자, 드레이코." 스네이프가 불쑥 말했다.

"아, 왜 그러나, 세베루스." 슬러그혼이 다시 딸꾹질을 하며 말했다. "크리스마스잖아. 너무 엄하게 다루지 말게나."

"저는 이 아이의 기숙사 담임 교수입니다. 엄하게 다루지 말지는 제가 판단할 문제입니다." 스네이프가 딱 잘라 말했다. "따라와라, 드레이코."

스네이프가 앞장서자 말포이는 분하다는 표정을 지으며 그 뒤를 따랐다. 해리는 확신이 서지 않아 그 자리에 잠시 서 있다가 말했다. "금방 돌아올게, 루나. 어…… 화장실

갔다가."

"알았어." 루나가 명랑하게 말했다. 재빨리 사람들 사이를 비집고 들어가는 해리의 귀에 루나가 로트팽 음모에 대해 진심으로 관심을 보이는 듯한 트릴로니 교수와 다시 이야기를 나누는 소리가 언뜻 들려왔다.

일단 파티장을 빠져나오자 복도에 오가는 사람이 없었기에 주머니에서 투명 망토를 꺼내 뒤집어쓰는 일은 간단했다. 스네이프와 말포이를 찾는 일은 그보다 어려웠다. 해리는 복도를 따라 달렸다. 등 뒤 슬러그혼의 연구실에서 흘러나오는 음악 소리와 시끄러운 말소리에 그의 발소리가 묻혔다. 아마도 스네이프는 말포이를 지하 감옥에 있는 자기 연구실로 데려갔을 것이다……. 아니면 슬리데린 휴게실로 돌려보냈을지도……. 해리는 복도를 달려가면서 보이는 문마다 귀를 대 보았고, 마침내 엄청난 흥분을 느끼며 복도 맨 끝에 있는 교실의 열쇠 구멍 앞에 웅크리고 안에서 들려오는 말소리를 들었다.

"……실수를 저지를 여유는 없다, 드레이코. 네가 퇴학당한다면……."

"전 그 일과 아무 상관 없다니까요! 네?"

"네 말이 사실이기를 바란다. 왜냐면 그건 서툴면서도

멍청한 행동이었으니까. 넌 이미 이 일에 관여했다는 의심을 받고 있어."

"누가 절 의심한다는 거죠?" 말포이가 화를 냈다. "마지막으로 말하는데 제가 한 일이 아니라고요. 아시겠어요? 그 벨이라는 여자애한테 아무도 모르는 적이 있었던 게 틀림없어요. ……그런 식으로 보지 마세요! 교수님이 뭘 하고 있는지 알아요. 전 바보가 아니라고요. 하지만 통하지 않을 거예요. 전 막을 수 있어요!"

잠시 침묵이 흐른 뒤 스네이프가 조용히 입을 열었다. "아…… 벨라트릭스 이모가 너에게 오클루먼시를 가르치고 있나 보구나. 알겠다. 네 주인에게까지 감추려는 생각이 뭐지, 드레이코?"

"저는 그분한테 감추는 거 아무것도 없어요. 그냥 교수님이 끼어드는 게 싫은 거라고요!"

해리는 열쇠 구멍에 귀를 더욱 가까이 갖다 댔다. 무슨 일이 있었기에 말포이가 스네이프에게 저런 태도로 말하게 된 걸까? 말포이는 항상 스네이프에게 존경심을 보이고 심지어 좋아하지 않았던가?

"그래서 이번 학기 내내 날 피한 거냐? 내 간섭이 두려워서? 이것만 알아 둬라, 드레이코, 내가 연구실로 여러

번 불렀는데도 오지 않은 게 네가 아니라 다른 아이였다면……."

"그럼 방과 후 징계나 주시죠! 덤블도어한테 보고하든지!" 말포이가 피식 비웃었다.

또 한 번 짧은 침묵이 흘렀다. 잠시 후 스네이프가 말했다. "너는 내가 둘 중 어느 것도 하고 싶어 하지 않는다는 걸 확실히 알고 있다."

"그럼 저더러 교수님 연구실로 오라는 말은 그만하시는 게 좋겠네요!"

"잘 들어라." 스네이프가 말했다. 그의 목소리가 굉장히 나직해져서 해리는 열쇠 구멍에 귀를 더욱 바짝 갖다 대야 했다. "나는 널 도와주려는 거다. 네 어머니에게 널 보호하겠다고 맹세했다. 깨뜨릴 수 없는 맹세를 했단 말이다, 드레이코."

"그럼 그 맹세를 깨셔야 할 것 같은데요. 전 교수님 보호 따위 필요 없거든요! 이건 제 일이에요. 그분이 저한테 일을 맡기셨고 전 그 일을 해낼 거라고요. 계획도 세워 놨고, 그 계획은 통할 거예요. 그저 생각했던 것보다 시간이 좀 더 걸리는 것뿐이에요!"

"네 계획이란 게 뭐지?"

"그건 교수님이 알 바 아니죠!"

"네가 뭘 하려는 건지 말해 준다면 내가 도와줄 수……."

"감사하지만, 필요한 도움은 다 받고 있어요. 전 혼자가 아니거든요!"

"오늘 밤에 넌 분명 혼자였다. 정말 어리석은 짓을 벌였지. 망을 보거나 도와줄 사람도 없이 혼자서 복도를 돌아다니다니, 그건 아주 초보적인 실수……."

"교수님이 크래브랑 고일한테 방과 후 징계를 주지 않았다면 걔들하고 같이 있었겠죠!"

"목소리 낮춰라!" 흥분한 말포이가 목소리를 높이자 스네이프가 쏘아붙였다. "네 친구인 크래브와 고일은 지금보다 더 열심히 공부하지 않으면 이번 어둠의 방어법 O.W.L.을 통과하기가……."

"그게 무슨 소용이에요?" 말포이가 말했다. "어둠의 마법 방어법이라니, 다 장난질일 뿐이잖아요? 쇼 아니냐고요. 우리 중에 어둠의 마법을 방어해야 하는 사람이 있기나 해요?"

"이 쇼는 우리의 성공에 매우 중요한 일이다, 드레이코!" 스네이프가 말했다. "내가 쇼를 할 줄 몰랐다면 그 모든 세월 동안 어디에 있었을 거라고 생각하는 거냐? 지금부터 내 말 잘 들어라! 밤에 쏘다니다가 붙잡히는 건 경솔한 짓이다. 그리고 크래브나 고일 같은 친구들에게 기대고 있다면……."

"걔들이 전부가 아니에요. 제 편에는 다른 사람들도 있어요. 더 나은 사람들요!"

"그렇다면 나한테 털어놓는 건 어떠냐? 그럼 내가……."

"전 교수님이 뭘 꾸미고 있는지 알아요! 제가 얻은 영예를 훔쳐 가려는 거죠!"

또 한 번 침묵이 흐른 뒤 스네이프가 차갑게 말했다. "어린애처럼 말하는구나. 네 아버지가 체포당해 갇혀 있으니 화가 난 것도 이해하지만……."

해리는 아슬아슬하게 들키지 않을 수 있었다. 문 맞은편에서 말포이의 발소리가 들리나 싶더니 문이 벌컥 열리는 순간에야 비켜섰던 것이다. 말포이는 복도를 성큼성큼 걸어가다가 문이 열려 있는 슬러그혼의 연구실을 그대로 지나쳐 저 멀리 모퉁이를 돌아 보이지 않는 곳으로 사라졌다.

해리는 감히 숨도 쉬지 못한 채 스네이프가 교실에서 천천히 나올 때까지 한껏 웅크리고 있었다. 스네이프는 의미를 읽을 수 없는 표정을 지으며 파티 장소로 돌아갔다. 해리는 머릿속이 바쁘게 돌아가는 가운데 투명 망토를 뒤집어쓰고 바닥에 주저앉아 있었다.

16장
몹시 추운 크리스마스

"그러니까 스네이프가 걔 도와주겠다고 했단 말이야? 확실히 걔를 도와주겠다고 제안했다고?"

"한 번만 더 물어보면……." 해리가 말했다. "이 방울양배추를 쑤셔 넣을……."

"그냥 확인하는 거야!" 론이 말했다. 그들은 버로의 싱크대 앞에 서서 위즐리 부인을 도와 산더미처럼 쌓인 방울양배추를 다듬고 있었다. 창밖에는 눈발이 휘날리고 있었다.

"그래, 스네이프가 걔를 도와주겠다고 했어!" 해리가 말했다. "말포이의 어머니한테 걔 지켜 주겠다고 약속했대. 깨뜨릴 수 없는 서약인지 뭔지를 했다면서……."

"깨뜨릴 수 없는 맹세?" 론이 충격받은 표정으로 말했다. "아니, 그럴 리가…… 확실해?"

"응, 확실해." 해리가 말했다. "왜? 그게 무슨 뜻인데?"

"뭐, 깨뜨릴 수 없는 맹세는 말 그대로 깨뜨릴 수가 없어……."

"거 참 이상하네, 그 정도는 나 혼자서도 알아냈거든? 그래서 맹세를 깨뜨리면 어떻게 되는데?"

"죽어." 론이 간단하게 대답했다. "내가 다섯 살 때 프레드랑 조지가 나한테 그 맹세를 시키려고 한 적이 있어. 하마터면 성공할 뻔했지. 내가 프레드랑 손도 잡고 할 거 다 하고 있는데 아빠가 우릴 발견했어. 미치고 팔짝 뛰시더라." 론이 추억에 잠긴 듯 몽롱한 눈으로 말했다. "아빠가 엄마처럼 화를 내는 걸 본 건 그때뿐이었어. 프레드는 그때 이후로 자기 왼쪽 엉덩이가 예전 같지 않다고 하더라."

"뭐, 그래. 프레드의 왼쪽 엉덩이 얘기는 건너뛰고……."

"뭐라고 했냐?" 프레드의 목소리가 들리면서 쌍둥이가 부엌으로 들어왔다.

"아아, 조지. 이것 좀 봐. 애들은 칼을 쓰네. 불쌍해라."

"두 달하고 조금만 더 있으면 나도 열일곱 살이 돼." 론이 부루퉁하게 말했다. "그때는 나도 마법으로 할 수 있어!"

"하지만 그때까지는……." 조지가 의자에 앉아 부엌 식탁에 두 발을 올려놓으며 말했다. "우린 네가 칼을 올바르게 사용하는 모습을 즐겁게 지켜볼…… 어이쿠, 저런."

"형 때문에 베었잖아!" 론이 칼에 베인 엄지손가락을 빨면서 화난 목소리로 말했다. "두고 봐, 내가 열일곱 살만 되면……."

"전혀 예상치 못한 마법 솜씨로 우리를 깜짝 놀라게 해 줄 거라 믿는다." 프레드가 쩍 하품을 했다.

"그리고 지금껏 예상하지 못한 솜씨 얘기가 나와서 말인데, 로널드." 조지가 말했다. "우리가 지니한테 들은 얘기가 있어서 말이지. 이름이 뭐더라…… 우리가 들은 정보에 따르면, 라벤더 브라운? 그 아가씨랑은 무슨 일이야?"

론은 얼굴을 약간 붉혔지만 방울양배추 쪽으로 돌아섰을 때는 그다지 기분 나쁜 표정이 아니었다.

"무슨 일은, 내 일이지."

"와, 진짜 웃기다." 프레드가 말했다. "도대체 저런 말장난은 어떻게 생각해 내는지 모르겠네. 아니, 내 말은…… 어쩌다 그렇게 된 거야?"

"무슨 뜻이야?"

"걔, 사고라도 당한 거냐?"

"뭐라고?"

"그렇잖아, 뇌에 그런 심각한 손상을 입고 어떻게 살아 있을 수 있냐고. 야, 조심해!"

위즐리 부인은 마침 부엌으로 들어오다가 론이 방울양배추를 다듬던 칼을 프레드에게 던지는 모습을 보았다. 프레드는 느긋하게 마법 지팡이를 한 번 탁 튕겨 칼을 종이비행기로 바꿔 버렸다.

"론!" 그녀가 화를 내며 소리쳤다. "또 한 번 칼을 던지다 걸렸다간 봐라!"

"안 그럴게요." 론이 말했다. "안 걸리겠다는 말이야." 그는 산처럼 쌓인 방울양배추를 향해 돌아서서 숨죽여 덧붙였다.

"프레드, 조지, 얘들아. 미안하지만 오늘 밤에 리머스가 오기로 했단다. 그러니 너희는 빌하고 같이 끼어서 자야 할 것 같아!"

"나쁠 거 없죠." 조지가 말했다.

"찰리는 안 오니까 해리랑 론은 다락방에 있으면 되고, 플뢰르가 지니랑 방을 같이 쓰면……."

"……지니가 크리스마스 기분을 제대로 내겠는데요." 프레드가 중얼거렸다.

"……모두 편안하게 지낼 수 있을 거야. 뭐, 어쨌든 다들 침대는 있잖니." 위즐리 부인이 약간 지친 목소리로 말했다.

"그럼 퍼시는 그 못생긴 얼굴을 확실히 안 보여 주는 거죠?" 프레드가 물었다.

위즐리 부인은 등을 돌리고 대답했다.

"그래, 걘 바쁘잖니. 정부 일 때문에."

"아니면 이 세상 제일가는 머저리거나." 위즐리 부인이 부엌을 나가자 프레드가 중얼거렸다. "두 명의 최고 머저리 중 하나라고 해야 하나? 뭐, 그럼 가자, 조지."

"형들은 이제 뭐 할 거야?" 론이 물었다. "이 방울양배추 다듬는 것 좀 도와주면 안 돼? 지팡이 한 번만 휘두르면 되잖아. 그럼 우리도 자유로워질 텐데!"

"아니, 그럴 수는 없을 것 같아." 프레드가 진지하게 말했다. "인격 수양에 아주 도움이 되는 일이거든. 마법을 쓰지 않고 방울양배추 다듬는 방법을 배우는 것 말이야. 머글들과 스큅들이 얼마나 어렵게 사는지 제대로 깨닫게 해 주지."

"……그리고 누군가의 도움을 받고 싶다면, 론." 조지가 종이비행기를 그에게 날려 보내며 덧붙였다. "나 같으면 그 사람한테 칼을 던지지는 않을 거야. 너에게 해 주는 작은 조언이다. 우리는 마을에 갈 생각이야. 신문 가판대에서 일하는 아주 예쁜 여자애가 있는데, 내 카드 묘기를 정말 신기해하더라고……. 진짜 마법 같다고 생각하더라니까…….."

"재수 없는 인간들." 론은 프레드와 조지가 눈 내리는 마당을 가로질러 가는 모습을 지켜보며 험악하게 말했다. "도와주면 10초밖에 안 걸렸을 거고, 그럼 우리도 갈 수 있었을 텐데."

"난 못 가." 해리가 말했다. "여기 머무는 동안 딴 데 돌아다니지 않겠다고 덤블도어 교수님한테 약속했거든."

"아, 그래." 론이 말했다. 그는 방울양배추 몇 개를 더 다듬고 난 다음 물었다. "스네이프랑 말포이가 한 얘기를 덤블도어한테 말할 거야?"

"응." 해리가 말했다. "그걸 막을 수 있는 사람이라면 누구한테든 말할 거야. 덤블도어 교수님은 후보 명단 맨 위에 있지. 너희 아빠한테도 말씀드려 볼까 해."

"근데 말포이가 정말로 뭘 꾸미고 있는지 못 들은 게 안타깝다."

"들을 수가 없었잖아? 그게 중요한 거야. 걔가 스네이프한테도 말하지 않으려 했다는 것."

잠깐 침묵이 흐른 뒤 론이 말했다. "물론, 다들 뭐라고 할지는 알고 있지? 아빠랑 덤블도어랑 다들 말이야. 스네이프는 정말로 말포이를 도우려는 게 아니라 말포이가 무슨 일을 꾸미는지 알아내려 한 거라고 말할걸?"

"스네이프가 뭐라고 했는지 못 들어서 그래." 해리가 딱 잘라 말했다. "누구도 그렇게까지 연기를 잘할 수는 없어. 아무리 스네이프라도."

"그래…… 그냥 그렇다고." 론이 말했다.

해리는 얼굴을 찡그리며 론을 똑바로 쳐다보았다.

"너는 내가 맞다고 생각하는 거지?"

"아, 당연하지!" 론이 서둘러 말했다. "진짜야, 맞다고 생각해! 하지만 다들 스네이프가 기사단의 일원이라고 믿고 있잖아?"

해리는 아무 말도 하지 않았다. 론이 한 말이야말로 해리가 발견한 새로운 증거에 대한 가장 강력한 반박이 될 거라는 건 이미 예상하고 있었다. 지금 이 순간에도 헤르미온느의 목소리가 귀에 들리는 것 같았다.

'당연히 스네이프는 말포이를 속여서 무슨 속셈인지 알아내려고 도움을 주는 척한 거야, 해리.'

하지만 그건 순전히 해리의 상상일 뿐, 그는 엿들은 내용을 헤르미온느에게 말해 줄 기회조차 없었다. 헤르미온느는 그가 돌아오기 전에 슬러그혼의 파티에서 사라졌다. 적어도, 잔뜩 화가 난 매클래건은 그렇게 말했다. 그리고 해리가 휴게실로 돌아왔을 때쯤 그녀는 이미 잠자리에 든 뒤였다. 그와 론은 다음 날 일찍 버로로 떠나야 했기 때문에, 헤르미온느에게 크리스마스 인사를 한 다음 연휴가 끝나고 돌아오면 아주 중요한 소식을 알려 주겠다는 말밖에 할 수 없었다. 하지만 그녀가 그의 말을 들었는지는 확신할 수 없었다. 그 순간 론과 라벤더가 해리의 등 뒤에서 말이 전혀 필요 없는 작별 인사를 나누고 있었기 때문이다.

어쨌든 헤르미온느조차 부정하지 못할 한 가지 사실은, 말포이가 분명 무슨 일인가 꾸미고 있으며 스네이프가 그 사실을 알고 있다는 것이었다. 해리는 이미 론에게도 몇 차례 말했듯이 "내가 뭐랬어?"라고 말하는 게 아주 정당하다는 기분이 들었다.

위즐리 씨가 정부에서 아주 늦게까지 일했기에 해리는 그와 이야기를 나눌 시간이 없었다. 그렇게 크리스마스이브 밤이 되었다. 위즐리 가족과 손님들은 거실에 앉아 있었다. 지니가 거실을 어찌나 요란하게 장식해 놨는지 꼭 색종이 사슬이 폭발하는 한복판에 앉아 있는 것 같았다.

오직 프레드와 조지, 해리와 론만이 나무 꼭대기에 얹힌 천사가 실은 정원에서 잡아 온 땅요정이라는 것을 알고 있었다. 크리스마스 저녁 식사에 쓸 당근을 뽑던 프레드의 발목을 물었다가 기절 마법에 맞은 땅요정이었다. 온몸에 금칠을 한 채 등에 조그만 날개를 붙이고 작디작은 발레복을 억지로 껴입은 땅요정이 모두에게 빛을 비춰 주었다. 감자처럼 울퉁불퉁한 커다란 대머리에 발에는 털이 북슬북슬한 이 녀석은 해리가 여태껏 본 천사 가운데 가장 징그러운 천사였다.

그들은 모두 위즐리 부인이 가장 좋아하는 가수인 셀레스티나 워벡의 크리스마스 방송을 들어야 했다. 커다란 목재 라디오에서 그녀의 목소리가 흘러나오고 있었다. 플뢰르는 셀레스티나를 아주 따분하게 생각했는지 한쪽 구석에서 큰 소리로 떠들어 댔고, 그 때문에 위즐리 부인이 도끼눈을 뜨고 마법 지팡이로 볼륨을 높이는 바람에 셀레스티나의 목소리 또한 점점 커졌다. '뜨겁고 강렬한 사랑으로 가득 찬 솥단지'라는 유난히 요란한 곡이 흘러나오는 틈을 타 프레드와 조지와 지니는 폭발하는 카드 게임을 시작했다. 론은 한 수 배우고 싶은 듯 끊임없이 빌과 플뢰르에게 은밀한 눈길을 보냈다. 한편, 어느 때보다도 야위고

몹시 추운 크리스마스

몹시 지쳐 보이는 리머스 루핀은 셀레스티나의 목소리가 들리지 않는 듯 벽난로 앞에 앉아 불 속을 골똘히 들여다보고 있었다.

"아, 이리로 와서 내 솥을 저어 주세요.
제대로 저어 준다면
내가 뜨겁고 강렬한 사랑을 끓여 드릴게요,
오늘 밤 당신의 온기를 지켜 줄 사랑을."

"우린 열여덟 살 때 이 곡에 맞춰서 춤을 췄단다!" 위즐리 부인이 뜨개질감으로 눈가를 훔치며 말했다. "기억나, 아서?"

"으음?" 귤을 까다가 꾸벅꾸벅 졸고 있던 위즐리 씨가 말했다. "아, 맞아……. 기막히게 좋은 곡이지."

그는 앉은 채로 힘겹게 몸을 약간 펴고 옆에 있는 해리를 돌아보았다.

"미안하다." 셀레스티나가 후렴구를 부르기 시작하자 그는 라디오 쪽을 고개로 휙 가리키며 말했다. "곧 끝날 거야."

"괜찮아요." 해리가 씩 웃으며 말했다. "정부 일 때문에 바쁘셨죠?"

"굉장히 바빴지." 위즐리 씨가 말했다. "조금이라도 진척이 있으면 상관없다만, 지난 두 달 동안 셋을 체포했는데 그중에 진짜 죽음을 먹는 자가 한 사람이라도 있는지 잘 모르겠어. ……딴 데 가서는 이런 얘기 하면 안 된다, 해리." 그는 정신이 번쩍 든 듯 재빨리 덧붙였다.

"정부가 스탠 션파이크를 아직까지 붙잡아 둔 건 아니죠?" 해리가 물었다.

"유감이지만 그렇단다." 위즐리 씨가 말했다. "덤블도어 교수님이 스크림저 총리에게 스탠에 대해서 직접 호소하신 걸로 아는데……. 내 말은, 누구든 실제로 스탠을 취조해 본 사람이라면 그 녀석이 죽음을 먹는 자일 가능성은 이 굴이 죽음을 먹는 자일 가능성과 같다는 걸 알 텐데 말이지. 하지만 최고위급들은 뭔가 진척이 있는 것처럼 보이고 싶어 하고, '세 건의 체포'는 '세 건의 잘못된 체포와 석방'보다 그럴듯하게 들리니까. 아무튼, 이건 전부 일급비밀이다."

"한 마디도 안 할게요." 해리가 말했다. 그는 하고 싶은 말을 어떻게 꺼내야 할지 몰라 잠시 망설였다. 해리가 생각을 정리하고 있는데 셀레스티나 워벡이 '당신이 내 심장을 마법으로 빼앗았어'라는 발라드를 부르기 시작했다.

"위즐리 아저씨, 학교로 출발할 때 제가 기차역에서 드렸던 말씀 기억하세요?"

"확인해 봤다, 해리." 위즐리 씨가 곧바로 말했다. "내가 직접 말포이네 집을 수색했어. 망가진 것이든 성한 것이든, 거기 있어서는 안 될 물건이라고는 하나도 없었다."

"네, 알아요. 아저씨가 찾아보셨다는 얘기는 《예언자일보》에서 봤어요······. 근데 이건 좀 다른 일이에요······. 뭐랄까, 좀 더······."

그는 말포이와 스네이프 사이에 오간 대화를 위즐리 씨에게 모두 들려주었다. 해리는 그 이야기를 하면서 루핀이 고개를 살짝 돌려 그의 말 한 마디 한 마디에 귀 기울이는 모습을 보았다. 해리가 말을 마치자 셀레스티나의 사랑 노래만 들렸다.

"아, 내 불쌍한 심장아, 어디로 갔니?
주문 한 번에 나를 떠나고 말았구나······."

"혹시 생각해 봤니, 해리?" 위즐리 씨가 물었다. "스네이프 교수가 그런 척······."

"말포이가 무슨 속셈인지 알아보려고 가짜로 도움을 주는 척한 거라고요?" 해리가 재빨리 대꾸했다. "네, 그렇게 말씀하실 줄 알았어요. 하지만 우리가 그걸 어떻게 알겠어요?"

"그걸 알고 말고는 우리 일이 아니다." 뜻밖에도 루핀이 말했다. 이제 그는 벽난로를 등진 채 위즐리 씨를 사이에 두고 해리를 마주 보고 있었다. "그건 덤블도어 교수님의 일이지. 덤블도어 교수님은 세베루스를 믿고 계셔. 우리 모두에게 그거면 충분하다."

"하지만……." 해리가 말했다. "혹시라도…… 혹시라도 덤블도어 교수님이 스네이프를 잘못 알고 계신 거라면……."

"이미 여러 차례 그런 말들이 있었지. 문제는 네가 덤블도어 교수님의 판단을 신뢰하느냐 마느냐로 귀결된다. 나는 덤블도어 교수님을 믿어. 그러니까, 세베루스도 믿는다."

"하지만 덤블도어 교수님도 실수는 할 수 있잖아요." 해리가 반박했다. "덤블도어 교수님이 직접 그렇게 말씀하셨어요. 그런데 교수님은……."

그는 루핀의 눈을 똑바로 쳐다보았다.

"……솔직히 스네이프를 좋아하세요?"

"나는 세베루스를 좋아하지도, 싫어하지도 않는다." 루핀이 말했다. "정말이야, 해리. 난 사실을 말하는 거다." 해리가 못 믿겠다는 표정을 짓자 그가 덧붙였다. "아마 우리가 진실로 절친한 친구가 되는 일은 절대 없을 거다. 제임스와 시리우스, 세베루스 사이에 그런 일들이 있었으니 당연히 쓰라린 상처가 너무 많이 남았겠지. 하지만 호그와트에서 가르쳤던 한 해 동안 나는 세베루스가 매달 완벽한 투구꽃 마법약을 만들어 준 것을 잊지 않았어. 그 덕분에 보름달이 떴을 때 늘 겪어야 했던 고통을 피할 수 있었다."

"하지만 스네이프는 교수님이 늑대인간이라는 사실을 '실수로' 흘렸잖아요. 그 때문에 교수님은 학교를 떠나야 했고요!" 해리가 화를 내며 말했다.

루핀은 어깨를 으쓱했다.

"그 사실은 어떤 식으로든 새어 나갈 수 있었어. 우리 둘 다 세베루스가 내 자리를 원했다는 걸 알고 있잖니. 세베루스는 마법약에 손을 대서 나한테 훨씬 심각한 피해를 끼칠 수도 있었어. 그런데 날 무사히 지켜 줬지. 내 입장에선 고마워하는 게 도리야."

"덤블도어 교수님 코앞에서 감히 마법약에 장난을 칠 수는 없었겠죠!" 해리가 말했다.

"너는 스네이프를 미워하기로 작정한 모양이구나, 해리." 루핀이 희미한 미소를 지으며 말했다. "이해한다. 아버지인 제임스와 대부인 시리우스에게서 해묵은 편견을 물려받았겠지. 그래, 아서와 나한테 했던 얘기를 덤블도어 교수님께 말씀드려라. 하지만 그분이 이 문제를 너와 똑같이 바라볼 거라고 기대하진 마. 네가 하는 말에 그분이 놀라실 거라고도 생각하지 말고. 세베루스는 덤블도어 교수님의 명령을 받고 드레이코를 조사하려 한 것일지도 모르니까."

"……그런데 이제 당신이 그 심장을 찢어 놓았으니 부디 돌려주세요!"

셀레스티나가 아주 긴 고음으로 노래를 마치자 라디오에서 큰 박수 소리가 터져 나왔다. 위즐리 부인도 그 갈채에 열정적으로 동참했다.

"끝났나요?" 플뢰르가 큰 소리로 말했다. "세상에, 저렁 끔찍한……."

"그럼 자기 전에 한잔할까?" 위즐리 씨가 벌떡 일어나며 활기차게 물었다. "에그노그 마실 사람?"

"최근엔 뭘 하셨어요?" 위즐리 씨가 부산스럽게 에그노그를 가지러 가고 다른 사람들은 기지개를 켜면서 대화를 시작하자 해리가 루핀에게 물었다.

"아, 잠복근무를 했다." 루핀이 말했다. "말 그대로 숨어 있었지. 그래서 편지를 못 쓴 거란다, 해리. 너한테 편지를 보내면 티가 났을 거야."

"무슨 뜻이에요?"

"나는 내 동료들, 나와 같은 사람들 사이에서 지냈다." 루핀이 말했다. "늑대인간들 말이야." 이해하지 못하겠다는 해리의 표정을 보고 그가 덧붙였다. "늑대인간들은 대부분 볼드모트 편이야. 덤블도어 교수님에겐 스파이가 필요했는데 내가 적임자잖니. 이미 완성품이니까."

약간 씁쓸한 목소리였다. 말을 이으면서 좀 더 따뜻한 미소를 지은 걸 보면 아마 그 사실을 깨달은 듯했다. "불평하는 건 아니야. 꼭 필요한 일이니까. 또 누가 나보다 잘할 수 있겠니? 하지만 그들의 신뢰를 얻는 건 쉬운 일이 아니었어. 내게는 마법사들 사이에서 살아가려고 애쓴 흔적들이 뚜렷하게 남아 있는 반면, 그들은 평범한 사회를 피해 그 주변부에서 살기 위해 도둑질을 하거나…… 때로는 살인까지 저지르니까."

"어째서 늑대인간들이 볼드모트를 좋아하는 거죠?"

"늑대인간들은, 볼드모트의 지배를 받으면 자기들의 생

활이 나아질 거라고 생각해." 루핀이 말했다. "그리고 저 밖에서는 그레이백의 말에 반박하기가 어렵지."

"그레이백이 누군데요?"

"들어 본 적 없니?" 루핀은 갑자기 두 손으로 양 무릎을 꽉 쥐었다. "펜리르 그레이백은 아마 지금 살아 있는 늑대 인간 중 가장 사나운 자일 거다. 그자는 가능한 한 많은 사람을 물고 감염시키는 걸 평생의 사명처럼 여기고 있어. 마법사들을 정복할 수 있을 만큼 많은 늑대인간을 만들어 내고 싶어 하지. 볼드모트는 그자에게 충성의 대가로 먹이를 주겠다고 약속했어. 그레이백은 주로 어린아이들을 노린다……. 어릴 때 물어서 부모들과 떼어 놓고 보통의 마법사들을 싫어하도록 기르는 거지. 볼드모트는 그레이백을 시켜서 자식들을 물게 하겠다고 사람들을 위협해 왔는데 보통은 효과가 좋았어."

루핀은 잠시 말을 멈췄다가 입을 열었다. "날 문 것도 그레이백이었어."

"뭐라고요?" 해리는 충격을 받았다. "교, 교수님이 어렸을 때 말이에요?"

"그래. 우리 아버지가 그레이백의 기분을 상하게 했거든. 나는 아주 오랫동안 나를 공격한 늑대인간의 정체를 모른 채 심지어 그자를 불쌍하게 여기기도 했어. 스스로를 통제할 수도 없었을 거라 생각했고, 변신한다는 게 어떤 기분인지도 알았으니까. 하지만 그레이백은 그런 게 아니었어. 보름달이 뜨면 놈은 쉽고 빠르게 공격할 수 있도록 목표물 가까이 다가갔어. 모든 걸 계획해 놓지. 볼드모트가 늑대인간들을 모을 때 이용하는 자가 바로 그놈이야. 우리 늑대인간들은 피를 맛볼 자격이 있고 정상적인 사람들에게 복수해야 한다는 그레이백의 주장에 맞서 내 이성적인 주장이 먹혀들었다고는 말할 수 없구나."

"하지만 교수님은 정상적인 사람이에요!" 해리가 열띤 목소리로 말했다. "교수님은 그저…… 그저 골칫거리가 있을 뿐……."

루핀은 웃음을 터뜨렸다.

"가끔 널 보면 제임스 생각이 많이 나. 제임스는 사람들 앞에서 그 일을 두고 '털 문제'라고 불렀단다. 내가 버릇 나쁜 토끼라도 키우는 줄 아는 사람이 많았지."

루핀은 고맙다는 인사와 함께 위즐리 씨에게서 에그노그 잔을 받아 들었다. 기분이 조금 나아진 듯했다. 반면 해리는 가슴속에서 흥분이 치솟는 것을 느꼈다. 아버지 얘기를 듣자 루핀에게 묻고 싶었던 게 떠오른 것이다.

"혼혈 왕자라는 사람에 대해 들어 보신 적 있으세요?"

"혼혈 뭐?"

"왕자요." 해리는 루핀이 알아들은 기색을 보이지 않을까 싶어 그를 유심히 지켜보며 말했다.

"마법사 세계에는 왕자가 없어." 루핀이 이제는 미소를 지으며 말했다. "네가 쓰려는 호칭이니? '선택받은 자'만으로도 충분할 거라 생각했다만."

"저랑은 아무 상관 없어요!" 해리가 성난 목소리로 말했다. "혼혈 왕자는 호그와트에 다니던 학생인데, 그 사람이 쓰던 옛 마법약 책을 제가 갖고 있거든요. 그 사람이 그 책에다 온통 자기가 발명한 주문들을 써 놨어요. 그중 하나가 '레비코르푸스' 주문인데……."

"아, 그건 내가 호그와트에 다닐 때 엄청나게 유행했던 주문이다." 루핀이 추억에 잠겨서 말했다. "5학년 때 몇 달 동안은 시시때때로 공중에 거꾸로 매달리느라 나다닐 수가 없을 지경이었어."

"아빠도 그 주문을 썼죠." 해리가 말했다. "펜시브에서 봤어요. 아빠가 스네이프한테 그 주문을 걸었잖아요."

그는 대수롭지 않게, 전혀 중요하지 않은 이야기라는 양 툭 던지는 것처럼 말하려 했지만 효과를 제대로 거뒀는지는 확신할 수 없었다. 루핀이 너무나도 이해한다는 미소를 짓고 있었던 것이다.

"그래." 그가 말했다. "하지만 제임스만 그 주문을 쓴 건 아니다. 이미 말했지만 그 주문은 아주 인기가 좋았거든. 그런 주문들이 어떤 식으로 유행을 타고 사라지는지는 너도 알 거야."

"하지만 교수님이 학교에 다니실 때 만들어진 것 같던데요." 해리가 미련을 버리지 않고 말했다.

"꼭 그렇지는 않아." 루핀이 말했다. "저주 마법은 다른 모든 것들이 그렇듯 유행했다가 지나가곤 하거든." 그는 해리의 얼굴을 들여다보더니 조용히 말했다. "제임스는 순수 혈통이었어, 해리. 그리고 분명히 말하는데, 자기를 '왕자'라고 불러 달라고 한 적은 한 번도 없다."

해리는 에둘러 말하는 걸 그만두고 물었다. "그럼 시리우스인가요? 아니면 교수님이신가요?"

"절대 아니야."

"아." 해리는 벽난로를 들여다보았다. "저는 그냥 그런 줄…… 어쨌든 마법약 수업에서 많은 도움을 받았거든요, 그 왕자한테서요."

"언젯적 책이냐, 해리?"

"몰라요, 확인 안 해 봤어요."

"흠, 그걸 확인해 보면 혼혈 왕자가 언제 호그와트에 다녔는지 알 수 있는 단서가 될지도 모른다." 루핀이 말했다.

잠시 후 플뢰르는 셀레스티나의 '뜨겁고 강렬한 사랑으로 가득 찬 솥단지'를 흉내 내어 부르기로 결심한 듯했다. 위즐리 부인의 표정을 힐끗 본 모두는 그것을 잠자리에 들 시간이 됐다는 신호로 받아들였다. 해리와 론은 론의 다락방 침실까지 한참을 올라갔다. 그 방에는 해리를 위한 야영용 침대가 하나 더 마련되어 있었다.

론은 자리에 눕자마자 곯아떨어졌지만 해리는 침대에 들어가기 전에 짐 가방을 뒤져 《고급 마법약 제조》를 꺼내 들었다. 그는 페이지를 이리저리 넘기다가 마침내 책 맨 앞 페이지에서 출간 연도를 발견했다. 50년 가까이 된 책이었다. 그의 아버지도, 아버지의 친구들도 50년 전에는 호그와트에 다니지 않았다. 실망스러운 기분이 든 해리는 책을 다시 짐 가방에 던져 넣은 뒤 불을 끄고 돌아누워서 늑대인간과 스네이프, 스탠 션파이크와 혼혈 왕자에 대해 생각하다가 마침내 살금살금 움직이는 그림자들과 늑대인간에게 물린 아이들의 울음소리로 가득한 불편한 꿈속으로 빠져들었다.

"진심은 아니겠지……."

그 말소리에 해리는 깜짝 놀라 잠에서 깼다. 침대 끝에 불룩한 크리스마스 양말이 놓여 있는 것이 보였다. 그는 안경을 쓰고 주위를 둘러보았다. 작은 창문은 흩날리는 눈으로 거의 가려져 있었고, 그 앞에서 론이 침대에 꼿꼿이 앉아 두꺼운 황금 사슬처럼 보이는 것을 살펴보고 있었다.

"그게 뭐야?" 해리가 물었다.

"라벤더가 보낸 거야." 론은 끔찍하다는 듯 말했다. "정말로 내가 이런 걸 하고 다닐 거라고 생각한 건 아니겠지……."

자세히 살펴본 해리는 웃음을 터뜨리고 말았다. 다음과 같은 큼직한 황금색 글자가 목걸이 사슬에 대롱대롱 매달려 있었다. '내 사랑.'

"멋진데." 해리가 말했다. "고급스러워 보여. 프레드랑 조지 앞에서 꼭 걸어야겠는걸."

"너 형들한테 얘기하기만 해 봐." 론은 베개 밑 보이지 않는 곳으로 목걸이를 밀어 넣으며 말했다. "그, 그땐…… 내가……."

"말을 더듬겠다고?" 해리가 씩 웃으며 말했다. "왜 이래, 내가 말하겠냐?"

"그건 그렇고, 걘 어떻게 내가 이런 걸 좋아할 거라고 생각할 수 있지?" 론이 조금 충격받은 표정을 지으며 불쑥 물었다.

"글쎄, 잘 생각해 봐." 해리가 말했다. "너 혹시 '내 사랑'이라는 글자를 목에 걸고 사람들 앞에 나서고 싶다는 말을 은근슬쩍 흘린 적 없어?"

"뭐…… 사실 우리가 그렇게 얘기를 많이 하진 않아." 론이 말했다. "그게, 주로……."

"키스를 하지." 해리가 말했다.

"뭐, 그래." 론이 말했다. 그는 잠시 망설이다가 입을 열었다. "헤르미온느는 진짜로 매클래건하고 사귀는 거야?"

"몰라." 해리가 말했다. "슬러그혼의 파티에는 같이 왔는데 그렇게 잘된 것 같진 않더라."

론은 약간 밝아진 얼굴로 손을 양말 더 깊은 곳으로 집어넣었다.

해리가 받은 선물은 앞에 커다란 골든 스니치가 수놓인, 위즐리 부인이 직접 뜬 스웨터와 쌍둥이가 보낸 위즐리 형제의 위대하고 위험한 장난감 가게의 장난감 큰 상자, '주인님께, 크리처 올림'이라고 적힌 쪽지가 붙어 있는 약간 축축하고 곰팡이 냄새가 나는 꾸러미였다.

해리가 그 꾸러미를 바라보며 물었다. "이거 열어 봐도 괜찮을까?"

"위험한 것일 리는 없어, 우리 우편물은 아직 정부의 검사를 받고 있으니까." 그렇게 대답하면서도 론은 의심스러운 눈초리로 꾸러미를 바라보고 있었다.

"크리처한테 뭘 줘야겠다는 생각은 전혀 못 했는데! 보통은 집요정한테 크리스마스 선물을 주나?" 해리는 조심스럽게 꾸러미를 쿡 찔러 보며 물었다.

"헤르미온느라면 줬겠지." 론이 말했다. "하지만 죄책감은 그게 뭔지 보고 나서 느껴도 될 것 같아."

잠시 후 해리는 큰 소리로 비명을 지르며 야영용 침대에서 뛰쳐나왔다. 꾸러미에는 엄청난 수의 구더기가 우글거리고 있었다.

"멋진걸." 론이 웃음을 터뜨리며 말했다. "신경 많이 썼네."

"그래, 그 목걸이보다는 이게 낫지." 해리가 말하자 론은 정신이 번쩍 든 것 같았다.

모두가 새 스웨터를 입고 크리스마스 점심 식사를 하러 식탁에 둘러앉았다. 플뢰르와(위즐리 부인은 플뢰르에게 스웨터 재료를 낭비하고 싶지 않은 모양이었다), 별빛 같은 아주 작은 다이아몬드들로 반짝이는 파란색 마법사 모자에 멋진 황금 목걸이를 자랑스럽게 내보이고 있는 위즐리 부인만이 예외였다.

"프레드랑 조지가 준 거란다. 아름답지 않니?"

"뭐, 직접 양말을 빨다 보니 점점 엄마한테 고마움을 느끼게 돼서요." 조지가 대수롭지 않다는 듯 손을 내저으며 말했다. "파스닙(배추 뿌리같이 생긴 채소—옮긴이) 드려요, 리머스?"

"해리, 네 머리카락에 구더기가 붙어 있어." 지니가 활기찬 목소리로 말하며 식탁 너머로 몸을 기울여 구더기를 떼어 주었다. 해리는 구더기와는 아무 상관 없는 닭살이 목덜미에 오스스 돋는 것을 느꼈다.

"어머, 끔찍해라." 플뢰르가 과장되게 몸을 떨며 말했다.

"그러게." 론이 말했다. "그레이비 소스 줄까, 플뢰르?"

어떻게든 그녀를 도와주고 싶었던 론은 그레이비 소스가 담겨 있던 배 모양 그릇을 쳐서 날려 버리고 말았다. 빌이 마법 지팡이를 휘두르자 그레이비 소스는 공중으로 날아올라 얌전하게 그릇으로 돌아갔다.

"넌 그 통스망큼 심하구나." 플뢰르는 빌에게 고마움의 키스를 마친 뒤에야 론에게 말했다. "통스능 항상 뭘 넘어뜨리덩데."

"안 그래도 내가 오늘 그 사랑스러운 통스를 초대했단다." 위즐리 부인이 당근을 일부러 소리 나게 내려놓으며 플뢰르를 노려보았다. "하지만 오지 않겠다더구나. 최근에 통스와 얘기해 봤나요, 리머스?"

"아뇨, 전 누구하고도 거의 연락을 하지 않았습니다." 루핀이 말했다. "하지만 통스한테도 보러 갈 가족이 있지 않을까요?"

"흠." 위즐리 부인이 말했다. "그럴지도요. 사실 통스가 크리스마스를 혼자 보낼 것 같은 느낌을 받았거든요."

그녀는 통스가 아닌 플뢰르를 며느리로 맞이하게 된 것이 모두 루핀 탓이라는 양 짜증스러운 눈빛으로 그를 바라보았다. 하지만 해리는 자신의 포크로 빌에게 칠면조 고기를 먹여 주는 플뢰르를 보며 위즐리 부인이 승산 없는 싸움을 하고 있다는 생각이 들었다. 문득 통스에 대해 궁금했던 것이 다시 떠올랐다. 더구나 패트로누스에 대해서 모르는 게 없는 사람, 루핀이 아니면 그걸 누구에게 물어보겠는가?

"통스의 패트로누스 모양이 바뀌었더라고요." 그가 루핀에게 말했다. "스네이프가 그렇게 말했어요. 그런 일이 벌어질 수 있나요? 패트로누스가 왜 바뀌죠?"

루핀은 시간을 들여 칠면조 고기를 씹고 삼킨 뒤에야 천천히 입을 열었다. "가끔은…… 엄청난 충격이나…… 감정적인 동요로……."

"덩치가 크고, 다리가 네 개였어요." 갑자기 떠오른 생각에 충격을 받은 해리가 목소리를 낮추며 말했다. "혹시 그게……?"

"아서!" 위즐리 부인이 별안간 소리를 질렀다. 그녀는 의자에서 일어나 손을 가슴에 올린 채 부엌 창밖을 내다보고 있었다. "아서……. 퍼시야!"

"뭐라고?"

위즐리 씨가 창문을 돌아보았다. 모두 재빨리 창문 쪽을 바라보았다. 지니는 더 잘 보려고 자리에서 일어났다. 그 말대로, 퍼시 위즐리가 눈 내리는 마당을 가로질러 성큼성큼 걸어오고 있었다. 뿔테 안경이 햇빛을 받아 반짝였다. 그런데 그는 혼자가 아니었다.

"아서, 퍼시가…… 퍼시가 총리랑 같이 오고 있어!"

그 말은 사실이었다. 해리가 《예언자일보》에서 봤던 남자가 다리를 약간 절뚝이며 퍼시의 뒤를 따라오고 있었다. 그의 풍성한 잿빛 머리카락과 검은색 망토 자락에는 눈이 점점이 박혀 있었다. 위즐리 부부가 그저 넋 나간 표정만 주고받고 있는데, 누구 하나 입을 열 틈도 없이 뒷문이 열렸다. 퍼시가 거기에 서 있었다.

잠시 고통스러운 침묵이 흘렀다. 잠시 후 퍼시가 딱딱하게 입을 열었다. "메리 크리스마스, 어머니."

"아, *퍼시!*" 위즐리 부인은 그렇게 말하며 퍼시의 품에 뛰어들었다.

루퍼스 스크림저는 지팡이를 짚은 채 문 앞에 멈춰 서서 이 감동적인 장면을 지켜보며 미소 짓고 있었다.

"이렇게 갑자기 들이닥친 걸 용서해 주시길." 위즐리 부인이 활짝 웃는 얼굴로 눈가를 훔치며 스크림저를 돌아보자 그가 말했다. "퍼시랑 이 근처를 지나가다가…… 그러니까, 일 때문에 말입니다. 그런데 퍼시가 잠깐 들러서 여러분 모두를 무척 만나고 싶다고 사정사정하지 뭡니까."

하지만 퍼시는 어머니 외에 다른 가족과는 인사를 나누고 싶어 하는 기색을 보이지 않았다. 그는 무표정하고 어색한 모습으로 서서 다른 가족들의 머리 위만 쳐다보았다. 위즐리 씨, 프레드와 조지 모두 돌처럼 굳은 얼굴로 그를 지켜보고 있었다.

"어서 들어와서 앉으세요, 총리님!" 위즐리 부인이 모자를 매만지며 허둥댔다. "필면조나, 아니면 추딩이라도……
아니, 제 말은……."

"아뇨, 아닙니다, 몰리." 스크림저가 말했다. 해리는 그
들이 집에 들어오기 전 그가 퍼시에게 위즐리 부인의 이름
을 물어봤을 거라는 생각이 들었다. "방해하고 싶지는 않
습니다. 퍼시가 여러분을 그토록 보고 싶어 하지 않았더라
면 여기 안 왔을 테니까요."

"아, 퍼스!" 위즐리 부인이 퍼시에게 입을 맞추려고 팔을
뻗으며 눈물을 글썽였다.

"……우리는 5분 정도밖에 시간이 없습니다. 여러분이
퍼시와 안부를 주고받는 동안 나는 정원이나 산책하지요.
아니, 아닙니다, 난 정말 방해하고 싶지 않아요! 흐음, 혹
시 누군가가 댁의 멋진 정원을 구경시켜 주겠다면야……
아, 저 젊은 친구는 식사를 마친 것 같으니 저 친구가 나와
함께 산책을 하면 어떻겠습니까?"

식탁의 분위기가 눈에 띄게 바뀌었다. 모두의 시선이 스
크림저에게서 해리에게로 쏠렸다. 해리의 이름을 모르는
척하는 스크림저의 태도나, 지니와 플뢰르, 조지의 접시도
깨끗이 비어 있는데 총리와 함께 정원을 둘러볼 사람으로
해리가 선택된 것이 자연스럽다고 생각하는 사람은 아무

도 없었다.

"네, 그럴게요." 아무도 입을 열지 않는 가운데 해리가 말했다.

그는 속지 않았다. 스크림저는 마침 근처를 지나다 들렀다느니 퍼시가 가족을 보고 싶어 했다느니 하는 얘기를 늘어놨지만, 그들이 찾아온 진짜 이유는 따로 있는 게 틀림없었다. 바로 스크림저가 해리와 단둘이 이야기를 나누기 위해서였다.

"괜찮아요." 해리가 의자에서 반쯤 일어난 루핀 옆을 지나가며 조용히 말했다. "괜찮다니까요." 위즐리 씨가 입을 열어 뭔가 말하려 하자 그가 덧붙였다.

"좋구나." 스크림저는 해리가 문으로 나가도록 뒤로 물러서며 말했다. "우린 정원이나 한 바퀴 돌고 오겠습니다. 그런 다음 퍼시와 나는 떠나도록 하지요. 계속 이야기 나누시죠, 여러분!"

해리는 눈으로 뒤덮인 위즐리 가족의 무성한 정원을 향해 마당을 가로질러 갔다. 옆에서는 스크림저가 다리를 약간 절뚝거리며 걷고 있었다. 해리는 그가 오러 본부의 수장이었다는 사실을 알고 있었다. 전쟁터에서 잔뼈가 굵고 거칠어 보이는 그는 중산모를 쓴 통통한 퍼지와는 완전히 달랐다.

"아름답군." 스크림저가 정원 울타리 앞에 멈춰 서서 눈 덮인 잔디밭과 형태를 알아볼 수 없는 식물들을 바라다보며 말했다. "아름다워."

해리는 아무 말도 하지 않았다. 그는 스크림저가 자기를 지켜보고 있음을 알았다.

"나는 아주 오래전부터 너를 만나고 싶었다." 잠시 후 스크림저가 말했다. "알고 있었나?"

"아뇨." 해리는 솔직하게 대답했다.

"아, 그래. 아주 오래전부터 그랬지. 하지만 덤블도어가 어찌나 널 보호하려 들던지." 스크림저가 말했다. "물론 당연한 일이지. 당연해. 네가 겪은 일들이 있으니…… 그것도 마법 정부에서 그런 일을 겪었으니까……."

스크림저는 해리가 무슨 말을 하길 기다렸지만 아무런 반응이 없자 다시 말을 이었다. "총리직을 맡고 나서 줄곧 너와 이야기 나눌 기회가 있었으면 했다. 한데 덤블도어가…… 분명 이해할 만한 일이긴 하지만, 못 하게 막았지."

해리는 여전히 아무 말도 하지 않고 듣기만 했다.

"온 사방에 소문이 퍼졌어!" 스크림저가 말했다. "물론, 이런 이야기가 어떤 식으로 왜곡되는지는 우리 둘 다 알고 있지……. 예언과 관련된 온갖 수군거림이며…… 네가 '선택받은 자'라느니 하는 말들…….."

해리는 이제 조금만 있으면 스크림저가 이곳에 찾아온 이유를 말할 거라고 짐작했다.

"……이 일에 대해서 덤블도어와는 이야기해 봤겠지?"

해리는 거짓말을 해야 할지 말아야 할지 고민했다. 그는 꽃밭 여기저기에 찍혀 있는 땅요정의 작은 발자국과 지금은 발레복을 입고 크리스마스트리 꼭대기에 매달려 있는 땅요정이 프레드에게 잡힌 자리를 표시하기 위해 눈을 쓸어 놓은 곳을 바라보았다. 마침내 그는 진실, 또는 진실의 일부나마 말하기로 결정을 내렸다.

"네, 얘기했어요."

"그럼, 그럼 혹시……." 스크림저가 말했다. 스크림저가 눈을 가늘게 뜨고 자기를 바라보는 것이 곁눈으로 보이자, 해리는 얼어붙은 진달래나무 아래에서 방금 머리를 내민 땅요정에 관심을 온통 집중하는 척했다. "덤블도어가 너한테 뭐라고 했지, 해리?"

"죄송하지만 그건 교수님과 저 사이의 일입니다." 해리가 말했다.

그는 할 수 있는 한 예의 바른 말투를 유지했다. 대꾸하는 스크림저의 말투도 가볍고 친근했다. "아, 물론이지. 신뢰의 문제라면, 나도 네가 비밀을 누설하길 바라지 않는다……. 그럼, 당연하지……. 아무튼, 네가 '선택받은 자'인지 아닌지가 뭐 그렇게 중요한가?"

해리는 잠시 그 물음을 곰곰이 생각한 끝에 대답했다.

"무슨 말씀이신지 잘 모르겠는데요, 총리님."

"아, 그야, 너한테는 엄청나게 중요한 일이겠지." 스크림저가 웃으며 말했다. "하지만 마법사 사회 전체를 놓고 봤을 때…… 모두 생각하기 나름 아니겠니? 중요한 건 사람들이 뭘 믿느냐는 거지."

해리는 아무 말도 하지 않았다. 그는 어렴풋이나마 이 대화가 어디를 향하는지 알 것 같았지만, 스크림저의 의도대로 흘러가도록 거들어 주지는 않을 생각이었다. 진달래나무 밑의 땅요정이 이제는 뿌리를 파헤치며 벌레들을 찾고 있었다. 해리는 여전히 땅요정에게서 시선을 돌리지 않았다.

"그게 말이지, 사람들은 네가 정말로 '선택받은 자'라고 믿는다." 스크림저가 말했다. "널 영웅으로 생각하지. 물론 그건 맞는 말이다, 해리. 선택받은 자든 아니든 간에! 지금까지 네가 이름을 말해서는 안 되는 그 사람과 얼마나 많이 맞서 싸웠는데! 뭐, 아무튼……." 그는 대답을 기다리지 않고 밀어붙였다. "중요한 건 네가 많은 사람들에게 희망의 상징이라는 거다, 해리. 이름을 말해서는 안 되는 그 사람을 무찌를 수도 있는, 심지어 그럴 운명을 갖고 태어났을지도 모르는 누군가가 있다는 생각은…… 뭐, 당연히 사람들의 기분을 나아지게 해 주지. 그러니 내 입장에서는 어쩔 수 없이 네가 이 사실을 깨닫는 대로 마법 정부 편에 서서 모두의 사기를 북돋워 주는 일을 너의 의무처럼 생각해야 한다는 생각이 드는구나."

지금 막 땅요정이 간신히 벌레 한 마리를 잡았다. 땅요정은 이제 그 벌레를 힘껏 잡아당기며 얼어붙은 땅에서 끄집어내려 안간힘을 쓰고 있었다. 해리가 너무 오랫동안 입을 다물고 있자 스크림저가 해리에게서 땅요정에게로 눈을 돌리며 말했다. "재미있는 녀석들이지. 안 그러냐? 그런데 네 생각은 어떠냐, 해리?"

"저는 총리님이 정확히 뭘 바라시는 건지 모르겠어요." 해리가 천천히 말했다. "'마법 정부 편에 선다'…… 그게 무슨 뜻이죠?"

"아, 귀찮은 일은 전혀 없을 거다. 그건 내가 장담하마." 스크림저가 말했다. "이를테면 네가 이따금씩 정부를 들락

날락하는 모습만 보여 줘도 사람들은 정부에 대해 좋은 인상을 가질 거다. 그리고 물론 정부에 와 있는 동안에는 내 후임으로 온 오러 본부장인 가웨인 로바즈와 이야기할 기회도 많이 생길 거고. 덜로리스 엄브리지에게서 네가 오러가 되고 싶은 꿈을 마음 깊이 간직하고 있다는 이야기를 들었다. 뭐, 그런 일쯤이야 쉽게 주선할 수 있지."

해리는 마음속 깊은 곳에서 분노가 끓어오르는 것을 느꼈다. 그러니까 덜로리스 엄브리지가 아직도 정부에 있단 말인가?

"그러니까 기본적으로……." 해리는 몇 가지 요점을 분명히 하고 싶은 듯 말했다. "제가 정부 편이라는 인상을 주고 싶으시다는 거죠?"

"네가 좀 더 관여하고 있다는 생각을 심어 주면 모두에게 힘이 될 거다, 해리." 스크림저는 해리가 이렇게 빨리 알아들어서 마음이 놓이는 눈치였다. "'선택받은 자'니까…… 모든 사람에게 희망은 물론, 뭔가 흥미로운 일이 벌어지고 있다는 느낌을 주자는 거지."

"하지만 제가 마법 정부를 계속 들락거리면……." 해리는 나긋나긋하게 말하려고 계속 애쓰고 있었다. "제가 정부에서 하는 일에 찬성하는 것처럼 보이지 않을까요?"

"글쎄." 스크림저가 얼굴을 살짝 찡그리며 말했다. "뭐, 그래. 부분적으로는 그게 우리가 원하는……."

"아뇨, 그건 안 될 것 같아요." 해리가 시원스럽게 말했다. "정부가 하고 있는 일 중에 마음에 안 드는 것도 몇 개 있거든요. 예를 들면 스탠 션파이크를 가둬 놓는 것이라든가."

스크림저는 잠깐 동안 아무 말도 하지 않았지만 그의 얼굴은 대번에 굳어졌다.

"네가 이해할 거라고 기대하진 않는다." 그는 해리가 한 것만큼 목소리에서 분노를 감추지는 못했다. "요즘은 위험한 시기고 필요에 따라 취해져야 하는 조치들이 있다. 너는 열여섯 살이니……."

"열여섯 살보다 훨씬 나이가 많은 덤블도어 교수님도 스탠이 아즈카반에 갇혀 있어야 한다고 생각하지는 않으세요." 해리가 말했다. "총리님은 스탠을 희생양으로 만들고 계세요. 저를 마스코트로 만들고 싶어 하시는 것처럼 말이죠."

그들은 한동안 딱딱한 눈빛으로 서로를 바라보았다. 마침내 스크림저가 다정한 척하는 기색도 없이 입을 열었다. "알겠다. 너는…… 네 영웅인 덤블도어처럼 마법 정부와 거리를 두는 걸 원한다는 거지?"

"저는 이용당하고 싶지 않아요." 해리가 말했다.

"어떤 사람들은 정부를 돕는 것이 네 의무라고 말할 거다!"

"네. 그리고 어떤 사람들은 누군가를 감옥에 처넣기 전에 그 사람이 정말로 죽음을 먹는 자인지 확인하는 게 총리님의 의무라고 말할지도 모르죠." 해리는 슬슬 화가 치밀어 올라서 그렇게 말했다. "총리님은 지금 바티 크라우치와 똑같은 짓을 하시는 거예요. 총리님 같은 사람들은 뭔가를 이해하려 하지 않잖아요. 안 그런가요? 자기 코앞에서 사람들이 죽어 나가는데도 모든 게 잘 돌아가는 척하던 퍼지나, 엉뚱한 사람을 감옥에 집어넣고 '선택받은 자'가 자기편인 척하려는 총리님이나 똑같아요!"

"그러니까 너는 '선택받은 자'가 아니라는 거냐?" 스크림저가 물었다.

"그건 상관없다고 말씀하신 줄 알았는데요?" 해리는 씁쓸하게 웃으며 말했다. "어쨌든 총리님한테는요."

"그런 말은 하지 말았어야 했는데." 스크림저가 재빨리 말했다. "눈치가 없었다……."

"아뇨, 솔직하셨던 거죠." 해리가 말했다. "총리님이 저한테 하신 말씀 중에서 유일하게 솔직한 말이었어요. 총리님은 제가 죽고 사는 문제보다는 볼드모트와의 전쟁에서 이기고 있다고 모두를 납득시키는 데 도움을 줄 수 있는지에 관심이 있으시죠. 제가 아직도 잊지 않은 게 하나 있는데요, 총리님."

그는 오른손 주먹을 들어 올렸다. 그의 차가워진 손등에서 덜로리스 엄브리지가 억지로 새겨 넣게 했던 상처가 하얗게 빛나고 있었다. '거짓말을 하지 않겠습니다.'

"제가 모두에게 볼드모트가 돌아왔다는 사실을 알리려고 애쓸 때 총리님이 달려와서 저를 지켜 주셨던 기억은 나지 않네요. 작년에는 정부가 저와 굳이 친구가 되려고 애쓰지 않더라고요."

그들은 발밑의 땅처럼 차디찬 침묵 속에 서 있었다. 땅요정은 마침내 벌레를 뽑는 데 성공해서, 지금은 진달래나무 가장 아래쪽 가지에 기댄 채 행복한 얼굴로 그것을 빨아먹고 있었다.

"덤블도어는 뭘 꾸미고 있는 거냐?" 스크림저가 퉁명스럽게 물었다. "호그와트에 없을 때는 어디에 가는 거지?"

"저도 전혀 모르겠어요." 해리가 말했다.

"안다고 해도 나한테 말해 주지 않겠지." 스크림저가 말했다. "안 그러냐?"

"네, 말 안 할 거예요." 해리가 말했다.

"뭐, 그럼 다른 방법으로 알아낼 수 있는지 살펴봐야겠군."

"시도야 하실 수 있겠죠." 해리가 냉담하게 말했다. "하지만 제가 보기에 총리님은 퍼지보다 머리가 좋으실 것 같아요. 그러니까 퍼지가 저지른 실수에서 얻은 교훈이 있으시겠죠. 퍼지도 호그와트에 간섭하려고 했어요. 퍼지는 더 이상 총리가 아니지만 덤블도어 교수님은 여전히 교장 선생님이란 사실을 눈치채셨는지 모르겠네요. 제가 총리님이라면 덤블도어 교수님을 건드리지 않을 거예요."

오랫동안 침묵이 이어졌다.

"그래, 덤블도어가 널 아주 제대로 홀려 놨다는 건 분명하구나." 스크림저가 금속테 안경 너머 차갑고 단단한 눈으로 해리를 바라보며 말했다. "넌 머리끝부터 발끝까지 덤블도어의 사람이야. 안 그러냐, 포터?"

"네, 맞아요." 해리가 말했다. "그 점을 확실히 해 둘 수 있어서 기쁘네요."

해리는 마법 정부 총리에게서 등을 돌리고 집 쪽으로 성큼성큼 걸어갔다.

(제6권《해리 포터와 혼혈 왕자 2》에서 계속됩니다.)

강동혁은 서울대학교 영문학과와 사회학과를 졸업하고 같은 학교 대학원에서 영문학 석사학위를 받았다. 옮긴 책으로는 《신비한 동물사전 원작 시나리오》, 《일곱 건의 살인에 대한 간략한 역사》, 《레스》, 《이 소년의 삶》 등이 있다.

해리 포터와 혼혈 왕자 1(그리핀도르 기숙사 에디션)

초판 1쇄 인쇄 2023년 6월 12일
초판 1쇄 발행 2023년 7월 12일

지은이 | J.K. 롤링
옮긴이 | 강동혁
발행인 | 강봉자, 김은경

펴낸곳 | (주)문학수첩
주소 | 경기도 파주시 회동길 503-1(문발동 633-4) 출판문화단지
전화 | 031-955-9088(마케팅부), 9532(편집부)
팩스 | 031-955-9066
등록 | 1991년 11월 27일 제16-482호

홈페이지 | www.moonhak.co.kr
블로그 | blog.naver.com/moonhak91
이메일 | moonhak@moonhak.co.kr

ISBN 979-11-92776-48-4 04840
      978-89-8392-469-8 (세트)

* 파본은 구매처에서 바꾸어 드립니다.